晚钟集

张直心 著

广西师范大学出版社
·桂林·

图书在版编目(CIP)数据

晚钟集/张直心 著. —桂林:广西师范大学出版社,2016.2
ISBN 978-7-5495-7706-4

Ⅰ.①晚… Ⅱ.①张… Ⅲ.①中国文学-现代文学-文学评论②中国文学-当代文学-文学评论Ⅳ.①I206.6

中国版本图书馆 CIP 数据核字(2015)第 307314 号

出 品 人:刘广汉
责任编辑:吴嫦霞 魏 东
装帧设计:刘俣斌
封面插画:蒋 跃

广西师范大学出版社出版发行
(广西桂林市中华路 22 号 邮政编码:541001
网址:http://www.bbtpress.com)
出版人:何林夏
全国新华书店经销
销售热线:021-31260822-882/883
北京东君印刷有限公司印刷
(北京市大兴区黄村镇三间房工业区 邮政编码:102600)
开本:690mm×960mm 1/16
印张:24 字数:290 千字
2016 年 2 月第 1 版 2016 年 2 月第 1 次印刷
定价:68.00 元

凝视的眼光——《晚钟集》序

孙　郁

我在九十年代认识了张直心先生，具体的地点忘记了，好像在鲁迅研讨会上，他显得很安静，很少在显眼的地方表现自己，自然也并不是所谓风云人物。许多年间，我们见面多多，却并不深知。但有一次读到他谈鲁迅与托洛茨基的文章，如风拂面，感受到超俗的气韵缭绕其间。他用诗一般的语言，直指一段扑朔迷离的哲学难题，给人全新的感受。此后，便注意到他的文字，精致、典雅、略带忧郁的调子，缠绕着历史里的暗影。他就那么悄声地自言自语着，以举重若轻的笔触，翻动着一页页沉重如山的历史。

终于有机会阅读他的大量文章，惊喜的感觉一直陪伴着整个阅读过程。没有学院派艰涩的感觉，平淡的叙述却是多维的历史难点的穿行，在绵密的词语之林，形成了属于自己的表达方式。他对于浙江、云南的文化沿革颇多感觉，但原点却在鲁迅那里，而对鲁迅的描述，没有学院派的生硬之迹，带的是自己的生命之旅里形成的问题，构成了与鲁迅对话的另一种关系，寻找的是自己的逻辑。鲁迅之后的诸多谜一样的存在，在其笔下慢慢散开，露出动人的一隅。

经历过风风雨雨的张直心，内心的感受寓平静于波澜之中，我自己与他属于同代人，彼此的经验有诸多交叉、重复的地方。但他似乎掩饰了己身的创伤记忆，在一种极为冷静的语序里，展开精神的跋涉。他在历史的迷津里走来走去，伴随他的，多是鲁迅的影子。而他的学术活动，也与鲁迅的主题宿命般交织在一起了。

张直心是典型的江南才子，他的文字是朴实版的美文，但延伸之处却是暴风雨般的所在。他的人生经验和审美经验，集中表现在鲁迅的世界，又从中延伸开来，向现代的许多空间散开，形成了以鲁迅为核心的批评模式。与那些流行的表达不同的是，张直心在前人的世界里，以细节推演出重要的主题，因侧影而折射一个人的全貌。在不动声色中，一幅幅历史的影像飘然而至。

他进入鲁迅研究的时候，学界对于鲁迅前期思想的研究一直是一个热点。但难度不及后期，可是很少有人沉潜其间。在我看来，他对于鲁迅后期思想与文学的研究，多有突破性的见解。尤其是鲁迅与俄国的关系的表达，是超出前人的，有的地方甚至具有相当的内力。

我们这一代的知识结构，含有许多俄苏的基因。这些外来的存在与中国社会的话语杂糅起来，制约着几代人的思维和价值选择。而这里就有几分鲁迅的投影。如何看待这些投影，是一个自我反问的过程，也是重新认识历史的过程。这里纠缠着彻骨的痛感和审父的焦虑。而面对鲁迅，我们不能挥去的恰是这样的焦虑。张直心面临的挑战可想而知。

现代以来的革命，使中国知识分子的话语发生了很大的变化。文学批评家的表达模式与先前有了根本的不同。这与苏联模式的引进关系很大，其负面作用在后来的批评中日益表现出来。鲁迅是置身于这样的漩涡里的人，一方面黑暗感的无所不在，另一方面是借用政治话语对黑暗的抗拒。他在革命的话语之中，却还残留着革命话语之外的声音。张直心注意到鲁迅后期的笔法的变化，发现了一些矛盾的、难能解析的存在。《论鲁迅对〈二心集〉型批评文体的反拨》是让人重新反省鲁迅文体的矛盾性的变化的佳作，这对理解鲁迅的审美与政治的紧张关系，提供了他人所没有的论证视角。

当鲁迅燃烧在苏俄艺术作品的空间时，显然的是，他的世界观与表达都有了变化。张直心敏锐地发现，鲁迅在《二心集》里的文体，较之先前有了一丝变化。一是论述方法的理论化，确定性、鲜明性消解了前期的扑朔迷离的词语逻辑，“批评风格由怀疑转为确信，由彷徨转为坚定，由拥抱两极转为执守一端等一系列耐人寻味的衍变”。这样的结果，导致了鲁迅论述问题时的简单化倾向。我们的作者这样写道：“《二心集》型话语形式或许不失为强化文学的阶级功能的刚性武器；但作为多元浑涵的文学思想、文学批评的载体而言，显然缺乏必要的弹性。”张直心对鲁迅的批评谨小慎微，不太理直气壮。他没有像王晓明那样直接批评鲁迅的退步，而是认真考虑内在的原因。不过，他的思考较之王晓明可能更为合理，因为在鲁迅的变化中，他看到了其间不变的东西。他以为王晓明片面强调了鲁迅的虚无，却没有发现“对虚无的殊死抵抗”。在左转的时候，俄国的因素虽然多了，但是却依然保留了尼采式的思维，精神里有一种与前期的基因呼应的地方。而鲁迅后来的思想能够克服俄苏理论的八股化倾向，与他的尼采式的知识结构关系甚大。

以往的研究中，人们强调鲁迅对旧我的扬弃，似乎一个新我完全覆盖了过去的影子。但是《且介亭杂文》却奇妙地回归到早期《坟》的文字里，隐曲悠远的意绪又被召唤出来。文章的内蕴几乎没有瞿秋白式的因素，我们在此又一次见到迷茫中的那种感觉。张直心其实欣赏这样的感觉，他暗自为那些老到、深切的文字高兴，觉得鲁迅之为鲁迅，恰是保留了一种非本质主义的犹疑、拷问、追索的个性。而那些确切性的话语，很快就在复杂的语境里被一种多维的感知融化了。

在阶级斗争异常激烈、人际关系颇为紧张的时候，鲁迅的精神被俄苏的理论多次冲洗过，但依然保持了底色。那么多的理论翻译，以及多种新的参照，一度影响了他的写作，但他本然的存在却没有消失。张直心要论证的是，鲁迅的内心存在着尼采式的血性与自己所欣赏的苏式体系框架的冲突。他叹道：

我们可以以“诗性”一词界定鲁迅晚年文艺思想、文学批评的语言特征。需要强调的是，“诗性”在此绝不等同于用美文的辞藻掩饰思想的贫乏，更有别于出自“政治留声机”中的革命罗曼谛克式的抒情、煽情。它既是鲁迅晚年那颇具张力的人本主义眷注与科学主义思考的诗美延伸，又可视作他对《二心集》型批评文体确定、明快特征的语言反拨。

无疑的，这是我们的研究者的重要发现。他在对象世界看到了用一种模块化的语言所不能覆盖的复杂的精神存在。鲁迅逝世后，关于他的描述，其实是出现了问题的，人们总用一种确切化的公式衡量这位远去的人，以流行的方式窥测那些历史的斑斑痕迹。历史被言说的时候，是有遗漏之处的，张直心要做的是一种还原的工作，希望在凝视里打捞隐去的形影。这是许多鲁迅研究者忽略的所在。

每一个时期的鲁迅研究所以不同，可能与流行的思想淹没了写作者的个性有关，而抵抗这种淹没的人，不幸陷入两难的境地。他们为了强调鲁迅的这一点，而遗忘了另一点。或者故意弱化相关的题旨。而张直心觉得，这可能会影响我们对研究对象的判断。所以，他的工作是，撇开洋溢在周围的声音，以静观的方式进入历史，在各种文献里小心翼翼地清理先入为主的观念，直抵现场。比如，在自由主义思想流行的时候，人们对鲁迅与极左的理论的关系常常闭口不谈，重点透视的是其自由观。那么如何理解其译介俄苏文学理论的一些问题呢？他周围的左派幼稚气息是否影响了他的思维？张直心得出的结论与常人不同。而这，集中体现在他对托洛茨基与"拉普"的思考上。

关于托洛茨基，是理解鲁迅时不能不注意的人物，然而说清楚了并不容易。日本的长堀祐造有专门的论述，可以作为一种参照。讨论这位俄国理论家的中国影响力，离不开鲁迅和陈独秀。而"拉普"在中国的负面影响，也多少波及到了鲁迅，这是必须正视的话题。问题在于，先前是尼采的喜好者的鲁迅，在摆脱虚无主义的时候，苏联左倾的思想是否起到一种作用？那些被实践证明是错误的东西，对鲁迅的思想矫正没有一点作用吗？

张直心有价值的研究就是从这里开始的。他发现，鲁迅在面对俄国文学理论的时候，不是停留在信仰上，而是一种讨论问题的开始。就是说，无论托洛茨基还是"拉普"，都是革命理论的一种探求，都在过程里。"面对着苏俄文艺论战中的各方，鲁迅并没有在二元对立中做非此即彼的取舍，而是勉为其难地试图使这两种互不相容的观点互促互补，通过这两个'深刻的片面'，趋近于对无产阶级文学的完整把握。"

这样，我们的论者就从对托洛茨基的判断和对"拉普"的判断，回到对鲁迅思想的判断上。张直心发现，鲁迅接受托洛茨基的思想和“拉普”的思想，有不同的侧重面，其个体生命的独异性，与一般寻常的文学青年不同，有着免疫功能和自我调整的内力：

> 鲁迅移花接木——将托洛茨基局部理论的鲜活，嫁接到“拉普”无产阶级文学观的枯枝上，更用自己含情带血的体验，滋润着口号中主观意念先在的僵硬，竭力使无产阶级文学之树扎根于审美深层，由灰色变得郁郁葱葱。

这是对鲁迅与俄罗斯文学的一种独特的把握。我们过去很少见到如此中正、切合的描述。这既不是周扬式的，也不是冯雪峰式的，他吸收了支克坚等人的思想，在自己的体味里，把握了历史的模糊地带的纹路。这种思维，其实也是鲁迅式的，不是非此即彼的教条的演绎，而是经由自己的咀嚼和分析的一种思想领悟。鲁迅研究的成熟，有待于类似成果的多样的出现。

给张直心带来论述的内力的，不是当下流行的理论，也非外来的其他思想。他的研究基于文本的阅读，还有艺术的感知力。从鲁迅的感知角度和翻译实践，我们的研究者发现了鲁迅在审美上的宽广的视野，在人们过度强调现实主义的时候，鲁迅依然保留了对现代主义的嗜好。而且在译介和研究俄苏文学的时候，他特别注意到其间现代主义的元素。《鲁迅小说的现代主义审美取向》从美学的角度，打开认知作家的大门，他在《补天》《理水》先觉者与庸众的构图，在“中国的脊梁”那里发现了超人的影子。一切都那么复杂，许多存在都在一种多致的角度里呈现。在艺术的选择里看一个人的精神图景，可能更逼进本质之所。与那些沉醉于各种理论的人的文字比，我们的作者显得自如、纯然，与鲁迅亲近者，大都以本色为之。在这种本色与本色的对视里，世界的隐秘还会躲起来么？

我感动于这样的研究方法，它带着生命的热量汇聚于历史的景深里。章太炎致吴检斋的信谈到治清代学术之法时说："事虽繁啧，必寻其源，然后有会归也；理虽幽眇，必证诸实，然后无遁辞也。"此话用于对五四以降的文学家的研究，亦为中正之论。鲁迅研究的最大问题，是文本梳理与知识结构梳理不够，从外在的流行思想窥见存在，必定流于浅表之说。以鲁迅与俄苏文化的关系论，用瞿秋白的模式言之则偏，据周扬之眼绘之则浅。今人从自由主义理论大加嘲讽亦不得其要，而新左派简单化的表述却缪之甚远。知鲁迅者谁？我们探讨此问，其实也有对自己的内省。

许多研究鲁迅的人，其实兴趣在更深的世界里，借着鲁迅的遗产而瞭望世界，可能带来意想不到的效果。钱理群的写作，带有这类意味，但百变不离其宗，有一个延续不断的话题缠绕着自己。我阅读张直心的著作，深觉治学的乐趣所在。他把研究鲁迅的心得，也推及到别的话题之中。比如对"一师风潮"的解析，对陈望道、施存统在结社与建党中的复杂体验，多意味深藏之处。这些很少有人关注的话题隐含着诸多难言的人生感慨。这是他的研究选题的大的一面。另一方面，张直心还安于细小的审美思考，内心深处也存有唯美的因素。比如他对汪曾祺的欣赏，对贾平凹、张炜、乌热尔图的关注，都有自己的独立视角。而他对艾芜新中国初期的写作的勾勒，绵密之处，透出无限的情思。似乎是对十七年文学的一种另类注解。

一个在书斋里生活的人，并非都是枯燥的自言自语。假如他热爱生活，有济世的冲动，那么文字间的精神意象，则有着暖人的气流。我们看章太炎、严复的书，读胡适、马一浮的文字，都会有不小的体会。较之五四前后的许多文人、学者，鲁迅可能更具有人生哲学的意味。他不是象牙塔里的存在，但却丰富了象牙塔里的的精神，拥有一个静穆得伟大的形而上的价值。带着生命热量的学院派的研究并非脱离世界的封闭之语，我们看那些安静的学人的沉思，恰是人间所缺失的一种存在，它可以辐射到遥远的地方，疗救思想枯萎的人们。而今天能够辐射到人间的真学问，可找到的并不很多。

2015年12月1日

辑一

辑二

辑三

辑一

「原乡小说」的裂变与重续——十七年小说中《南行记续篇》的意义

王德威曾以“原乡文学”一词，命名“从鲁迅的《故乡》(1921)起，五四及三四十年代的作家如废名、沈从文、萧红、艾芜等”一脉的原乡作品[1]；杨匡汉主编的《20世纪中国文学经验》一书也辟有“乡土的诗性表现”专节，梳理归纳废名、沈从文这一支乡土小说。这一脉小说致力于表现自己所熟悉的地域文化，“把一种属于人类永恒记忆和想象的诗性带入到文学乡土里”。[2]

及至新中国成立，“五四”开启的原乡小说创作却发生了质的裂变，特定的社会主义时代语境不断逼促作家表现农村的现实政治，原乡题材及叙述方式日益显得不合时宜，终于为新农村小说取代：作家们或感赞农村

1　王德威《想像中国的方法》，北京：三联书店 1998 年版，第 225 页。

2　杨匡汉主编《20 世纪中国文学经验》，上海：东方出版中心 2006 年版，第 359 页。

集体化引发的“山乡巨变”；或书写农村“新人”试办互助组、合作社的“创业史”；或激赏农村历经尖锐激烈的阶级斗争风雨（大都是“人工造雨”）而赢得的一片“艳阳天”。

然而，“原乡文学”传统并未全然失落于现代文学与十七年文学表层的断裂上；藕断丝连，时或潜隐在两者曲折暗晦的变通修正间。例如艾芜写于上一世纪六十年代初的《南行记续篇》[1]，便如一座独木桥，勉为其难地连接起现代文学与十七年文学间的原乡小说断层。

一、写“自己所熟悉的”还是写“革命事业需要的”

新中国的成立，使艾芜又一次面临题材选择上的“迟疑和犹豫”。三十年代他酝酿《南行记》时，曾与沙汀联名给鲁迅写信，求教能否写自己“熟悉的”、“在现时代大潮流冲击圈外的下层人物”，坦言“不愿把虚构的人物使其一个翻身就革命起来”；鲁迅的回答耳熟能详：“总之，我的意思是：现在能写什么，就写什么，不必趋时，自然更不必硬造一个突变式的革命英雄，自称‘革命文学’；但也不可苟安于这一点，没有改革，以致沉没了自己——也就是消灭了对于时代的助力和贡献。”[2]尽管彼时鲁迅的回答仍留有初习苏式辩证法时的面面俱到，诸如在“熟悉”/“有时代意义”一类的取向上偏侧移易；但艾芜却从某个深刻的片面，领会了“写自己所熟悉的东西”、“不必趋时”这一创作原则。恰是有了这一主心骨，《南行

1 艾芜《南行记续篇》，北京：作家出版社 1964 年版。以下《南行记续篇》引文均出自此版本，不再一一注明。

2 《关于小说题材的通信》，收入《鲁迅全集》第 4 卷，北京：人民文学出版社 1981 年版，第 366–369 页。

记》应运而生。

时移事往，三十年代业已破解的“写什么”的困惑于今又成了问题。好在此时毛泽东文艺思想业已成为一切文学工作者必须听命的指导性纲领。1951年9月，艾芜写了《略谈学习、锻炼和创作》一文，笔涉题材困惑的迎刃而解：“研究了毛主席《在延安文艺座谈会上的讲话》，才明确地认识了，创作作品不是以文学艺术工作者为本位，只写自己所熟悉的东西，而是反转过来，要以革命事业为主”，“因此文学艺术工作者，首先要研究的，不是我写什么熟悉的东西，而是要明白革命事业需要我写什么东西。这就变成，不是我愿不愿意写什么的问题，而是我应不应该写什么的问题。假如革命事业要求我写的东西，而我又明白这是我应该写的，只是我却独独不熟悉它，那我该怎么办呢？毛主席在《在延安文艺座谈会上的讲话》里，就解决了这个问题。你不熟悉的东西，你就得先去熟悉它”。[1]

恰是在“革命事业需要”这一主流意识形态的导引下，艾芜不再“南行”原乡，而选择了北上鞍钢“熟悉”新生活。1958年相继出版的长篇小说《百炼成钢》与短篇集《夜归》《新的家》，便是他题材趋时求新的收获。《夜归》《新的家》《雨》等被复沓选入上述短篇集中的诸作，多以富有生活气息、富有表现力的细节，煞费苦心地捕捉新生活的脉动；但徒剩支离破碎的“细节的真实”，却失落了那流贯全书、生气淋漓的创作主体。恰如洪子诚《中国当代文学史》所指出的：“从整体而论，连同长篇《百炼成钢》，都表明了在题材、艺术观念和方法‘转向’后的挫折。对于艾

1 艾芜《略谈学习、锻炼和创作——重庆文艺工作者学习锻炼和创作情形》，《文艺报》，1951年10月1日，第54-55页。

芜，读者记忆最深的恐怕不是《山野》和《故乡》，而是三十年代的《南行记》。”[1]

《夜归》写一名年轻工人雪夜归家之行；《新的家》写一位农村妇女到了“新的家”的安定……[2] 无意识间，适成作者在新时代中苦心寻觅并似乎终于找到了归宿的移情。然而即便艾芜身处“新的家”，心却依然魂牵梦萦“原乡”。

对于艾芜而言，“南行”不止是一种题材选择，而是一名自外于“现时代大潮流冲击圈”、神往漂泊的知识者的思想外化；云南边地亦不止具有地理学的意义，而暗含着一个疏离现实生活的精神彼岸、精神异乡（异乡边地被乐于边缘的艾芜引为梦中“原乡”）。这是三十年代艾芜书写《南行记》的原动力，亦是后来他续写《南行记续篇》的真实心境。惟其如此，方能理解当 1961 年艾芜得以故地重游时，那份如鱼归水的逍遥，那种生命力勃发的销魂。

洪子诚的文学史评说却对《南行记》与《续篇》有着明显扬此抑彼的倾向，称《南行记续篇》“依然是抒情性的文笔，也还有边疆风情的渲染，而叙述者的‘身份’已完全改变，作品的‘主旨’，也被纳入‘新旧生活对比’的简单的观念框架之中，在很大程度上失去对社会生活、对生命的发现”。[3]

诚如洪子诚《当代文学的“一体化”》一文所言，不应该模糊当代文学“‘一体化’的总体面貌”，这恐怕是他上述立论的出发点；但同样是其

1 洪子诚《中国当代文学史》，北京：北京大学出版社 1999 年版，第 80–81 页。
2 艾芜《夜归》《新的家》，收入小说集《新的家》，北京：人民文学出版社 1958 年版。
3 洪子诚《中国当代文学史》，第 80–81 页。

必要的提醒：我们亦不能疏忽“对‘非主流’文学线索的细心发现”，不能疏忽“同一文本内部的文化构成的多层性”。[1] 恰是得益于后者的提示，笔者认为:《南行记续篇》中的原乡主旨虽则会在“十七年”政治语境中被重构，但仍无改作者在“南行”这一象征中力图重获主体自由，在原乡这一题材中相对游离现实的隐衷。类似不同向度的牵引撕扯，促成了文本内部的裂变，产生了《续篇》相反相成的结构性张力。

其实，即便在“十七年”一体化的舆论体制下，仍若隐若显地存在着诸种辩议修正的声音：诸如1957年巴人《论人情》、钱谷融《论“文学是人学”》的发表；1961年《文艺报》主编张光年执笔的《题材问题》的专论；及至1962年老朋友邵荃麟关于“题材的广阔性”、“题材的多样化”的讲话[2]……《南行记续篇》可谓以极其独特的方式，有意无意地呼应、触及了关于文学的阶级性、文学的人情与人性、关于题材与主题等省思。

以下拟重读《续篇》，努力捕捉其文本的裂隙，藉此穿透作品复杂多元的情节结构、叙事策略、表情方式、生命观念。重读之意义不仅在于勾勒萧红故去，废名、沈从文搁笔后，原乡小说在新时代语境中一息尚存、曲折迂回的轨迹；更旨在揭示既有十七年文学研究失之简化的方法论局限及因之可能遮蔽的意义暗角。

1 洪子诚《当代文学的“一体化”》，收入《文学与历史叙述》，开封：河南大学出版社2005年版，第64页。

2 巴人《论人情》，《新港》1957年第1期；钱谷融《论“文学是人学”》，《文艺月报》1957年第5期；张光年《题材问题》，《文艺报》，1961年3月26日；邵荃麟《在大连“农村题材短篇小说创作座谈会”上的讲话》，《邵荃麟评论选集》(上)，北京：人民文学出版社1981年版。

二、忆苦思甜情节结构模式与怀旧情调

比照成书于三十年代的《南行记》，《续篇》一个引人注目的变化便是袭用了“忆苦思甜”情节结构模式。恰如作者在《序言》中表明的，旨在通过“解放前和解放后的对比”，展现新中国“把地狱换成人间的伟大变化”。小说中，一写到新社会，总是“阳光晴朗朗”，“显得无边的光明”。即便《姐哈寨》《攀枝花》等篇中偶生气恼，偶有波折，亦纯属“误会”，有惊无险。

引人注目的是，集子中除《边疆女教师》《春节》等两三篇作品属“新人新事”题材外，其余九篇均为怀旧之作。笔涉今天的生活，作者似唯余勉力纪实之能，却拙于飞腾的想象力，文字简约得几近吝啬，俨若即时性的通讯、报道。更耐人寻味的是，在那些怀旧之作中，“思甜”仅止是一个外壳，而“怀旧”才是小说中用心凸现的魂核。与其说是“旧瓶装新酒”，不如说是“新瓶装旧酒”。起首照例写叙述者来到某村寨，先“简单地说出我今昔不同的印象”；接着便“忽然记起一点影子了”，于是倒叙一个昨日的故事；直至结尾才重又回到“新世界”里。作者并未一味沉醉留连于边疆新貌中，却总是神魂出窍，寻觅故土旧梦。

面对“新人新事”，作者甚至有点喜“旧”厌“新”，如自序中言及：“有个高山上的汉族寨子，同外边的美蒋特务和暗藏的特务就作过不少的斗争。我们曾尽力调查过”，“有个边防军的工作组，在少数民族的山区，大力开展工作，由不懂话做到懂话，由开始受到冷遇，到最后不让离开。整个经过，我们也作过详细的调查研究”……结果，两个素材都未被作者采用，理由是“都因不适合用第一人称的形式来写”。

《续篇》中的“第一人称叙述”，不仅包含着叙述者采用“我”的口吻来讲述故事，“我”同时也是故事里的一个人物。准确地说，作者分身为二，一个是“第一人称叙述者”，他的身份是“机关人”（邵荃麟语）；另一个是昨日的故事里的人物“我”，他的身份是漂泊知识者。值得注意的是，在“机关人”身上，仍隐约可见“知识者”的移情。倘若《续篇》中“叙述者的‘身份’”纯粹如前述洪子诚判定的，仅仅是机关干部，那么，并无碍采用这两个素材；问题恰在于，对于艾芜而言，此处所谓的“第一人称叙述”，并非只是叙事学意义上的视角，同时意味着一种便于凸显自我、激扬主体的姿态；意味着一个对美的生命与人性异常敏感的漂泊知识者的眼光；意味着一种必须经由感觉记忆内化为“我有”的程序。而上述“新人新事”则尚停留于理性认知层次，难以纳入作者记忆中的文化架构、感情世界里，使之凝融为有意义的整体。

《南行记续篇》通篇萦绕着缠绵不尽的追忆语调：“我为什么老要记起以往的事呢？”“恍惚觉得像以前在哪里见过，但仔细看来又似乎有些陌生。可是她的声音，总含有某种熟识的东西”，“我渐渐记起好多年前，我是走过这样的地方。我记得那时……”无意中透露出，作者与其说是在“忆苦”，不如说是忆旧、怀旧。

“这本《南行记》，将会把今天的读者，引到过去黑暗的社会里去。但我要说一句，过去的社会，远比书里所描写的，还要黑暗的多。”[1]六十年代初作者曾如是声明，言外之音恰恰透露了《南行记》（《续篇》亦然）的描写仍不尽“黑暗”。

1　艾芜《南行记·后记》，北京：作家出版社1963年版，第321页。

黑暗的社会，究竟有何“旧”可“怀”？作者苦苦追怀昨日的风景，社会的黑暗未曾使其黯然自伤，却因常感染着边地自然的神奇而萌生“怡悦的诗意”；作者多方“打听一些赶马人、偷马贼、私烟贩子的下落”，岁月淘洗，他却留下了那些被主流历史拒斥的边缘人“性情中的纯金”；心的荒凉处，幸得有边地那汩汩无尽的爱的温泉的滋润；“漂泊”这一不无象征意味的行为中，作者十倍百倍地领略了人性的自由、生命的销魂。隔着三十六年历史烟云往回看，原乡在时移事往中不仅生出一份忧伤，更生出了一份美丽。至此，我们读懂了，令艾芜神往的南疆，与其说是政治意识形态范畴的社会主义新边疆，不如说仍是那文化学定义下的“边地”；而作者之所以袭用“忆苦思甜”情节结构模式，潜意识中正是为了赢得不合时宜的“怀旧”抒情的“合法性”。

三、阶级斗争场域与人性“飞地”

较诸《创业史》对农村阶级关系的细致刻画，较诸《艳阳天》对农村阶级斗争的“生活化”表现，《南行记续篇》尤其显得不善于运用社会分析方法。艾芜似乎无意细写边地人民所受的政治压迫、经济剥削；更无力如浩然一类作家那样，不无过敏地从日常生活细节中发现阶级斗争的蛛丝马迹。尽管艾芜将土司、头人全写成了脸谱化的“坏人”，尽管他将恶势力的抢亲行为一律纳入阶级压迫的框架里去阐释，然而，与其说作品中阶级斗争叙事取代了人性叙事，不如说作者将阶级斗争叙事悉心转换为表现“优美，健康，自然而又不悖于人性的人生形式”与那些束缚人性、束缚爱情、压抑自然生命的邪恶势力之间展开的对抗。缘于此，《南行记续篇》的主题及视阈仍属于原乡小说范畴。边地文化意识对美的生命与人性的看重成为作者衡量事物的标尺："旧世界"的应推翻在于其"不知压碎了多少美丽的生命"；而作者尽管袭用时语称阶级敌人为"十恶不赦"，但在八篇小说中唯一写及且反复控诉的恶行却唯有"抢亲"。

如果说，《百炼成钢》《雨》等作虽笔涉青年工人的爱情，但那仅仅是革命生活的点缀，纯属公共话语在个人情感领域中的挪移，即便如此，也曾遭到"爱情描写是否必要，以及如何评价作品的爱情描写的情节"一类的质疑[1]，十七年文学的革命意识洁癖已令爱情日益成为创作的盲区乃至禁区；那么，"南行"却使艾芜有幸遁入爱情的"飞地"。

一个为人忽视却值得注意的现象是：十七年文学中表现少数民族爱情生活的作品占了相当可观的比例。个中是否隐含着汉族作家对更顺应自然、接近自然的少数民族生命意识的倾慕；抑或还是因着表现边地少数民族爱情生活时，可以少一些意识形态禁忌，多一点浪漫情调？《南行记续篇》的选题适可揭示上述玄机。十二篇小说中，竟有九篇以爱情为题材，并将爱情从小说的点缀因素升格为叙事审美的中心：或写佛爷力争还俗，不屈不挠，一心与心爱的女人结婚的悲欢离合（《芒景寨》）；或写猎人与其恋人被土司的兵团团包围，水竭粮绝，宁死也要相守在一起的痴情蜜意（《群山中》）；或写有情人偏被拆散，相距咫尺（边境线）却如遥隔天涯般的相思梦断（《澜沧江边》）；或写盗马贼与情人因情出逃，千里走单骑，不无传奇的生离死别（《野樱桃》）……显在层面自是表现对被旧社会阻抑的爱情的悲悯；潜文本中却在不自觉间亦隐含了对新时代情爱禁忌的质疑与背离。

《群山中》自觉非自觉地袭用了傣族地区广为流传的猎人与公主故事母

1 《关于〈百炼成钢〉与黄祖良同志的通信》，收入《艾芜文集》第 7 卷，成都：四川文艺出版社 1989 年版，第 377 页。

题[1]，写土司小姐木文娜在外出打猎时对英武的猎人寸金才一见钟情，父亲偏嫌贫爱富，硬逼她嫁给另一土司一脸麻子的儿子，于是木文娜在出嫁路上毅然出逃，与猎人远走高飞，却不料被土司重兵包围，以死殉情。其情节较之同源母本具有恒定的承传性与共质性。这一故事母题中，俨若“天上下凡”的“公主”的角色功能至为关键。它不仅成为父母抑阻恋爱、情节横生波澜的动因，而且以此“天上人间”的身份距离，体现了“爱高于一切”的主题。

然而，猎人与“公主”身份悬殊的恋情，尚未及在小说中冲撞旧社会封建土司阶级的门庭秩序；便已先在现实层面触犯了新时代革命阶级严守阶级界限的禁忌。“公主”这一人物设置遂使作者陷于两难：若取消木文娜的土司小姐身份，则其恋情波澜不惊，其主题亦毫无意义；反之，又有宣扬“阶级调和”之嫌。最终作者采用了将女主角分身为二的叙事策略。在木文娜之外，节外生枝地为其添加一个贴身丫环伊娟。当木文娜带着伊娟逃婚后，令情节陡生波折，写土司小姐实难耐猎户生活的贫穷卑陋顿生悔意，而此时“穷苦人家”出身的伊娟反得以与猎人继续恋情。至此，边地经典民间故事中的女主角，不得不由公主原型沦为新意识形态的婢女。

艾芜叙事有术，有意利用伊娟与木文娜的如影随形、亲近无间，平生出诸多虚虚实实、真幻莫辨的魅象。彼时意识形态两军论战的宏大话语：“一分为二”/“合而为一”，不经意间居然被移作了谋篇布局的“雕虫小技”。或花开两枝，印证亲不亲、阶级分的时论；或形影叠合，让伊娟权充“公主”角色功能的替身，使其既具有苦大仇深的阶级出身，又不失“天上

1　如叙述猎人与孔雀公主相爱故事的傣族民间传说《召西纳》及其异文《猎人与孔雀》《婻悦罕》。参阅刘守华《比较故事学》，上海：上海文艺出版社 1995 年版，第 393、394 页。

下凡”的气质。

尽管作者有意运用多重视角叙事，有意闪烁其词，如先由猎人的哥哥出面指称：“人家是土司家的小姐，跟你穷人家不一条心的”，接着又借另一人物之口辩解：“那不是土司的小姐，是土司家的丫头”，使文本歧义丛生；但从小说中对伊娟的形象刻画：“脸色白白的，眼光象水波一样流动”，“丝毫没有山村姑娘，见了生人就现出拘束害羞的样子。同她说话，口齿流利，大大方方的，而且亮亮的眼神，极富有表情。她不象是寸大妈的女儿。寸大妈有着山村居民的本色，诚朴厚重，一副直心眼。她却是心眼多得很，在大地方生活过似的。看见她，不能不想起今天走过的那一条活活泼泼的清溪”，以及问及伊娟时猎人母亲的表白：“我们受不起，人家是天上下凡的”……却无一不提示着伊娟与其身后被遮蔽的土司女儿的同构关系。潜文本中，实是不得不被“阶级论”处以极刑的公主木文娜冤魂不散，借伊娟这一净身脱胎换骨，得以与猎人重续鸳梦。

虽则艾芜煞费苦心，缝合了边地民间故事与阶级斗争叙事的话语裂缝；但小说的结局仍不可避免地构成了对封建门户观念与同样森然的革命阶级论的多重质诘。作者将男女主人公从现实生活的地面，还原于民间故事的神话型语境中，提升至神性的天空里。让现实中倒下了的年轻情侣高高地站立起来，化身为“乌蓝而又庄严”的山峰，“远远近近满布森林的群山，都仿佛围在它的周遭，低着头，带着敬仰的神气”；“我”也“禁不住摘下了帽子”，向那高于一切、超越现实、超越阶级、超越财富的“爱”致礼。

一如《群山中》的叙事真幻莫辨，《玛米》的故事亦朦朦胧胧、恍惚迷离。小说写客店伙计“我”与傣家女孩玛米，虽语言不通，却不乏真情交会，热心的老板娘无事生非，编造出两人相爱的流言，未料竟招致官家先下手抢占了玛米……明明爱情纯属“无中生有”，不知怎的，通篇却氤氲着一种“道是无情却有情”的缠绵。结尾写：我“低头走着……这时正是一九二七年的冬天，但克钦山中还是夏季的景色，到处都是绿色的林子，吊满藤萝，开着各样的野花。蜿蜒在山中的大盈江，时时在路边的树林中出现。这些流水就是从她们的甘崖坝子流来的，水波在阳光中，每一闪动，我都仿佛望见她的眼睛一样。而且眼波中分明露出了悲哀和忧愁。我怅然地走着，一路林中盛开的野花，歌唱的鸟儿，都全没有看见听见。我只是怅然地走着”。——值得注意的是，至此，作者终于脱出卒章“思甜”套路，无心颂扬“换了人间”，而任由全篇（亦是全书）在“怅然”中作结。

临了，作者还郑重其事地在篇末标明：“1962 年 1 月 12 日开始写于允景洪，2 月续于橄榄坝六乡巴当寨子，2 月 3 日写完于小勐崙，西双版纳热带植物园。”对照集子中其他诸篇篇末所留下的写作日期，不难发见，各篇章的排列并非以执笔时间先后为序，而是按内容、情绪悉心编排。选择唯一写作于南行途中的《玛米》作结，想必对于作者而言，这是最值得记取的生命性的个体时间。

这一编排令人寻味：怅然若失的是托身为玛米的美而感伤、令人追怀的“南行”旧事？是若有若无、难寻难觅的“梦中的女孩”？是那人性美丽、人情温暖的精神原乡？是不得依归、意犹未尽的去乡之情？……作者空留下怅然省略号，任人省思。

如《序言》所挑明，时代潮流迫使作者不得不去“迎接新的东西”，身不由己，唯留魂游边地。《南行记续篇》中的“漂泊”意象，适可借作十七年特定时期艾芜续写原乡小说时交互偏侧、迂回求索的创作姿态以及因此生成的游离不定的多重叙事魅影的隐喻。

原载《文学评论》2009年第1期，
人大复印资料《中国现代当代文学研究》2009年第6期

一、“火气”与“清气”的消长

在着手明清之际士人研究时，赵园特引王夫之所谓“戾气”一词为题，用以概括明代尤其是明末社会的别一种时代氛围。值得注意的是，王氏所谓“戾气”，不止由统治者的暴虐，“也由‘争’之不已的士民所造成”。[1]恰是对后者的批评向度，尤为可贵地蕴含了王夫之乃至识者赵园独具的士文化反省意识。

借重上述士文化反思，笔者拟以“火气”一词，指称民国初期，尤其是“五四”以降浙江省立第一师范学校士人中充斥的某种激进情绪。此类“火气”诚然是彼时具体历史情景下的正当产物，满溢着青春期的锐气与激

1　赵园《明清之际士大夫研究》，北京：北京大学出版社 1999 年版，第 9 页。

情；但也毋庸避讳，一定意义上，与“戾气”之成因相似，在与旧传统、旧文学相争相激之际，难免产生一些矫枉过正的负面症候。

1919年5月4日，“五四”运动爆发。而不无象征性地点燃这场思想革命与文学革命火焰的，恰是后浙一师时期的重要领袖人物，与一师师生同声相应、同气相求，执掌春晖中学、创办立达学园的同道匡互生。史称时为北高师学生的他率先打破铁窗，冲入赵家楼2号曹汝霖的住宅，与卫兵格斗；他还取出火柴，将卧室的帐子拉下，放起火来……[1]赵家楼的火焰，就此成为“五四”激进精神以及士人“火气”的鲜明表征。

与匡互生的一度侠烈火暴性格相类，浙一师校长经亨颐身上也充满了某种峻急躁进之气。少时他曾通电反对慈禧废光绪帝，遂遭通缉而亡命天涯；1927年南昌起义发动，身为国民党左派的他赫然名列领导起义的以周恩来、张国焘、叶挺、李立三、贺龙、恽代英、林伯渠、彭湃、苏兆征等共产党员为主体组成的中国国民党革命委员会的名册中；1930年又因参加国民党中央党部扩大会议锐意反蒋，旋被“永远开除党籍”。

如果说，其左翼政治倾向犹值得称道，那么，那过于激进的文化立场却不得不引人反思：1928年，身为国民政府委员的他提出了废除故宫，“分别拍卖或移置院内一切物品”之议案。[2]理由是“在中文里‘故’字有怀念的意味，这‘故宫’二字大有禾黍离离之感”，唯恐遗民藉此寄托对旧王朝兴灭更替的哀思。这一偏激主张与姿态同样不乏象征性。某种意义上，“故宫”远不止是封建帝制的载体；而适可视为闳约深美的中国传统文化构架

1　叶圣陶《悼匡互生先生》，周予同《火烧赵家楼》，收入北京师范大学校史资料室编《匡互生与立达学园》，北京：北京师范大学出版社1985年版，第130、83页。

2　郑欣淼《故宫的价值与地位》，《光明日报》，2008年4月24日。

的隐喻。

其主持一师教育革新，最引人瞩目的应属倡导“学生自治”与推行白话文这两项举措。试行“学生自治”，本意在于易“他律”为“自律”，然而“五四”一役之后，一师学生自治的权力日渐扩张，例如学生自治会代表得以出席校务会议，参与决策；甚至组织学生法庭，自行审理学生之间的积愤与思想纷争。至于推行白话文，蔡元培针对时人指责北京大学“已尽废古文而专用白话”之说，曾辩及彼时北大预科国文教材“所据为课本者，曰模范文、曰学术文，皆古文也”；而作为培养师资的一师，国文讲授却一度“旧的一概否定”，尽“改文言为白话”，国文“四大金刚”之一的刘大白还因章士钊持“文言雅洁说”而爆粗口，指斥“章大虫底放屁逻辑”[1]，直到姜伯韩主校，方易为“教员视学生程度，得酌授文言”。

经亨颐倡导“与时俱进”方针，堪称时代先锋；但其唯恐难偿历史进程之时差，每每弃“渐进”而代之以“急进”、“猛进”（沈玄庐好用之词）步伐，则难免过犹不及。

与经氏信奉唯“新”是趋的“时间神话”观念相类，俞平伯也曾刻意“舍旧谋新”。“五四”运动那年，他在《新潮》杂志发表《打破中国神怪思想之一种主张》一文，力主“严禁阴历——禁止阴阳合璧的历书”一事刻不容缓。因为，如此“便不会有干支，不会有干支的阴阳五行；不啻把妖魔鬼怪的窠巢，一律打破。什么吉日哪，良辰哪，五禁哪，六忌哪，烧香哪，祭神哪，种种荒谬的事情，不禁自禁，不绝自绝”。年方十九的他未免

1　大白《我想提倡的几种主义》（一），《黎明》周刊第 6 期，1925 年 11 月 8 日。

行事过于焦躁激切，每每寻求所谓“最简截最痛快的办法”。[1]这未尝不是“火气”旺盛的“五四”同人共有的倾向。即便一师前辈鲁迅，也一度相信“改革最快的还是火与剑”[2]，更遑论学生辈中以一纸《非孝》檄文惊世骇俗、一度迷信“改造社会要用急进的激烈的方法”的施存统[3]，以及“风潮”平息多年犹火气未消，不惜背欺师灭祖之名，撰小说《校役老刘》以宣泄自己对母校一师怨愤之情的魏金枝。

曾几何时，以“一师风潮”为界标，前后一师士人风气渐变。缘于“五四”灰飞烟灭、“风潮”波澜不惊后，师生集体性的痛定“思痛”；缘于新进教师朱自清、叶圣陶毕竟天性平正和易，最终乃以和风细雨式的调适滋润，改变了“那时一师脱略的风气”[4]；也缘于丰子恺及其老师李叔同静对万象万事、躁忿全消修养的感染；缘于浙一师——春晖中学——立达学园这一路辗转、时过境迁后的柳暗花明。

后一师文人重新框定了其生活空间、工作空间以及审美空间，由前一师时期的惯于振臂广场、操场、议会等宏大领域，衍变为栖身“湖畔”（西湖、白马湖）、“平屋”、乡村、书园等日常场景。天人互动，后者赐予了他们“美”、“自由”、“真诚”、“闲适”的境界与除尽火气见清气的氛围。

与“火气”适成对照的“清气”一词，典出1924年经老友夏丏尊介绍、加盟上虞春晖中学的朱光潜。他称：到白马湖后，结识了后来对其影

1　俞平伯《打破中国神怪思想之一种主张》，《新潮》第1卷第3期，1919年3月1日。
2　《1925年4月8日致许广平》，《鲁迅全集》第11卷，北京：人民文学出版社1981年版，第39页。
3　转引自彭明《五四运动史》，北京：人民出版社1984年版，第522页。
4　魏金枝《杭州一师时代的朱自清先生》，《文讯》第9卷第3期，1948年9月15日。

响颇深的匡互生、朱自清与丰子恺几位好友，“那一批浙江朋友们都有一股清气，即日常生活也别有一般趣味，却不像普通文人风雅相高。子恺于‘清’字之外又加上一个‘和’字”。[1]

如果说，“火气”喻示着某种激进主义的情绪；那么“清气”则意味着一种渐进主义、或谓“日常生活的中和主义”精神气质的升华。身逢世变，此种火气渐消、回归本性的趋势便因此具有了历史的多维向度。其内蕴包括束己自爱，笃厚诚信，平和坦夷，宁静致远。显然不仅指涉政治姿态，亦关乎人生哲学、审美境界的追求。

在那一味激扬“火气”的时代，批评家曾据此针砭朱自清等的“清气”：“他是反抗黑暗和一切旧的不合理现象的，然而缺少在我们时代所不可少的所谓伟大的憎；他是向往和赞美青春的，但在他的作品上和性格上，革命的青春的烈火就似乎被压着而没有旺盛地燃烧。”[2]更有新中国文学史著述将此看似低调的沉潜、退守，误判为“消极”、“落后”。

相形之下，还是同时代人对其所具“清气”更含同情的了解。朱光潜、沈雁冰等分别指出了“清气”的维度及张力：朱自清“柔而不弱”、本性“不屈不挠”；叶圣陶“待人接物，谦和平易，质朴无华，看来很有些温柔敦厚气，但外柔内刚，方正鲠直，眼里容不得沙子”[3]；人“常用‘清’、‘和’两个字来概括子恺的人品，但是他胸有城府，‘和而不流’”[4]；“他们的

1 朱光潜《丰子恺先生的人品与画品》，收入《朱光潜全集》第9卷，合肥：安徽教育出版社1993年版，第153-154页。

2 冯雪峰《悼朱自清先生》，《论文集》第1卷，北京：人民文学出版社1952年版，第112页。

3 柯灵《叶圣陶同志的两封信》，收入《长相思》，上海：上海文艺出版社1982年版，第130页。

4 朱光潜《缅怀丰子恺老友》，收入《艺文杂谈》，合肥：安徽人民出版社1981年版，第259页。

政治观点，前进而不激进，沉实稳健而非锋芒毕露，不满现状又尚未构成尖锐的对立。对待事业与工作，一律认真负责”[1]……显然，此种退而守成、和而不流的风神，恰可移作对彼时仍一味亟亟于功利、好刚使气、峻急躁进的时风的适度反拨。

二、诗化青春

与前述时代氛围、精神气质的沉潜衍变适成呼应，通观新文学第一个十年前后一师文人的文学创作活动，其文体选择亦大致呈现了一个从诗到散文的整体性趋势。

“五四”时代，无论是沈玄庐、刘大白，抑或是朱自清、俞平伯、叶圣陶、刘延陵及至学生辈的湖畔诗人群，都曾不约而同地选择了诗这一青春文体抒发自己的情怀，宣泄身逢“五四”青春期那满溢着的时代幻想与激情。

由沈玄庐等主编、创刊于 1919 年 6 月的《星期评论》周刊，曾以大量篇幅支持新诗的尝试与探索，因而与《新青年》《新潮》《少年中国》齐名，被史家誉为“在白话新诗创业初期最值得纪念的刊物”[2]；而由朱自清、叶圣陶、刘延陵筹划编辑，于 1922 年 1 月在一师这一母体中孕育而生的《诗》，则堪称中国新诗史上第一个诗刊。此外，晨光社、湖畔诗社应属新诗史上最早的诗歌团体；沈玄庐的《十五娘》是“新文学中第一首叙事诗”[3]；朱

1 茅盾《祝圣陶五十寿》，《华西晚报》，1943 年 12 月 5 日。

2 谢冕《新世纪的太阳——二十世纪中国诗潮》，长春：时代文艺出版社 1993 年版，第 44 页。

3 朱自清《诗话》，收入朱自清编选《中国新文学大系 · 诗集》，上海：良友图书公司 1935 年版，第 25 页。

自清的《毁灭》则被时人视作“能在中国古代传统的一切诗词曲以外另标一帜”的长诗……[1]不言而喻，一师诗人为新诗的萌生所作出的开拓性贡献如此引人瞩目，长时期以来多为文学史论著（包括笔者的一些著述）称道，故此处不再赘述；而其负面症候，却缘于往往为史家忽略不计似更值得探析。

一师学生魏金枝曾是“一师风潮”及新诗运动的急先锋，其三十年后对“风潮”浮躁火暴之气的反省以及对新诗运动负面性的嘲讽（未尝不可读作“自嘲”），因此引起我们注意。他说：“在紧接‘五四’的这个时代里，原来可因说大话做新诗而起家的，甚至敢闹一切不正常的恋爱，也可以把自己弄得煊赫一进，即使不成为风云人物，也会被搬上话剧场，或者请去拍一套影片。譬如当时的刘大白、刘延陵诸先生，就是做新诗得名的，沈定一就是一个说大话出身的”，“总之，正当那时，一切泡沫，都可以冒充浪潮”。[2]

如果说，以上讽刺较多地指向诗人的人品（含文化姿态），那么，郑敏在对中国新诗创作作世纪回眸时针砭刘大白等的“双重诗格”，则显然已兼及其诗品（含审美趣味）了。

郑敏分外看重刘大白诗《秋夜湖心独坐》的艺术魅力，却不认同其追求“大众化”风格的诗歌如《卖布谣》《割麦过荒》诸作。指出诗人“为穷人”呐喊，“其意可嘉，但诗则是多余的了”。[3]郑敏纯诗的审美取向中，依稀透露出新诗百年发展史上日渐稀罕的某种贵族精神。诚然，郑敏亦有其

1 俞平伯《读〈毁灭〉》，《小说月报》第 14 卷第 8 期，1923 年 8 月 10 日。
2 魏金枝《杭州一师时代的朱自清先生》，《文讯》第 9 卷第 3 期，1948 年 9 月 15 日。
3 郑敏《世纪末的回顾：汉语语言变革与中国新诗创作》，《文学评论》1993 年第 3 期。

审美偏嗜，平心而论，“平民化”抑或“贵族化”的审美需求都“应当尊重”；但问题的关键是，刘大白的此类诗出于功利性目的，不惜将平民化的形式追求强化到极端，俨然“文学斗士”，这才使郑敏的批评师出有名。

其实，较之刘大白，沈玄庐更好为“文学斗士”，在所拟文学宣言《新旧文学一个大战场》诸文中，便如郑敏所针砭的，惯于将新／旧文学视作一对“水火不容的对抗矛盾”，遵循“拥护／打倒的二元对抗逻辑”[1]，号召青年人“杀进去”，“在这个战场上把旧东西扫除得干干净净”[2]

他与刘大白一道，合力将白话诗题材开出新境。不仅史无前例地为农民运动树碑立传，还发表了大量为工人命运鼓与呼的诗作，在新诗史上自然功不可没。然而除《十五娘》等优秀之作外，一些作品刻意扩张诗歌启蒙民众、鼓动民众的功能；此外，抒情主体每每情绪过于冲动，借用其诗中的描写，所谓“烈火烧心、狂云拥背”，闷煞了“胸中的块垒”[3]，以致一泻千里，一览无余。

“五四”以降四年，可谓玄庐诗歌创作的喷发期，共发表了百余首诗，均刊载于《星期评论》周刊、《民国日报》副刊《觉悟》等报章上。缘于其鲜明的政治活动家倾向与动机，加之感染、兼顾了报馆文章的宣传性、即时性等因素，其诗适可谓醒世的宣言，觉民的警钟，控诉的血书，进军的战鼓。

试读代表作《起劲》。抒情主人公为工人起劲做工，却仅仅只能“养活几个剥皮敲骨的富家翁”的境遇愤愤不平，起而疾呼：“切断工人颈子上的

1　郑敏《世纪末的回顾：汉语语言变革与中国新诗创作》，《文学评论》1993 年第 3 期。
2　沈玄庐《新旧文学一个大战场》，《星期评论》第 24 号，1919 年 11 月 16 日。
3　沈玄庐《题画》，《民国日报》副刊《觉悟》，1920 年 9 月 23 日。

锁链，/打破资本家所建筑的牢笼。/什么是现实的文明？/把他来‘粉碎虚空’。/没有‘富’，/那来‘穷’。/没有‘私’，/那来‘公’。/腕力十分雄，/心花十分红。/‘起劲复起劲’，/从此不做国家人种的糊涂梦。”[1]……音韵读似铿锵，节奏急促有力，如咚咚鼓点，颇具鼓动性，却少了诗性蕴藉与回味。

不无悲剧意味的是，其诗歌创作中，多凸现政治活动家与斗士的身影，倾向未能自然而然地流露；而综览其政治生涯，却归根结蒂还是一名浪漫主义书生、一个诗人。前引魏金枝的讽刺，未尝不是歪打正着，切中了玄庐的某些局限。只是魏氏多少有以成败论英雄之嫌。若论玄庐“说大话出身”，其诗文中固然不难觅得“把大海搓圆，朝太空掷去，人在圆顶尖头立”，“把豪情拨起，驾上涛……忍着要发的世界新潮，正打点涨大全球”一类过甚其词、主体极度膨胀的豪言壮语；但藉此印证玄庐是如此“把自己弄得煊赫一进”，却未免大大低估了玄庐这一远非纸上谈兵的“风云人物”的传奇性。

玄庐出身地主，偏于二十世纪初叶振臂一呼，率先在萧山衙前发起农民运动，不惜千金散尽；一介书生，却“也曾骑怒马抽刀杀敌”，壮怀激烈；他曾高举妇女解放的旗帜，然又妻妾成群，还一度与上海共产主义小组中唯一的女性成员丁宝林热恋，而伊唯恐其“志气要消暮”竟削发为尼（此即魏氏所谓的“敢闹一切不正常的恋爱”）[2]；作为中国共产党发起人之一，他多有开天辟地之创意，也不乏不切实际的空想，最终沦落至脱党，却又依然执着进行农村自治实验，为此不惜血浴故乡……究其一生，可谓

1　沈玄庐《起劲》，《星期评论》第 45 号，1920 年 4 月 11 日。
2　参阅散木《参与过中共一大筹备的神秘女性丁宝林》，《党史博览》2011 年第 9 期。

成亦诗人气质，败亦诗人气质！

去其偏颇，魏金枝的苛评之价值在于，它能启人反思：沈玄庐等好标新立异之创举中确渗有一些哗众取宠的习性，叱咤风云之际亦未免不时凌空蹈虚。这“诗人病”显然不是玄庐一个人的，而是“五四”时期一师诗人群程度不等却性质相似的症候。

无怪一师后学曹聚仁也曾以“少年诗人中最有希望”的汪静之为例，剑指湖畔诗人——张维祺、汪静之、冯雪峰、魏金枝诸氏继之的“诗人病”：“五四运动前后的文艺青年，也可说是很幸运的，呼吸了一点时代的新空气，一个筋斗翻过来，很早得到一点小名声，成为文人或诗人”，但是“太容易的成功，就象一个肥皂泡子，飞在空中，看起来很美丽，一下子就会吹破了”。“所以浪漫的抒情诗人，就有一种命定的悲哀，老调子的热恋诗一唱完，就唱不下去了。”曹氏虽因惯于对一切问题采取批判态度，而素有“乌鸦文人”之戏称；却缘于此文采用回剑自戕、复剑贯对手的战法——“这话，实在是在说我自己，却也包括静之兄在内。”[1]——便平添了几分力量。

耐人寻味的是，魏金枝、曹聚仁痛定思痛，反思“五四”时期一师诗人好于滔头弄潮，然而运动退潮后，终究落得是“浪潮”抑或“泡沫”混沌莫辩之际遇；却不约而同地记取彼时朱自清那如中流砥柱般“坚实”的风姿。

作为后一师时期的灵魂人物之一，朱自清为人为文确实相对平正稳健乃至达臻如魏、曹所看重的不惮“背时”的境界，故适为一师同道后学效

1 曹聚仁《补说汪诗人》，见《我与我的世界》，北京：人民文学出版社 1983 年版，第 238、239 页。

以安魂；但置身这纷扰喧嚣的时代，也难免有些许随波逐流的“趋时”之举。例如他在为学生汪静之的诗集《蕙的风》作序时称：“我们现在需要最切的，自然是血与泪底文学，不是爱与美底文学；是呼吁与诅咒底文学，不是赞颂与咏歌底文学。”尽管他何尝不知“前者固有与后者并存底价值”，二者原不能偏废，却还是认同“现势下”，前者应是“先务之急”的时调。[1]

“血与泪”或谓“血与火”意象一时成为一师乃至诗歌界主流诗潮的主题与基调的象征。朱自清也撰有《血歌》《赠 A. S.》《送韩伯画往俄国》一类血脉贲张、火气升腾之作——“血是红的！／血是红的！／狂人在疾走，／太阳在发抖！／血是热的！／血是热的！／熔炉里的铁，／火山的崩裂！”[2]——勉力以其如“血的歌”、“火的绘画”般的创作，应和那“建红色的天国在地上”的一时代理想。前引郑敏所谓时势养成胡适、陈独秀、刘大白等先驱“双重、分裂的文学人格”之说，移自朱自清身上，狷者／狂者亦可说是其一体之两面。

恰逢青春期的朱自清诗作中充盈着的，除却“英雄之情”，更有“浪漫之情”。某晚泛舟湖上，见“一只插着小红花的游艇里，坐着八九个雪白雪白的白衣的姑娘”，飘然而过，惊为“暂现色相于人间”的天人，故不仅撰《女人》篇纪实[3]；且复沓为之赋诗。如《湖上》赞美乘着那“舷边颤也颤的红花”之小船，唱起美妙的“不容我们听，只容我们想的歌”的“白衣的平和女神们”[4]。如果说前述“手象火把”、热血腾沸的盗火者 A.S.（原型即邓中夏）堪称“血与泪底文学”中的英雄典型，那么，湖上的白衣姑娘恰

1　朱自清《〈蕙的风〉序》，见汪静之《蕙的风》，上海：亚东图书馆 1922 年版，第 413 页。
2　朱自清《血歌——为五卅惨剧作》，《小说月报》第 16 卷第 7 号，1925 年。
3　朱自清《女人》，收入《背影》，上海：开明书店 1928 年版，第 11 页。
4　朱自清《湖上》，收入《踪迹》，上海：亚东图书馆 1924 年版，第 38、39 页。

可借作专司“爱与美底文学”的女神。

无论是“英雄之情”，抑或“浪漫之情”，磅礴郁积既久，难免境至“极境”，情至“纵情”。如是便有杭州湖上三夜的畅游寻欢；便有曲折宛延二百余行的长诗《毁灭》。

诗人一度尽享“诱惑的力量，颓废的滋味，与现代的懊恼”[1]，然而物极必反，临了还是“颇以诱惑的纠缠为苦，而亟亟求毁灭”。于是，虽曾有浮沉于“浓香”、“腻味”、“滑泽”、“松软”间的靡靡然，终究思想不如归去，那诱人的“吹弹得破的面孔”，陡然间“只剩一张褐色的蜡型”；即便那“雪样的衣裙，/现已翩翩地散了，/仿佛清明日子烧剩的白的纸钱灰”；而“虽有巧妙的玄言，/像天花的纷坠；/展示渺渺如轻纱的憧憬”，也免不了被“下界的罡风”吹散……此处引人注目的是，“毁灭”的远不止于“迷迷恋恋的颓废生活”，还有那浪漫的白衣“女神”；破碎的亦不止是“五色云里的幻想”，更连同那“飘飘然如轻烟，如浮云”的诗国梦境。[2]

为了救正激情幻灭的后果，诗后一种“丢去玄言，专崇实际”的人生哲学于焉而生。适如俞平伯所阐释的：“他不求高远只爱平实；他不贵空想，只重行为；他承认无论怎样的伟大都只是在一言一语一饮一食下工夫。现代的英雄是平凡的，不是超越的；现代的哲学是可实行的不是专去推理和空想的，他这种意想，是把颓废主义与实际主义合拢来，形成一种有积极意味的刹那主义。”[3]

1　朱自清《信三通》，收入《我们的七月》，上海：亚东图书馆 1924 年版，第 196 页。
2　朱自清《毁灭》，收入《踪迹》，第 88 页。
3　俞平伯《读〈毁灭〉》，《小说月报》第 14 卷第 8 期，1923 年 8 月 10 日。

如果说，所谓“颓废的刹那主义”，其形式其本质更近乎诗，终究令人怅惘空虚、茫无所依；那么，彼时朱自清所欲身体力行的“日常生活的中和主义”——或谓“积极意味的刹那主义”，其精神格调已渐趋散文化的平实。

三、散文人生

发表于1923年的长诗《毁灭》恰是一座界碑，可借作二十年代中期一师文人不约而同作别诗国青春、步入散文人生的集体性宣言。

1924年岁末，朱自清出版了诗与散文合集《踪迹》，四年后又出版了《背影》；与此适成呼应，叶圣陶与俞平伯也于1924年合出了散文选《剑鞘集》，此后又刊印了一部《脚步集》(1931)；1928年，俞平伯出版了散文集《杂拌儿》与《燕知草》；夏丏尊则将其写于春晖中学“平屋”里的散文随笔辑为《平屋杂文》，存其1921年至三十年代的作品。至于学生辈中，丰子恺最见后来居上之势，他于1925年始发表散文，六年后结集为《缘缘堂随笔》。及至“开明”时期，随着刘大白、陈望道等昔日同事的加盟，一师文人之散文创作更是极一时之盛。

如果说，前此沈玄庐等发表于《星期评论》报章上的那些文字也可归之于广义的散文，但那显系“新民体”，一意指点江山，改造社会，纵笔所至不检束，审美蕴藉不足；那么，有别于沈氏的政论式文体，朱自清、叶圣陶、俞平伯等的文字已属于艺术散文，即“美文”。前者立意载道，后者偏重言志。

深究一师文人“从诗到散文”这一集体性文体取舍的原委，研究者多有援引朱自清1928年“论现代中国的小品散文”时那段自况——“二十五岁以前，喜欢写诗；近几年诗情枯竭”，所写的大抵还是散文，缘于形式“随便”，或谓“懒惰”、“欲速”[1]，却每每忽略了其低调之下更深沉的寄托。

其实若真重视夫子自道，不妨参照朱氏1922、1923年间致俞平伯的《信三通》，此为其详加阐释秉持“日常生活的中和主义”哲学的重要文书；以及写于1928年2月的《哪里走》，那是朱氏身逢“旧时代正在崩坏，新局面尚未到来的时候”，有心疏离“时代的火焰或漩涡”的思想宣言。[2]后者恰可支持周作人从“王纲解纽的时代”、郁达夫从“个人的发现”来求证现代散文中兴缘起的见解。[3]

因着上述线索的提示，我们已大致能归纳一师文人之所以改弦易辙、寄情散文的部分动因：

首先，缘于“五四”潮起潮落之背景：初，王纲解纽，礼崩乐坏；继而浪漫政治理想轰毁；及至1927年大革命失败……这一波三折，一定程度上驱使一师文人侧身散文这一相对边缘、相对淡泊的文体，藉此“卸下‘载道’重任”，疏离政治的风暴眼；同时也逸出诗歌、小说结构形式的羁限，赢得可供个人自由言说的文体空间。

其次，诗神分外钟情青年人，即便“五四”时沈玄庐、刘大白已届“而立”，心理年龄仍俨若“新青年”、“欧化老少年”；而散文则更多的属于“中年的艺术”。一师文人走过了“五四”“少年中国”、青春中国阶段，此时难免生出中年落寞之感。——周作人所谓“盛时过去”，前路艰难。尽

1 朱自清《论现代中国的小品散文》,《文学周报》第7卷第20期，1928年11月25日。

2 自清《哪里走》,《一般》第4卷第3期，1928年3月4日。

3 参阅陈平原《中国散文小说史》，上海：上海人民出版社2004年版，第212页。

管俞平伯一度“不希望他拿这些话来短少年诗人底勇气”[1]，然而自从域外西还，便亦平添了几分书生老去、诗兴阑珊的意绪。至于朱自清、叶圣陶及丰子恺，原本性格便“少年老成”，经此中年沉潜，更是滤净了诗人“那些过分的伤感”，“那些飞扬跋扈的气息”[2]。

其三，若说诗的节奏与律动是跳跃、是歌、是舞，那么“散文是散步”。某种意义上最能因应一师文人此时“前进而不激进”的政治姿态。既然是“散步”，本“不一定需要目的地，随兴所至”，随遇而安；然而时代的扰攘却使其步履难能如此随意，在散文小品立意“闲适”、“性灵”抑或是“挣扎和战斗”的论辩两翼间，他们自觉非自觉地走出了一条中间道路。借用《毁灭》及《信三通》里表征“日常生活的中和主义”的形象与意境喻之——“不再仰眼看青天”，只谨慎着“一步步踏在泥土上”。“一步不急，一步不徐”，“不称那迢迢无尽的程途”，“最重要的是眼前的一步”。……其间，固然不无彷徨、退隐，乃至左右失据，进退两难，但那稳健踏实的足迹延伸着看，却分明可见上下求索之势。史家认为朱自清“这种中和主义和新诗有一种天然的隔膜，对诗情的滋长和爆发都有消极影响”[3]；换言之，其与一师文人的散文书写乃至人生道路倒是不无默契。

此外，无论是执教春晖中学还是立达学园，思不出其位，所作拟想读者自然多半是身边的青少年学子；即便此后创办开明书店，所编主要刊物仍是《中学生》，出版的著述中最有特色的仍是中学、大学教材与课外读

1 参阅周作人《新诗》，杨扬编《周作人批评文集》，珠海：珠海出版社 1998 年版，第 99 页；俞平伯《秋蝉的辩解》，收入《俞平伯全集》第 3 卷，石家庄：花山文艺出版社 1997 年版，第 530、531 页。

2 李广田《谈散文》，收入《文艺书简》，香港：香港青年出版社 1979 年版，第 42 页。

3 范培松《中国散文史》上卷，南京：江苏教育出版社 2008 年版，第 230 页。

物，诸如《开明活页文选》《开明国文讲义》等，依然不脱师范遗风。而所以选择散文这一文体，一定程度上恰因其“适于传授写作技能，为学生学习写文章提供范文”[1]，同时也宜于与受众促膝谈心，深入浅出。

识者称：散文“跟诗歌、戏剧、小说不太一样，相对来说，‘文’与‘人’的关系更紧密些，不一定‘文如其人’，但文章与作者的人格、趣味、学养、生活经历等有千丝万缕的联系”。[2] 诚哉斯言！作为撑起三十年代现代散文中兴重要一支的一师文人群，时人如郁达夫、钟敬文、阿英等均一语中的指出其风格别具“清幽”这一共性。这自然应归因基于人格、趣味、学养等先在禀赋的生发，但亦不可忽视散文精神的后天陶养。

当彼时的“实际政治”情境不再能为一师文人群的理想抱负提供寄托的所在，他们“自然只有回到学术，文学，艺术”本业上[3]，其所选择的散文这一载体便亦于自觉非自觉间转移为安身立命的别一艺术空间。藉此书写退而“使心情有所寄托，使时间有所消磨，使烦激的漩涡得以暂时平恬”，进而启蒙思想，灌溉新知。而散文文体特定的形式、节奏、格调，也不时于潜移默化间，影响着书写者的性格修炼、感情沉淀乃至情智合致。一言以蔽之，散文养气。

如是“人”“文”互动，“人”“文”相契，便使以下从艺术风格层面探析其作品中诗性与散文性相斥相融诸现象时，犹能发现审美取向下每每渗透着人格意味：

时人分外看重朱自清散文若置于“同时人的作品中，另有种真挚清幽

1　钱理群、温儒敏、吴福辉《中国现代文学三十年》，北京：北京大学出版社 1998 年版，第 404 页。

2　陈平原《从文人之文到学者之文——明清散文研究》，北京：三联书店 2004 年版，第 4 页。

3　自清《哪里走》，《一般》第 4 卷第 3 期，1928 年 3 月 5 日。

的神态”。[1] 这是因着“在当时的作家中，有的从旧营垒中来，往往有陈腐气；有的从外国来，往往有太多的洋气；尤其是往往带来了西欧世纪末的颓废气息。朱先生则不然，他的作品一开始就建立了一种纯正朴实的新鲜作风”。[2] 如是清水出芙蓉般的清新之气，可谓朱氏散文及其同人创作一个总体性的风格特征，便由此奠定了其堪称“美文”正宗的文学史地位。至于细部的文字、修辞、审美，史家大可见仁见智。郁达夫激赏曾是诗人的他的散文，“仍能够满贮着那一种诗意”，并推测想来是在浙江的青山秀水间住久了的缘故[3]；挚友叶圣陶却偏不看好其散文语言及情感层面的耽美、溢“诗”，称：“早期的散文如《匆匆》《荷塘月色》《桨声灯影里的秦淮河》都有点儿做作，过于注重修辞，见得不怎么自然。”[4] 若单纯就审美个性而言，叶氏之针砭未免有些苛刻；然而，若联系前述浙一师文人从诗到散文整体性取舍这一大背景，联系个中“人”“文”相契的关系，便自然会会意：一味溢“诗”，不仅逾越了散文的形式规范，更有违艺术伦理，乃至人生哲学。恰恰缘于此，叶圣陶以及此后的评家均不约而同地珍视朱自清散文的中年变法，称道“近年来他的文字越见得周密妥帖，可又极其平淡质朴”[5]；并归因其“年岁大了，经验多了，情感渐渐收敛，理智渐渐开拓，于是心平气和，平正通达，严肃而不冷峻，温和而不柔弱”[6]。

1 钱杏邨《现代十六家小品序》，王永生主编《中国现代文论选》第1册，贵阳：贵州人民出版社1982年版，第510页。
2 李广田《〈朱自清选集〉序言》，《朱自清选集》，上海：开明书店1951年版，第8页。
3 郁达夫编选《中国新文学大系·散文二集》导言，《中国新文学大系·散文二集》，上海：良友图书公司1935年版，第18页。
4 圣陶《朱佩弦先生》，《中学生》1948年9月号，总第203期。
5 圣陶《朱佩弦先生》，《中学生》1948年9月号，总第203期。
6 李广田《〈朱自清选集〉序言》，《朱自清选集》，上海：开明书店1951年版，第10页。

无独有偶，与朱自清并称的俞平伯的散文风格彼时也发生了耐人寻味的衍变。俞氏可谓“日常生活的中和主义”(“积极意味的刹那主义”）哲学的第二作者，也倡言“努力把捉这现在”，追求“生活刹那间的充实”[1]；恰是赖有他与朱氏的反复切磋探讨，质诘辨证，“日常生活的中和主义”方能渐次成形。

其早期散文适如史家所称“喜浓艳，对抒写的感情常常反复渲染”，这种特性应是“他刚从诗歌创作转向散文创作一种不适应的反应”[2]；及至二十年代中后期，才渐次洗尽铅华，摈弃“繁缛”，随其同道同归“素朴的趣味”[3]。虽也因政治环境的恶劣，一度“避难到艺术世界里去”，但内心深处终究不失“反抗”，言不尽意间，作品遂于感情的“明净”、智理的“清澈”中平添了几分涩涩的况味。

叶圣陶也躬身垂范“日常生活的中和主义”哲学与“中和”美学境界。其《脚步集》顾名思义，即源自集中名篇《“双双的脚步”》；而后者之寓意又显然典出朱自清的《毁灭》——其诗曰“从此我不再仰眼看青天，/不再低头看白水，/只谨慎着我双双的脚步”；循此题名，已依稀可见弥散于其散文集中的核心精神。在具体作品中，他更其明确地拒斥“一切行为，一切思虑，都遥遥地望着前面的将来，却抹杀了当前的”的“将来主义”；而坦言执着现在虽非“胜义”，但至少是现时“正当而合理的生活态度”。[4]

叶圣陶早期受一师同事朱自清、刘延陵等影响，也写过一些新诗，但大都过于平实；其长诗《浏河战场》更形似“散文分行”。相形之下，一师

1 俞平伯《读〈毁灭〉》，《小说月报》第 14 卷第 8 期，1923 年 8 月 10 日。
2 范培松《中国散文史》上卷，第 204–205 页。
3 朱自清《〈燕知草〉序》，俞平伯《燕知草》，上海：上海书店 1984 年版，第 7 页。
4 郢《“双双的脚步”》，《文学》第 165 期，1925 年 3 月 23 日。

文人中，他的气质似乎最少诗性，故皈依散文这一艺术空间可谓深得其所。他那认真处世、平易实在的性格形诸笔下，每每“令人有脚踏实地，造次不苟的感触”。因其风格谨严，多被史家视为：学生若“要取作散文的模范，当以叶绍钧氏的作品最为适当”。[1] 他擅以含蓄节制的手法，调和情景物我，譬解感时愤世的块垒，以期不失“中和”之境。然而，唯其矜持，唯其节制，当那抑不住的苦闷、愁绪不经意地在字里行间洇出时，方显得如此深沉动人！如《没有秋虫的地方》《藕与莼菜》。能否将“这种思乡情绪纳入当时大背景——五四之后知识分子的落潮中考察”自可斟酌[2]；却能从作者竟然落寞得寄情于同样向隅而歌的“凄凄切切的秋虫”，足以会意身逢扰攘时代一师文人那命定剪不断、理还乱的文化乡愁。

一师文人群的散文都有一股“清气”，纵然时人细细品味，着意辨析，也至多能发见同中些许微妙之差异。如称朱自清的散文为“清幽深秀”，叶圣陶的“清淡隽永”，而其学生丰子恺的散文则被视作“清幽玄妙”。[3] 论及“玄妙”，史家多有追溯其师从李叔同的佛学渊源；甚至一叶障目只见其“躲避人生”、“飘然”世外[4]，而忽视了玄妙与平实，逸世与入世，“漫”画“随”笔与苦学力行，恰是其一体之两面；究其一生，更多地还是“秉承老师‘认真’的作风”——除却李叔同纯任自然后的严谨，另有夏丏尊温和中的不失方正，乃至朱自清、叶圣陶自谦平凡一卒之人格“后光”的烛照。懂得这一点，即使于其富有宗教气息的作品如写于 1925 年的《渐》中，也依然能读出执着人生的意味。作者久久沉浸于世事无常、人生“渐”

1 郁达夫编选《中国新文学大系 · 散文二集》导言，《中国新文学大系 · 散文二集》，第 18 页。
2 范培松《中国散文史》上卷，第 242 页。
3 郁达夫编选《中国新文学大系 · 散文二集》导言，《中国新文学大系 · 散文二集》，第 17 页。
4 范培松《中国散文史》上卷，第 389 页。

变的感怀里，临了却引英国诗人布莱克的诗句作结——“一粒沙里见世界，一朵花里见天国；手掌里盛住无限，一刹那便是永劫。”[1]恰是因着骨子里的认真执拗，文中那不无消极意味的刹那主义，最终还是转化为“积极意味的刹那主义”。有意思的是，自觉非自觉间，所引诗句不仅道出了其散文长于由日常生活的细微处发现宏旨精义的艺术旨趣及手法；更遥相呼应了乃师朱自清与俞平伯那场由“颓废的刹那主义”进为“积极意味的刹那主义”的探讨，以及由此衍生的莫管“人生无常有常”，“小处下手”，把握住你手心里的便是无限，如是每一刹那便生出永恒的意义和价值的著名结论。[2]

风格照映史观。很难辨明，究竟是浙一师文人群所执“日常生活的中和主义”人生观念及方式，影响了其散文“审美的人生化”过程；抑或是其作对“中和”之美的审美追求，助成了作者日常“人生的审美化”。人生与艺术的契合竟是那么的天衣无缝！

对于他们而言，散文书写显然已不止是体现一种文体风格而已，更衍生为表征一种不疾不徐的生存姿态，标举一种智情合致的思维范式，一种清明平和的精神气质。不再奢谈古今治乱、国计民生的书生们，藉此得以以更其自我的眼光“面对大地和事实”，关注更其日常、更其宽广的人文经验，追求个人与社会、与自然之间的形散神不散。

原载《文学评论》2014年第5期，《新华文摘》2015年第2期

1 丰子恺《渐》，收入《缘缘堂随笔》，北京：人民文学出版社 1957 年版，第 4 页。

2 朱自清《信三通》，收入《我们的七月》，第 197 页。

在特定的历史文化语境中，“五四”新文化运动、连带浙江“一师风潮”等事件仅被诠释为“革命史话”，甚至化约成革命神话。参与者的多元谱系，运动演进的复杂面向，大都为既有史书删繁就简，语焉不详。鉴于此，笔者拟取“化简为繁”的叙事方法，将对“一师风潮”的再解读，置于更其多元的论辩质诘关系中，以期发见内中隐而不彰的文化姿态与价值取向。

一

浙江“一师风潮”的亲历者陈望道有言：“‘五四’前后的新文化运动，从全国范围来讲，高等学校以北大最活跃，在中等学校，则要算是湖南第一师范和杭州第一师范了。”[1] 五四运动后复有“一师风潮”余波，一师风潮无疑是由“五四”思潮鼓荡而生；其间因有蔡元培、蒋梦麟之穿针走线、斡旋调停，北大与浙江第一师范学校愈加息息相通。

细考一师校长经亨颐在“五四”运动后的姿态，“对于新潮流与国情趋势，在大体上唯北京大学的旗帜是瞻”[2]；其拟施行的几项教育改革：职员专任，学生自治，改授国语，学科制，亦大抵是效仿北大试验而行。若深究差异，则是放大了先行者的激进与幼稚。

1917 年蔡元培在北大即酝酿学制改革，易年级制为选科制，允许学生在规定范围内自由选课，修满所规定学分即可毕业；两年后蒋梦麟协助蔡掌校期间该项改革日趋落实。此为一师拟试行的“学科制”之范本。而该项改革经亨颐任上其实尚在筹划阶段，至姜伯韩继任校长期间方得以实行。

一师试行“学生自治”之本意，初在于易“他律”为“自律”，其职权起先亦仅限于禁止恶习、主理膳厅、学生节假日离校考勤之范围[3]；然而“五四”一役胜利之后，伴随北大学生权力的扩张，加之“一师风潮”愈演愈烈，一师学生自治的权力亦益趋膨胀，直至作为学生自治会的代表，出席校务会议，过问学校决策，对校方聘任教职员亦有表决权[4]；甚而组织了学生法庭，自行审理学生之间的积愤乃至思想纷争。

经亨颐的“人格教育”主张与理想，与力倡“中学校学生，当以科学、美术铸成有自治能力之人格”的蔡元培之教育理念亦多有契合。综上所述，

1 陈望道《“五四”时期浙江新文化运动》，《杭州地方革命史资料》1959 年第 1 期。
2 姜丹书《我所知道的经亨颐》，《浙江文史资料选辑》第四辑，1962 年 12 月。
3 经亨颐《对教育厅查办员的谈话》，收入《浙江一师风潮》，杭州：浙江大学出版社 1990 年版，第 120 页。
4 曹聚仁《我与我的世界》，北京：人民文学出版社 1983 年版，第 124 页。

经亨颐被时人称作“小蔡元培”并非徒有虚名，故而此后的“挽经运动”亦自可视为“挽蔡运动”之续曲。然而，如何对待“五四”运动与“一师风潮”，蔡元培、蒋梦麟之姿态却有着极其微妙的差异，与其说是于北大学运“只缘身在此山中”，于一师则旁观者清；不如说因着一师风潮的“慢半拍”，造成了蔡、蒋言说语境的事过境迁。

据罗家伦回忆，蔡元培“发表‘读书不忘救国，救国不忘读书’的名言”，正是“到五四以后学生运动发现流弊的时候”。识者在此基础上又作引申，称“‘读书’与‘救国’看似并置兼重，但在蔡的思路中无疑有所侧重：如果说五四前他更看重上句的话，那么，五四后他显然更强调下半句”。[1]

五四运动后，蔡元培主动请辞校长职务。获悉北洋政府决定、担心查办校长令下、学生风潮又起，固然是其辞职的重要原因；但唯恐北大“学生气焰过盛”，甚难“纳之规范”这一忧虑亦未尝不是其选择全身而退的一个因素。

蔡元培送出辞呈的次日便悄然离京，先到天津，后至上海，最终栖居杭州。住处便在西湖畔的杨庄，依山傍湖。查此时日记，其清晨六时许即外出，步玉泉观鱼，度西泠桥、锦带桥散心，或往飞来峰、冷泉亭览胜……真想仿效古代文人骚客，功成即退，从此归隐山林，“寂如止水”？[2]

然则树欲静而风不止，1919年5月12日，受五四运动的影响，以浙一师为主体的杭州学生也走上了街头。一师校长经亨颐在其当天的日记中

1 陈平原、夏晓虹编《触摸历史：五四人物与现代中国》，北京：北京大学出版社2009年版，第68页。

2《蔡元培全集》第16卷，日记（1913—1936），杭州：浙江教育出版社1998年版，第77、78页。

如是记载："六时余，先到校，学生尚未发，略授以保守秩序，切勿妄举。即至教育厅"，"分别与军警接洽，免致误会。九时，全城中等以上学生三千余人，自公众运动场出发，先过教育会，气甚壮，余出助呼万岁，直至下午三时始回原处，秩序甚好"。日记中可见，经校长虽与学生一起上街游行，并高呼口号，却仍勉力"保守秩序"。杭州的学潮波起浪涌蔡元培岂能充耳不闻，其5月29日的日记中，便有"闻浙吏因学生将罢课，已宣布提前放假"是类记载。心仪德国之教育独立理念的蔡元培，对于学生参政的态度始终是有所保留的；相形之下，读罢卢梭便"立志爱弥尔，就学江户川"的经校长似更多了些许法国大革命的浪漫气息。[1]

而在北京，当获悉蔡元培请辞的消息后，群情惶惑，终于酿成"挽蔡运动"这新一波学潮。蔡元培最终出于对北大的责任与情感同意复出，并接受由蒋梦麟代理、辅助的方案。在蒋梦麟专程赴杭州面晤时，蔡元培说了如是一席话：他从来无意鼓励学生闹学潮，但是学生们示威游行，反对接受《凡尔赛和约》有关山东问题的条款，那是出乎爱国热情，实在无可厚非。至于北京大学，他认为今后将不易维持纪律，因为学生们很可能为胜利而陶醉。他们既然尝到权力的滋味，以后他们的欲望恐怕难以满足了。[2]蔡元培这一对待学潮的态度，出之于彼时蔡氏将委以全权、"代表"其主持北大的蒋梦麟的传达，应不致曲解误读；自然，内中不免融入了蒋梦麟的心声。

北大一波未平，一师风潮又起。1920年2月，对经亨颐及其主持的一师敢为人先、锐意拓进之改革新潮一直心存不满的浙江省当局，终于发文

1　经亨颐《颐渊诗集》，杭州：浙江古籍出版社1984年版。
2　蒋梦麟《西潮·新潮》，长沙：岳麓书社2005年版。

免去了经享颐的校长之职。其时虽是寒假，但经徐白民、宣中华等留校同学中的骨干分子奔走呼告，联络发动，一场名为“挽经运动”的学潮依然有声有势地爆发了。

当局频频以勒令一师“暂行休业”、学生“一律离校”，派警察进驻学校“保管校舍”等强硬之举相逼。当局的极端保守，倒行逆施，激起了一师学生的激烈反抗，罢课、集会、演讲、通电、请愿……渐成学潮漩涡中的学生的日常课业。

3 月 28 日，一师学生至省署请愿，遭军警凶殴；29 日，政府又悍然出动军警，包围一师，强行驱逐学生，解散学校。当局越“压迫过甚”，学潮的反拨越激烈，直至喊出“留经目的不达，一致牺牲”之口号，有学生甚至抽出警长佩带的指挥刀欲自刎。就在这学生们急欲孤注一掷、不惜玉石俱焚的危急时刻，是蒋梦麟乃至始终站在其身后支持着他的蔡元培等力挽狂澜。

二

3 月 30 日蒋梦麟致电一师云：将来浙。此行系“受蔡先生（蔡元培）之托来调处这场风潮的”。

对于彼一时代波叠不绝的“学潮”，蒋梦麟认为主要是出于“十八世纪以自由、平等、博爱为口号的法国政治思想的影响”，加之学生的爱国忧国之心，故深表理解与同情；然而作为一名职业教育家，他却独有一份对“学潮”失控、学生权力过于膨胀的忧虑，尤其担心“这种学生反抗运动终至变质而流为对付学校厨子的‘饭厅风潮’”。他曾以浙江一师的一次“饭厅风潮”为例：“杭州的一所中学，学生与厨子发生纠纷，厨子愤而在饭里下了毒药，结果十多位学生中毒而死。我在惨案发生后去过这所中学，发现许多学生正在卧床呻吟，另有十多具棺木停放在操场上，等待死者家属前来认领葬殓”[1]……竭力渲染“学潮”失控、畸变而可能导致的惨剧。

1923年3月10日，浙一师学生晚膳中毒，死者二十四人，中毒者达二百五十余人。经警察厅侦查，判定系两名校厨投毒所致，而所用砒霜则为一师学生俞昌衡、俞章法从理化室窃取。俞昌衡遂被判处死刑；两厨工因在侦缉队刑讯伤重，未及初审，便已死于狱中。然究及投毒原因与目的，遍查相关历史档案与彼时有所报道的报章仍晦暗不明，至今仍为“疑案”。有人曾当面追问校长何炳松是否知悉其中内幕，何校长亦一再恳切地回答不知道。

蒋梦麟因与一师之深厚渊源听说些许秘不相告的内情自有可能，但实难判明真相，他却按下提供毒药的学生不表，径自判定为学生与厨子矛盾引发的“饭厅风潮”所致，未免主观臆断、缺乏证据。恰是平日里平正客观的蒋梦麟在言及“学潮”时似有矫枉过正之嫌，从别一向度透露了立足教育家本位、学术文化本位的蒋氏对“学潮”（包括“五四”学生运动、一师风潮）的抵触心理与必要的反省。

4月6日，蒋梦麟到一师演说，先“代表北京学界”，慰问一师学生；继而肯定一师的“学生自治”，称“思想发达，非权力所能压服”；最后点明“校里的内容，复杂万分”，“不得不以复杂方法解决之”。[2]怀柔中却不失刚执。

尽管一师风潮中的激进者如徐白民等拒斥蒋梦麟的调停，称“同学为

1　蒋梦麟《西潮·新潮》，长沙：岳麓书社2005年版。

2 《浙潮第一声》，转引自《浙江一师风潮》，第162页。

此如簧之舌所迷惑”[1]；尽管魏金枝等少数学生坚持“留经目的”，反对一切“新来的校长”；尽管有人指责蒋梦麟的精神后盾蔡元培“委曲求全”；平心而论，蒋的立场、理念、方案应不失为平息学潮、重振一师的最佳选择。故而，不仅蔡元培之介弟蔡元康（谷卿）提名蒋梦麟任一师校长[2]；据时任校学生自治会主席的曹聚仁回忆，一师学生亦“独行其是，学生自治会选举蒋氏做我们的校长”[3]。蒋梦麟婉拒了校长一职，而称已与蔡校长（蔡元培）商量，推荐姜伯韩为人选。为此，蒋数度往还于杭州与南京，牵线搭桥。

4月10日蒋梦麟特到杭州火车站迎接姜伯韩到任，姜校长任职致辞云：“我此番来，很快活，因为能和诸君相处，与黑暗社会奋斗。原来本校在杭州地位，提倡文化运动，是极困难的。不过我们的提倡文化运动，正须在极困难的地方做起。”“提倡文化运动的效果，未必一时一地能奏效的，譬如经校长在我校是一个文化运动的中坚分子，现在已为黑暗环境所不容了，但是以后我想总有受他感化的一日。所以我今后做校长，当极力的贯彻经校长的主义，不过方法上或有和他不同的地方，愿诸君与我合力共谋进行。”[4]

大部分学生渐渐接受了姜伯韩校长，一师复课。魏金枝在所撰《柔石传略》中提及：“那时柔石拼命读书，弄得两眼非常近视，他的目的是想成为一个学问家。……有一次，学生们反对一个新来的校长，我是反对新校长的，而柔石他们却是新校长的拥护派。我们之间的思想距离竟有如此之

1 徐白民《浙一师风潮经过》，《浙江一师风潮》，第382页。

2 《浙潮第一声》，转引自《浙江一师风潮》，第161页。

3 曹聚仁《我与蒋梦麟》《哭朱自清先生》，编入《听涛室人物谭》，北京：三联书店2007年版，第280、282页。

4 《浙潮第一声》，转引自《浙江一师风潮》，第163页。

远。”[1] 魏金枝虽试图组织学生再掀学潮，倾力反对姜伯韩到任，终因寥无几人响应而孑然出走。

三

“五四”后第一个新学年伊始，蔡元培曾寄语北大学生，“能动”亦应“能静”[2]；而一师风潮后，理性的学生虽则一时尚仍未能摆脱“运动”惯性，却已渐次沉静，一度欲将其所撰风潮纪事命名为《思痛录》便是一例。为此，序作者刘延陵师在序中高度肯定了学运后学生不自以为是，不得意扬扬，不起名《志欢集》的可贵。[3]

一师风潮中忝列学生领袖行列的曹聚仁忆及学潮，痛定思痛称：“当年，我们参与五四运动的年轻人，正如身在庐山中，其实也并不了解这一运动的真正意义。”“到了秋凉开学，整个学校的风气都变换过了；先前那几位国文教师：陈子韶、单不庵、刘毓盘都走了，来的乃是陈望道、刘大白和李次九，说是提倡新文学的。从那个秋天起，老是罢课游行，很少有一星期完整的课可上；即算是上课，也只是讨论讨论人生问题、社会问题，课本上的事，反而搁开了。我还记得，第一次从北京到杭州来发动学生运动，乃是方豪，痛哭流涕演讲了一阵子，大家就跟着他走了。又有一回，我们罢课罢得实在厌倦了，学生自治会通过了复课的决议；晚间，北大来

1 魏金枝《柔石传略》，收入丁景唐、瞿光熙编《左联五烈士研究资料编目》，上海：上海文艺出版社 1981 年版。

2 蔡元培《北大第二十二年开学演说词》，《蔡元培全集》第 3 卷，杭州：浙江教育出版社 1998 年版，第 343 页。

3 刘延陵《〈思痛录〉序》，收入《浙江一师风潮》，第 143 页。

了一位代表，要我们召集紧急会议，经他一番演讲，又全场通过罢课的决议了。”[1]……无休止地沉浸于“罢课游行”的激情中，难免意兴阑珊；此时任是学生领袖人物继续煽风点火，乃至愈加迷信“改造社会要用急进的激烈的方法”[2]，大部分学生旷久思学。

陈望道后来亦反思：“这场斗争中，我们现在检查起来是过于急进一点的，有的界限也不很清楚，旧的一概否定。不过在当时情况下，不这样搞也不行，许多守旧的人物在向经校长围攻，是非不清，不急进点就不能团结同学。我们四人（指一师教习国文的前“四大金刚”夏丏尊、刘大白、陈望道、李次九——笔者）比较温和的是夏丏尊（他是信佛教的），其次是刘大白，我那时很年轻，较急进，李次九则比我更急进。”[3]而蔡元培、蒋梦麟等更是着力于对“五四”运动、一师教育改革及风潮的反拨。浙江省省长齐耀珊进京，曾特意将一师的国语教材带给蔡元培，指望其亦会予以否定，未料蔡元培看后回信，虽则认为“这种教材，选得不成系统”，却表示“不过备学生底参考，也未始不可的”。然而，随后蔡又致信经亨颐说：“这种文章，都从现在杂志上选出来，是学生所习见的，何以编入教本？”又说：“这到底是伦理教材？是国文教材？”与其说这一姿态暗含蔡先生一时“委曲求全的苦衷”，无意激怒省长，“所以一面对他说国文讲义有点不对，一面请他维持一师”[4]；不如说尽显蔡一贯的平正稳健风格，欲以“渐

1　曹聚仁《五四运动》，编入《文坛五十年》，北京：三联书店 2010 年版，第 114 页。

2　语出一师学生领袖施存统。转引自彭明《五四运动史》，北京：人民出版社 1984 年版，第 522 页。

3　陈望道《“五四”时期浙江新文化运动》，《杭州地方革命史资料》1959 年第 1 期。

4　季陶《蔡先生委曲求全的是非》，上海《星期评论》第 39 号，1920 年 2 月 29 日；同期报纸另以《浙江学潮底动机》为题，论及蔡元培对一师国文讲义的评价，并责问“不知蔡君何以对齐耀珊说他们不成系统？”

进”替代“激进”的教材改革。

针对时人谓北京大学“已尽废古文而专用白话”之指责，蔡元培曾谈及彼时北大预科国文教材使用情况：“大学预科中，有国文一课，所据为课本者，曰模范文、曰学术文，皆古文也。其每月中练习之文，皆文言也。”[1]这或可作为一师国文教材的比照。一师国文教授尽“改文言为白话”，不免矫枉过正；故至姜伯韩主校后，则易为“教员视学生程度，得酌授文言”。[2]

此外，一师所推行的国文教授改革，亦不无偏至：讲授方式多取道尔敦制，“所讨论的有社会问题、政治问题、新道德问题、妇女问题、家庭问题、男女同学问题、恋爱问题、私生子问题，范围就是那么广大，几乎无所不包”。然而，恰如曹聚仁所反省的：究竟什么是新文化？可说是非常模糊；对于新文艺的理解，实在浅薄得很。[3]

对于彼时一师所编国语教材一味“好新立异”，教学方式放言空论，学生渐渐“有点厌倦了”。曹聚仁便曾针砭“教材不从语文本身去找”，形同社会学讲义之“贫乏可怜”。恰在学生心中不无惶惑之际，朱自清、俞平伯等老师适逢其时来到一师。

蒋梦麟不仅提议姜伯韩继任一师校长；还特意推荐北大学生朱自清、俞平伯等去一师，任复课后的国文教师。

朱自清为一师带来了新文艺的清新气息。偏偏一师学生方历学潮，思想、言行解放，却亦不免轻慢纪律；多思善问，却又不时剑走偏锋。朱自清但以勤勤恳恳的待人、规规矩矩的言说化之，有心无心地纠正着“那时

1 蔡元培《致〈公言报〉函并答林琴南函》，《蔡元培全集》第 10 卷，杭州：浙江教育出版社 1998 年版。

2 《浙潮第一声》，转引自《浙江一师风潮》，第 32 页。

3 曹聚仁《我与我的世界》，第 135 页。

一师脱略的风气”。然一师学生之放任不拘已成定势，一时很难接受朱氏严谨得近乎拘谨的言传身教；心“野了”，一时很难领会并复归老师之“实心”。那温润无声的新文学雨露，短时期更无以点化顽石，蓄芳唯有待来年。据曹聚仁回忆：朱自清倾心播洒新文艺气息，“并不知道我们在教室里玩了一年多道尔敦制，国文课便是社会问题讨论会”，故学生的“反应，非常‘淡漠’”，“徘徊于大而无当的社会问题讨论与一本正经的文艺研究之间”，无所适从。[1]

如果说，课间学生频频发问那毕露的锋芒朱自清犹能包容，那么，师生难以倾心交流、“融洽”默契，则使他备觉心灰意冷。学生们适逢花季，青春年华的所有错失都是可谅解的；于是朱自清便唯有自剖自责，尽管身为教师的自己与学生几近同龄人，仍聊以“学识不足”离职。

他写信给蒋梦麟，称欲辞去教职，离开一师。不无成见的蒋梦麟自然以为是浙一师学生作梗，便致函校长姜伯韩，责怪说：“假如像朱自清先生这样的教师，还不能孚众望的话，一师学生的知识水准，一定很差的。”[2]

1921 年暑假，朱自清辞别一师；当年 11 月，似心有不甘，又复归一师。春风终化雨，一师的学生运动在朱自清、俞平伯、刘延陵、王祺等国文“后四金刚”的悉心引领下，渐次向文学革命引伸、转移；中国新诗史上最早的诗歌团体晨光社、湖畔诗社应运而生。“朱师渐渐为同学们所认识，成为信仰中心的新人物了。”

一师前国文“四大金刚”之一的刘大白，去职后即去杭州萧山，会同另一“学生运动的精神上的支持者”，曾“帮着第一师范学生自治会跟政府

1　曹聚仁《我与蒋梦麟》《哭朱自清先生》，编入《听涛室人物谭》，第 222 页。
2　曹聚仁《我与我的世界》，第 136 页。

当局斗争的前驱战士”沈定一筹办衙前小学。[1]“一师风潮”中的学生领袖宣中华、徐白民、俞秀松等也相继加入。他们以衙前小学为据点，发动农民运动，分田分地，勉力实践着空想社会主义的理想。运动中，他们还培养了一名农运领袖李成虎，他在带领农民与地主斗争中终被囚禁，凌虐至死。

与此同步，刘大白写下新诗《卖布谣》《田主来》《成虎不死》；沈定一亦以“玄庐”为笔名写下了《十五娘》《农家》等诗作。被朱自清称之为“新文学中第一首叙事诗”的《十五娘》，全篇十一节，与刘大白的诗相仿，也拟歌谣体，但叙说农家夫妻的悲剧却更其一波三折，缠绵动人。上述创作活动，与其说是“一师风潮”痛定后的弃政从文；不如说仍是那凌厉浮躁的“冲力”未尽消停，由学运而农运，继续社会革命的余绪。作品中刻意凸现诗的教化作用，恰是试图藉诗文启蒙、宣传社会变革的明证。

如果说，“一师风潮”中的骨干师生惯于涛头弄潮，以其为主体所组建的《浙江新潮》社，其刊名、社名中皆透露出社会弄潮儿的特有钟情；那么，与此照映，汪静之等四人成立诗社时将其命名为“湖畔”，亦未尝不可视作一种站位。“湖畔”不仅是诗中常见的核心意象，更于不自觉间已衍为四诗人所取相对边缘的文学姿态的一种隐喻。

史家或将湖畔诗人的歌哭称作“天籁”，仅以其诠注“此曲只应天上有”、令人耳目一新之意自无妨，切忌因此误读为四诗人无师自通，横空出世。

朱自清师最懂得这几个生活在诗里的孩子，面对闻一多等妄断“《蕙底风》只可以挂在‘一师校第二厕所’底墙上给没带草纸的人救急”一类的

1 曹聚仁《我与我的世界》，第 171 页。

求全责备之声[1]，他却撑起手，守护着已然有了成人之心者难解的湖畔诗形式上的天真烂漫。恰是有了这份适度的纵容，汪静之等得以放纵自己，这种放纵从心灵延展直至诗的形式，以童言无忌、怡然自在来化解新格律派的戒律，而非削足适履。

如果说，俞平伯师的作品“对汪静之诗曾有着极大的暗示”[2]，沈从文早在当年便已道出了湖畔诗对俞诗格调的传承；那么，另一位老师刘延陵却一生寂寞，其对湖畔诗人创作的深刻影响亦一直为学界忽视不计。刘诗风格清新，字质透明。代表作《水手》以一水手在摆舵的黑暗处一人向隅，偏遥想着家乡“石榴花开得鲜明的井旁，/ 那人儿正架竹子，/ 晒她的青布衣裳”……意象极其清丽可喜。在湖畔诗人的诗作中，分明习得了刘师以《水手》《新月》等作为表征的那种天真自然的神韵（连同其诗的清浅稚气），感染了刘延陵诗特有的“那么单纯，那么鲜气扑人”的风格。

如上所述，四诗人自是“天足”，但赤足奔来全赖师长们的一路铺垫；四诗人自有天赋，却很难想象能离了“五四”、浙一师这些特定的时间与空间的孕育。虽则，“一师风潮”对文学心境的扰攘自不待言；但恰是赖有风潮对旧秩序的破坏，恰是循着这世事动与静嬗递变迁的节奏，方意外见出这雨过天晴的“晨光”，这浴火涅槃后的异样宁静，赢得“湖畔”风流云散去的清明澄澈空间。这是文学觉醒、萌生的最佳时空，湖畔诗人们得以“无所为而为的做诗”[3]，字里行间不时透露出浙一师别有的青春气象。风潮

1 闻一多《致梁实秋 · 1922 年 11 月 26 日》，《闻一多全集》第 12 卷，武汉：湖北人民出版社 1993 年版，第 127 页。

2 沈从文《论汪静之的〈蕙的风〉》，《沈从文文集》第 11 卷，广州：花城出版社 1984 年版，第 159 页。

3 废名《新诗十二讲》，沈阳：辽宁教育出版社 2006 年版，第 108 页。

中，这份青春驱力，曾推动了学运狂飙突进；此时，却激发了何其浪漫率性的诗坛解放、诗体解放。

识者称："在前四金刚的气氛中，同学中有了宣中华、徐白民、施存统、俞秀松和周伯棣那些参与社会革命的战士。由于后四金刚，乃产生了张维祺、汪静之、冯雪峰、魏金枝这一串湖畔诗人，一时风尚所趋……"[1]以"一师风潮"为界标，前后一师在新文化运动那段特定的历史时期恰构成了一种耐人寻味的互文性关系，社会革命与文学革命互有侧重，彼此补正，又交相辩驳。史家却往往局限于开掘一师风潮与"五四"精神相通的社会革命价值，而疏忽了其后一师那更有声有色的文学革命同样应属"五四"新文化运动的题中之义。

在勉力将深陷于学生运动漩涡之中的一师之舟划归学术港湾的姜伯韩、朱自清等一线教师背后，隐约可见蒋梦麟乃至蔡元培悉心遥控着船舵。

原载《文学评论》2010年第6期，
人大复印资料《中国现代当代文学研究》2011年第2期

1　曹聚仁《我与我的世界》，第 137 页。

一

二十世纪初叶，新知识界社团以“开智”、“合群”两大主义作为目标与意愿相凝聚，从某种角度而言，1920年在上海筹建的中国共产党早期组织，便是由文人结社而渐次演变成的君子群而党之。

细考勉力宣传社会主义、为中国共产党的成立奠定思想与组织基础的先驱者谱系，浙江省立第一师范学校的教师与学生，无疑是不容忽视的重要组成力量：1920年5月，陈独秀发起成立上海马克思主义研究会，成员有陈独秀、杨明斋、戴季陶、李汉俊、沈玄庐、陈望道、施存统、俞秀松八人；8月，中国共产党上海发起组成立，参加会议的除共产国际的代表维经斯基外，其余十人分别是：陈独秀、李汉俊、沈玄庐、陈望道、俞秀松、陈公培、杨明斋、叶天底、袁振英、金家凤。而延安中国现代史研究会于1947年编撰的《中国现代革命运动史》则称：共产国际派维经斯基来华，“首先找到了陈独秀，遂于一九二〇年在上海发起组织中国共产党。当时，首先加入组织的有陈独秀、戴季陶、李汉俊、施存统、陈望道、俞秀松、李达、沈玄庐等八人。”[1] 其中陈望道、沈玄庐、施存统、俞秀松、叶天底皆系一师师生。

自从近代中国废除科举制度、兴办新式教育以来，学校便具有了某种不完全依附于国家建制的独立性，并渐次孕育构建出一种替代昔日士林交谊中同门、同年关系的人际网络。同一学校背景所赋予的校园文化、人格教育、师生关系[2]，天然地成为近现代知识分子思想归属认同、情感投向汇合的先决意识。

浙江省立第一师范学校是斯时南方天幕中引人注目的星座，连接起无数闪耀的星辰交相辉映。值得注意的是，创校时期担任教师的鲁迅、许寿裳、经亨颐、沈玄庐、陈望道、刘大白、夏丏尊等都曾负笈日本。甲午战争之后，国人被相似背景的近邻强敌的崛起震撼，赴日留学生数量激增。浙江省更以“百人师范”之规模派遣留学生赴日求学。日本向来被视为师法天朝的臣属，却因“脱亚入欧”而船坚炮利，这不能不使留日学生肃然，而日本国人对于中国留学生不无歧视的态度更是令弱国子民羞愤痛切。这便使得留日学生较之留学英美学生姿态更为激进。此外，革命派孙中山，维新派康有为、梁启超等，都曾流亡日本，留日学生即便未曾加入其政治组织，也多少受到影响。故而，尽管一师师长中

---

1 原载延安中国现代史研究委员会主编《中国现代革命运动史》，香港：新民主出版社 1947 年 7 月版；收入中国社会科学院现代史研究室选编《“一大”前后（二）》，北京：人民出版社 1980 年版，第 450 页。

2 许纪霖等《近代中国知识分子的公共交往》，上海：上海人民出版社 2008 年版，第 11 页。

的大多数并非一开始就抱持从事教育的职业志愿，却丝毫不影响他们以强烈的使命感投入启蒙觉世的角色。这便是校长经亨颐之所以能不屑斯时兴起的为工业生产输送技术人才的职业教育，而倡导人格教育的重要资源。

一师的人格教育不仅在艺术层面同时亦在生存层面激扬“文学审美主义”，其立人的核心在于标立新道德。这一辈的教师们在思想意识的深处永远有着新旧二者的颉颃。摒弃儒家道统与伦理，却不能将植根于人格深处的某些传统道德禀赋一并弃绝；可以不忠君不缛节，但是岂能不孝不义？事实上，承担家庭的责任或履行包办婚姻的义务正是他们归国返乡的一部分原因，如鲁迅、夏丏尊。

这才是那一辈知识分子以“疯狂”为契机为缘由觉醒，最终每每昏睡去的苦痛与无奈，于是裹足寄望，发出“救救孩子”心声，努力肩住黑暗的闸门。正是由于先生们用自身的牺牲积垫起来的平台，在泥沼里托起学生，使其不复因深陷被根缚，更欣然地迎向各种价值与世界观，新一代的知识分子方才得以少去“弑父”的苦痛挣扎，得以惊世骇俗地直陈——“非孝”。

为着施存统《非孝》买单的便是其精神父亲——《浙江新潮》社的幕后支持者、一师的教师与掌校者。施存统等学生写出如此“不伦”文章，作出这般“离经叛道”举动，即是一师力主各项教育改革的自然之果；特别应归结于时任国文主任教员的“四大金刚”夏丏尊、陈望道、刘大白、李次九所推行的国文改革，热衷于将文学课上成社会问题讨论会，指点江山，放言无忌，时文兴趣与济世激情同其升腾。“四大金刚”中被陈望道称之为最为温和的夏丏尊，正是《非孝》的审阅者与保护伞，施存统回忆称在教职员会议上，夏丏尊挺身替他辩护受了不少气，被责备说施存统桀骜不驯的态度，是由夏惯成[1]；而沈玄庐虽则认为《非孝》观点“没有锻炼成熟”，却仍将其视为一篇“雷霆风雨的文章”[2]。

沈玄庐在1916年任浙江省议会议长之前，曾接浙一师聘；任议长后，依然给予一师相当的支持与关注。在“一师风潮”时期，他不仅是学生背后“有力的策士”，更难得的是俨若“最勇敢的炮手”。[3]而之后一直追随沈玄庐直至国共分裂的一师学生宣中华对其异常崇拜、亲近，同学称：“宣中华和沈玄庐先生两个人就像一个人一样，仿佛是用的同一个脑子。”[4]

当自由主义、个人主义的言论遭遇禁锢，当社会矛盾益趋尖锐，启蒙话语便不得不向更大的半径辐射。学生们青春昂扬，在急进的社会实践中纷纷将“个人”的相加诠释为“大我”；师长们也开始考虑介入社会改造的必要性与可能性。以大致的脉络而言，师长们多受传统教育的陶养，之后又留学海外，虽然有着两厢都无法彻底认同的苦楚，但这痛苦的迎拒却令其获得不在任何一山中的视野，带着精英自我的审慎，“任个人而排众数”。然而缘于血脉相亲的牵引与对于“进步”伦理的无法抗拒，师长辈的启蒙者亦终于被裹挟进了“革命者”的“群”中。除却因“一师风潮”被迫离校与先生们在上海汇合的施存统、俞秀松，1920年至1921年间，叶天底、宣中华等亦跟随而至，加入上海外国语学社，成为中国社会主义青年团的组建者与成员。

师长也好，学生也罢，作为知识分子最初的社会构想都别无二致充满

1　施存统《回头看二十二年来的我》，《民国日报·觉悟》，1920年9月23日。

2　转引自宋亚文《施复亮政治思想研究》，北京：人民出版社2006年版，第29页。

3　曹聚仁《我与我的世界》，北京：人民文学出版社1983年版，第119页。

4　［美］萧邦奇《血路：革命中国中的沈定一（玄庐）传奇》，南京：江苏人民出版社2010年版，第102页。

了理想主义，甚至带有空想社会主义的色彩。施存统与俞秀松曾北上参加蔡元培、陈独秀、李大钊、胡适、周作人等联合发起的工读互助团，希望达到“工即是学，学即是工”，教育与职业工作合一的理想。而沈玄庐早在“一师风潮”时便提出，倘若当局要就此解散一师，便请师生们去萧山衙前他的家乡另起炉灶，为此他甘愿献出田产房子。之后一师部分师生云集于衙前发起的农民运动，确是含有玄庐力倡的“组织农学互助团”的实验性质。[1]

“风潮”后，曾“帮着第一师范学生自治会跟政府当局斗争的前驱战士”沈玄庐会同弃职去萧山的刘大白等筹办衙前小学。[2] 风潮中的学生领袖宣中华、俞秀松也相继加入。兴学之所以成为衙前农民运动不可或缺的重要组成部分，则归结于运动的领导者们，对于农民之所以被压迫被奴役缘由的思考与认定。启蒙，这一带着知识分子精英色彩的旨归揭开了现代农民运动的帷幕。沈玄庐斯时发表的诗文频频提到了“愚民”这一概念，在其与刘大白直接以《愚》为题完成的组诗中便有“智人吃尽愚人饭”的指认。[3]“愚”是被侮辱与被损害的症结所在，开启民智是疗救之方，而兴办教育则是具体施救的途径。

耐人寻味的是，沈玄庐的启蒙意识并非仅仅停留于此。他在诗中进一步反诘：“受人鱼肉自然愚——鱼肉他人便不愚？”“农愚”被愚弄是基于未被启蒙的愚昧，而鱼肉乡间的人何尝不是愚人，亟待启蒙？作为精英型启蒙者，玄庐将这矛盾的双方并置于同样需要开蒙的位置，试图藉此促成非

1 陶水木编《沈定一集》，北京：国家图书馆出版社 2010 年版，第 234、269 页。
2 参阅《“一师风潮”论衡》，《文学评论》2010 年第 6 期。
3 陶水木编《沈定一集》，第 543 页。

暴力解决社会矛盾的可能性。而他提出的“非地主不能组织新村”正是这一中间途径社会改良的体现。[1] 知识分子的精英意识同样体现在沈玄庐对于“精神劳工”价值的反复肯定，认定精神劳工同样适用于“劳工神圣”口号的标举。

“农学互助”式的社会主义改良，虽然与施存统等北上参加的“工读互助团”带有同质的知识分子理想化色彩，然而正如沈玄庐在混沌经验间日益认识、醒悟的：“中国最大多数的生产者就是农民”，在以农民为基础人口、以农业为基础产业的中国，由“农作劳动的组织”入手进行社会改良，较之工读互助，显然具有更为现实、更为重要的意义。而衙前小学便是“农读互助”的标志性所在。它不仅成了重新集合“一师风潮”后部分离散师生的或一结社形式，更衍为知识分子与农民结合这一实践的必要中介与纽带。

与此适可并读，在此期间刘大白写下新诗《成虎不死》以及《卖布谣》《收成好》《田主来》《挂挂红灯》《渴杀苦》《布谷》《割麦插禾》《脱却布裤》《驾犁》《各各作工》《割麦过荒》《泥滑滑》等《新禽言》一组；沈玄庐亦写下了《种田人》《哀湘江》《忙煞！苦煞！快活煞！》《除夕》《年初一》《各人自扫门前雪》《钱》《农家》《雨》《你嫌龌龊么？》《答佷工“工具”》《十五娘》《吃饭》《纤夫》《水车》《愚》《衙前农民协会解散后》等诗作。

上述诗歌上承黄遵宪、梁启超等所力倡的“熔铸新理想以入旧风格”，“以旧风格含新意境”的诗界革命余韵（如《新禽言》组诗恰是黄遵宪《五禽言》的翻新重构）；下启新文学乡村写实主义风格的创作精神。

1 沈玄庐《新村底我见》，载于《民国日报》“批评”第5号，1920年12月26日。

“五四”同侪中，“康白情氏和周启明氏都说诗是贵族的”；而沈玄庐、刘大白的诗作却力倡别一向度的平民化形式追求，以其俗白浅易的风格呼应了“白话诗”反拨“旧体诗”的语言革新：从乐府词曲化出，偏能冲破词调曲谱的种种束缚。虽处转型时期，在白话、口语化与文言、大众化与文人化、革命与改良的相搏相融中，生成了雅俗兼备、左右逢源的特定状貌，自然毋须讳言也包含了半文不白、亦新亦旧的局限；但内容多古人未有之物、未辟之境，着实让人耳目一新。

其反映农民痛苦的数量之巨，同情之深切，其表现阶级意识的启蒙意旨，在新诗主题开拓意义上引人瞩目。尤为难能可贵的是，在新诗史上，第一次笔涉农民运动，赫然为反抗地主压迫而壮烈牺牲的农运领袖树碑立传。

作为“二十世纪中国第一个号召农民起来与地主精英斗争的政治领导人”[1]，沈玄庐虽首开发起农民运动的先河，却仅止于“扶助农工”的站位，而无意如中共二大党章所倡，达臻“建立劳农专政（即无产阶级专政）的”最终目标。这便是当萧山绍兴各县八十多个农民协会成立，农民运动如火如荼之际，玄庐的姿态却略带叶公好龙式暧昧的原因。更耐人寻味的是，后来他在撰写农运领袖李成虎的传记时，还藉成虎之口，不无微妙地撇清了自己幕后农运鼓动者的身份。

以上史实，已然彰显此后玄庐等与其他政治家在建党思想方式范畴，是旨在创建一个以知识阶级为主体、更多地体现其自身利益要求的组织，还是建立一个以农工为主体、“劳农专政”的政党的深刻分歧。

1 ［美］萧邦奇《血路：革命中国中的沈定一（玄庐）传奇》，第 107 页。

二

忆及中国共产党成立时期的一些状况，陈望道说："我于一九二〇年四、五月间到上海，在此以前，我被一师赶出来，在家翻译《共产党宣言》"，"我们几个人，是被赶拢来的"。[1] "一师风潮"之后，沈玄庐、刘大白及陈望道几经周折最终都来到上海；1919 年 3 月，施存统、俞秀松参加北京工读互助团失败，也辗转来到上海。

对于中国文人而言，结社是一项比较自然随性的事情，兴之所至便可与三五同道结成一社，诗文唱和，思辨互见。即便是同一刊物的同人，其组合仍具有一定的自由性。前述被打散了的一师文人彼时大都汇聚在《新青年》《星期评论》《民国日报》社以待重整旗鼓；在此前后，他们还曾组建、参加过另外一些文学、社会团体。如 1920 年 11 月，沈玄庐与刘大白、俞秀松一起在杭州创办了"悟社"；1922 年 11 月，沈玄庐又与宣中华等一道组织"任社"，创办《责任》周刊，反省衙前农民运动失败的原因，鼓动革命。

创刊于 1919 年 6 月 8 日的《星期评论》周刊在"五四"时期曾是与《新青年》齐名的致力于新文化运动及文学革命的重要阵地，一度却因其国共杂陈、多元复义的政治色彩为既有文学史叙事隐而不彰。该刊由沈玄庐等主编与主撰，辟有纪事、评论、小说、诗等栏目，除单独发行外，还随《民国日报》赠送。

1　陈望道《回忆党成立时期的一些情况》，收入《"一大"前后（二）》，北京：人民出版社 1980 年版，第 20 页。

该刊开宗明义，其任务之一便是通过“对于哲学、文艺、社会、政治的自由批判”，“发挥五四、六五两大运动的精神”（“六五”概指是年6月5日上海工人举行罢工，声援北京学生的爱国运动）。[1] 此外，沈玄庐还以《新旧文学一个大战场》为题，高张刊物倡导文学革命的宗旨：“这一片干净土上，已经被旧思想的旧文学占领许多年了。现在我们要在这片土地上下种子”，“要散布新种子，就该用新思想新文体的文学”。为此，先驱者不但应“似马克思几个大著作家”传播思想革命的火种[2]，也理当以诗人的姿态撒下文学革命的种子。沈玄庐更是身体力行，常在同一期上发表多篇新诗或杂文。与前述玄庐发起农民运动并率先在新诗史上为农运领袖树碑立传相呼应；刊物不仅以殷殷探讨劳工问题为特色，而且发表了大量为工人境遇鼓与呼的诗文。沈玄庐的《爱》《工人乐》《富翁哭》《工读互组团》《起劲》《三色花》《怎么样？》诸诗堪称典范。《爱》憧憬将来世界，“工场”“学校”“中间涌现一个极大的字——爱”，工学合一[3]；而《起劲》则疾呼“切断工人颈上的锁链，打破资本家所建筑的牢笼”[4]。

值得注意的是，沈玄庐在摈弃传统文学观念的同时，却未能尽然摆脱文以载道与宣导之志。他无视作为新文化运动之两翼的思想革命与文学革命，各有其独立价值与意义，而自觉非自觉地将文化运动等同于社会改造运动。他的诗作自觉贴近现实政治与社会问题，甚至直接从中汲取灵感与诗情：陈独秀入狱，他即占《入狱》诗一首，激赏其“我不入地狱谁入地狱”之精神；《湘江评论》被封，他作了一首《哀湘江》的诗；《每周评论》

1 《星期评论半年来的努力》，《星期评论》第26号，1919年11月30日。
2 《新旧文学一个大战场》，《星期评论》第24号，1919年11月16日。
3 陶水木编《沈定一集》，第150页。
4 陶水木编《沈定一集》，第281页。

被禁，他又以“光”字为诗题，取其光明犹在遮不住的含义……如此热烈激切的社会参与意识乃至功利色彩，其实亦是《新青年》、《民国日报》副刊《觉悟》等刊文学创作的共同症候。恰是上述社团刊物在新文化运动中“应时而出，扬葩吐艳，各极其致”的急进政治倾向，引起了共产国际代表维经斯基的关注。

1920年，维经斯基在考察、访问了上海的一些社团媒体之后，提出了以《新青年》《星期评论》《民国日报》《时事新报》社为基础，组建中国共产党的思路。[1]他不苛求这个基础联盟绝对纯粹，而看重其无论派系归属，均对“五四”新文化思潮及新文学运动表示了支持，均引进介绍了马克思主义与社会主义之特点。自然，虽是同一刊物的同人，其思想理念也不尽相同，遑论这几个本就各有背景的群体。随着新文化运动渐行渐远，各方政治力量重又占据舞台抢夺话语权，分歧随即暴露出来。

而随着中共建党的推进更使得这一同人群重新组合：从最初始的报刊联合体，进一步衍变发展的马克思主义研究会，上升到关涉党派信仰的上海共产主义小组，直至中共一大。这一线路的演进日渐见其大势。这同样属于现代的职业分化，表明仕文一体的文人形象的崩解，出现了职业革命家，半吊子的业余者很难再厕身其中。在政言政，任何的言行现象都需要从政治角度给出相应的解释与维护。然而，事实上诸多浙一师同人们似乎具有更为明显的“文人面目”与名士脾性。翩跹不定如沈玄庐，传奇色彩的一生可以被冠以各种身份或政治头衔，然而似乎如何定义都不能将其纳入彀中。其诗作适是夫子自道：“镜中一个我，／镜外一个我。／打破了

1 《包惠僧谈维经斯基》，收入《维经斯基在中国的有关资料》，北京：中国社会科学出版社1982年版，第438页。

这镜，／我不见了我。／破镜碎纷纷，／生出纷纷我。／我把我打破，／一切镜无我。／我把镜打破，／还有破的我。／破的我也破，／不知多少我。”[1] 这分裂的镜像令人莫衷一是。

文人始终崇尚特立独行，结社却需要一定的妥协与忍让；上升为党派更意味着要放弃自由主义行事，增强自我约束的能力，要求对权力中心绝对服从。众口无二、众行一致是规范是纪律，每一步的言行除了显示对其权威的服从外，还必须成为对于权力中心运行范式的合理阐释。由此标尺衡之，便不难理解“个人英雄主义较强，不大接受领导”，后来“在国民党时，也不大接受孙中山先生的领导”[2]；“并不相信无政府主义”，却“有无政府主义倾向”的沈玄庐[3]，何以会由上海“共产主义小组的发起人之一”身份，沦落至众叛亲离、左右皆欲杀的孑然一身境地。1925 年，刚参加过中共第四次党代会的沈玄庐，却又去参加了国民党的西山会议[4]；1928 年，已从共产党、国民党左翼演变为极右翼的西山派身份的沈玄庐，又辞去了其在国民党浙江省党部的一切职务，独自个在萧山衙前进行农村自治实验，以一种让人欲笑不忍、欲哭不能的堂吉诃德式的孤军奋战姿态，完成了其政治生命的最后定格。

无独有偶，建党过程中，在面对是否“建立严密的组织，过组织生活”等一系列问题时，“好静，喜欢搞研究工作”的陈望道亦“不习惯于经常过组织生活”。[5] 关于陈望道离开党组织的原因，史学界每每归因于其“不满

1 《读大白的〈对镜〉》，载于《民国日报·觉悟》，1920 年 9 月 20 日。
2 邵力子《党成立前后的一些情况》，《“一大”前后（二）》，第 69 页。
3 陈望道《回忆党成立时期的一些情况》，《“一大”前后（二）》，第 23 页。
4 《杨之华的回忆》，《“一大”前后（二）》，第 28 页。
5 邵力子《党成立前后的一些情况》，《“一大”前后（二）》，第 69 页。

陈独秀的家长作风”[1]，遂提出脱离组织的请求，并因此未去出席中国共产党的第一次代表大会。实质上，这只是他退党事件的一个导火索，根本原因还在于不认同党组织的集权制领导方式。[2]1927年经时任复旦大学文科主任的陈望道帮助进入复旦中文系学习、后又因参加革命活动被捕入狱得到过陈救援的中共早期党人夏征农，晚年谈及陈望道退党原因时却并不为尊者讳，直陈“因主张不要发动斗争，研究研究”。

由陈望道、沈玄庐等一师师长引领而参与建党宏业的施存统，曾有志将“学问家”与“革命家”合一，但这在日益专业政治化的道路上是注定无法走通的。1927年施存统因对迷失于血雨腥风中一时晦暗不明的革命前途作出错误判断以至悲观迷惘的情景下，发表了《悲痛中的自白》，声明脱党，于1928至1936年间潜心学问，著译有《中国革命底理论问题》《日本无产政党研究》《社会科学的研究》《工会运动的理论与实际》等。比诸当年从北京工读失败后回到上海，称“学问”与“革命”不可兼得，从此要专心投身革命的情境，这又是怎样的激流勇退？

而宣中华虽一向追随沈玄庐如影随形，但在关键时刻却能信守“吾爱吾师，吾更爱真理”精神，他说：“沈玄庐能劝我加入共产党，但决不能拉我退出共产党。”[3]终在沈玄庐转向后与其势不两立。后沈玄庐在浙江主持清党，宣中华便逃亡至上海，被捕后英勇就义。

1927年国共分裂之后，非但政治、军事层面的阵线急剧变动，知识分子内部也因为重新思考、站位，使得各种阵营产生新一轮的聚散离合。

1 《我走过的道路》，《茅盾全集》第34卷，北京：人民文学出版社1997年版，第265页。

2 蔡和森《中国共产党史的发展（提纲）》，《“一大”前后（三）》，北京：人民出版社1980年版，第80页。

3 ［美］萧邦奇《血路：革命中国中的沈定一（玄庐）传奇》，第168页。

三

大江书铺遂于1928年9月开业，陈望道自任为经理，施存统则担任编辑部主任。

陈望道筹建大江书铺，主要是缘于斯时左翼思潮运动的低迷。作为文学研究会的早期成员、《共产党宣言》最早的中译本译者、中国共产党的创始人之一，即便此时他已因文人的自由态度与集权体制的扞格而脱党，但以思想启蒙为己任的初衷，却从未改变。即便不再介身其中，或者说正是因着不再介身其中，他才纯然以文人本色，采用了著译、出版这样的手段"播火"。除修辞专著外，他另有文学、美学方面的著译多种。谈到书店的志向时，他说"最好范围略宽，为科学、思想、文艺的传播机关"。[1]

与老师陈望道相类，以"非孝"之石破天惊姿态横空出世的少年斗士施存统，在这1927年分叉丛生的思想路径里开始彷徨。作为中共日本小组的创建者、亦是中国社会主义青年团的第一任中央书记的他，曾经何等忘我地投入实际的组织工作之中，此刻却面临不厘清自己的思绪、不明晰自己的理论支撑就无法前进的困境。关于这样的"不切实际"，他坦承自己是个"书呆子"，那么，退回书斋，看书译书出书，则是他展现自己努力的选择。

所以，大江书铺的创办，从某种意义而言绝不止是退守，而不失为陈望道、施存统以文人身份所作的一种主动积极的进击。明白这一点，方能体味了解同是一师出身的曹聚仁对于昔日的老师、学长筹建大江书铺的如

1 陈望道1928年3月4日致汪馥泉的信，转引之邓明以《陈望道传》，上海：复旦大学出版社1995年版，第103页。

是表述："陈望道和施存统二先生，以万丈雄心"，"要办一家像像样样的书店"，"他们不重念生意经，而注重译著的内容"。[1]

大江书铺还创办了《大江月刊》《文艺研究》等刊物。《大江月刊》由陈望道编辑，1928年10月创刊。主要撰稿人中陈望道、鲁迅、刘大白、叶圣陶、施存统、汪静之、张维祺、丰子恺等皆为一师校友，其余作者也与一师多有关联。《文艺研究》为季刊，1930年2月发行，鲁迅编辑，仅出一期，皆为译文。在刊首例言中鲁迅开宗明义地指出刊物的倾向即"在究明文艺与社会之关系"。[2]

尤为引人瞩目的是大江书铺以丛书的形式——《文艺理论小丛书》《艺术理论丛书》对域外文艺理论尤其是马克思主义文论的绍介。1928年至1929年间，鲁迅相继译出日本片上伸著《北欧文学的原理》《现代新兴文学的诸问题》、苏联卢那卡尔斯基著《艺术论》；1930年，雪峰译匈牙利弗理契著《艺术社会学底任务及问题》、玛察著《现代欧洲的艺术》，陈望道译日本冈译秀虎著《苏俄文学理论》，均由大江书铺印行。

大江书铺的主事者陈望道与鲁迅同为一师校友，关系甚为密切。1920年春，陈望道所译《共产党宣言》一出版，即托周作人赠送鲁迅。据作人回忆，鲁迅收到译著后，"当天就翻阅了一遍"，并说："现在大家都在议论什么'过激主义'来了，但就没有人切切实实地把这个'主义'真正介绍到国内来，其实这倒是当前最紧要的工作。望道在杭州大闹了一阵之后，这次埋头苦干，把这本书译出来，对中国做了一件好事。"[3]同年其出任《新

1 《大江书铺》，《曹聚仁书话》，北京：北京出版社1998年版。
2 《〈文艺研究〉例言》，《鲁迅全集》第8卷，北京：人民文学出版社1981年版，第302页。
3 余延石《鲁迅与〈共产党宣言〉》，《鲁迅研究资料》第一辑，北京：文物出版社1976年版，第300页。

青年》杂志编辑，又曾去信约请鲁迅写小说。陈任教复旦大学后，曾两次登门邀请鲁迅去复旦大学及附属江湾实验中学校演讲；1928 年至 1930 年间，为大江书铺事宜，更是与鲁迅频繁往来。查阅这一时期的鲁迅日记，其中有记载的与陈望道的交往多达二十余则，内容大多牵涉创办大江书铺及编辑《文艺理论小丛书》诸事。

鲁迅十分珍视、用心翻译的苏联作家法捷耶夫的名作《毁灭》，译成之后一度因被官方严行查禁，出版计划屡屡胎死腹中，而终于在 1931 年 9 月，经陈望道等人的多方努力由大江书铺首次出版面世，译者所称这“新文学中的大炬火”因是才得以光扬播撒；卢那察尔斯基的《艺术论》可谓中国左翼文学思潮的又一重要源泉，当时也是由陈望道约请鲁迅翻译的。因此书的学术视野除关涉美学与科学社会主义，还兼及“生物，生理，心理，物理，化学，哲学”诸范畴，鲁迅曾有所顾虑，陈望道为之激励：“我们把它译出来，就是一个胜利。”鲁迅遂知难而进，“他采取直译的方法，极其慎重、认真和精心”。[1]

施存统在一师读书期间，虽因鲁迅早已辞去教职而无缘亲聆一代宗师授课，却有幸在其思想彷徨之际结识前辈师长。鲁迅 1928 年 9 月 15 日日记中有如是记载：“雨，下午陈望道来。晚存统来并赠《目前中国革命问题》一本。”[2] 身为大江书铺编辑部主任，施存统此行的目的大抵是邀稿编辑事务，然而特别呈上所著《目前中国革命问题》一书，却显然带有某种迫切寻求认同理解的深意。《问题》收录其发表在《现代中国》《革命评论》

1　陈望道《关于鲁迅先生的片断回忆》，收入孙郁主编《编辑生涯忆鲁迅》，石家庄：河北教育出版社 2000 年版，第 255 页。

2　施存统《目前中国革命问题》，上海：复旦书店 1928 年版。

上的《对于今后革命的意见》等十一篇文章，包含了施存统对于既往革命的种种困惑与反思。施存统投石问路，鲁迅却默然以对，这是否意味着鲁迅对此一系列政治问题也未及深思熟虑故一时无从作答；抑或可视为一种有所保留的态度甚或针砭?

有意思的是，鲁迅此后不久在给施存统的一师同学柔石的作品《二月》作序时[1]，含而不露地兼及施存统一类文人的尴尬处境：

浊浪在拍岸，站在山冈上者和飞沫不相干，弄潮儿则于涛头且不在意，惟有衣履尚整，徘徊海滨的人，一溅水花，便觉得有所沾湿，狼狈起来。这从上述的两类人们看来，是都觉得诧异的。但我们书中的青年萧君，便正落在这境遇里。他极想有为，怀着热爱，而有所顾惜，过于矜持，终于连安住几年之处，也不可得……

然而，较之小说中的知识分子形象萧涧秋，曾经的革命弄潮儿施存统的站位却更其复杂。借用鲁迅的喻象描述，他于共产革命的风口浪尖激流勇退后，一度“徘徊海滨”，在短短的数年间历经了赴广州作说客未果；成立走“中间道路”的“本社”，加入国民党改组派，因“打右不打左”的中间路线招致左右夹攻；而终于幡然悔悟，发见自己“一九二八年所发表的政治见解和经济认识底错误及参加‘中间运动’的失败”[2]，宣布从此不再对于中国政治问题直接发言——如是一波三折。而他又并未成为纯粹的“站在山冈上者”，与其隔岸观火，临渊羡鱼；不如选择退而结网这一姿态。

1 《柔石作〈二月〉小引》，《鲁迅全集》第4卷，北京：人民文学出版社1981年版，第149页。

2 施存统《中国现代经济史》，上海：良友图书印刷公司1932年版。

面对施存统（亦包括陈望道）这样一类坦承政治运作的复杂性，“认定自己底性格和能力不够做一个革命的政治家，决定永远做一个‘书呆子’，希望从学术上有所贡献于社会”的知识分子[1]，自况是“落伍者”的鲁迅给予了同情的理解。因为显然区别于栖身“革命咖啡店”里大而化之地空谈主义的“沙龙社会主义者”，施存统、陈望道这些“书斋社会主义者”（姑且如是命名）那更其切切实实的“纸上谈兵”不无意义。适如鲁迅所称，“新潮之进中国，往往只有几个名词，主张者以为可以咒死敌人，敌对者也以为将被咒死，喧嚷一年半载，终于火灭烟消”。[2] 文艺思潮如是，政治思潮亦然。在这主义盛行、理论匮乏的时代，难得陈望道、施存统这样几个书呆子，既取相对低调的政治姿态，又不失致力理论准备的“万丈雄心”，锲而不舍，渐次“用马克思主义的锄锹”，掘通了文学与社会科学领域，为不无浮躁峻急的左翼文学与文化运动，奠定了坚实的理论基石。

原载《文学评论》2013年第3期，
人大复印资料《中国现代当代文学研究》2013年第7期

1 施存统《一个诚实的声明》，收入《民主抗战论》，上海：进化书局 1937 年版。

2 《现代新兴文学的诸问题·小引》，《鲁迅全集》第 10 卷，北京：人民文学出版社 1981 年版，第 291 页。

文学性本位与文学史旨趣——中国当代文学作品选编选取向再省思

一

上一世纪八十年代，一批冠名为“中国当代文学作品选”的著述相继出版。其初衷应是作为中国当代文学史的配套资料，辅助高校当代文学史课程的教学。就使用面及当时的影响而言，有以下几部作品选（或谓选评、选讲）值得一提：由中山大学、河南师大、湖南师院等十六所院校编选的《中国当代文学作品选讲》(1980)[1]，中国人民大学、南开大学、河北大学、杭州大学等十八所院校编选的《中国当代文学作品选》(1981)[2]，方谦、李

1 中山大学等十六所高等院校编《中国当代文学作品选讲》正编、续编，南宁：广西人民出版社 1980、1981 年版。

2 中国人民大学、南开大学等十八所院校编《中国当代文学作品选》上册、下册，石家庄：河北人民出版社 1981 年版。

平编选的《中国当代文学作品选》(1983)[1]，马德俊、张学正、周相海主编的《中国当代文学作品选评》(1987)[2]，郭志刚主编的《中国当代文学作品选》(1989)[3]。

点检上述出版于八十年代的当代文学选，拨乱正史可谓编选者兼及文学与政治的双重使命。为诠注当代文学史的既定观念，印证“当代文学百花竞放的喜人风貌”，因此而设定的编选原则、标准刻意求全，面面俱到。适如马德俊主编的《中国当代文学作品选评》“再版前言”明确表示的：兼顾思想性与艺术性，反映“多民族文学的共同繁荣”，毋忘展示台湾文学、海外华人文学与中国大陆文学的凝聚力，注意当代作家队伍的老中青多层次结构，“注意选收不同风格流派、不同题材、不同样式、不同创作方法的作品”。

所以求全责备，乃至十八所院校本特意在“前言”中郑重声明，“因为篇幅所限，不少有影响的老作家及新起之秀的作品，如郭沫若、田汉、曹禺、陈白尘、苏叔阳等同志的剧作，曹靖华、吴伯萧、何为、碧野、黄宗英、理由等同志的散文和报告文学，沙汀、艾芜、康濯、骆宾基、刘澍德、西戎、刘真、宗璞、陆文夫、从维熙、刘绍棠、林斤澜、邓友梅、浩然等同志的小说，臧克家、何其芳、田间、阮章竞、张志民、邹获帆、公木、严辰、雁翼、梁上泉等同志的诗歌，未能一一入选，深以为歉”。其缘由一则因着特定时代背景使然。建国以来，运动频仍，及至“文革”，绝大多数

1　方谦、李平编《中国当代文学作品选》，北京：中央广播电视大学出版社 1983 年版。

2　马德俊、张学正、周相海主编《中国当代文学作品选评》，石家庄：河北人民出版社 1987 年版。

3　郭志刚主编《中国当代文学作品选》上册、下册，该教材由北京师范大学、北京师范学院、南京大学等十所院校参与编选，北京：人民文学出版社 1989 年版。

作家惨遭迫害，不少作品被禁毁，创作领域渐成荒芜一片，文学秩序颠覆、失范，因而“文革”之后当代文学作品选的编选，便不得不承担着昭雪莫须有的批判，扶持“重放的鲜花”，重新排座次、树典范、建秩序的分外职责。二则则是出于所依附的文学史编撰“大一统”的史观与理路。一统者，“百花”之统皆归于“社会主义这一大花园”也。因此而追求的客观性、稳定性、多样化、有序化、历史性意义等准则，均可在这一理路中予以理解。

其优长在于不少选本“力求展现社会主义文学”实践及发展的风貌，进入编者视野的，首先便是那些“在中国当代文学史上产生过积极推动作用或较大影响”的作家作品”[1]，如“十七年文学”中，郭小川、贺敬之、闻捷的诗作，杨朔、秦牧、刘白羽的散文，茹志鹃、李準、王愿坚、王汶石的短篇小说，以及《红旗谱》《红岩》《青春之歌》《创业史》等长篇小说均被反复选入。

然而，由于上述作品选均产生于八十年代，编者“身在此山中”，缺乏必要的时间沉淀，历史淘炼，加之“全面反映三十多年来当代文学成就的同时，特别注意反映新时期文学的新成果”的急切心理[2]，毋庸讳言留有迷醉于“新时期神话”的印记。如果说诞生于五十年代“新民歌运动”中的“新民歌”这类有着鲜明时代印记但艺术上却十分粗糙的作品的收入，尚能以反映当代文学史的真实面貌譬解；那么，同样留有时代印痕、同样艺术上十分粗糙的八十年代的“天安门诗抄”的入选则大可商榷。理由是，前者不仅是“大跃进”运动的政治派生物，而且还表征着彼一时代诗歌大众

1　马德俊、张学正、周相海主编《中国当代文学作品选评》。
2　马德俊、张学正、周相海主编《中国当代文学作品选评》。

化、“民歌化”的美学尝试；而后者纯然是四五运动的产物，徒有即时性的政治意义。与后者相类不宜收入的，还有诗歌《一月的哀思》《周总理，你在哪里？》、话剧《报春花》一类时效性作品。

新世纪伊始，钱理群提出了“社会主义思潮的意义和价值问题”亟待清理总结；同理，当代中国的“社会主义文学”（或谓“工农兵文学”）实践的经验与教训亦应及时探究、反思。编选于八十年代的当代文学作品选由于其悉心遵循历史流程的编排，依据在彼一文学思潮中是否是位列“主流”、素有定评的代表作的淘选，立意表征、张扬红色年代时代精神与时代美学特征的宗旨，集结展现为别一形态的主流“文学史”。以致当着八十年代编写的中国当代文学史著述因其意识形态的归纳日显简单化庸俗化，识见日显偏至，审美解读日显浮泛，渐次为成书于九十年代或新世纪的文学史著作超越、替代时；同样成书于八十年代的作品选却缘于其“工农兵文学”遗存的鲜明色彩，史实式的原貌存在，基础性的文本材料，依然不失前述价值与文学史意义。自然，有待新的文学史眼光烛照与敞亮，立足新的文化历史立场与之对话、辩论。

二

较之八十年代当代文学作品选大一统的文学史取向，出版于九十年代的谢冕、洪子诚主编的《中国当代文学作品精选》（1995）[1]，与陈思和、李平主编的《当代文学100篇》（1999）却南北呼应[2]，着意凸显作品选纯正的

1　谢冕、洪子诚主编《中国当代文学作品精选》，北京：北京大学出版社1995年版。

2　陈思和、李平主编《当代文学100篇》，上海：复旦大学出版社1999年版。

“文学性”本位。谢、洪选本除却悉心揭示了当代作家为保全和丰富文学审美传统所作的艰苦努力，犹存同时可让读者“领略中国当代文学发展的脉络”之心。[1] 然而，由于篇幅的限制，入选作品的短小精约，实难窥当代文学发展的概貌。

陈思和、李平选本则开宗明义地强调遵循某种“超越时间和空间限制而永存于世的文学观念”，坦言“一般不考虑文学史的需要，不考虑思潮流派的代表性，也不考虑作家在现实社会中的地位和影响”。陈、李选本的“三不”原则，为当代文学作品选如何摆脱文学史的附庸地位，成为一门相对独立的课程或一部相对独立的教材，一本“二十世纪中国文学的‘古文观止’”，奠定了基础；也为读者（包括大学生）如何摆脱大一统的文学史（社会史、革命史）叙事的先在束缚，直面作品，独立思考，独立审美，拓展了可能。

曾几何时，我们的文学教育体制热衷于史的宏大叙事，却轻忽了文学的文本细读。鉴于此，陈思和在复旦中文系力倡以原典精读为重心的教学改革思路；无独有偶，北大温儒敏等亦推出了中文系的教改方案：减少史与概论，增设经典导读课，增加学生接触原典的机会。温儒敏还认为，同样讲文学史，高等师范院校不妨更加注重作家作品分析。恰是在上述思路的导引下，不少高师院校启动了以当代文学作品选取代当代文学史的课程设置改革（或在大学一、二年级开设当代文学作品选，三年级再上当代文学史），而《当代文学 100 篇》恰因它相对超逸的文学性取向及其精品美文旨趣自然成了首选教材。

1　谢冕、洪子诚主编《中国当代文学作品精选》。

如果说，彼时某些同行学者倡导“文学性”、“纯文学”犹含“策略性”动机，适如钱理群所言，“是针对文革带来的极端的意识形态，政治对于文学构成的一种困境，当时是为了摆脱这种困境才提出的”[1]；那么，陈思和的尊崇“文学性”却不尽然是策略、是手段，而同时具有终极性意义。藉此陈不仅悉心反拨意识形态话语的遮蔽，敞亮一度因过分突出政治而掩盖了的“十七年文学”的文学性实绩；不仅努力唤醒、训练读者“对文学语言和文学美感的感受能力和把握能力”；更旨在“使自己的内心世界丰富起来滋润起来”。[2] 换言之，在求真的层次之上，犹有一个更高的追求境界：美与善。

顾名思义，当代文学既以“当代”命名，时间的“现在进行时”、不确定性，以及相对于其他学科历史的短暂，确实成了制约学科形成的先天局限；就此意义而言，陈思和等编者令作品在“永存于世的”美的传统统摄下并存并立，形成相对纯粹、自足的文学性空间的建构，超越了时间因素的流变，为学科的生成赢得了合法性依据。

值得注意的是，陈思和在表明编选者的“文学性”价值取向时，始终将其与展现“知识分子人格力量”、凝聚“现代中国知识分子美好精神境界”的理想融合在一起强调。学界曾如是解释：“把五十年代以后的文学称为‘当代文学’，其内涵和依据在于，这是一个‘左翼文学的工农兵文学形态’，在五十年代‘建立起绝对支配地位’，到八十年代‘这一地位受到挑战而削弱的文学时期’。”[3] 陈思和的立场则使他发现了五十至七十年代文学

1 钱理群《重新认识纯文学——在“当代文学与大众文化市场”学术研讨会上的发言》，转引自文化研究网（http://www.culstudies.com）。

2 陈思和《中国现当代文学名篇十五讲》，北京：北京大学出版社 2003 年版。

3 洪子诚《当代文学概说》，南宁：广西教育出版社 2000 年版，第 20 页。

的另一谱系，一种因“工农兵文学”话语的日益强大而被弃之边缘、隐入“潜在”的知识分子精神叙事。

任何一种态度严肃的再编选，其实就是一种“再解读”，就是“重写文学史”。即便作品纯属“原典”，也沾染了编者“书写”的痕迹。细考《当代文学 100 篇》所收作于五六十年代及“文革”时期的篇目，如沈从文的《随笔二则》、巴金的《奥斯威辛集中营的故事》、无名氏的《电光小集》、宗璞的《红豆》、绿原的《又一名哥伦布》、傅雷家书、张中晓的《无梦楼随笔》、曾卓的《有赠》、唐湜的《划手周鹿之歌》、陈翔鹤的《广陵散》、黄翔的《野兽》、食指的《这是四点零八分的北京》、曾卓的《悬崖边的树》、丰子恺的《缘缘堂续笔》、牛汉的《华南虎》、芒克的《葡萄园》、穆旦的《智慧之歌》……俨若一部疏离、抵抗彼时主流文学的非主流文学史，一部潜在的知识分子精神史。其中并非尽然出于文学性的考虑，曾卓是选本中仅有的收有两首诗的诗人，其《悬崖上的树》流于彼时流行的“寓言”式写作、具象化的直抒胸臆，艺术上并无甚新意，编者看重的应是那受难者的灵魂剪影，是“知识分子人格力量”。

上述所谓的“主流文学”、“非主流文学”这些定义，均是相对的。假如我们将五十至七十年代这一特定历史语境延伸、拓展，使其连通更其开阔浩瀚的中国文学史、人类文明史长河予以审视，那么，以美与善为价值取向的陈思和选本，无疑便成“主流文学”了。

与编选《当代文学 100 篇》同步，陈思和完成了《中国当代文学史教程》的主编工作。《教程》由作品为主体的感性文学史的体式，呈现了与既往诸多以文学史知识为主体的当代文学史迥然相异的风貌。

三

洪子诚主编的《中国当代文学史·作品选》(2002)[1]，从书名中便特意标明了意在配合所著《中国当代文学史》使用的主旨，文学史意义无疑成为其重要的价值取向。然而，编者仍力图兼顾作品的文学性与文学史价值，一如“编选说明”所称，“主要以‘文学性’作为标准”，但“也会适当考虑体现文学思潮上的价值”。

如果说前述《中国当代文学史教程》因充分体现了编者独创性的主观追求、主体意识，而令人耳目一新；那么洪著《中国当代文学史》则以同样别具个性的客观姿态、“‘中性’叙述方法”引人瞩目。它充分考虑了当代文学与政治复杂的纠葛关系，勉力运用“还原”的方法，恢复历史的原貌。这一编写风格自然会对《中国当代文学史·作品选》产生影响。

检视全书，第二卷(1977—1999)处理得较顺，因着这一时期作品的审美价值与文学史价值比较一致；第一卷(1949—1976)则在文学性标准与文学史价值之两极交互偏侧，难以两全，尤其是“十七年文学”部分。

在十七年小说部分，编者慧眼别具地选入了管桦的中篇《辛俊地》(1957)、方纪的中篇《来访者》(1958)，想来不仅出于“对作品的‘独特经验’和表达上的‘独创性’的衡量”，亦试图藉此一窥十七年历史语境中主流意识形态叙事与人性叙事交错叠映间那复杂多义的涵蕴。同时，洪子诚还用心深刻地收入了浩然的长篇小说《艳阳天》、沈西蒙等的话剧《霓虹

1　洪子诚主编《中国当代文学史·作品选》一、二卷，武汉：长江文艺出版社 2002 年版。

灯下的哨兵》，乃至样板戏《红灯记》《沙家浜》(节选)。

收入样板戏，不尽然是缘于其绕不开的文学史意义，同时也含有文学性的考虑。洪子诚尊崇“文学性”，但又不时对自己所持的“文学性”立场及观念作反省——借用西哲的追问：谁家的文学性？[1]尤其当兴起于二十世纪初的中国无产阶级文学日渐式微，“纯文学”创作渐次成为“主流”，文学史研究却每以“文学性”名义，悬置对其（包括五六十年代的工农兵文学）作必要探索。在此背景前，洪子诚的这一举措意味深长。

洪子诚曾指出：“现在有的京剧演出也在‘现代化’，摇滚化，但我觉得远不如文革做得出色”；样板戏“在保持传统的格局里头，加入很多新的东西，又不使它支离破碎。这里面有许多努力，作了很多尝试”。[2]如何评价样板戏尽可见仁见智，但不可忽视洪子诚对样板戏的审美判断。

“文革”时期，伴随着政治使命日趋急迫的要求，长于表现强烈情感、极端倾向的表现主义，“内蕴”大大超出“外象”、便于浓缩生活、负载思想的象征主义等现代艺术形式便适逢其时地进入了“样板戏”试验的期待视野，与程式化等古典主义美学形式交融杂糅。它对前卫性与古典性的兼融，因此而成为新世纪以观念反叛、前卫著称的张元执导京剧《江姐》时借鉴的“样板”。此类尝试的合理性与局限性均值得学界认真总结与探讨。

较之小说、戏剧、散文部分，1949—1965的诗歌部分却似乎未能一以贯之地体现编者“力避情绪化”的客观姿态。所选篇目后依稀可见一个温和、温情却不失抵拒主导意识形态的知识分子所感受、体验、钟情的十七

1 洪子诚《当代文学史研究中的史料问题》，收入《文学与历史叙述》，开封：河南大学出版社2005年版，第196页。

2 洪子诚《当代文学史研究中的史料问题》，收入《文学与历史叙述》，第199页。

年诗歌史。与《中国当代文学史》的“中性”叙述不尽“配合”。

《作品选》固然不妨拾取流沙河的《草木篇》、穆旦的《葬歌》、昌耀的《海翅》《筏子客》、林子的《给他》等遗珠（仅就纯正的文学性标准而言，《草木篇》其实并非佳作，恰如谢冕所说：“诗本身的价值和影响，远远没有批判者所认为的那么‘重大’，它只是一组技巧上相当幼稚，思想内容也不深刻的作品”）[1]；但同时却不应遗漏了贺敬之、李季等诗作（如《雷锋之歌》《杨高传》，可存目，留下启人探索的“道口”）。后者更具有彼一时代主流文学史的代表性。

诚然，“‘十七年’和文革文学在艺术上有很大的局限性，包括境界、体验的深度、语言等”，因此我们并不认同所谓“红色经典”这一命名；然而，恰恰鉴于五十至七十年代的主流文学缺乏“文学性”，其难得的为体现社会主义理想所作的艺术尝试、技巧元素、审美特质便更值得我们正视。作品选理应从文学性的角度来呈现这一特定时段作品独特的艺术表现与美学精神。

由贺敬之、郭小川致力创作的“政治抒情诗”体式是红色年代的重要收获。其中，贺敬之的《雷锋之歌》作为政治抒情诗的集大成之作，尽管有着对其所表现的重大政治主题的理解失之肤浅、简单乃至偏激等局限，但所塑造的“雷锋”精神雕像，依然有着不应低估的思想意义。更值得一提的是，在艺术上，诗人尝试将不乏古典主义色彩的汉赋、骈文体与马雅可夫斯基那略带未来主义遗韵的“红色鼓动诗”体交融，将诗与政论结合，集中体现了彼一时代的时代精神、时代美学（或借用“雄浑美学”一说）。

1　谢冕《浪漫星云——中国当代诗歌札记》，广州：广东人民出版社 1999 年版，第 163 页。

以往，我们惯用现实主义、浪漫主义之标尺去衡量，觉得其过于观念化，不“现实主义”，对此曾有识者拈来“社会主义现代主义”一说（溯其渊源，这一理论应源自苏联二十世纪三十年代的“社会主义现代主义”创作思想）[1]，借以参透、诠释“十七年”文学的别一艺术特征。

耐人寻味的是，四十年后张广天创作左翼话剧《切·格瓦拉》时，竟自觉非自觉地传承了《雷锋之歌》一类政治抒情诗的神髓。他不仅汲取了《雷锋之歌》“强烈的情感宣泄和政论式的观念叙说”这一特征；移用了诗中设置反面角色（符号）、并不时讥讽调侃以便引出正面角色与之论辩这一手法；更与贺敬之全力塑造“雷锋”精神雕像相类，刻意凸现、抽象“切·格瓦拉”这一革命之魂，反抗之魂。作为“先锋戏子”，作者已不必像贺敬之那样，讳言其作的现代主义成分。他坦言：“这是一出观念先导的戏”，“人物在很大程度上属思想概念的符号，演员只起传声筒的作用”。[2] 自然，“观念化”、“符号化”、“传声筒”均已成为有意强化意识形态意图的左翼文学铸造“诗的政治，政治的诗”的必要手法与载体。

以上举贺敬之与《雷锋之歌》为例，不仅意在提示因其人其诗所具有的某种文学思潮的代表性，作品选似不应忽略；更试图揭示五十至七十年代文学领域犹留有诸多可资开掘、反省的资源。诸如前述五十至七十年代左翼文学与“社会主义现代主义”的关系。

鉴于上述目的，以下建议似不应纯局限于作品选的编选来理解：按文学性标准，九十年代以还的文学作品的比重理应加大；若依文学史取向，

1　张闳《“样板戏”的蛊惑》，文中张闳称可借用张颐武“社会主义现代主义”一说来评论“样板文艺”，转引自世纪中国（http://www.cc.org.cn）。

2　张广天《切·格瓦拉》，收入《我的无产阶级生活》，广州：花城出版社2003年版，第251页。

对五十至七十年代，乃至八十年代的文学作品尤应倾斜。不仅缘于九十年代、新世纪贴得太近，还需要一段时间的沉淀，而五十至七十年代文学、八十年代文学已渐次历史化；更因着后者仍留有不少文学史与文学性的真问题，却日渐为读者（包括大学生）疏离、漠视，缺乏精到深刻的审美读解与文化透视、文化批评。

作品选的编选看似简单，实则牵涉繁复。这便是我们所以从作品选这一当代文学学科的基础处入手，将当代文学作品选的编选"问题"化，以期从中折射诸多隐而未显的文学史研究疑义之动因。

原载《文艺争鸣》2008年第11期

《二十世纪中国作家心态史》批评

杨守森主编的《二十世纪中国作家心态史》系国家社科基金项目。该书后记称“力图从文艺心理学角度切入，对本世纪中国作家的心态类型、在不同时期的发展变化以及对文学创作的影响进行分析描述，以期进一步探讨文学自身发展的规律”。[1] 遗憾的是通观全书，似与预期目标相距尚远。

平心而论，此课题有一定特色：该书纵览百年中国文学，关注文学思潮、时代心态，相对于以往的某些作家心态研究，近乎“长时段”；洋洋洒洒五十八万字的篇幅，力图包罗万象，兼及台港，也算宏篇巨制；特别是从作家传记、回忆录等已有成果中搜集、辑录了相当可观的有关作家心态的史料，使后来者免去不少搜寻之苦，类似史料长编；但作者惯于材

---

1 杨守森主编《二十世纪中国作家心态史》，北京：中央编译出版社 1998 年版，第 723 页。

料平面的罗列排比，不无简单化的分门别类，却拙于分析，更无力纵深地“探讨文学自身发展的规律”，致使既定理论设计未能如愿以偿。

该书封底将此书誉为“国内第一部从文艺心理学角度入手，分析描述二十世纪中国作家的心态类型”的专著，但愿这纯属广告用语，而非学术史定位。若以研究中国作家心态时限长达百年论，确无先例；就选题的开创性而言，此书却并非拓荒者。

除时段不同（一为现当代，一侧重当代），疏密有别，深浅有异，价值判断分歧，孟繁华完成于1995年的博士论文《梦幻与宿命——中国当代文学的精神历程》也尝试“从作家心态的曲折变化入手，梳理并描述当代中国文学的精神历程”，[1] 在选题上与之极相类。两书主要运用的实质上都是社会历史批评方法（《心态史》后记也透露出：“由于我们一直特别注重于社会学角度的研究，对于作家个人的尤其是生理心理机制方面的材料发掘不够”）。[2] 孟著虽出版在后，但大部分章节曾以论文形式发表在刊物上，早为学界关注。遗憾的是，《心态史》作为一个国家级课题，却对国内同类课题缺乏必要的了解，致使部分章节低于孟著水平重复，而未能有所超越。

其实该课题大有可汲取、可借鉴的成果。除孟著，除书中提及的李辉关于巴金、周扬、冯雪峰等人的心态描述，王晓明《无法直面的人生——鲁迅传》关于鲁迅的心理推断，以下研究似不应忽视：钱理群由《心灵的探寻》《周作人传》《大小舞台之间——曹禺戏剧新论》诸作开始的对于“二十世纪中国知识分子精神历程”的总体研究，尤其是他的《丰富

1 孟繁华《梦幻与宿命》，广州：广东人民出版社1999年版，第1页。

2 杨守森主编《二十世纪中国作家心态史》，第632页。

的痛苦》一书[1]，实质上已从对中国作家心态“点”的解剖，进入了“史”的展现；孙郁《百年苦梦》一书[2]，对二十世纪中国文人（大都是艺术气质很浓的文人）的心态也作了心心相印的描述。在钱理群、孙郁的笔下，作家复杂的心态弥散出诸种不确切性的光芒，而研究者则费尽心力地用文字捕捉，那“难言”与“言说”间的话语张力恰是语言不无简化、轻率的《心态史》所欠缺的。

又如王晓明的论著《潜流与漩涡》对二十世纪十余位中国作家的创作心理障碍所作的体认深刻的分析[3]；再如吴俊《当代西绪福斯神话》一文对史铁生小说的心理透视[4]，作者颇有新意地发现了史铁生因残疾心态而生的类宗教精神（《心态史》“主体生理机制与作家心态”节中也有一段谈及史铁生残疾心态的类似论述，想是不约而同，否则理应注明出处）；吴俊另著有《鲁迅个性心理研究》一书[5]，对鲁迅的负罪感、虚无意识、被虐与攻击心理、性爱心理以及暮年意识都有着不无偏颇、却发人深思的阐释……

上述研究的深度以及透露出的诸多学术生长点，使学界有理由要求此课题在广泛汲取已有成果的基础上有所拓展、推进。然而令人失望的是，读毕全书，却发现其思维水平不时从前述更具文学心理学意味的深度思考，降至作家经历、心态的浅表记录。且部分章节概念芜杂，持论偏颇，史实有误。以下分别析之。

1 钱理群《丰富的痛苦》，长春：时代文艺出版社 1993 年版。
2 孙郁《百年苦梦：20 世纪中国文人心态扫描》，北京：群言出版社 1997 年版。
3 王晓明《潜流与漩涡》，北京：中国社会科学出版社 1991 年版。
4 吴俊《当代西绪福斯神话》，《文学评论》1989 年第 1 期。
5 吴俊《鲁迅个性心理研究》，上海：华东师范大学出版社 1992 年版。

一

该书并非没有将平面化的描述提升为更有价值的“理论形态”的自觉，但涉及理论层面的概括往往不能做到逻辑自足。用以分门别类的概念或重叠，或不平行，以致不能准确地说明“希望作出的是什么区别”。

如书中依据主导心理动机和创作活动的外在表现将二十世纪中国作家的主导心态类型分别概括为：政治型心态（书中又称其为“实用功利性的政治心态”）、人文型心态、超然型心态。被该书归入政治型心态类型的作家计有：陈独秀、李大钊、鲁迅、郭沫若、郑振铎、沈雁冰、瞿秋白、蒋光慈、夏衍、老舍、闻一多、朱自清、冯雪峰、沙汀、艾芜、周扬、胡风、丁玲、艾青、何其芳、李广田、赵树理、孙犁以及建国后活跃于文坛的郭小川、贺敬之、柳青、欧阳山、梁斌、峻青、王蒙、李国文、丛维熙、张洁、梁晓声等；归入人文型心态类型的作家计有：周作人、徐志摩、梁实秋、沈从文以及活跃于新时期文坛的莫言、韩少功、阿城、贾平凹等；归入超然型心态类型的作家计有：包天笑、徐枕亚、周瘦鹃、张恨水、林语堂、张爱玲以及活跃于新时期文坛的杨绛、孙犁、汪曾祺……[1]

融入时代潮流的作家其创作是否必然从实用功利性的政治动机出发？如鲁迅，如朱自清；而郑振铎虽曾亲历上海工人反对“四·一二”屠杀的游行，也有与开明书店同仁联名致信国民党抗议暴行之举，但“从主导心理动机和创作活动的外在表现来看”，将其归入“实用功利性的政治心态”

1　杨守森主编《二十世纪中国作家心态史》，第 13 页。

类型似有不妥。“五四”时期，他便反对在文学中渗入实用功利性的政治动机（而非如书中所言主张“以文学为武器”），认为“如果作者以教导哲理、宣传主义为他的目的，读者以取得教训、取得思想为他的目的，则文学也要加上坚固的桎梏的危险了”。[1]三十年代无论在北京编辑《文学月刊》《文学季刊》时，还是主持燕京大学中文系之际，他都“谨守文学本业”，并抚育了北方一片远离政治、埋头写作的文学风景。

周作人与林语堂无论在“五四”时期还是《论语》时期都是同气相求、互为呼应的同道；汪曾祺一再强调自己是个“中国式的人道主义者”，若说他“超然”，也显然一脉相承于沈从文乃至周作人……然而都被概念硬生生地撕裂了。又如钟阿城的心境庄禅影响颇深，何以非归入人文型心态而不可归入超然型心态？

我意该书列“人文型心态”不妥，因其涵括面太大，书中被归入超然型心态的林语堂、张爱玲、杨绛、孙犁、汪曾祺等都可纳入，还不如改用徐志摩、梁实秋、沈从文都曾标举的“自由主义”一词来得贴切。

特别牵强的是，该书又据“中行、狂、狷这样三种中国传统文化人格的潜在影响”，推导出如下论点：“富有反抗性革命性的政治型心态，正是‘狂’者文化心理的体现；超然心态体现的正是‘狷’者风范；至于周作人、徐志摩、沈从文、梁实秋等人所向往的不偏不倚的文化心态，颇类乎于传统文化所期望的中行人格。”[2]按书中的逻辑推导，人文型心态的莫言应为“中行人格”，然而众所皆知莫言的创作心态放纵恣肆，无规无矩，判其“中行人格”岂不荒谬！而按书中的逻辑推导，政治型心态的朱自清应

1 郑振铎《新文学观的建设》，《文学旬刊》第 37 期。

2 杨守森主编《二十世纪中国作家心态史》，第 21 页。

属“狂者”，然而四十年代文坛却都尊崇守分有所不为的他为“狷者”，即便四十年代中叶他终于“跟着时代走”，步履依然谨慎节制，他依然“以无党无派为操守”，依然狷而不狂。类似的“张冠李戴”还有徐志摩、郑振铎等。所以出现上述混乱，纯因概念抵牾，指涉互缠，涵义不清。

如此归类在书中不一而足。该书涉及“文革”时期作家的虔诚心态，将其具体分为以下几种类型：1. 苦衷式（如周扬、郭小川、邓拓）；2. 自责式（如沙汀、赵树理）；3. 负罪式（如巴金）；4. 感恩式（如臧克家）。于是，“自责式”与“负罪式”指涉互缠；“苦衷”与“感恩式”概念也不无重合：如书中所记，1975 年，当专案组通知周扬出狱时，“周扬则提出给毛主席的检查还没有写完，要在狱中多呆几天，写完再回家”，何尝不是出于“自责”，出于对领袖英明的“感恩”？又如，郭小川在干校期间又何尝不以其诗作、书信，表现出某种类似于臧克家的感恩式心态？该书论及“文革”时期作家的自杀现象时，更是失之繁琐：将邓拓的自杀称之为“证苦衷”之死；而将傅雷、周瘦鹃、李广田、闻捷的自杀称之为“宁可玉碎，不为瓦全”之死，指出“上述一些作家的相继自杀，却没有一人是由于个人生活的不幸，也不仅仅是由于政治高压而导致的幻灭，也不是邓拓以及中国古代的屈原那样一种‘证苦衷’之死，而是表现了一种‘宁为玉碎，不为瓦全’，‘士可杀不可辱’，以死抗议邪恶的精神”。[1] 于是，不区分倒还清楚，越区分越使人糊涂：邓拓之死何以不是“宁为玉碎，不为瓦全”？李广田、闻捷之死何以不是“证苦衷”？

该书虽有追求“系统”的自觉，却缺乏求系统应具的理论概括、逻辑

1　杨守森主编《二十世纪中国作家心态史》，第 503 页。

运演的能力，故每每以一些教科书式的不无简单化的条条、点点敷衍。殊不料，复杂多元的作家心态反而因类似的机械解析，剪不断，理还乱。

二

在该书“进一步探讨文学自身发展规律”时，立论言说也不无空泛、偏颇。如第五章结尾在探讨中国作家文学心态的失衡与丁玲、冯雪峰、胡风等人的悲剧时，除归咎于“政治原因以及当时他们个人言行的某些不当”外，又称“创作心态的失衡，又与作家个人的素质有关。一位真正伟大的作家，应有博大的宇宙襟怀，凌空高蹈的文化眼光，和超尘脱俗的生存策略。只有如此，才能风雨由人，处世不惊，才不至轻易为一时一地的功利所匡拘，才能避开纷繁世俗的干扰，保持一种通达开阔的创作心态，才有可能写出一流文学巨著。曹雪芹就是在严酷的政治背景下，设法保持了这样的心态，创作出了伟大的《红楼梦》的。在五十年代的中国作家中，我们可以看到，老舍与孙犁，也正因在一定程度上具备了这样一种可贵的心理素质，故而才会有《茶馆》、《铁木前传》这样的优秀作品的产生”。[1] 文中暗含着对胡风等人不谙“生存策略”的遗憾。

对作家宣讲生存策略总觉得有点不伦不类。未知上述“生存策略”是否包括放弃知识分子对现实的批判责任，是否包括修剪作家的独立人格以适应严酷的政治环境？若是那样，纯属不平等的平衡术。总觉得上述立论对作家心态、文学现象缺乏必要的“体贴”，而近乎空口说大话。关纪新著

1　杨守森主编《二十世纪中国作家心态史》，第 414 页。

《老舍评传》以“树欲静而风不止”为喻，极其生动地说明了在那特定历史时期，作家心态要避免政治风雨的干扰谈何容易！[1] 不是吗？即便如书中赞赏的“具备了这样一种可贵的心理素质”的老舍与孙犁，终未能在“文革”风雨中“处世不惊”，而分别有沉湖之举，自杀之念。老舍的血恰恰反证了此路不通。

该书自称持整合价值观的取向，我也注意到了书中观念的多元，但整合价值观应意味着客观的史实与复杂的倾向在多种联系中充分得到学术尺度下的尊重，意味着论述的相对平正、公允，遗憾的是，体现在书中的却常是一场思想内讧。更令人不安的是，杂语喧哗中，有一种声音格外刺耳，那便是部分仍未舍弃偏“左”的理论立场，未舍弃不无僵硬的阶级政治尺度的执笔者所持的论调。

在论及萧红前后期小说创作时，该书称：“正是与感情的寂寞，生活的困苦，病魔的折磨有关，萧红这时的创作思想也出现了某种偏差。她的笔下再也没有了《生死场》中那样的对恶势力绝不妥协、勇敢斗争的英雄人物，而是在作品中表现出对社会人生的消极倾向，这在这一时期她写的《呼兰河传》中有集中反映。在这部作品中，作者否认文学作品的阶级性，而将揭露批判的笔触‘对着人类的愚昧’，从而过分夸大了劳动人民的愚昧无知，麻木不仁，没有写出一个积极的人物，也没有反映时代的根本特点，更没有表现出抗战时期人民的要求和愿望。”[2] 对于萧红的后期代表作《呼兰河传》，钱理群等编《中国现代文学三十年》、杨义《中国现代小说史》、赵园《地之子》的评论却与上述观点截然相反。《中国现代文学三十

1　关纪新《老舍评传》，重庆：重庆出版社 1998 年版。

2　杨守森主编《二十世纪中国作家心态史》，第 249 页。

年》称《呼兰河传》"以更加成熟的艺术笔触，写出作者记忆中的家乡，一个北方小城镇的单调的美丽，人民的善良的愚昧，活画出沉默的国民的魂灵来"，"从冯歪嘴子倔强的生命里面，又表现出中华民族潜伏在下层人民中的无穷伟力"；杨义称"萧红在生命的最后时光里，精神丝缕难以割舍地牵系着已逝的光阴、遥远的故土，说明她的心灵中有一种难以拂去的寂寞之感，并在寂寞中忧郁地参悟着人间的生老病死、前尘后影，以直觉逼近'哲学'。她借这类作品宣泄胸间哀戚，也在这类作品中达到了艺术上新的高峰"；赵园则看重《呼兰河传》的"非模式"写作，并因《呼兰河传》等小说的命意与结构样式，将其视作"新时期某种探索的前导"[1]。对某部文学作品的评价可以众说纷纭，但应是学理探讨，而不是政治批判——如该书因《呼兰河传》的"非阶级斗争模式"而上纲上线为"作者否认文学作品的阶级性"。

这类阶级政治话语或隐或显地出现在本书中。如称沈从文的作品艺术价值可取，却"缺乏政治方面的进步意义"。[2] 在执笔者眼中，只有当作品直接指涉阶级政治时似乎才具有"政治方面的进步意义"，至于超越阶级斗争的人生体悟、文化思考则不具"进步意义"。正是为此类泛政治语系所蔽，以致未能发现沈从文作品越来越显示出的对人类的卓特贡献。

也是由于执笔者取庸俗社会学的眼光而非文艺心理学的视角，该书在论及艾青的忧郁时，泛政治话语替代了学术话语。《中国现代文学三十年》视"艾青式的忧郁"为"时代情绪、民族传统、西方文化影响与艾青个人气质的一种'契合'"，并认为"这浸透了诗人灵魂、永远摆脱不掉的忧

1 参阅赵园《地之子》，北京：十月文艺出版社 1993 年版，第 134 页。

2 杨守森主编《二十世纪中国作家心态史》，第 28 页。

郁，是构成艾青诗歌艺术个性的基本要素之一”。从文艺心理学的视角看，诗人某种博大、深刻、忧生忧世的忧郁气质，恰是优秀诗作赖以产生的动力源。然而该书却在准确地道出了这是时代的忧郁、历史的忧郁之后，又节外生枝判其为“小资产阶级知识分子的思想局限”，并一厢情愿地称“在奔赴延安之后，艾青的忧郁才一扫而光”。[1] 思想改造（书中名之为“思想锻炼”）的铁扫帚若真有此彻底的神效，那么，本不该如执笔者那么激赏，而应惋惜：诗坛从此少了一个有着独特艺术气质、艺术个性的诗人。

同理，正是因着某些执笔者至今未能逸出阶级斗争、思想改造年代铸成的历史心理障碍，致使不时出现对那个时代心理不加分辨，不加剖析，反而倍加赞赏的认同。如书中赞誉“新中国成立后，废名终于从孤寂迷乱的心境中走出。充满光明与希望的时代，再度唤起了他的创作热情。……在中国人民支援埃及及抵抗英法侵略的时候，他甚至忘记自己是一个年老的病人，竟要求‘到埃及去做一名志愿军’。从这不切实际的要求中，我们或许仍可见出废名个性的怪异，但他的心地无疑是真诚的……自信心也使废名不像巴金、曹禺等人那样背负上沉重的心灵重累，而是以坦然潇洒的心态，面对了伟大的新时代”。[2] 实质上，废名建国后的热狂心态很大程度上正是他建国前“口吐疯癫之语，手舞足蹈不止”的迷狂的或一形式表现。他的好友卞之琳曾谈及他晚年的“激进”，说他“不加自己的独立思考，几乎‘闻风而动’，热肠沸涌，不能自已，于是乎旧时的妙悟、顿悟，擅发奇论甚至怪论的思想方法一旦与感人的新事物结合，我看不免有不少离谱的地方”。[3]

1　杨守森主编《二十世纪中国作家心态史》，第 248 页。
2　杨守森主编《二十世纪中国作家心态史》，第 407 页。
3　卞之琳《〈冯文炳文集〉序》，《当代》2000 年第 5 期。

一个颇具病态心理学意味的个案，却被执笔者政治整容为一个欣逢盛世，枯木逢春，心态“坦然潇洒”的典型。

三

作为一部心态史，该书对史料却缺乏尽可能详尽的占有，缺乏认真的考辨梳理，甚至“六经注我”，信手拈来。由于论据的欠可靠，致使部分观点缺乏坚实的支撑与导引。

如书中对邵洵美称其曾负责接待萧伯纳并出席了那次宴会这一说法未加辨析的引用[1]，疏忽了当事人的证言必须经过验证，事实上这一史料显然有误已有倪墨炎等识者指出。又如谈及丁玲南京三年的软禁生活，称其“丝毫不为所动”，“面对敌人的软硬兼施，丁玲就是这样，表现了一位共产党人无私无畏的风范”[2]，这也有违史实。本来丁玲的“南京三年”作为作家心态史的材料恰可透视丁玲在这艰难、尴尬的境遇中的复杂心态，包括她的脆弱与刚强，颓唐与昂奋，麻木与挣扎，苟且与坚守；然而那人性的伤痕、生命的血色却因书中概念化的矫饰荡然无存。

更轻率的是书中对一些至今颇有争议的材料的采用。该书称“文革”之初，浩然与李学鳌“曾敏感地意识到这场革命中所隐藏着的龌龊与黑暗，曾利用‘文革’小组领导成员的地位，合谋暗中保护过老舍、杨沫等作家”。[3]二十年前“争议浩然”时，对于浩然与迫使老舍自杀事件有无直接

1 杨守森主编《二十世纪中国作家心态史》，第 461 页。
2 杨守森主编《二十世纪中国作家心态史》，第 141 页。
3 杨守森主编《二十世纪中国作家心态史》，第 513 页。

的关联，并未达成共识；1998年底，又因浩然答《北京青年报》记者陈徒手问，谈及老舍之死而争议再起。有人认为，“从浩然自己这段回忆中，可见老舍之死确与他有所关联：1.他声称派一个人去保护老舍，为何老舍还是被打了？ 2.他把老舍送到专政机关派出所，老舍是否以为浩然宣布其为‘现行反革命’是一种保护而不是罪加一等？明明是红卫兵打伤了老舍，为何浩然还要说老舍打红卫兵？浩然此前与老舍一直关系不好，老舍能理解一个政见不和者这种突然而来的‘特殊保护’么？……3.他又赶到派出所批评老舍，还叫老舍‘明天到机关开会’，老舍对这个评判会的恐惧感是否极大？这种种压力除了挨打是红卫兵施行的，其它都是来自浩然啊！”[1]……所以不厌其长地援引别一种说法，意在指出浩然有可能是老舍的保护者；也有可能是“好心办了坏事”；甚至有可能对老舍之死负有不可推卸的责任。几种可能出入甚大，而《心态史》在缺乏新的有说服力的证据的前提下贸然断言，未免有失文学史著作应有的慎重。

至于书中缺乏史料支撑，臆断周扬“建国后，一直忍辱负重，代表中共中央，具体执掌着中国的文艺舵轮，忠诚地按照党的布置，积极领导和组织了一次次文艺批判运动”[2]，则明显有违史实。

以上批评，用语太直。且一味针砭不足。这并不等于笔者认为此书无所长，无可取，而是由于那些优长已有一些识者指出，故不再赘言，只要不是溢美之辞，想来不会因笔者的批评而遮蔽。

所以严格，很大程度上鉴于它是国家社会科学基金资助项目，对此属望者殷。尽管课题式申报、集体运作容易产生一些体制性弊端已成共识；

1 参阅朱建国《“争议浩然”再争议》，《新经济周刊》，1999年6月28日，第15、16版。
2 杨守森主编《二十世纪中国作家心态史》，第468页。

尽管名不符实的大型课题也非个别；但这不仅不能成为谅解该书缺陷、降低国家级课题应有的学术水准的理由，相反，恰恰表明，对此类盛名之下、其实难副的课题进行严正的学术批评，已是学界重建学术规范的亟需。

原载《文艺争鸣》2001年第5期，人大复印资料《文艺理论》2002年第4期

历史·小说·想象——略论董之林的十七年

考量既有二十世纪中国文学研究，上半叶的分量以及分析的深透程度每每超过了下半叶；而在二十世纪下半叶文学——即中国当代文学研究中，"新时期文学"、"九十年代文学"探索的频度与深度，又远远超过了学界所谓的"十七年文学"以及"文革文学"这两个时段。鉴于上述背景，董之林对"十七年文学"研究的勉力开拓与孜孜不倦，引人瞩目。继《追忆燃情岁月——五十年代小说艺术类型论》《旧梦新知："十七年"小说论稿》之后，董之林又修订续写，推出了《热风时节——当代中国"十七年"小说史论》一书。所以如是专注于"十七年文学"的思考，不仅因着新时期以降对这一时段研究的有意冷落，内中留有诸多亟待填空补阙的学术荒地；更缘于藉此可能折射"革命、社会主义、民族、国家等一系列不容回避的时代风潮的投影”。[1]

已有“十七年文学”研究往往摆脱不了泛政治话语评判，而缺乏精到细致的审美阐释与文化透视。激赏这是一个红色时代、涌现了大量“红色经典”的研究者，其局限并不尽然是对文学的革命色彩与政治功效的过分注重、偏爱；亦缘于其所执的“文艺是阶级斗争的工具”一类的观念，独尊现实主义的审美取向，以及高度政治化的批评话语。在思辨文学 / 政治的复杂关系时，所运用的社会批评方法论每每失之庸俗化。

八十年代伊始，因着对上述极端政治化倾向的抵拒，“纯文学”观念应运而生。理论界呼唤“让文学回到文学自身”、“去政治化”，以赢得文学的自主性与独立性。具体到文学史领域，史家勉力救正既有革命史、政治学论述僭越乃至替代了文学史叙事的流弊，以尊崇文学性的名义“重写文学史”。其意不仅旨在高扬文学的审美维度，拓展文学史的叙述空间，赢得创作、批评乃至思想的自由言说；更暗含冲决为极“左”政治服务的体系的意识形态动因。

“纯文学”观念的运演有其特定历史语境中的积极意义。问题则在九十年代以来某些理论家益趋矫枉过正，本质主义地将其视为放之四海而皆准、历经时移世易而不变的普适性概念，进而全面疏离公共领域，疏离政治意识形态。如果说“必须从纯政治的角度来看待文艺问题”之类的论调其弊在于一叶障目；那么，从“纯文学”的立场审视“十七年文学”，其局限则在削足适履地迎合那个后置的“纯文学”标尺，以致将“十七年文学”视为“一片空白”的“荒原”，悬置了对其的探讨，漠视社会主义

1 董之林《与时弊同时灭亡的文字——对〈热风时节〉的一些补充说明》,《文艺争鸣》2009 年第 4 期。

历史实践、社会主义文学思潮中仍有当下面临新问题的我们可资借镜的遗产。

鉴于对上述局限的着意反拨，董之林于世纪之交写作的《追忆燃情岁月》一书，更多地立足于“文学性”的非本质化理解，以其对小说艺术类型的悉心探析，补正着既往五十年代小说研究的审美缺失，敞亮了一度因过分纠缠于政治而遮蔽了的“十七年小说”中的文学性质素与其审美意义；及至2004年出版的《旧梦新知：“十七年”小说论稿》与四年后重续的《热风时节——当代中国“十七年”小说史论》，作者更将思考拓展至意识形态领域，着力开掘阐发“十七年小说”形式下的历史意味。这便透露了：驱使董之林对“十七年文学”情有独钟，十年磨剑、锲而不舍的，除却其坦言的，想藉不断探究来“摆脱自己的某种焦虑”[1]；又何尝不是适值理想主义思潮式微之际，她的内心深处却偏偏依然回荡着激扬文字、关怀公众时事的“热风”。《热风时节》扉页“谨以此书献给2008年6月29日上海大学‘文学之夜’活动的组织者和参与者，感谢他们带来历史上又一个热风时节”的献辞，以及作者言及此书所以如是命名的缘起[2]，恰可印证上述现实动因。因着这一自觉，作者对“十七年”这一特定时段社会主义文学资源、精神资源的合理性及局限性的思辨，无疑使之兼具了学术价值与现实意义。

题作“热风时节”还有一层含义，即典出于鲁迅杂文集《热风》题记。面对“五四”运动退潮后的无情冷嘲，鲁迅称“对于周围的感受和反

1 董之林《热风时节——当代中国“十七年”小说史・自序》，上海：上海书店出版社2008年版，第2页。

2 董之林《与时弊同时灭亡的文字——对〈热风时节〉的一些补充说明》，《文艺争鸣》2009年第4期。

应，又大概是所谓‘如鱼饮水冷暖自知’的；我却觉得周围的空气太寒冽了，我自说我的话，所以反而称之曰《热风》”。[1] 董之林曾在写毕文稿后特撰文补充说明题旨，文中郑重其事地援引了鲁迅上述话语。尽管“十七年”的实践（包括它的文学实践）与“五四”的意义也许不能同日而语，但并不排除批评家面临“十七年”“伪文学”、“荒原”一类的冷嘲，不可借鉴鲁迅“热风（讽）”的姿态与襟怀。董之林的“十七年小说”研究正是如此取法的。套用鲁迅的句式，无情的贬损与有情的批评相去本不及一张纸。

《旧梦新知》时期，董之林曾有意无意地将其“对十七年的文学作品的肯定性阐释所依据的理论参照系”——“‘新左派’的立场”与“‘后学’的知识谱系”隐而不彰[2]；及至写作《热风时节》时，她才毫不避讳地坦承她的价值取向。其实，她的“‘新左派’的立场”亦可读作一种新理想主义立场。而她的“‘后学’的知识谱系”也一如识者所界定的，是“广义的”；或如同她自己在“前言”中所表明的，与知识考古学等学说的“原创者一定有许多不同”。

直面当下现代化与全球化之强势话语的压抑，深陷于“社会物质欲望和权力欲望迅速膨胀”的包围，后现代理论便适逢其时进入了董之林的接受视野。首先在“批判、修正、超越现代性”的意义上，譬解着她的现代性焦虑，并为其重述历史、批判当下种种新权力话语开启思路。董之林渐次认识到：“全球化不能只有一个标准，只有一种文学史”，“十七年小说”

1 《热风・题记》，《鲁迅全集》第 1 卷，北京：人民文学出版社 1981 年版，第 292 页。
2 陈晓明《历史“扭结”中的十七年小说——评董之林〈旧梦新知：“十七年”小说论稿〉》，《文艺争鸣》2005 年第 4 期。

作为后发展的现代民族国家的文学，“对于生活和现代化历史都有自己独特的边缘性体验。”[1]……循着董之林的发问与思路，学界多有呼应与拓展。有学者称，“‘革命文学’、‘十七年文学’等激进的文学形态”，“恰恰是世界‘大文学’环境中的一个‘小文学’”，从这个意义上来说，这样的文学恰恰“不是‘一元’的，而是‘多元’的”。[2]恰是后现代理论的启示，使董之林与其同道一起，对诸如十七年文学“一体化”的判语、对“文学性”标准、对“全球化”神话等既成观念质疑，挣脱僵化体系的束缚，“让思想冲破牢笼”。

后现代理论的研究方法还有助于董之林对“十七年小说”进行历史表象之下的知识考掘，从而“发现在文学被规约、撒播与移植过程中，‘十七年’小说所覆盖的是一个极为生动而复杂的文化网络”[3]；“发现历史各个层面和不同阶段相互纠葛或联系的纽结”[4]。

这一文化网络若仅仅沿用原有的概念系统——诸如“社会主义现实主义”、“革命现实主义”、“革命浪漫主义”、“两结合创作方法”、“批判现实主义”、“反映论”、“艺术真实论”去诠释，只可能画地为牢；而我们却又不能回避上述“十七年文学”中的那些标志性概念。两难中，应是福柯等后现代理论家的理论予以导引，助成董之林对既有系统模式的切割撕扯、有效解构：“系统模式在时间与空间范围依然存在，但自身却被分解得支离

---

1 董之林《与时弊同时灭亡的文字——对〈热风时节〉的一些补充说明》，《文艺争鸣》2009 年第 4 期。

2 参阅洪子诚《“一体化”论述及其他——“我的阅读史”之质疑与批评》，《文艺争鸣》2009 年第 6 期。

3 董之林《热风时节——当代中国“十七年”小说史·自序》，第 2 页。

4 董之林《60 年：断代史叙述观点的迁移与转型》，《文艺争鸣》2009 年第 10 期。

破碎”；而在那些断裂的不连贯的碎片周围，作者却“重新组织起大量过去无从归属的游离物”。[1]

董之林深知，后学虽能为其重估历史提供思路，提供理论依据，却不可能替代她对本土写作经验的具体把握与深刻解读。恰是出于这一认识，《热风时节》更其注重“深入到作家作品的个案研究中”。

作为出生于五十年代初，几乎与共和国文学同龄的作者，在董之林的心目里，“十七年小说”远不止是一段历史；同时亦是自身生命中刻骨铭心的复杂体验与记忆。它不仅是一段革命传奇，是疾风暴雨式的成长磨难；亦是“平常日子里的生活故事”，是“浪漫清纯”的理想，是激情飞扬的“青春之歌”。因此，她不能听任感情已然冰结的学者作唯理的判语，更不能容忍它被化约为一个本质化的概念：“伪文学”。在仅凭知识经验（包括西马资源、后现代理论）难免隔膜、难免“灰色”的领域，她却勉力凭藉情感记忆，凭藉感觉，赋予生命之树以鲜活。

恰是身临其境，以血试血，使她的研究对“十七年小说”多有同情的理解。她认为，尽管“十七年”政治运动频仍，但“文学创作毕竟不是通讯、报道、政治报告，它更多地潜入内心”，潜入人们精神生活的层面；又称：彼时“作家所追求的不是与生活同步，而是要把一种理想化的生活合乎情理地表现出来”，这就意味着“文学对未来新制度、新生活必然有一个充满想象的过程”。[2] 换言之，作家将其对“十七年”这一特定时段互动论辩的现实与想象记在作品中，批评家将其对作品在某一历史时间的想象凝定下来。就此意义而言，董之林的批评，可谓是一种历史想象的想象。

1 董之林《热风时节——当代中国“十七年”小说史·前言》，第 7 页。
2 董之林《热风时节——当代中国“十七年”小说史·前言》，第 10、9 页。

是的，在董之林的著述中，“想象”一词如此频繁地运用。她似乎不经意辨析、索引、梳理小说中所描写的社会主义革命与建设事件之原貌；而更其正视弥散周遭的想象层面。于是，在她的审视下，“‘十七年’小说像二十世纪强光下，却至今没有干涸的一滴朝露”，虽难能指称更其“质实的范畴”，却在在“反射出革命、社会主义、民族、国家等一系列不容回避的时代风潮的投影”[1]：读茹志鹃的短篇《春暖时节》，董之林对其描写大跃进年代“一个妇女走出家门投身技术革新的过程”只是点到为止；而着力凝眸女主人公静兰在那激进的潮流中的苦恼与应对，关注作者在写静兰不得不随波逐流的同时，仍毋忘如何努力为其“含蓄而内敛的情感方式寻找一条表达的渠道，一处合理存放的空间”。诚然，大跃进的风风火火早已灰飞烟灭；然而，塑造于彼时的静兰形象与姿态却在董之林的再解读中生出了现代进程中“向‘古典’回眸”的恒长意味。[2]而在对周立波的长篇《山乡巨变》的诠释中，董之林依然无意拘泥、论辩发生于山乡的那场关于农业合作化问题的今是昨非；而更多地珍视周立波是如何抒发“心目中社会主义应该是什么样子的想象”，珍视其“对合理的人性和社会生活的一种感觉”的诗性表达（这里，笔者未沿用董之林所取的“唯美”一词，窃以为“唯美”用于“十七年”语境似应斟酌）。恰是小说作者那“抒情诗的幻想”，令作品“在不尽如人意、逼人就范的现实面前，高傲地展开自由的翅膀，为社会主义时代留下想象人性、感觉生活的文学经典”。当着新时期以降由政治层面上对农业合作化运动的反省与否定渐成定论，《山乡巨变》中

1 董之林《与时弊同时灭亡的文字——对〈热风时节〉的一些补充说明》，《文艺争鸣》2009 年第 4 期。

2 董之林《热风时节——当代中国“十七年”小说史》下，第 182、185 页。

那缕缕“从纸面的人物和生活事件中扑面而来”的亮丽、清新的历史光影，却仍不失为“老中国灰色画布上格外耀眼的一抹亮色”。[1]

由此推论，以《组织部新来的青年人》《红豆》《青春之歌》为表征的“青春体小说”(亦可包含其他文体的作品如话剧《年青的一代》)，值得看取、剥离、提炼的应是那十七年文学中虽天真幼稚、却弥足珍贵的青春激情、浪漫幻想。恰是“青春万岁”这一独特而又普适的主题意象的代代承传演化，令此后我们在新时期的《北方的河》《今夜有暴风雪》诸作中，依然能听到“五十年代一批青春体小说的回声”[2]。

有别于自然科学家，作为一名文学批评家，与是否具备必要的理性思辨能力同样重要的，应取决于批评家的情怀与心境。恰是董之林的非唯理的有情批评，令十七年小说研究，生出了何等丰富的精神性与血肉性。

假如，我们能激赏史家对“十七年”间偏离、抵拒彼时主流意识形态的非主流文学的看重，激赏其慧眼独具地从中发见一部潜在的知识分子精神叙事；那么，又何尝不能理解董之林不仅在非主流文学、亦在主流文学中“追忆燃情岁月”，寻索“旧梦新知”，重温“热风时节”的情衷。顾名思义，她是要从那“以极端面目出现”的激进思潮退潮后，打捞一部社会主义精神史。

就此意义而言，重述“十七年小说”史，与其说是因着怀旧，不如说是缘于对现实的反思，对历史及未来的多种可能性的想象与憧憬。

原载《文艺争鸣》2010年第1期

1 董之林《热风时节——当代中国“十七年”小说史》下，第174、175、163页。

2 董之林《旧梦新知：“十七年”小说论稿》，桂林：广西师范大学出版社2004年版，第10页。

政治文化语境中重新言说

在近年出版的诸多中国现当代文学研究著作中，朱晓进、杨洪承等著《非文学的世纪：20世纪中国文学与政治文化关系史论》一书之所以令人耳目一新，是缘于它悉心引入了独特的“政治文化”视角，以此为切入点，直逼百年中国文学原貌与本质，廓清了“非文学的世纪”文学与政治文化的特殊逻辑构成。

回望中国现当代文学研究史，面对文学与政治之关系这一命题，研究界或强调突出政治立场，或力倡回归文学本位，以致学术史天平曾一次又一次地失衡、回倾。自上一世纪二三十年代始，社会学方法论便逐渐衍为主流；及至共和国建立之后，从政治（甚至纯政治）的角度来看待文艺问题，更是风行一时。以文学史编撰为例，五十年代中期出版的丁易的《中国现代文学史略》与张毕来的《新文学史纲》即是文学研究向政治的角度大幅倾斜的典型范例。[1] 问题并不在于研究者对二十世纪中国文学与政治的紧密关系的刻意强调，而在于论者所持那单一刻板的政治标尺，二元对立的阐释框架，“工具论”、“从属论”一类的文学理念，以及充分政治化的话语表达式，在诠释、梳理文学与政治的复杂关系时往往将其简单化，庸俗化。政治凸现，文学遮蔽，一部文学史俨然成了中共党史、中国革命史、无产阶级与自由资产阶级阶级斗争史的翻版。

新时期以降，缘于对上述极端政治化倾向的着力反拨，研究界提出了“纯文学”这一观念，呼唤“文学完全独立于国家、社会、意识形态等等公共领域之外”，赢得“一个私人的、纯粹的、自足的美学空间”。[2] 具体到文学研究领域，研究者力图突破文学史俨若政治史的既有论断，从纯文学的角度对百年中国文学予以“重写”——依稀六十年前“五四”先驱“纯文学”倡导的回声。彼时先驱者曾藉此反拨“文以载道”的旧文学传统。与此相类，新时期重新提出这一口号，其潜在动因应是旨在颠覆政治重负已不堪承载的主流文学传统。就此意义而言，实质上它依然可读作一种渗有意识形态意味的政治文化思潮。他们欲消解的不止是某种文学观念，亦涵括了这种观念背后所矗立着的文化权力。“纯文学”观念的提出包括研究角度的改变自有其历史的合理性，它敞亮了一度因过分突出政治而遮蔽了的一些文学性的质素，提示我们即便在那个“非文学的世纪”中，文学创作亦只是“都带”政治，而非“只有”政治[3]。

1 丁易《中国现代文学史略》，北京：作家出版社 1955 年版；张毕来《新文学史纲》第 1 卷，北京：作家出版社 1955 年版。

2 参阅蔡翔《何谓文学本身》，《当代作家评论》2002 年第 6 期。

3 鲁迅在《文学的阶级性》一文中，论及阶级社会中文学的阶级性问题，曾辩证地称：“但是‘都带’，而非‘只有’”。此句系由是化出。《鲁迅全集》第 4 卷，北京：人民文学出版社 1981 年版，第 127 页。

问题在于九十年代以来“纯文学”的某些倡导者渐次矫枉过正，片面强调所谓的文学“纯粹性”，而忘忽了这原是一种用以反拨极端观念的“想象”，它的界说本不宜剥离历史语境地绝对化，以至因噎废食，全面摈弃政治。如果说“必须从纯政治的角度来看待文艺问题”一类的方法论其弊在于一叶障目[1]；那么，从“纯文学”的角度研究那“非文学的世纪”，其方法论的局限则在于每每使研究削足适履，一厢情愿地适从那个后置的“纯文学”想象。

一部新文学史曾经因着过分强调纯政治的研究角度、价值取向以至刻意缩小了徐志摩、李健吾、沈从文、钱锺书、张爱玲、穆旦等人的文学成就、文学史意义，新中国成立后三十多年间曾极不正常地出现了“沈从文研究的沉寂期”；也极不正常地对《围城》这部别具一格的小说失语。包括唐弢那部颇有影响的三卷本现代文学史，七十余万字的宏大篇幅，却无它的一席之地。然而，世易时移，新时期的文学史视阈，一度又在“周作人热”、“沈从文热”、“张爱玲热”、“胡适热”等一波又一波的研究热度中，过分冷落乃至冷冻了对二十年代的革命文学、三十年代的左翼文学、四十年代的解放区文学、五六十年代的为工农兵文学的探索，忽略了其中仍有诸多可资开掘的资源。此著之可贵一定程度上正是在于率先开始了对上述“纯文学”想象的潜在反思；同时又时刻不忘对“纯政治”视角的必要超越。

“导论”一章极具理论整合力，它不仅将美国政治学家阿尔蒙德首创、五六十年代以降西方政治科学范畴渐次广为运用的“政治文化”理论引入

1 “拉普”应是“必须从纯政治的角度来看待文艺问题”一说的始作俑者。参阅《“拉普”资料汇编》(上)，北京：中国社会科学出版社 1981 年版，第 131 页。

文学史研究领域[1]，同时明晰地界定了所化用的“政治文化”这一概念的内涵与外延，并依次推导出一系列现当代文学研究中具有全局性意义的理论命题。显示了著者在重建学科独立概念、范畴、话语方面的自觉意识。著者深刻揭示了“政治文化”这一通道是连接二十世纪中国文学与政治关系式的中介。并强调“‘政治文化’不同于明确的政治理念和现实的政治决策，它更关注的是政治上的心理方面的集体表现形式，以及政治体系中成员对政治的个人态度与价值取向模式”。[2]换言之，它不再是一种客观的外部的“活动”，而更多的指向政治的主观方面，即“内化”了的政治。这一概念的引入，避免了从单纯政治学的角度切入研究对象难免的生硬、机械；而更其妥帖、更其圆润地为“非文学的世纪”这一研究对象提供了一个开阔的阐释角度与分析语境。

这一开拓无疑赖有最近十年西方学界“政治文化复兴”研究资讯的唤醒；但更应肯定的却是接受者努力“重铸概念”、使之与研究对象圆融契合的主动回应。是的，此书之所以富有新意远不止是引入西方新名词，更不在于套用新术语诠释伪问题；而在于藉此探讨一系列剪不断理还乱的本土生发的“真问题”：如特殊政治文化语境中各派作家相应采取的“文学策略”；如文学论争中形成的“某种惯性的政治化思维”；如不同历史时期的政治风气、政治心理如何导致了主导审美倾向的形成以及一些特殊文体的盛行……可贵的是，著者那扎实的逻辑思辨功底保证了上述概念与观念的澄明、丰盈；而不像某些同行，所编织的理论观念每每置人于云里雾里。

1　二十世纪六十年代末期后，西方学界五六十年代模式的政治文化研究曾一度沉寂；及至九十年代以降，随着文化研究的深入，又渐次“复兴”。

2　朱晓进《非文学的世纪：20 世纪中国文学与政治文化关系史论》，南京：南京师范大学出版社 2004 年版，第 6 页。

一至五章着意将文学与政治文化的关系式置于具体的历史语境中加以辨证、考量。著者深知，各阶段的文学“在与政治文化的密切联系方面，有着鲜明而独立的特征和流程”，因而，将“政治文化”这一概念充分历史化、阶段化便尤为必要。全书按不同时期分作“五四文学与政治文化”、“三十年代文学与政治文化之关系”、“四十年代文学与政治文化之关系”、“建国后十七年文学与政治文化之关系”、“新时期文学与政治文化之关系”等五章，如此划分易于凸现政治文化对文学史各个进程的特定影响。

因着研习鲁迅的专业方向，笔者格外关注一身兼为文学家与思想家、革命家的鲁迅身处这“非文学的世纪”的境遇与应对。对此，一、二诸章多有启人思索的论述。书中既可以见出身外的政治如何沉潜为政治文化心理，潜移默化地作用于文学家鲁迅，并渐次内化为“我有”，以致“作为文学家和社会批判家的政治文化心理的一致性，在其创作中得到了最鲜明的体现”[1]；又依稀透露了鲁迅交互偏侧、竭力拥抱文学与政治之两极的内在紧张。著者将鲁迅乃至“五四”文学置于政治文化的视野中追问，从中揭示出二十年代中国文学“与政治文化始终处于一种既相生相悖又彼此相互交融的关系”。

可喜的是，缘于著者的悟性，政治文化理论不仅在触及文学的外部研究时具有穿透力；即使笔涉所谓的“文学的内部研究”，依然不改其锋芒。著者言之有据地论证了二十年代“作家文体意识和文学审美风格的形成、文学形式乃至文体的选择和取舍，都无不关联着某种政治文化理念的影响作用”。[2] 如“个性张扬的五四时代政治文化的语境”，为鲁迅等人文体模糊、

1 《非文学的世纪：20 世纪中国文学与政治文化关系史论》，第 31 页。
2 《非文学的世纪：20 世纪中国文学与政治文化关系史论》，第 55 页。

格式别致的现代小说的形成“提供了重要条件”；又如鲁迅的《热风》《野草》以及那任意而谈、无所顾忌的语丝体，以最自由的文体“表达了五四对‘个人’的发见及其较为开放的政治意向”……上述实证研究表明此书虽多从政治文化维度言说；却始终立足于文学自身思考，无改文学史研究的“文学”特质。

此书的突破固然得力于相契的理论方法——毕竟，“政治文化”语境较之政治语境更深广、更混沌、更具弹性，对文学对象更包容，与文学更贴近；但亦相当借重执笔者深厚的学养与专业文献基础以及充分学理化的演绎。即以书中多次涉及的以鲁迅为代表的“文学社群”与以胡适为代表的“文学社群”的诸次论争为例，著者超越了两军对垒、你死我活的庸俗政治学思维模式，摈弃了褒鲁贬胡或褒胡贬鲁的情绪化文风，努力将其纳入文学社群生成的整体文化语境中进行历史还原。以平正、精到的学理话语，重新梳理“左联”、“左翼”、“新月社”、“新月派”等关键词貌似明确实质不无含混的既有界说，擦亮“政治”、“革命”、“策略”一类几近沦作肤词套语的语汇被遮蔽的本意，从而还原了每每被文学史简化、庸俗化了的分歧的全部复杂性。

新时期文学、结语诸章颇见史识地勉力呼唤当下文学的社会担当，指出：“我们的文学未来不是应该规避‘政治’，而是应该充分增强自己久已匮乏了的‘政治自觉’”[1]，“以文学自己的方式有力地‘介入’中国现实”，著者进而提出了文学的“再政治化”这一新的写作构想。自然，此处的“政治”已非国家意识形态，而是一种非教条化的、非异己的、内化了的政治。如果

1 《非文学的世纪：20 世纪中国文学与政治文化关系史论》，第 475 页。

说前此诸章“所谓的‘政治’或‘政治文化’只是一种研究的视角，而不是一种评价尺度”，著者表明无意“以文学是否与政治结缘来给与臧否”[1]；那么走笔至此，“政治”或“政治文化”显然已不止是一种事实陈述，它在自觉不自觉间已同时衍为某种价值与立场。这似乎预示了“政治文化”言说不仅可纳入方法论范畴；亦可指向某种价值取向。即如“非文学的世纪”一类的命名，其实亦已暗含褒贬。前述著者的声明可理解为仅止是表示某种平正的学术姿态，就此意义而言，以上抵牾与其说是一个破绽，不如说意味着笔下“政治文化”概念的能动，意味着某种新的理论生长点。

临了，挑一点刺。著者既然深知文学史研究应该“历史地、具体地、阶段性地呈现出不同的结构形态”，那么，全书何以独缺“文革”十年文学这一重要章节？想是缘于遵循通行的中国现当代文学史的既定框架。殊不知“文革文学”恰是“非文学”的极态，尤其能从极端处揭示二十世纪中国文学与政治文化的特殊结缘方式。它的结构形态远非泛政治化批判者臆断的那么简单，从政治文化视角切入，因其与研究对象的高度契合，恰可矫正已有研究方法论的局限。

尽管有类似遗憾，但显然无损著者从政治文化角度研究二十世纪中国文学的开拓掘进之功。值得一提的是，作为一部一人创意、集体撰稿的著作，却全无集体运作容易产生的诸多弊端。全书难能可贵地凝聚了执笔者的集体智慧与学术功力，以其娴熟自如的运演，令人信服地证明了这一新颖的研究思路与解读方法的可操作性与理论穿透力。

原载《鲁迅研究月刊》2005年第3期

---

1 《非文学的世纪：20世纪中国文学与政治文化关系史论》，第7页。

返观既往当代少数民族作家文学研究，有相当部分尚停留于微观评介、作品鉴赏这一层面，包括一些当代少数民族文学史著述，几近单一作家作品评介的机械相加，缺乏文学史应具的通观审视与全史意识；也有一些学院派批评家，惯作“宏大叙事”，理论高蹈，概念先行，以致批评与少数民族作家的创作日趋疏离。

以上摘自笔者为中国社会科学院民族文学研究所举办的首届“多民族文学论坛”所呈发言提纲，后因故未能成行而搁下。此次回应第二届“论坛”征文，原拟继续沿着上述框架展开思考，却因偶然于网上读及姚新勇《萎靡的当代民族文学批评》一文，其基本思路与上述提纲不无重合遂变易。

所以改弦易辙，一定程度上还缘于不能苟同姚文对当代民族文学研究“近乎全面的否定”，包括“萎靡”一类的判语。我认为当代民族文学批评与其说是因过熟而导致“萎靡”；不如说是因学科过于年轻而难免稚拙、粗浅。“萎靡”理当重锤反复擂击，而稚拙却谨防因过度针砭以致窒息于萌芽状态。现既然已有姚文之贬，笔者拟反其道而行之，更多地关注民族文学研究的既有建树，以褒代贬，自然贬亦在褒中。

一、学科中坚

当代少数民族文学研究发展至新时期，概而言之有两部著述引人瞩目：一是关纪新、朝戈金的《多重选择的世界——当代少数民族作家文学的理论描述》[1]，另一部为李鸿然的《中国当代少数民族文学史论》[2]。

《多重选择的世界》尽管成书于九十年代中期，但至今仍不失为当代民族文学理论研究的学术标高。全书既持高屋建瓴的姿态，又不像近期某些著述那样一味理论高蹈，而游离创作实践。书中的问题意识多为民族文学创作而生，其思辨成果又反过来为民族文学创作指点迷津。如由某位少数民族青年作家的“宁肯欧化，也不汉化”一语敏感到，若不能摆脱“汉化”的有力惯性，将致使少数民族文学丧失自己的独立品格。考诸少数民族作家汉语写作，“汉化”不仅表现于美学层面，亦波及思想层面。“汉化”每每表现为“儒化”，以致束缚了边地民族犷放不羁的自由之魂。在此意义上“欧化”有助于激活边地民族的一些同质因素，成为少数民族作家反拨“儒化”的助力。

1 关纪新、朝戈金《多重选择的世界——当代少数民族作家文学的理论描述》，北京：中央民族大学出版社 1995 年版。

2 李鸿然《中国当代少数民族文学史论》，昆明：云南教育出版社 2005 年版。

《中国当代少数民族文学史论》则代表了当代民族文学史研究的最新水平。如果说，既有民族文学史近乎“史料长编”，且仍停留于“事件的历史”阶段，远未达臻“结构的历史”，研究模式机械，理论色彩淡薄；那么，《史论》则具备了自觉的结构意识。尽管由于每章的概论过于简要，未能对文学发展的进程作更深入的通观审视、学理思考；但在具体作家、作品的分析中，仍能见出作者潜在的全史意识。

既有民族文学史奢求“全面、系统”，却限于时间、精力，故过多地借助二手、三手资料，未能深入第一手资料尤其是文本中，每每如伍尔芙所谓的“解剖了青蛙，可抓不住生命”；《史论》作者则二十年如一日地沉潜于研究对象中，不仅“解剖了青蛙”，更洞幽乃至激活其“生命”。在对蒙族诗人牛汉、满族诗人巴音博罗、彝族诗人吉狄马加、回族作家张承志等的读解中，均可见出这种灵肉毕现的境界。全书之可贵在于既不乏全面地扫描；亦追求纵深的开掘。虽则缘于体制恢宏，偶有力不从心处，部分章节似流于平面绍介，有失专深；但此类微瑕显然无改“当代少数民族文学的准百科全书”之美誉。

二、新生代批评

有别于八十年代崛起的学者十年沉潜、十年磨剑那种稳健审慎的学术姿态（学科中坚中，除李鸿然等出道较早外，关纪新、朝戈金、汤晓青、尹虎斌、李洋等大都于八十年代脱颖而出）；九十年代某些更其年轻的学人的冲上前台却是以分外激烈、莽撞的方式得以实现。彝族学人罗庆春（阿库乌雾）的《生命的突围与审美的重构——论中国当代少数民族先锋诗人的文化策略》与白族学人栗原小荻的《精神的觉悟与创造的突变——试评中国少数民族先锋诗人的态势》等两篇诗论的发表[1]，标示着某种“先锋评论”的萌生。此处所谓“先锋”，与其说指称其艺术观念前卫，不如说更多地标明文化观念的反叛。

栗原小荻的一系列文章中尤为引人注目的是批评主体的扩张以及对创作者主体性的强调。这既可视为“纯然的个体”意识的苏醒；也未尝不可放大为民族主体意识的自觉。虽则缘于既有汉儒文化、集体意识的长期压抑，一旦挣脱便往往不无逆反地导致主体的极端膨胀、自我的极度宣泄；但不矫枉何以“突围”。栗原小荻的另一异端是对“儒家文化为轴心的汉语诗歌”已有困境的敏感与正视。他不无乐观地构想，当下“少数民族先锋诗人”（准确地说意指少数民族新生代诗人）的诗歌创作应能力挽颓波。然而，这一构想多的是诗人的激情、想象；缺乏的却是学者应具的学理建构能力。

就在栗原小荻渐次陷入理论困境之际，彝族学者罗庆春、回族学者马绍玺等诗歌评论家却锲而不舍、继续拓进。与栗原小荻一样，他们也是民族诗歌的实验者，只是前者甘居民间，后者栖身“学院”。新生代诗人的身份，使他们平添了学院体制下少有的原创力与反叛性；学者的职业，又使他们兼具专业学术训练成就的学识与理性。栗原小荻文章中大都是一些诗性断想，如称少数民族先锋诗人的“骨子深处，天然就长有一种被称作前卫意识的植物”，“诗歌的创造成了他们整个生命历程和生活内容的重要组成部分”；同样发见一个学术生长点，在罗庆春他们的演绎下却每每能长

---

1 阿库乌雾《生命的突围与审美的重构——论中国当代少数民族先锋诗人的文化策略》，栗原小荻《精神的觉悟与创造的突变——试评中国少数民族先锋诗人的态势》，《民族文学研究》1995 年第 4 期。

成一棵理论之树。

有感于少数民族古典文论典籍，“如举奢哲的《彝族诗文论》、阿买妮的《彝语诗律论》、布麦阿纽的《论彝诗体例》这样的书面理论典籍都采取‘以诗论诗’的方式完成”，罗庆春的《灵与灵的对话——中国少数民族汉语诗论》、马绍玺的《背靠凉山的普米族诗人鲁若迪基的诗歌创作》等诗评著述亦大都采用诗性话语运作。[1] 但这种诗性批评显然已超越了前述不无零乱的诗性断想；也区别于过度煽情的诗性宣言。它既是诗的，又是哲学的。栗原小荻文中常见的思想火花在此却能引燃更其夺目的穿透性光束；栗文中不证自明的简化判语亦被代之以一种富有弹性、柔韧性的表达式，后者更其冥合神契地逼近研究对象，避免了对诗歌复杂、暧昧的内蕴的损伤。

三、非本业“偏师”

如前所述，在当代民族文学研究领域里，有不少学者倾其一生，心无旁骛、专心致志地从事专业研究与学科建设，恰是因着他们的拓荒性工作，奠定了这一学科的基本建构。当着当代民族文学研究益趋专业化之际，我们不妨在对学科建构尚欠粗疏萌生“近忧”的同时，及早对专业化可能导致的门户之见多些“远虑”，警惕因过度专业化（学科化）可能产生的画地为牢、自我封闭，思路狭窄，情趣单一。为此，应努力与本业非民族文学研究的学者沟通，将非专业研究的成果亦纳入民族文学批评史视阈。

1　罗庆春《灵与灵的对话——中国少数民族汉语诗论》，香港：天马图书有限公司 2001 年版；马绍玺《背靠凉山的普米族诗人鲁若迪基的诗歌创作》，《民族文学研究》2004 年第 3 期。

八十年代初，美学家朱光潜曾写过两篇谈沈从文创作的专文：《从沈从文先生的人格看他的文艺风格》《〈凤凰〉序》。虽形似随笔，无学术论文之宏大构架，却于言简意赅中直指本心。文章分外注意沈从文的少数民族族属——“他的性格中见出不少的少数民族优点”；并指出“少数民族是民间文艺的摇篮，对文艺有特别广泛而尖锐的敏感。从文不只是个小说家，而且是个书法家和画家。他大半生都在从事搜寻和研究民间手工艺品的工作，先是瓷器和漆器，后转到民族服装和装饰”。“谈到从文的文章风格，那也可能受到他爱好民间手工艺那种审美敏感的影响，特别在描绘细腻而深刻的方面，《翠翠》可以为例。这部中篇小说是在世界范围里已受到热烈欢迎的一部作品，它表现出受过长期压迫而又富于幻想和敏感的少数民族在心坎里那一股沉忧隐痛，《翠翠》似显出从文自己的这方面的性格。他是一位好社交的热情人，可是在深心里却是一个孤独者。他不仅唱出了少数民族的心声，也唱出了旧一代知识分子的心声……”[1]

《边城》山美水美人性亦美，却不知怎的暗含着悲剧的意味，对此评论者多有诠解；终不如朱光潜“它表现出受过长期压迫而又富于幻想和敏感的少数民族在心坎里那一股沉忧隐痛”一语中的。如是神悟在一定程度上固然有赖于朱光潜那丰厚的西方哲学、美学、文艺心理学功底；但更值得注意的则是他作为一名有着“汉民族文化身份”的研究者却对少数民族研究对象始终抱有深切的“了解之同情”。恰是因着他的体贴入微、将心比心，从而发见了一个极富学术生长点的“真问题”，一个少数民族文学批评里将反复运用的关键词语。朱光潜由对少数民族颇具独特性的文化心境的

1 《从沈从文先生的人格看他的文艺风格》，收入朱光潜《艺文杂谈》，合肥：安徽人民出版社 1981 年版，第 263 页。文中所称《翠翠》即指《边城》。

考掘入手，延伸至对中国知识分子普遍性的文化境遇的思考，显示了其连通文化独特性与普遍性之才秉。

相似于朱光潜的“贴心”，新时期以降陈思和对少数民族青年作者的创作也多有会心之论。所以写作“青年作者”，意在强调不止是为张承志、扎西达娃、阿来等已成名作家锦上添花；更对无名作者的成长时期雪中送暖。后者尤为感人。如先后为拉祜族青年作者娜朵、彝族青年作者纳张元召开作品研讨会，把来自大山的不无稚拙的山野之作引入复旦大学的大雅之堂。

有别于某些学者的指手画脚、自说自话，陈思和研讨会的精髓在于“对话互动”。这应可包括他与娜朵等关于创作的“书面对话”——通信。与其说这是其惯有的谦和性格使然，故在与习作者的探讨中多取平等的“对话”姿态，不如说缘于他对少数民族文化发自内心的尊重。他曾对娜朵如是说：“故事写的是拉祜族与汉族青年男女的婚恋故事，既然涉及两个民族之间文化和风俗的比较，就应该是放在平等的地位上展开，不要写拉祜族比汉族优，也不要写汉族比拉祜族优，只有用平等的眼光才能真正地写出民族文化的意义来。”又称，就精神审美而言，“每一种文化都有它自身的审美特性，在美的意义上没有高低之分，也没有先进落后之分”。[1] 正是因着上述文化相对主义识见，促使他尤为珍视“少数民族文学的异质性”，不时在思考着文化发展（包括汉语写作）的“别一种可能”。他提醒纳张元说：“你汉化得非常厉害。这种山歌能不能用彝文原有的语言结构来表达？如果仅仅凭借故事和民俗描写，你并没有和其他的汉语作家拉开距离。要对汉语言的优势予以颠覆，尽可能将土生土长的家乡语言的特征如实转换

1 陈思和《谈〈魂毛〉〈绿梦〉及其他——致拉祜族女作家娜朵》，《边疆文学》1993 年第 9 期。

出来，给读者提供一种陌生的新鲜感。”[1]

缘于“尊重”，陈思和对少数民族作者创作的指导分外细致、体贴。在他对习作的细读中，可以感受到倾注在研究对象上的一种切肤的“爱抚”或“抚摩”感。

与陈思和相类的还有丁帆，他对到南京大学作家班学习的彝族青年作者毕然也悉心指导，直至毕然写出并出版了三十余万字的长篇小说《今夜火把到我家》。

有感于既有的“中国当代文学，是残缺的当代文学”，它空缺了少数民族文学空间，陈思和、丁帆不约而同地在其文学史编撰中着意弥补。陈思和主编的《中国当代文学史教程》专辟“多民族文学的民间精神”一章[2]；丁帆则编撰《中国西部现代文学史》[3]，勉力填补被既有中国现当代文学史忽略、遗忘乃至掩埋的西部多民族文学史的诸多空白。

已有中国现当代文学史著述虽则也曾对西部多民族文学有所涉猎，但大都给人以一种“拼贴感和隔膜感”；即便是某些少数民族学者撰写的少数民族文学史，也因缺乏撰史应具的自觉的价值系统，而每每纠缠、迷失于普遍性问题，未能凸现史实的异质性意义。《中国西部现代文学史》之可贵，在于首先对编写者自身所持的价值理念有所省察：时时警惕勿在文化中心主义的惯性下，有意无意地用汉文化价值观去判断和裁剪异文化背景下的文学史现象；而努力以文化多元共生的理论构架来统摄多民族文化形态的每一部作品、每一个文学现象；以文化相对主义的价值理念去解读那

1 《漫谈大山里的文学——纳张元作品研讨纪实》，《当代作家评论》2001 年第 3 期。
2 陈思和主编《中国当代文学史教程》，上海：复旦大学出版社 1999 年版。
3 丁帆《中国西部现代文学史》，北京：人民文学出版社 2004 年版。

些异质文本生成的意义，包括鲜有被阐发的富有民族意味的形式感，包括“文化西部”独有的审美底色。正是因着上述价值理念与文学史实之间的相契，“重写”西部多民族文学史的可能性才得以生发。

以上对民族文学研究“偏师”的点检，似高悬了一把双刃剑：不仅旨在穿透本业民族文学研究的学者因过度专业化可能产生的学科隔阂，也意在破除本业非民族文学研究乃至兼具汉民族文化身份的学者可能含有的文化隔膜。如文章开首提及的姚新勇《萎靡的当代民族文学批评》一文。问题并不在于本业非民族文学研究或兼具汉民族文化身份的学者能否对当代民族文学研究予以尖锐批评；而在于批评者是否已具有朱光潜对民族文学“了解之同情”、陈思和的平等对话姿态、丁帆的文化相对主义价值理念等前提。与姚新勇相类，笔者也属跨学科的客串者，故而，上述批评理应视作自省、共勉。

原载《社会科学战线》2006年第3期

上世纪九十年代中期彝族诗人罗庆春（阿库乌雾）的《生命的突围与审美的重构——论中国少数民族先锋诗人的文化策略》与白族诗人栗原小荻的《精神的觉悟与创造的突变——试评中国少数民族先锋诗人的态势》等两篇诗论在《民族文学研究》同时发表[1]，不仅宣告了少数民族先锋诗的崛起，亦标示着某种“先锋评论”的萌生。

它既是民族诗坛的一个诗歌事件，亦是当代少数民族诗歌研究的一个文化事件。如果说罗庆春的“文化策略”绵里藏针，于背叛——回归——超越母族传统文化的生命突围之余，暗含与汉族先锋诗人共同拓展

1 阿库乌雾《生命的突围与审美的重构——论中国少数民族先锋诗人的文化策略》，栗原小荻《精神的觉悟与创造的突变——试评中国少数民族先锋诗人的态势》，《民族文学研究》1995 年第 4 期。

汉语诗歌的文化维度，解构“传统的汉语‘意义体系’”，乃至探讨“汉语本身生命的全新出路”等思考；那么栗原小荻的文化态势则棱角张扬，锋芒毕露。其放言无惮的气势，惊世骇俗的宣言，包括那“儒家文化为轴心的汉语诗歌”行将颓败的论断，包括“在旧有的诗歌式微和诗歌的观念解构之后”少数民族诗人必将重新建构“一座人类众望欲归的精神家园”的畅想，对于那些自以为汉儒文化是唯一的文化标高的学者而言，无疑具有石破天惊般的效应。与其说这表现了某位狂傲自大的文化代言人的气吞寰宇，不如说折射出弱势民族文化守望者的反守为攻、以攻代守。唯有设身处地——亦受制于那相对更具“现代性”的汉文明与“全球化”的域外文化叠合的双重语境中，我们方有可能充分理解诗人的故出狂言。

先是“现代化”进程的感召，继而又是“全球化”浪潮的裹挟，当着强势文明波叠浪涌般地向弱势文化扑面袭来时，诗人们的第一反应不是逃生，而是义无反顾地担当起了民族文化神圣的守护者。诗歌——那响自民族灵魂最深处的声音，“人类文化上最具代表性，最崇高，最本真的形态，一种与生命流程、生命信号同一的语言生成”的文学体式，自然成为了他们的第一守护对象。

栗原小荻凭着诗人的直觉敏感到，较之那浸染了“现代性”色调的汉文明，较之那充溢着“普遍性”、“物性”意味的“全球化”观念，边地少数民族的生命观、文化观更具独特的“诗性”：“诗歌的创造成了他们整个生命历程和生活内容的重要组成部分”。就此意义而言，自承天命地守护“诗”，既是诗人的自救，亦可放大为守护母族的生活方式、文化观念。故而他不屑于九十年代以来将诗歌当作符号游戏的创作态度；也摈弃了在艺术的名义下抽空诗的“意义”的形形色色实验行径。在众声嘈杂中他最看重的是对自身民族乃至“整个人类生存环境和生命运动予以宗教般地关注和揭示”，“包括对每个个体生命、民族血统、国家安危以及各种物性的诗化超渡”。由是可见，上述所谓的“先锋诗人”、“先锋诗论”均有异于偏重形式意味上探索的“实验诗”。他们不仅勉力实验着在汉语诗歌写作中融入自身民族语言个性与审美个性的诸种艺术可能性，更执著探索着民族文化别一种存在的可能性。为此我们不妨把它们命名为少数民族新生代诗人、新生代诗歌批评，以示区别。

然而，栗原小荻多有诗的敏感、诗的想象，亦不乏新锐艺术不可或缺的野性与反叛，却略输诗歌批评应具的理论思辨能力与整合能力。平心而论，他是一位才情横溢的少数民族新生代诗人，却不是一位严格意义上的诗思融会的诗评家。《中国少数民族文学经典文库》选了他的诗论，却未能收入他的《黄房子》《羊们》或《河床》[1]，那实在是一个误会。

益趋市场化的社会背景更加深了少数民族新生代诗及新生代诗歌批评的焦躁，以至于以“不事喧嚣”、“傲视喧嚣”自居的栗原小荻，亦不得不形诸喧嚣。他深感于“越来越少有人会沿着一条‘古典的线路’去追踪‘诗歌的足迹’了”，故不恰当地以所谓“主动出击”的方式回应时声：“比如运用自我推荐、专家评估，包括媒体的传介功能，进行全方位的扩张”[2]，遂使“先锋评论”蜕变为某种“行为评论”。

也许，我们不应对栗原小荻的诗论过分地苛求，它的意义本在于振臂一呼、标新立异，从精神上震撼汉语诗歌汉文化中心主义的隐形结构。

同为诗人，彝族学者罗庆春、回族学者马绍玺等诗歌评论家的姿态则

1　参见玛拉沁夫、吉狄马加主编《中国少数民族文学经典文库》理论评论卷、诗歌卷，昆明：云南人民出版社 1999 年版。

2　栗原小荻《真正的水手必然远航——读贾羽诗集〈立体的船舶〉》，《民族文学研究》2000 年第 3 期。

沉潜得多。罗庆春曾以母语写下了彝族当代文学史上的第一部彝语诗集《冬天的河流》[1]，九十年代中期又出版了汉语诗集《走出巫界》[2]；马绍玺亦著有诗集《秋天要我面对它》[3]，去年又出版了诗歌评论集《在他者的视域中：全球化时代的少数民族诗歌》[4]，借用他诗评中的说法，那是他在城市的喧嚣中所开启的窗，“帮助我们看见了朴素、宁静和美丽”。

与栗原小荻一样，他们是真正懂诗的，在栗原小荻那大而化之的诗歌宣言后，他们更其深沉地行游在新生代少数民族诗歌的诗行中。不但破解着一个个原始的文化梦魇，而且寻索着精神的“存在之家”。

他们充当了原初意象与现代言说间的“通灵者”，将那些散见于诗人笔端的蕴含着原始生命力的灵异密码作了最贴切的破译。于是，“先王意识”、“根骨观念”、“英雄父亲”、“大地品质”等一个个不无独特的少数民族文学批评术语应运而生；于是久为人忽视的多民族文学版图乃至它的文化地质层渐次凸现。正如马绍玺所言，诗歌“这种艺术的生成和发展只能是通过民族文化中民族精神和民族情感的凝结和升华来完成”，正是因着他们对于诗歌符码下先验的文化原型持之不懈地开掘与阐发，使我们有幸参透边地民族文化之“魂”。

在《穿越母语：论彝族口头传统对当代彝族文学的深层影响》一文中，罗庆春言之有据地考察论证了在“当代彝族母语‘元叙事’全面受损、口头诗化叙事传统濒于中断之际”，彝族口头诗学传统如何“以新的方式甚至

1 《冬天的河流》，成都：四川民族出版社 1994 年版。
2 《走出巫界》，成都：成都出版社 1995 年版。
3 《秋天要我面对它》，北京：中国电影出版社 2002 年版。
4 马绍玺《在他者的视域中：全球化时代的少数民族诗歌》，北京：社会科学文献出版社 2007 年版。

是新的语种（汉语）形式，通过作家诗人们‘书写与差异’”，“穿越母语、穿越单一文化精神局限，对当代彝族文学创作乃至当代彝族文化建设产生着深层次影响”。[1] 作者回溯本源、揭示原始、逼近根本的禀赋令人不由地联想到文中提及的贯穿于彝族传统认知方式与思维结构中的“血缘根骨观念”的潜在支配；此外，无疑得力于民族学、文学、语言文化学等多学科融会的扎实功底，这在一定程度上增强了立论的广延性与深刻性。

罗庆春还在《生命的突围与审美的重构——论中国少数民族先锋诗人的文化策略》等著述中，提出了少数民族新生代诗人“所运用的汉语，不再是原来意义上的汉语，而是一种由汉语派生出来的‘新的语种’”之见解。这一观点启示少数民族诗人，一切具有自己独异的文化个性、生命灵感的诗魂，都应拒绝被纳入传统的惯性的汉语诗歌思维模式、表意方式中。换言之，唯有当那些充满了汉文化积淀的现成象喻、意境、格律、形式消解时，少数民族诗歌的语言生命方能“借尸还魂”。

马绍玺亦在栗原小荻的语焉不详处，对少数民族新生代诗歌的本质作了深入的研究。他别具慧心地发见，少数民族新生代诗歌“具有一种当前大多数诗人已丧失了的真正属于民间的创作品质”，即“用最直接的方式进入事物的核心，以最易感的艺术手段表现诗意”。[2] 这种天真的诗歌气质应是从自身民族文化中承继的最好的诗歌美德。它适成意象迷宫建构者们以营造与读者间的屏障而赢得“朦胧”境界的尝试，以及语言自恋者们以梦呓取代陈述、以语言消解存在的实验的有力反拨。

1 《穿越母语：论彝族口头传统对当代彝族文学的深层影响》，《民族文学研究》2004 年第 4 期。

2 《背靠凉山的普米族诗人鲁若迪基的诗歌创作》，《民族文学研究》2004 年第 3 期。

上一世纪八九十年代，汉族先锋诗人曾以高度自觉的形式主义实验，完成了诗歌形式的革命性转换。然而这场革命更多的停留于技术层面，而未能衍为“内心形式”。何谓本质意义上的“先锋”？形式如何被诗人的灵魂照亮？“先锋诗”如何接续断裂已久的民族语言文化传统？语言如何穿透事物本质直指心灵？罗庆春、马绍玺等新生代少数民族诗歌研究者的追问与思考，从边缘处回应了上述前沿问题。

原载《民族文学研究》2008年第3期

探寻民族审美的或然——当代少数民族小说形式研究断想

一

中国当代少数民族小说研究经过了三十年学界同人的鼎力推进，业已取得了一系列收获。以文学史编撰为例，有以下几部著作中的小说研究内容引人瞩目：吴重阳著《中国当代民族文学概观》[1]、特·赛音巴雅尔主编的《中国少数民族当代文学史》[2]、李鸿然主编的《中国当代少数民族文学史论》[3]。上述著述对建国以来中国少数民族小说发展的基本状貌与轨迹作了全面的梳理、勾勒，为深入到当代少数民族小说形式研究的层面奠定了基础。

1 吴重阳《中国当代民族文学概观》，北京：中央民族学院出版社 1986 年版。

2 特·赛音巴雅尔主编《中国少数民族当代文学史》，桂林：漓江出版社 1993 年版。

3 李鸿然《中国当代少数民族文学史论》，昆明：云南教育出版社 2005 年版。

所谓形式研究，首先着意凸现文体学批评的专深；其次强调它应有别于某些少数民族文学史著述几近作家作品个论汇集的体例，而注重贯通全史，对小说形式作综合性的通观审视与审美批评。

当代少数民族小说的萌生、发展，大体受到了两种力量的推动，一是源自社会政治、经济、地域文化等方面的外部助力；二是小说这一特定文体本身所具有的内驱力。因此，完整的小说研究，理应体现为外部研究与内部研究这两个向度。然而，虽则新时期伊始不乏识者渐次开始重视少数民族小说的形式研究，但未及救正共和国前三十年少数民族小说史叙事几近沦为革命史、政治学附庸的弊端，近年来又益趋明显地出现了几近社会史、人类学注释的倾向。

新世纪以降，一些优秀的人类学学者步入了当代民族文学研究领域，不仅着力研究神话、仪式、民间故事等前文学范畴的遗存，亦时或由人类学或文学人类学的视角，对少数民族作家创作的书面文学进行审视。其独具慧眼的观点，每每给人以耳目一新之感。相对而言，却鲜有专业资质优秀的文学研究者的参与或坚守。也许恰是出于相应审美理论蓄备不足的顾虑，近期，有学者提出了不妨暂时悬置少数民族作家作品审美意义的研究，转而关注其民族志价值。方法上，则将其亦视为民族志，倾力于搜集与保存工作。这一新见予人以跨学科实践的诸多启示的同时，却引出了笔者新的忧虑。因着民族文学不仅是民族志的折射；亦是精神史的投影，是一个民族灵魂的抒情诗。若任其尽成民族志文献，轻忽了其内在艺术组织所构成的“文学性”方为促成民族文学之所以成为民族文学这一独特地位的主因；忽略了即便某些小说确实不乏“史诗的动机”，却也满含“个人色彩强烈的记忆”[1]，终不免喧宾夺主。

此外，少数民族作家小说创作的现状亦不容生出审美批评搁置、任其自生自长的乐观。一定意义上，恰是因着审美批评的近乎缺席、批评家与作家心心相印的艺术交流的匮乏，致使少数民族作家的创作缺乏必要的理论指导，而有自生自灭之虞。新时期初叶令小说界眼前一亮、并有作品被选入《中国新文艺大系》的新星——景颇族小说家岳丁，曾几何时，已化作流星，那坠落时在天空中划下的夺目光痕，状如惊叹号。

阿来有言：“作为一个小说家，当然应该永远保持对形式的敏感，并对小说形式对内容的提升可能有充分的认识”；同理，作为一名民族文学批评家，又有何理由容忍当代少数民族小说形式研究的相对滞后？选择独立的小说文体研究，既着意把当代少数民族小说引入社会 / 历史范畴，藉此折射边地社会现实，显影民族文化精神；更悉心将它引入文体学、叙事学范畴，如是将更有助于梳理、凸现为既有文学史著述忽视、遮蔽的当代少数民族小说文体内部的演化脉络。

二

当代中国少数民族地区神异的社会历史变革，奇丽的地域风貌，各民族与天地自然心照神交的生存环境、思维方式，开启了中国少数民族作家独异的生命意识、审美情趣，玉成了中国当代少数民族小说的神奇与灵性。

1　阿来这样解释他以小说形式重述《格萨尔王》史诗的动机：“我所能做的，只是在自己的作品中记录自己民族的文化，以及她在全球化背景下的运行和变化。我通过自己的观察与书写，建立一份个人色彩强烈的记忆。”《当代中国文学网》，http://www.ddwenxue.com/html/wenxuezixun/20091222/7980_2.html。

少数民族小说的形式研究，应在细读老舍（满族）、玛拉沁夫、扎拉嘎胡（蒙古族）、李乔（彝族）、陆地（壮族）、祖农·哈迪尔（维吾尔族）、杨苏（白族）、袁仁琮（侗族）以及新时期以来崛起于文坛的张承志、霍达（回族）、乌热尔图（鄂温克族）、扎西达娃、阿来、央珍（藏族）、蔡测海（土家族）、边玲玲、朱春雨（满族）、艾克拜尔·米吉提（哈萨克族）、董秀英（佤族）、景谊（白族）、存文学（哈尼族）、岳丁（景颇族）、金仁顺（朝鲜族）等五十余个少数民族作家的大量文本，力求全史在胸的基础上，于微观上探幽烛微，宏观上抽“象”铸“魂”。努力凸示中国当代少数民族小说创作的个性特征与群体风神；尤其注重在形式层面上对中国当代少数民族小说的深层次蕴藉予以审视，力求凸现其独特的、对当代汉语写作有着深刻启示与互补功用的审美意蕴。

少数民族小说的形式批评应大处着眼，打破既有研究习惯于作品赏析式的零碎、呆滞，也避免以一种先验理论框架化约文学现象的弊端，努力将历史眼光与审美评价结合起来，在对这六十年的少数民族小说现象的总体审视、体味、归纳中，抽象出自己的艺术判断与美学整合。

鉴于前述小说的外部研究与内部研究严重失衡的现状，方法论上，不仅仍可参考人类学、民族学、民俗学等学科的视角与材料，借助文化研究、神话原型批评等方法；更应运用文体学、叙事学、新批评、结构主义批评等批评理论，从语言的角度、美学的角度，开掘、阐释中国当代少数民族小说创作的形式意蕴。

应具有小说文体研究的自觉，特别重视小说类型、样式等这些规范、模式性因素，着力描述其消长变化，从中开掘一个时段乃至一个时代的小说艺术的特征。“十七年”时期，小说盛行着“史诗性模式”，玛拉沁夫的《茫茫的草原》、李乔的《欢笑的金沙江》、陆地的《美丽的南方》堪称代表作，作者别有一种史诗性关怀，悉心反映历史与社会翻天覆地的巨变；新时期伊始，“诗化散文化模式”一度受到青睐，张承志的《黑骏马》、乌热尔图、景谊的前期作品堪称典范；此后，乌热尔图等作家又开始运用“隐喻象征模式”……显然，上述流变中，潜藏了小说文体观念的整体移动。

其中，尤为可喜的是一些少数民族作家不仅萌生了“汉语写作”的语言自觉，且相继开始了小说的形式实验。八十年代中期藏族作家扎西达娃的《西藏，系在皮绳结上的魂》《冥》《风马之耀》《世纪之邀》，以魔幻现实主义的笔触极写“西藏，隐秘岁月”。然而，除却当代文学批评界将其视为“先锋小说”的一名代表性作家予以研究外，民族文学研究者对他作为一名少数民族作家所进行的叙事实验的独特民族意味，却少有深透的开掘。至于扎西达娃的集形式探索之大成之作、脱稿于新世纪初叶的长篇小说《骚动的香巴拉》，出版后更是一片静寂，备遭冷遇。[1]

九十年代哈尼族诗人哥布也曾有极具“先锋”意味的小说问世，如小说《家》《虚构的和真实的爱情》《民间故事》《盗牛贼及其它》，勉力拓展了少数民族题材小说的文体功能与表现力，亦因耐不住冷漠，而戛然中止。近年来，又有朝鲜族作家金仁顺翩然出世。所撰《高丽往事》《桔梗谣》《城春草木深》《盘瑟俚》等小说，笔墨间深得一种朝鲜族艺术的优美。

如果说扎西达娃的《古宅》等作可谓对西藏现代神话的悉心重构，那么，金仁顺的长篇小说《春香》则是朝鲜民族传说的“故事新编”。[2]

与扎西达娃、阿来、哥布相类，金仁顺亦有着比之同时代汉族作家毫不逊色的汉语写作的语感。这便促成了其作中语言的自觉、叙事的自觉。

1 扎西达娃《骚动的香巴拉》，长春：时代文艺出版社 2001 年版。

2 金仁顺《春香》，《收获》2008 年第 3 期。

较之既有民族题材小说对“写什么”的重视，她似乎更倾心于“怎么写”。前者多致力写实；后者却偏重想象、虚构——所谓写“我想象的民间、我想象的‘香夫人’和‘春香’”[1]，她甚至改写、颠覆了既有《春香传》原型的大团圆结局。然而，民族传说原型中所内蕴的民族精神，自是古树繁花生生不息——如同金仁顺所说，“这种情形就像我们在春天里经常见到的那样，起初只是一朵花，后来变成了一树花，再后来，整个春天都是花。”纵使在《春香》中看似花已飘零、花已揉碎，只要花魂（原型）不散，花香依然沾衣，花絮依然腻人。恰是小说中那若有若无地如花香般氤氲着的民族神韵，令《春香》的形式主义追求，不失为“有意味的形式”。

不无遗憾的是，上述少数民族小说创作中所衍生的形式实验、叙事自觉等新锐的美学元素，以及它可能拓展的民族文学叙事空间、可能创造的民族审美或然，大都因民族文学研究者那略显陈旧的批评理论、审美情趣的框限，而视若无睹。

新世纪初叶，一些少数民族文学研究者提出了“创建与确立中华多民族文学史观”的学科新理念。其旨不仅在于敞亮传统“中国文学”观念对中国多民族文学史实的有意无意的遮蔽，同时拟通过以“中华多民族文学”理念取代既有“少数民族文学”这一不无封闭的定义，重新界定、拓展学科边界，从而赢得一种五十六个民族平等共存的自尊、自信。值得注意的是，上述战略转型大都停留于理论层面的宏大思辨；却少有学者以同样的心力投入于实践层面的创作研究与批评，包括对“中华多民族文学”一体中多元的审美神韵的开掘、对繁复的形式意味的辨析。更令人忧虑的是，

1　金仁顺《迷恋短篇，追求好故事》，《文学报》，2008 年 10 月 6 日。

不少诠释者热衷于认“同”，无视新理念无改五十五个少数民族文学（或谓“少数族裔文学”）较之汉民族文学在形式审美意义上仍处于弱势这一事实，消解了对“中华多民族文学”大理念中的少数民族文学必要的独特的审美观照。

其实，“中华多民族文学”理念的适时提出，本意味着充分汲取中国现当代文学学科理论资源、研究力量之可能，本应藉此吸引更多的中国现当代文学学科的研究者的共同规划或参与。然而，除却近年来陈思和、丁帆、陈晓明、施战军等学者的偶然介入，由于上述自觉意识的缺乏，不免陷于单打独唱、应者寥寥的寂寞。

三

既有少数民族小说研究的主要建树是发现作家、发现作品；而新的形式研究拓展的重点与特点应在发现问题，不时辐射、回应当代少数民族小说创作中一些全局性的审美理论思考与形式探索，诸如汉语写作与母语神采、诗性思维与歌体叙事、神话重构与原型复现，乃至审美风韵的“同而不和”与“和而不同”……努力深及究里，从中发现意义，发现规律。

如果说，1949 至 1966 这十七年，因过度强调民族独特性、地域独特性应服从于时代性、阶级性等“普遍性”理念，结果少数民族小说的民族特质每每流于点缀，曲己从人，审美形式“同而不和”；那么，新时期以降，终于开始了不仅“认同”、亦要“求异”的文学践行。各民族作家不无默契地将“民族特质”从小说的点缀因素升格为审美观照的中心，致力于描绘各民族在特定时空里所形成的风土人情、历史文化、心理定势、行为模式，这一共同意向使少数民族小说具有了一定的共性；同时，又因所表现的民族精神、地域文化的差异，不同的地域文化母体因而帮助它们“选择”了不同的美学风韵——地域及在此之上的社会空间特征规范、影响了各民族小说的语言体式、叙事技法、抒情方式、审美趣味，渐次形成了多元共生、“和而不同”的审美形态。较之对少数民族小说区别于“汉化”小说的共性特征的证同，对各民族小说的审美个性的辨异尤为困难。

少数民族作家“汉语写作”中一度陷入的“难言”、“失语”困境，亦是小说形式研究的题中之义。阿来称：“我们这一代的藏族知识分子大多是这样，可以用汉语会话与书写，但母语藏语，却像童年时代一样，依然是一种口头语言。汉语是统领着广大乡野的城镇的语言。藏语的乡野就汇聚在这些讲着官方语言的城镇的四周。每当我走出狭小的城镇，进入广大的乡野，就会感到在两种语言之间的流浪。”[1] 在少数民族作家运用汉语写作的过程中，大都会面临阿来所谓在母语与汉语之间交互偏侧、举棋不定的难题。

“因其思维脉络本是由双语乃至多种语言编梳的”，故有形无形地需凭藉“翻译”。如此便引出了这样一个问题：在将母语转换为汉语时，是刻意趋同，使它在语体上完全“汉化”；还是悉心存异，努力守护母语中别有意味的语词、语序、叙事节奏与语感？参照也是运用汉语制作的翻译小说话语的“异国情调”，少数民族作家的汉语小说完全可能也应该凸显话语的民族性。正是因着对翻译小说语言的“欧化”的体悟，为开拓汉语写作的别一种可能性与民族化文体的崛起作了铺垫。

应着重研究少数民族作家的汉语写作如何从“汉化”话语体制的惯性

1 阿来《文学即宗教》,《延安文学》2009 年第 3 期。

与束缚中突围，辟出新境：回族作家张承志深知“母语的含义是神秘的”，却仍倾力传递语言下基于少数民族传统与文化方可意会的心理气质，“让自己写出的中文冲出方块字”，赖有民族情感血浓于水的浸润，那一个个司空见惯的汉字蓦然间“闪烁起不可思议的光”，亮出“朴素又强烈的本质之辉”[1]；藏族作家阿来则凭藉“两种语言笼罩下呈现出的不同的心灵景观”，从那些在藏语乡野中流传于口头的语言、故事，而非带上了过于强烈的佛教色彩的藏族书面文化或文学传统中，领悟“藏民族原本的思维习惯与审美特征”，从而更具朴素而又深刻地把握时间、呈现空间。恰是对那“在两种语言间的不断穿行”所产生的异质感与疏离感的适度驾驭，扩大了其作意义与形式空间的张力；佤族作家董秀英则更多地依托于阿佤山双语混杂的语言场，尝试从吐露于佤族唇舌间的活性态口语中汲取重铸汉语的灵感，促使那粗莽拙野却又元气淋漓的母语与充分成熟、乃至于益趋繁缛的汉语交融混血……正是这些先驱者，引领着更其年轻的少数民族作家走出了“难言”、“失语”的困境。

注重中国当代少数民族小说的形式研究这一论题虽系少数民族文学研究范畴，其意义却与中国现当代文学的学科视阈部分重合，且有可能从边缘处启示我们发现既有现当代文学学科的盲点，思索小说美学建构的多元共生。

原载《文艺争鸣》2010年第10期

1　张承志《美文的沙漠》，收入《绿风土》，北京：作家出版社 1992 年版。

辑

二

鲁迅有言："一八三四年顷，俄国的果戈理（N. Gogol）就已经写了《狂人日记》；一八八三年顷，尼采（Fr.Nietzsche）也早借了苏鲁支（Zarathustra）的嘴，说过'你们已经走了从虫豸到人的路，在你们里面还有许多份是虫豸。你们做过猴子，到了现在，人还尤其猴子，无论比那一个猴子'的。""但后起的《狂人日记》意在暴露家族制度和礼教的弊害，却比果戈理的忧愤深广，也不如尼采的超人的渺茫。"[1] 作者的这一自况引导了九十年来《狂人日记》中果戈理、尼采影响的持续研究。而一个偶然的机会，当笔者发现列夫·托尔斯泰也著有同名小说《狂人日

1 《〈中国新文学大系〉小说二集序》，《鲁迅全集》第 6 卷，北京：人民文学出版社 1981 年版，第 238—239 页。

记》[1]，进而细读文本触及了二作主题学意义上的某种契合，便渐次意识到，这一契合极有可能开启别一比较途径，吸引识者进行平行类同研究，进而照亮鲁迅与托尔斯泰在面向同一主题、同一人物谱系时思想的神会冥契。

与鲁迅相似，列夫·托尔斯泰作于1884年4月的《狂人日记》，亦是自果戈理五十年前出版的同题小说获得灵感。作品以托氏1869年某月去奔萨省廉价购得庄园，途中在阿尔扎玛斯过夜，精神突受不期闯入的死亡的惊惧的经历为基本线索，采用第一人称叙事，揭示了“我”因“阿尔扎玛斯的恐惧”引发的思想危机，以及幡然醒悟后反被“人们的共同世界”视为疯子的遭际。

此作托氏生前未曾发表，与鲁迅的《狂人日记》间并不存在着直接的影响关系。虽说早在1907年托尔斯泰作品的第一部中译单行本《托氏宗教小说》便已经德国传教士叶道胜与华人麦梅生合译出版，内中收有的宗教题材小说如《人需土几何》《主奴论》等，或叙说某人生前对土地的占有贪得无厌，及至死亡，埋葬他时却仅需区区三俄尺而已；或写一个为自己“靠智慧所积蓄起来的财产而自豪”的商人，在暴风雪中迷路，因某种神秘性的不安（舍斯托夫归结为“《狂人日记》中所描写的无缘无故的恐惧”）突袭，而舍身拯救随行的雇工，终以死同自己习以为常的全部生活彻底决裂……二作皆可谓自托氏的《狂人日记》中化出。鲁迅很有可能读过托氏的上述小说，其间的间接联系不应缘于鲁迅自己未曾述及便予以忽视，然

1　［俄］托尔斯泰《狂人日记》，初刊于契尔特科夫编辑的《列·尼·托尔斯泰文艺遗著》第3卷，柏林：自由言论出版社1912年版。草婴《托尔斯泰小说全集》译作《疯人日记》；而舍斯托夫《在约伯的天平上》的译者又将其译为《狂人日记》。

而，笔者还是拟将这一同题写作现象界定为“平行性再现”，尝试着力揭示二作的价值关系，以取代事实关系。

恰如舍斯托夫指出的：“《狂人日记》可以被看作托尔斯泰五十岁以后所写的全部东西的总标题”[1]；而鲁迅三十八岁撰写的《狂人日记》，既是其前期小说的纲，亦可谓“五四”新文学的总序。

《狂人日记》不失为鲁迅与托尔斯泰创作历程的两个重要坐标。它标明了自此托氏遂从文学创作转向哲学、神学思辨的激变；透露了鲁迅渐次从文学家站位向思想家站位倾侧这一耐人寻味的伏笔。

当年友人书赠鲁迅思想架构之对联称其“托尼学说，魏晋文章”。鲁迅的《狂人日记》不仅深受尼采的某些影响，亦遥感呼应了托尔斯泰一脉的精神气质。然而多年来，前者多有识者阐说，后者却鲜有慧眼辨析。以《狂人日记》为切入口而展开的鲁迅与托尔斯泰的平行研究，有助于将文本置于一更其繁复深广的思想史脉络中，重估其意义。

一、“末人”·“超人”·“神人”

如前所述，果戈理的《狂人日记》应是鲁迅与托尔斯泰同题小说的共同影响源。

果戈理笔下的“狂人”，究其实质只是一个被侮辱与被损害者，一个卑微的小人物，或谓一个“末人”。果戈理自己虽患过精神病，但严格地说，并未成为“狂人”——“他喜欢瞬间在悬崖上低下头，并感到头昏得可怕：

1 ［俄］列夫·舍斯托夫《在约伯的天平上》，北京：三联书店 1989 年版，第 105 页。

他相信，那正是他想把头从极深悬崖移开的时候。他感到自己是被可靠的绳索系在人们的共同世界上的人。对他来说，游历神秘世界是自由的、不太危险的娱乐。”[1] 舍斯托夫的上述辨析提示我们注意果戈理与所谓“人们的共同世界”之间的若即若离、藕断丝连，而唯有彻底叛离这个世界的人方能称之为真正的“疯狂”。

果戈理的疯子发出的是这世上没有他安身的地方、常常身无分文的底层受虐者的哀鸣；而托尔斯泰藉“狂人”发出的则是处于一切都很完美的环境中，拥有财富，却终于不能忍受自身的“利益是建立在别人的贫困和悲哀之上”的自虐者的呐喊。与托尔斯泰笔意相似，鲁迅的狂人表层是“迫害狂”患者，深层却自觉为所属阶级的逆子贰臣，且敢于向“人们的共同世界”挑战。作为“自虐者”，外在社会环境的合谋迫害固然是诱因，但更至关重要的则是内心深处那永不止息的道德焦虑与自我拷问。

意味深长的是，托尔斯泰笔下的“狂人”是怀有基督教意识的灵魂的。小说述及主人公“完全发疯”的契机恰恰是其去教堂做礼拜，“认真祈祷和听人祈祷，深受感动”之时。蓦然间，神的“光把我照个透亮”，自此，从前以为是真实、合理、神圣的东西，现在看来“这一切都是不该有的”[2]；而“从前以为是虚幻的东西，现在则以为是唯一真实的东西”[3]。“从一切眼中看见无所有”，从没有年代、“每叶上都写着‘仁义道德’几个字”的中国历史中，看出“满本都写着两个字是‘吃人’”——鲁迅笔下的“狂人”承

1 ［俄］列夫 · 舍斯托夫《在约伯的天平上》，第 106 页。
2 《疯人日记》，收入草婴译《托尔斯泰小说全集 · 克鲁采奏鸣曲》，上海：上海文艺出版社 2004 年 1 版，第 159 页。
3 ［俄］列夫 · 舍斯托夫《在约伯的天平上》，第 107 页。

担着与托尔斯泰式狂人何其相似的反传统使命，却在宗教信仰上鲜有依傍。如果说后者赖有“神人”的光照，那么前者则更多地只能借重尼采式“超人”（也即“人神”）的意志与力量。小说中分明可见鲁迅用尼采式语词痛斥传统文化将“真的人”畸变为“末人”的悲愤。觉醒了的“真人”身陷末人们的共同世界里，反被末人视为“狂人”。《狂人日记》中这一“超人”身陷“末人”重重包围之中，分外孤独超拔的人物设置图式，在鲁迅此后的创作中不断复沓出现：《长明灯》中的“疯子”、《药》中的夏瑜、《孤独者》中的魏连殳、《头发的故事》中的N先生……无不因之与所身处困境孤绝抗争。

鲁迅尽其一生勉力调和自身话语系统中“国民”一词延伸为“末人”与“人民”的歧义，却自始至终未能抹平这一概念冲突间引人思索的辩证张力，由是派生出“横眉冷对”末人或“俯首甘为”人民的两极站位及逆向辩驳。即便至后期，由鲁迅倾情重铸的“中国的脊梁”身上，我们犹“可以看出超人的影子”；在《补天》《理水》《铸剑》等新编故事中，犹能读出“超人”与“末人”（或谓“庸众”）对立统一的构图。

二、“自忏之书”

日本学者如竹内好、伊藤虎丸、丸尾常喜等，多将鲁迅以《狂人日记》为代表的创作，视之为“赎罪文学”。在《近代的超克》中，竹内好指出：鲁迅在发表《狂人日记》之前、正在酝酿着呐喊的凝重的沉默中，“抓到了对他的一生来说都具有决定意义，可以叫做回心的那种东西”。据译者注：回心“一般特指基督教中忏悔过去的罪恶意识和生活，重新把心灵朝向对主的正确信仰。竹内好使用这个词，包含有通过内在的自我否定而达到自觉或觉醒的意思”。[1]

对此，郜元宝不无异议。他将鲁迅及其笔下的“狂人”定义为“非宗教的忏悔者”，称“‘从真心改起！’也好，‘无我的爱’也好，都类似中国传统‘心学’非宗教的宗教性诉求。在鲁迅，这样的诉求除了人道主义的‘爱’和进化论思想之外，并没有现实的传统的思想支援，也没有教导世人改悔的宗教信仰的力量，所以他的反抗吃人的呐喊，是有些虚妄的。”[2]

鲁迅《狂人日记》中复沓出现的“从真心改起！要晓得将来容不得吃人的人”，“你们立刻改了，从真心改起！”一类的呼告，其影响源果真仅限于中国传统“心学”？当年留学日本期间，日籍同学便曾以“你改悔罢！”一语讥刺，鲁迅心知肚明：“这是《新约》上的句子罢，但经托尔斯泰新近引用过的。其时正值日俄战争，托老先生便写了一封给俄国和日本的皇帝的信，开首便是这一句。”[3] 如果说这与狂人呼告相似纯属信手拈来或无意间与托氏巧合；那么，在鲁迅 1908 年发表《破恶声论》时，专以“自忏之书”命名，概括托尔斯泰《忏悔录》一类创作的核心思想，称：“奥古斯丁也，托尔斯泰也，约翰卢骚也，伟哉其自忏之书，心声之洋溢者也”时[4]，便足以印证鲁迅对托尔斯泰忏悔意识的遥感与重视。

诚如鲁迅一语中的，托氏自《狂人日记》开始，便在其作品中不断叙说某种不期而袭的神性的恐惧，并进而引发忏悔，“检讨自己的罪孽”。某种意义而言，托尔斯泰的忏悔较之卢梭等更深沉，更大度，他不仅包含自身作为“忏悔的贵族”一己的忏悔意识，更兼有一种代表俄罗斯知识阶级

1 ［日］竹内好《近代的超克》，北京：三联书店 2005 年版，第 45 页。
2 郜元宝《鲁迅精读》，上海：复旦大学出版社 2005 年版，第 54、51 页。
3 《藤野先生》，《鲁迅全集》第 2 卷，北京：人民文学出版社 1981 年版，第 305 页。
4 《破恶声论》，《鲁迅全集》第 8 卷，北京：人民文学出版社 1981 年版，第 27 页。

面对人民而萦绕不去、深入骨髓的罪感。

以托尔斯泰为典范的俄国知识分子总是感到自己深负于人民，他们随时都有一种脱离土地的莫名空虚、焦虑，希图与土地和人民合流。如同托尔斯泰在《狂人日记》及此后的作品中一再流露的，将财产与土地分赠农民，回归民间，回归土地，如是灵魂方如释重负得到安息。这一关于“知识分子与人民”的思想命题别尔嘉耶夫称之为“纯然是俄罗斯的命题”[1]。

“纯然”一词对应于西欧文化语境似无大碍，对应于彼时的中国语境却未免有失确切。中国的知识分子在面对人民时也有一种根深蒂固的“文化愧疚感”，包括“五四”前后作为先觉者振臂呐喊时，始终难以摆脱“知识分子与人民”这一捆绑思维以及由此延异而生的“知识分子与民族”、“知识分子与农民”一类命题的纠结。这一文化背景应有助于我们理解鲁迅《狂人日记》中的忏悔意识的内核与外延，理解作品何以由罪人及至罪己，由现实追溯历史，由个人忏悔而扩展为民族忏悔的些许动因。

“在鲁迅的根柢当中，是否有一种要对什么人赎罪的心情呢？”[2]——如果说，竹内的上述想象尚能提示我们寻索作品中“我未必无意之中，不吃了我妹子的几片肉”一语的相关心迹；那么，却实难解读狂人“有了四千年吃人履历的我”这一表达的重要含义。“吃人”的不仅是所在家族，更是自己所属的民族，身为华夏子孙必须勉力承当并洗刷其耻辱与罪孽。恰是面对“四千年吃人”传统的形上焦虑，恰是难耐身为“吃人的人的兄弟”、“食人民族”的子孙的极度羞愤，导致了鲁迅及其笔下“狂人”转而近乎自虐的拷问，非逼着惊忧交集、意识达到万分紧张状态的他坦露无意识层面

---

1 ［俄］别尔嘉耶夫《俄罗斯思想》，北京：三联书店 1995 年版，第 28 页。

2 ［日］竹内好《近代的超克》，第 8 页。

隐伏的罪感。与其说这揭示了“狂人”亦有“罪”，不如说恰恰证实了“有谁能说：我比这个人更好！”就此意义而言，“狂人”的忏悔亦可读作“狂人”的挑战。

竹内好如是界说：“我是站在要把鲁迅的文学放在某种本源的自觉之上这一立场上的。我还找不到恰当的词汇来表述，如果勉强说的话，就是要把鲁迅的文学置于近似于宗教的原罪意识之上。我觉得，鲁迅身上确有这种难以遏制的东西。鲁迅在人们一般所说的作为中国人的意义上，不是宗教的，相反倒是相当非宗教的。”“抑或如果说俄国人是宗教的，那么，我所说的‘宗教的’就是这么个意思。鲁迅并不认为自己是殉教者……但是在我看来，他的表达方式却是殉教者式的”[1]；而郜元宝则辨析：“竹内所谓‘赎罪的心情’其实就起于鲁迅作为一个东方的‘敌基督者’的失败，或者说就起于鲁迅作为一个失败了的东方尼采的忏悔，以及在这失败和忏悔中体会到的准宗教的东西”[2]。竹内好与郜元宝关注的其实是鲁迅文本的一体两面，郜后来使用的“并非宗教却具有宗教意味的执著文辞”一词，便彰显了二者最终的殊途同归。

鲁迅的《狂人日记》中，狂人由“超人”衍为“罪人”，进而与民族共忏悔的姿态，与其说暴露了食人民族的罪孽，不如说因勇于忏悔而一雪民族耻辱。恰是与托氏的《狂人日记》同为“自忏之书”，恰是作品中那声声“非宗教却具有宗教意味”的忏悔、呼告，彰显了《狂人日记》除借重尼采的强力外，其本根还隐然连通了托尔斯泰之精神，或谓“根于更广大的爱”。

1 ［日］竹内好《近代的超克》，第 8 页。

2 郜元宝《鲁迅六讲》(增订本)，北京：北京大学出版社 2007 年版，第 168 页。

三、激进人道主义

长时期以来，学界在诠释“托尼学说”——鲁迅思想的重要源泉时，每每停留于对托尔斯泰本质化的读解，单纯将其抽象为一个人道主义的代名词；如同将尼采抽纯为个人主义的符号一般。殊不知鲁迅及其新文化同人对其的认知、界说更为开阔。

在鲁迅写作《狂人日记》的“五四”时期，托尔斯泰在彼时的先觉者心目中首先是作为一个“狂人”形象而确立的。鲁迅便曾将托尔斯泰归之为“卢梭他们似的疯子”谱系，称道其激狂之意义在于：“无破坏即无新建设，大致是的；但有破坏却未必即有新建设。卢梭，斯谛纳尔，尼采，托尔斯泰，伊孛生等辈，若用勃兰兑斯的话来说，乃是‘轨道破坏者’。其实他们不单是破坏，而且是扫除，是大呼猛进，将碍脚的旧轨道不论整条或碎片，一扫而空……”[1]与之异口同声，傅斯年在《狂人日记》发表后，也特撰《一段疯话》，称：“托尔斯泰、尼采在近代，世人何尝不称他做狂人呢?”并指托尔斯泰诸位先知的社会政治理想皆可谓由“疯话”“扩而充之”。[2]有意思的是，《狂人日记》发表次年，傅氏在为鲁迅刊于《新青年》上的文章（包括《狂人日记》）一辩时，即欲言又止地语及鲁迅文章“逼真托尔斯泰、尼采的调头”。[3]

托尔斯泰与尼采所进行的思想探寻其实是从看似对立的两极、逆向解

1 《再论雷峰塔的倒掉》，《鲁迅全集》第1卷，北京：人民文学出版社1981年版，第193、192页。

2 孟真《一段疯话》，《新潮》第一卷第四号，1919年4月1日。

3 傅斯年《随感录（四）》，《新潮》第一卷第五号，1919年5月1日。

决同一种内心的难题，虽各步其径却都通向了所谓的“疯狂的哲学”。在托尔斯泰自传体的《狂人日记》中，“我”一度“害怕进疯人院”，也曾努力按人们的“原样生活”，但神启与良心最终还是引导其选择了从人们的共同世界中自我放逐；一如托尔斯泰苦苦挣扎，最终仍不得不宣称“我是疯子”。唯其疯狂，方能以“非常规性视点”见出共同世界的乖谬；方能大无畏地“反对历史和文明中的伪善和欺骗，反对国家和社会的基础”[1]。

曾几何时，俄罗斯传统文化与社会不证自明，坚实稳定，循序而进，“过去如此，现在也如此”，托尔斯泰却悍然破坏了其惯性行进的“轨道”；与之相类，鲁迅的《狂人日记》也以“从来如此，便对么?”的惊世之问，开启了林毓生所谓的五四“整体性反传统主义”的先河。

如果说，缘于托尔斯泰全面否定了以“历史形态的东正教”统摄的俄罗斯社会的整个基础——文化、艺术、财产、国家、教会，故而人皆曰其“疯”，并招致“规劝、请求、威吓、甚至暴力”；那么，因着鲁迅整体否定了以儒家仁义道德为表征的中国传统文明与礼教秩序乃至四千年历史，将其一言以蔽之为：“所谓中国的文明者，其实不过是安排给阔人享用的人肉的筵宴”，故也被国人视之为“国民之敌”。

最为俄罗斯思想界不能容忍的是托氏“唾弃一切”的观点及其思想方式，梅列日科夫斯基、屠格涅夫等将其定义为“托尔斯泰式的虚无主义”、“托尔斯泰式的无政府主义”，指责循其思想“就可能不可避免地要否定自己俄罗斯的和文化的本质”；而作为托氏的“对立孪生兄弟”的陀思妥耶夫斯基，也一时未能理解托尔斯泰的异端宗教思想（或谓原始基督教思想）

1 ［俄］别尔嘉耶夫《俄罗斯思想》，第 120 页。

与自身的基督教思想其实相悖相成，将托氏观点的偏至归咎于其简单化的“狂放的直线”思维方式，称：托尔斯泰“虽然享有巨大的艺术天才，却属于这样的一类俄罗斯智士：他们只能看清楚眼睛正前方的东西，因而便死死抠住这一个点。把脖子向右或向左转一下，看看立在侧面的东西，他们显然是办不到的”。后来，又称托氏的这种直线思维心理为“痴狂”。[1]

无独有偶，现代中国思想史中，鲁迅的反传统思想也复沓被界定为“虚无主义”，斥其“断裂民族文化传统”，分析其思想方式之弊在于“全盘性反传统”所导致的简单化与极端化倾向。学衡、甲寅之属观点及其遗响回声自不待言；以余英时为代表的海外新儒学的挑战反拨也不难理解；值得关注的倒是新时期一度倡导“新启蒙”的某些思想先驱重估“五四”文化、反思“激进主义”、质疑鲁迅思想这一系列转向，后者尤为耐人寻味。幸得其所提出的问题大都是由现实境遇激发的思考，且血气蒸腾，忧患沉重，感受复杂，思辨甚深，未尝不可视之为对鲁迅思想的或一形式研究。

其中不乏歪打正着处。如王元化对鲁迅的一针见血：“他又喜欢托尔斯泰。他有人道主义，他走极端嘛，所以人道主义到极端，大爱什么的。”[2] 撇其立场，诚哉斯言！在一个“人肉的筵宴，即从有文明以来排到现在”的国度里，鲁迅能不把人道主义发扬到极致，能不立足人的本位，绝然掀翻吃人的文明筵宴？为此，我们不妨把鲁迅所接受的托尔斯泰式人道主义命名为“激进人道主义”。“与西方自由主义传统中人道主义”之意义有所区别，那大爱主义“含有至上的、绝对的情操”，含有“宗教意义上的献身”

---

1 ［俄］梅列日科夫斯基《托尔斯泰与陀思妥耶夫斯基》（卷二：宗教思想），北京：华夏出版社 2009 年版，第 7、181、2 页。

2 《王元化林毓生谈话录》，中国文学网 http://www.literature.org.cn/Article.aspx?id=30854，2008-1-18。

精神[1]；而其尤不容抹煞的则是对一切非人道传统、非人道社会体制的激烈批判锋芒。恰是这种激进人道主义情怀，令《狂人日记》忧愤深广，悲悯深广。

百年过去，因其“激进”的反传统思想，托尔斯泰是“优良出众的小说家、糟糕的思想家”一说，“已经成为一种不需证明的公理”；而对鲁迅奖其文学、贬其思想也渐成惯例。在这新旧保守主义言论翻然成潮，鲜有人挑战之际，以赛亚·伯林却称道俄国批评家米哈伊洛夫质疑指托氏为“糟糕的思想家”“这项几乎四海齐准”且“历将近百年”的判决之“说法中肯”，伯林的持论启人思索：“托尔斯泰的见解经常主观，而且质野至于走火入魔。不过他在他说教意味最浓厚的文章里试图回答的问题，几乎总是基本的原则问题。”“虽然以蓄意简化的赤裸形式提出，每每却比更持衡且更‘客观’的思想家还要来得深入得多。”难得的是，尽管伯林骨子里其实倾向于“渐进”；却犹能针砭渐进主义者“缺乏激进知识分子献身社会的勇气”。[2]

然而更多的评者却矫枉过正，抑或谬托知己。值得关注的是，知识界对托尔斯泰、鲁迅的反传统思想煞费苦心地所作的“精神整容”。如九十年代以降学人们对鲁迅真心或假意的误读，勉力去其激进棱角，歌赞其对中国传统文明的传承，恨不能将《狂人日记》改写成《常人日记》、《智者日记》乃至《庸人日记》。

煌煌盛世，弘扬民族文化自是主流，“反传统”业已不合时宜，五四“新文化”也日渐被同化得失去其部分要义。当年早经鲁迅批判的“‘中

1　林毓生《热烈与冷静》，上海：上海文艺出版社 1998 年版，第 187 页。
2　［英］以赛亚·伯林《俄国思想家》，南京：译林出版社 2001 年版，第 283、284 页。

虽有坏的，而亦有好的；西虽有好的，而亦有坏的’之类的微温”改革说沉渣泛起[1]，以其貌似“公正，正当，稳健，圆满，平和，毫无流弊的改变法”，行委曲求全之实；种种似是而非的“全面论”，遮蔽了鲁迅等新文化先驱者观念之“深刻的片面”。

1884年，渐知天命的托尔斯泰写下《狂人日记》，以此标示其因反传统而后半生行将深味的类病的心灵搏斗、精神分裂；1918年，在为二十世纪中国文学史、思想史写下第一篇反传统宣言时，鲁迅也以“狂人”自命，这一定位意味着其亦深知重铸民族精神传统任重道远，而欲以“狂人”般的狂放不羁、百折不回，孤行己意。启人深思的是，世纪回眸，时移世易，被尊为“俄罗斯底伟大的心魂”、华夏“民族魂”的托尔斯泰与鲁迅，实质上却依然无可规避逐于“从来如此”的“人们的共同世界”之外的孤魂野鬼宿命；中俄激进人道主义的重镇托尔斯泰与鲁迅的思想文本，读来依然如“狂人日记”！

原载《文学评论》2011年第5期，
人大复印资料《中国现代当代文学研究》2011年第12期

1 《报〈奇哉所谓……〉》,《鲁迅全集》第7卷，北京：人民文学出版社1981年版，第254页。

论鲁迅对《二心集》型批评文体的反拨

一

本文拟由重新审视《二心集》型批评文体入手，深入描述鲁迅对苏式文论形式认同、模拟、扬弃的过程。文体并非纯粹的形式，乃是沉积着思想的“有意味的形式”，故以下研究不局限于单纯的语言表达式，将不可避免地不时折射形式背后的思想。

当着苏式话语形式“反客为主”，逐渐成为中国现代文论的主流话语形式；当着创造社、太阳社成员乃至瞿秋白、冯雪峰这样杰出的理论家也纷纷满足于拾人牙慧，在对苏式批评话语惟妙惟肖的模仿中普遍“失语”时；鲁迅的接受姿态不能不引起关注。

对苏式文艺思想（显然应包含它的话语形式）的接受，是思想革命向政治革命转变阶段的亟需，鲁迅也不例外。接受苏俄文艺思想对鲁迅而言，不仅意味着“以史底唯物论批评文艺”，“极直捷爽快”的穿透了“许多且暧昧难解的问题”；同时也意味着为鲁迅提供了一种新的表达式。

如果说，鲁迅接受苏俄文艺思想前的文艺思想主要是采取诗性言说的话语形式（如《坟》中的《摩罗诗力说》,《热风》《野草》《华盖集》中的那些诗学断想），伴随着思想的上下求索，其语言也每每表现出一种曲折晦远、进退两难、自相冲突的张力；那么，随着鲁迅对苏俄文艺思想的逐渐认同，他的批评话语形式也暂时缓解了那种难言的痛苦。尽管主动抉择中仍不乏被动，在告别前期话语形式时他说：“后来，我不再作这样的东西了。日在变化的时代，已不许这样的文章，甚而至于这样的感想存在。我想，这也许倒是好的罢。”[1]至《二心集》时期（大致涵盖了《三闲集》后期至《二心集》《南腔北调集》这一阶段），鲁迅终于完成了批评话语形式的转换。不见了前期的隐晦曲折，而代之以一种观点鲜明、逻辑严密、直言不讳、明白晓畅的理论风格。

这一风格可命名为“《二心集》型话语形式”。其较突出地体现于《“硬译”与“文学的阶级性”》《对于左翼作家联盟的意见》《“丧家的”“资本家的乏走狗”》《中国无产阶级革命文学和前驱的血》《黑暗中国的文艺界的现状》《“民族主义文学”的任务和运命》《论“第三种人”》等篇章中。

如何评价《二心集》型话语形式？很长一段时期内，学界每每依据鲁迅自称“我的文章，也许是《二心集》中比较锋利”，更依据“因为这时候他学会了辩证法”一类的领袖指示，将其视作鲁迅批评文体发展的顶峰。即便是极具理论识见的李泽厚，在新时期初始也未能免俗，一度激赏其“明朗、坚定、酣畅和一往无前的磅礴气势”，并将它誉之为鲁迅“后期

1 《〈野草〉英文译本序》,《鲁迅全集》第 4 卷，北京：人民文学出版社 1981 年版，第 356 页。

文笔的崇高风格”的代表。[1]

如果说李泽厚的不足在于他对《二心集》型话语形式的局限一时失察，将其误读为鲁迅的最终、最佳选择，那么他的可贵则是没有排除“在后期，鲁迅思想仍在不断发展”。

历史垫高了今天的研究者，使我们能够避免一叶障目——不被某种既定的价值观念所遮蔽，而在一种更开阔的视界中、以一种更从容的理论心态对《二心集》型批评文体进行剖析、辨证。

《二心集》型批评文体的特征之一便是其论述方式的趋向理论化。

恰如李长之在上一世纪三十年代便已指出的，本质上是一个诗人的鲁迅，其把握具体事物的方式，每每是感官的、印象的。[2] 如果说，鲁迅前期文艺思想的表述更多地借助于扑朔迷离的文学符号，那么，苏式话语形式的引进便意味着鲁迅有了一个完整的概念系统作参照。它提示鲁迅如何从思辨层面上去探索与确立文学的意义，帮助鲁迅对那些离散性的、朦胧的感觉印象进行整合，使他的话语形式逸出了前期文体文学性的混沌无序，而凸显出一种理性化的简括明晰。

在鲁迅以苏俄文艺思想整合前期思想的过程中，阶级斗争理论与阶级分析方法无疑起了关键性的作用。显然，鲁迅所参照的苏式概念系统不是什么纯思辨术语，其上毫不掩饰地打上了阶级功利性的烙印；他所借鉴的批评方法也并不尽然是文学的，同时也是一种带有政治化倾向的批评方法。鲁迅的可贵是没有像他的同时代人那样大段大段地援引阶级斗争的经典著

1 参见李泽厚《中国近代思想史论》，北京：人民出版社 1979 年版，第 461、467 页。

2 李长之《鲁迅批判》，《鲁迅研究学术论著资料汇编》第 1 卷，北京：中国文联出版公司 1985 年版，第 1290 页。

述，而是勉力将阶级斗争理论内化为一种批评眼光、一种运思方式。

阶级斗争话语的袭用不仅使鲁迅的思维渐趋理论化，而且衍化为《二心集》型批评文体的逻辑骨架。列宁说：“马克思主义给我们指出了一条指导性的线索，使我们能在这种看来迷离混沌的状态中发现规律性。这条线索就是阶级斗争的理论。”[1]《二心集》时期，鲁迅正是抓住阶级斗争这条“指导性的线索”，将“暧昧难解”的对象世界有序地纳入了一个逻辑化的图式中；也正是借助于这条线索，使他所坚执的阶级斗争一翼的文艺思想、叛逆携贰的立场与二极对立的思维格式（包括思维方式、论述方式、批评风格等）完成了颇具逻辑统一性的同构。

阶级斗争话语的袭用还赋予了《二心集》型批评文体一种前所未有的确定性、鲜明性。这不仅是由于阶级斗争这条“指导性的线索”已为鲁迅预示了“惟新兴的无产者才有将来”这一逻辑必然，告诉鲁迅在这个无望的世界上尚有某种值得追求的希望，使鲁迅在毫不可惜本阶级的溃灭乃至自身的溃灭之后蓦然回首，又在新兴阶级中发见了某种值得活下去的明确意义；同时还由于批评主体的角色转换——《二心集》标示着鲁迅“从进取的争求解放的个性主义进到了战斗的改造世界的集体主义”。[2] 日趋激烈的阶级斗争现实已不允许鲁迅再“时时说些自己的事情，怎样地在‘碰壁’，怎样地在做蜗牛，好像全世界的苦恼，萃于一身，在替大众受罪似的”[3]；而要求鲁迅跳出个人性的话语圈，成为阶级的代言人，成为“完全确定的倾向的传播者”。尽管勉为其难，然而鲁迅还是勉力“遵命”了。于

1 《卡尔·马克思》，《列宁选集》第 2 卷，北京：人民出版社 1960 年版，第 587 页。

2 瞿秋白《鲁迅杂感集·序言》，收入李宗英、张梦阳编《六十年来鲁迅研究论文选》上卷，北京：中国社会科学出版社 1982 年版，第 117 页。

3 《二心集·序言》，《鲁迅全集》第 4 卷，第 191 页。

是，我们在《二心集》话语形式中，可以看到鲁迅的运思方式、批评风格由怀疑转为确信，由彷徨转为坚定，由拥抱两极转为执守一端等一系列耐人寻味的衍变。其中，特别具有形式意义的是由充满悖论的话语形式，向某种独断性文体的转换。

转换了的阶级代言人、“完全确定的倾向的传播者”的角色，使鲁迅的声音变得那么的肯定、强硬、不容置疑。因为即便此时鲁迅的“内世界”中仍未停止所引进的苏俄思想与自我意识的“格斗”，但一旦他以阶级代言人的身份出现时，他不能不以强硬的“护心镜”遮盖住“内世界”中的格斗，以免自露破绽；他不能不在一致对外的“盾牌”后维护左翼队伍的集体形象，不使敌手有隙可击。它要压倒一切，而决不能被论敌所压倒；它要鼓舞士气，而决不能动摇军心。于是促成了其话语风格刀剑般铿锵有力，斩钉截铁，势不可敌。

综上所述，对苏式话语形式的参照、模仿，使鲁迅文艺思想、文学批评的文体渐趋理论化、逻辑化，并产生了前所未有的鲜明性。

必须强调，以上只是肯定《二心集》话语形式思辨层面上的拓展，而并没有将其视作极境；只是认可它标示着鲁迅文体追求又达到了一个新的高度，而绝不苟同将其视为顶峰。因为，任何一种选择都不可能是唯一、绝对的。

诚如一位学者所言，“一种选择必将带来一种新的局限，也就是说，带来一种片面，甚至是一种偏激和狭隘”。[1] 选择的负面影响对犹处于模仿、接受阶段的《二心集》型话语形式而言，也是有迹可寻的。

1　黄子平《深刻的片面》，收入《评论的评论》，杭州：浙江文艺出版社 1988 年版，第 33 页。

当鲁迅难以整合他对生命、对文学的离散性的、朦胧的印象体验时，他求助于苏式话语形式中的科学理性。这是必要的一步，因为文学思想总得从文学现象中抽象出来，以其形而上的概括，将混沌无序的文学世界规范得尽可能地有序。然而，这并不意味着科学理性的引入必须以放逐情感性、诗性体验为代价；也不意味着某一理论模式的选定就能无所不包地囊括对所有文学现象的认识。须知，在科学理性所能照彻的领域之外，仍有着理性难以穷尽的非理性波动、振颤；而文学思想的建构之所以区别于哲学、政治学，就因为它由文学生发，仍带有文学色彩，与文学一样，它也需要近乎直觉的审美体验，需要灵气、诗性。

这便理解了，何以《二心集》时期，当鲁迅竭尽全力地将作品的意义朝某种既定的科学理论阐引而搁置了前期对文学、对生命的人本主义探询时，我们会感到那貌似炽烈的政治热情难以掩饰批评主体切身生命感悟的冰结；这也解释了，何以当生命、文学被鲁迅藉苏式概念、形式剪裁了、抽纯了、界定了后，我们会觉得新的话语形式因过滤了生命的血色、文学的灵气，似乎显得有点僵硬。

鲁迅所借鉴的苏式理论话语不仅先天地存在着忽视审美体验的狭隘；而且还带有将文学的阶级功能绝对化、阶级分析普泛化的局限。对于苏式理论话语的这一局限，鲁迅并非毫无觉察；尤其是因着太阳社、后期创造社某些成员的归谬性运用，放大了它的局限时，鲁迅一度也有所针砭。他说：“有些作者，意在使阶级意识明了锐利起来，就竭力增强阶级性说，而别一面也就容易招人误解。”“来信的‘吃饭睡觉’的比喻，虽然不过是讲笑话，但脱罗兹基曾以对于‘死之恐怖’为古今人所共同，来说明文学中有不带阶级性的分子，那方法其实是差不多的。在我自己，是以为若据性格感情等，都受‘支配于经济’（也可以说根据于经济组织或依存于经济组织）之说，则这些就一定都带着阶级性。但是‘都带’，而非‘只有’。”[1]然而，与新月社、“第三种人”的论战，对“文化围剿”的回击，却终于使鲁迅不惜选择了偏激、片面、局限。

他竭力藉阶级斗争的铁的逻辑穿凿文学现象、统一文学思想，有时未免显得牵强、生硬。他漠视非无产阶级的创作实绩，断言“在中国，无产阶级的革命的文艺运动，其实就是惟一的文艺运动，因为这乃是荒野中的萌芽，除此以外，中国已经毫无其他文艺”[2]；他坚执文学为阶级斗争的一翼，否认“创作自由”的相对存在，甚至在为生物科学论文集作序时，也勉力将阶级分析法贯穿到对自然现象的分析中，认为“沙漠之逐渐南徙”、“林木伐尽，水泽湮枯”这种现象的造成，不单纯是自然原因，更主要的应归咎于阶级剥削与阶级压迫，“树木保护法，结果是增加剥树皮，掘草根的人民，反而促进沙漠的出现”，因而给予的解答，与其说是治水与造林、是自然科学的措施；不如说应求助于社会科学“更进一步地来加以解决”[3]。

我并不认为，以上鲁迅煞费苦心地达臻的逻辑自圆，可以印证阶级分析法的普适性；相反，却从上述例证中悟出，将某种理论、某种思维方式作为规范自己对世界认知的唯一定式，在既定的、封闭的范畴中完成一统，这无异于画地自牢。

与强调文学的阶级功能、偏重阶级分析法对应的，是《二心集》型话语形式中的二极对立思维格式。恩格斯称：“辩证法同样不知道什么僵硬的和固定的界线，不知道什么无条件的普遍有效的‘非此即彼！’，它使固

1 《文学的阶级性》，《鲁迅全集》第 4 卷，第 126、127 页。
2 《黑暗中国的文艺界的现状》，《鲁迅全集》第 4 卷，第 285 页。
3 《〈进化和退化〉小引》，《鲁迅全集》第 4 卷，第 251 页。

定的形而上学的差异互相转移，除了‘非此即彼！’，又在恰当的地方承认‘亦此亦彼！’”[1]在苏式理论话语中，辩证法却往往因阶级斗争的格局而被实用主义地简化、机械化了。鲜活复杂的现象世界被生硬地“一分为二”：非黑即白、非新即旧、非友即敌、非左即右……曾几何时，鲁迅自己也体验过、呈示过在二极对立的格局间，仍有一些非对立的格局所能涵括的混沌现象，例如“不愿彷徨于明暗之间”，又“终于彷徨于明暗之间”的不明不暗的“影”；然而至《二心集》时期，他却摈弃了上述切身生命体验，断然否认在左翼与右翼的对立间尚有“第三种人”及“第三种文学”的存在的可能。[2]他不无绝对地分析道：“所谓‘第三种人’，原意只是说：站在甲乙对立或相斗之外的人。但在实际上，是不能有的。人体有胖和瘦，在理论上，是该能有不胖不瘦的第三种人的，然而事实上却并没有，一加比较，非近于胖，就近于瘦。文艺上的‘第三种人’也一样，即使好像不偏不倚罢，其实是总有些偏向的……”[3]如果说“不愿彷徨于明暗之间”，又“终于彷徨于明暗之间”的“影”一类的表达，暗合了前期话语形式的诗性含混；那么，“非近于胖，就近于瘦”一类的话语恰恰可作为《二心集》时期鲁迅非此即彼思维格式的象征。

非此即彼的思维格式，可谓是方法论上的独断。那势不可挡的逻辑动力感中，暗含着执守一端去压倒另一极端的阶级斗争的驱力。往往由于它

1 ［德］恩格斯《自然辩证法》，北京：人民出版社 1984 年版，第 84—85 页。

2 张闻天曾化名“歌特”，指出“第三种人”与“第三种文学”是存在的：“在革命的小资产阶级的文学家中间，有不少的文学家固然不愿意做无产阶级的‘煽动工具’或‘政治的留声机’，但是他们同时也不愿意做资产阶级的‘煽动的工具’或‘政治的留声机’，他们愿意‘真实的’‘自由的’创造一些‘艺术的作品’。”参见歌特的《文艺战线上的关门主义》，《斗争》第 30 期。

3 《又论“第三种人”》，《鲁迅全集》第 4 卷，第 534 页。

的过于猛烈，在横扫一切、痛快淋漓之余，不仅淹没了异端的声音，同时也惯性运转地越过了鲁迅对“一翼”理论偏激的美学抑制。

诚如某些研究者所指出的，梁实秋“否定把文学功用局限于阶级斗争的工具，否定以‘革命’和‘无产阶级’为单一的文学题材以及否定以所谓‘科学主义’，包括以庸俗社会学（如辛克莱的观点）解释文学现象等等”，“本来也并非一无可取”[1]；“从文学理论整体看，他们所主张的文学应表现人性的一面，也属文学本质的应有之义”[2]；苏汶在文学应“保持着它的对人生的任务”还是屈从“对某种政治目的有利”的“目前主义”两极之间的徘徊，也未尝不是鲁迅有过的困惑、犹豫；然而，在那非此即彼的态势下，上述异端的声音不仅未能与“一翼”文学思想互补、互相纠偏，反而促成了后者的矫枉过正。

与其说，《二心集》时期鲁迅将论争视为别一种对话、探讨，不如说，视作一场“使敌人因此受伤或致死的战斗”。故而，他特别看重论述方式是否具有攻无不克、战无不胜的效应。因求胜心切，有时斗争的技巧甚至取代了学理思辨。如鲁迅因强调文学的宣传功能，对“文学不是宣传”说所进行的抨击——“谁用文字说‘文学不是宣传的’，也就是宣传”，“要于社会毫无影响，必须连任何文字也不立”。恰如王晓明直言不讳地指出的，“这其实是偷换概念，因为对方说的‘宣传’，和他说的‘宣传’不在一个层次上，与所谓‘社会’、‘影响’，更是两个意思”。[3]

综上所述，《二心集》型话语形式或许不失为强化文学的阶级功能的刚

1　温儒敏《中国现代文学批评史》，北京：北京大学出版社 1993 年版，第 96 页。

2　钱中文《世纪之争及其更新之途——二十世纪中外文化交流中我国文艺观念之流变》，《文学评论》1993 年第 3 期。

3　王晓明《无法直面的人生——鲁迅传》，上海：上海文艺出版社 1993 年版，第 180 页。

性武器；但作为多元浑涵的文学思想、文学批评的载体而言，显然缺乏必要的弹性。

然而，长时期以来，研究者却每每将其视若经典话语形式：止于激赏《二心集》文体中酣畅有力的逻辑动力感，而无视那气势相当程度上得力于非此即彼的思维格式；激赏那斩钉截铁、不容置疑、不容证伪的语气，而无视断语后隐隐可见的必然论、命定论的影响痕迹。

正是由于《二心集》文体——“难以逾越的高峰”这一神话的笼罩，遂使《二心集》时期后鲁迅话语形式的转换一度成为研究的盲点。

二

对于一切“虚悬了一个‘极境’”的人们而言，鲁迅总是煞风景的。在他说了“我的文章，也许是《二心集》中比较锋利”这句被某些研究者反复援引的话之后，偏偏又说“因为后来又有了新经验，不高兴做了”。鲁迅坦言：

敌人不足惧，最令人寒心而且灰心的，是友军中的从背后来的暗箭；受伤之后，同一营垒中的快意的笑脸。因此，倘受了伤，就得躲入深林，自己舔干，扎好，给谁也不知道。我以为这境遇，是可怕的。我倒没有什么灰心，大抵休息一会，就仍然站起来，然而好像终竟也有影响。[1]

1 《1935 年 4 月 23 日致萧军、萧红信》，《鲁迅全集》第 13 卷，北京：人民文学出版社 1981 年版，第 116 页。

上述表白对鲁迅批评文体转换的原因有所提示：执守“政治斗争的一翼”，话语鲜明地口诛笔伐，却难防友军暗箭的境遇，使鲁迅的话语立场由执守一端变为“横站”；遵循既定理论模式、二极对立地逻辑解析了现象世界，却难以统摄自身生命体验的困惑，使鲁迅的思维格式难以继续保持原有的理性化的单纯、明快，而呈示出一种感性体验与理性观念冲突、扭结的“丰饶的含混性”。

需要指出的是，鲁迅话语形式的转换，虽不乏外在迫力的无奈，但也有其内在的个性化文体意识的自觉。即便《二心集》时期，鲁迅在显意识层面上刻意模仿着“他者”话语，竭力与其相契；但在潜意识中，依然没有完全放弃自我的“抗拒”。在他不很习惯地模仿着苏式刚硬的理性表达式时，他是否隐隐留恋着那更其浑涵的诗思融会的表达式？在他尽可能达臻文风的明快晓畅之际，他会不会暗暗遗憾着失落了深刻性？答案应是肯定的。冯雪峰的回忆为我们透露了若干颇有意味的信息。

冯雪峰称：鲁迅对瞿秋白文体的评价是“尖锐，明白，‘真有才华’。但他也表示过秋白同志的杂文深刻性不够、少含蓄，第二遍读起来就有‘一览无余’的感觉，等等的意见。……可是，我又觉得鲁迅先生却也并不以他在跟我闲谈时表示的意见，是秋白同志的杂文以及一般杂文的缺点，因为他更看重文字的明白晓畅；他就曾几次谈到秋白同志这一方面的优点，说到：‘何苦的文章，明白畅晓，是真可佩服的！’”[1] 上述回忆乍看紊乱，细察却清晰可辨，正是因着对政治宣传功能与文学诗性魅力的不同侧重，导致了鲁迅文体要求的矛盾（一定意义上也可视作鲁迅自身话语形式追求的两难）。

1　冯雪峰《回忆鲁迅》，北京：人民文学出版社 1952 年版，第 130 页。

如上所述，鲁迅对《二心集》型话语形式明快畅晓有余、“深刻性不够”之局限并非无所觉察，一度仍不得不用，乃是出于强化政治宣传功能的功利目的。一旦鲁迅颖悟“弄政治宣传，我到底是不行的”，一旦他不愿再被“纯粹利用”、指派为“导师”一类的话语角色，潜在的美感定势便自然会引领他重新寻求个性化的深刻言说。

促成鲁迅话语形式转换的原因并不止于上述这些，恰如王晓明所敏感到的，还可追溯到鲁迅晚年的生理、心理因素。

王晓明认为，鲁迅的文思和文风当中，最能够显示他的生命活力的，自然是那种非常生动的幽默意味了。然而，由于衰老，由于疾病，“鲁迅心理上的衰弱也日趋明显”，尤其因着死的迫近，“从三十年代初开始，先是在他的私人通信中，幽默的情致日益稀薄，尤其是一九三四年以后，你简直难得再读到一封像他一九二九年三月十五日致章廷谦那样的生动有趣的信了，似乎通信这一件事，在他已是一种负担，他只顾匆匆地将信写完，封掉、寄走，再也不能从容地品尝与友朋笔谈的乐趣了。接着是他的杂文，大约也从这时候起，逐渐失去了从前那样的调侃和幽默的意味，虽然笔锋依旧锐利，抨击依旧有力，但失了幽默的底衬，气势也就弱了许多。在他的三本‘且介亭’杂文集中，像《“题未定”草·六》和《〈出关〉的“关”》那样仍能迸射出一线幽默闪光的篇章，是越来越少了。特别是《且介亭杂文末编》中的文字，会使每一个用心的读者都感到悲哀。无论是描述往事，还是针砭现实，也无论是稍长的散文，还是短小的杂文，作者的文气似乎都衰竭了，文字常常显得有一点干巴，段落之间的起承转合，时时会显出生硬，甚至上一句和下一句之间，有时候也会像缺乏润滑油似的，给你一种涩的感觉。他的杂感越做越短，抄一段报刊上的文字，再发几句感慨，几句评论，就完了，原先那种纵笔挥洒的气势和笔力，都难得再见到，好像鲁迅只有那么一口气，不够支撑他写长文章了。一个作家在文章上都显出了老相，是真的老了”。[1]

之所以不厌其长地引用王晓明的观点，不仅出于避免断章取义的学术语法，同时也因为上述观点虽尚可商榷，但它毕竟达臻了某种“深刻的片面”，予我也予读者不少启迪。它突破了单纯社会学的阐释模式，试图从生理与心理的角度逼近鲁迅的文体；他以鲁迅晚年又陷入“不可挽回的虚无主义”的尖锐结论，捅破了《二心集》型话语形式是鲁迅最终、最佳选择的学术神话。

但作者也不无失察之处。如将《二心集》时期鲁迅“虽然笔锋依旧锐利，抨击依旧有力，但失去了幽默的底衬、气势也就弱了许多”的原因归咎于衰老、疾病，而没有看到这主要是偏执二极对立思维格式所致；又如，片面强调了鲁迅晚年的虚无，却没有同时强调鲁迅对虚无的殊死抗争。更值得商榷的是，作者将鲁迅1934年以后的文体误判为文思枯涩、文气衰竭。

病的缠绕，死的逼近，确实与鲁迅话语形式的转换有着某种深刻的联系；但这不等于说，这种联系一定呈正向度的同步——如同王晓明直线式地为我们所描述的；亦有可能表现为逆向度的对应。为了避免主观臆断，也为了更准确地呈示鲁迅晚年话语形式的特质，我又一次沉潜于三本“且介亭”杂文集中。自然，由于预设的视角规定，所读主要侧重于承载鲁迅文艺思想的那些篇章。

从《论“旧形式的采用”》《拿来主义》《〈木刻纪程〉小引》到《忆韦素园君》；从《〈中国新文学大系〉小说二集序》《田军作〈八月的乡村〉

1　王晓明《无法直面的人生——鲁迅传》，第229—230页。

序》《萧红作〈生死场〉序》《“题未定”草（六至九）》至《陀思妥夫斯基的事》；从《〈凯绥·珂勒惠支版画选集〉序目》《记苏联版画展览会》《白莽作〈孩儿塔〉序》《写于深夜里》至《〈苏联版画集〉序》《“这也是生活”》……我发见，正是由于与病魔的切身抗争、与死亡的近距离对视，正是由于病的提醒、死的激发，使鲁迅对生命存在的眷注，对人生意义的思索显得比任何时候都透彻、都紧切；使鲁迅文体中的生命感显得比任何时候都凝重、都深沉。不是吗？请读读那些惊心动魄的文字。其中确实留有病的迹象、死的阴影；但却鲜见王晓明所臆断的那种死的颓丧，而更多的却是生命力受遏后的勃郁冲动：

这一个月来，每天发热，发热中有时候记起了版画。我觉得这些作者，没有一个是潇洒，飘逸，伶俐，玲珑的。他们个个如广大的黑土的化身，有时简直显得笨重。有那一副不坚实，不恳切，或者是有取巧，弄乖的意思的呢？[1]

一转眼间，对面就是两界。“死”是世界上最出众的拳师，死亡是现社会最动人的悲剧，而这妇人则是全作品中最伟大的一人。

喝令的却是一个女人，从全体上洋溢着复仇的愤怒。她浑身是力，挥手顿足，不但令人看了就生勇往直前之心，还好像天上的云，也应声裂成片片。她的姿态，是所有名画中最有力量的女性的一个。[2]

---

1 参见《〈苏联版画集〉序》，文末写有“一九三六年六月二十三日，鲁迅述，许广平记”，《鲁迅全集》第 6 卷，北京：人民文学出版社 1981 年版，第 593 页。

2 《〈凯绥·珂勒惠支版画选集〉序目》，《鲁迅全集》第 6 卷，第 477、476 页。

熟识的墙壁，壁端的棱线，熟识的书堆，堆边的未订的画集，外面的进行着的夜，无穷的远方，无数的人们，都和我有关。我存在着，我在生活，我将生活下去，我开始觉得自己更切实了……[1]

凝神屏息地读着这一页页生命的“血书”，我不仅没有产生鲁迅文气衰竭的同感，却反而读出了作者生命激情的喷涌。正是这股生命激情，赋予鲁迅晚年话语形式一种有别于《二心集》文体的更深沉、更动人的力之美；也正是这股生命激情，使鲁迅的文思突奔纠葛，终于冲决明快畅直却不无偏狭的《二心集》形式渠道。

生存绝境，不仅激发了鲁迅反抗绝望的生命激情，而且一定程度上驱使鲁迅文艺思想的重心由认识论向人学倾斜。

以上分别从鲁迅的政治遭遇、美学个性、生命绝境等角度寻索鲁迅晚年批评文体转换的动因。耐人寻味的是，与鲁迅晚年话语形式的转换恰恰同步，“自 1933 年以后，他购读的文艺理论和哲学著作的重心已由马克思主义学说转向他早年重视的几位哲人身上”。[2]——感谢姚锡佩独辟蹊径，以鲁迅藏书为线索，钩沉考订，为我们提供了如此丰厚的实证！它不仅从又一角度印证了鲁迅晚年对苏式文论形式的反拨，而且有力地驳斥了鲁迅后期与尼采思想、尼采文风截然划清界限的臆断。

曾经有过那么一段时期，学界在涉及鲁迅与尼采等几位“敏感”的思

1 《“这也是生活”……》，《鲁迅全集》第 6 卷，第 601 页。

2 参阅姚锡佩《现代西方哲学在鲁迅藏书和创作中的反映》(下)，《鲁迅研究月刊》1994 年第 11 期。

想家的联系时，每每囿于前期批判吸取、最终抛弃的思维定势。试读以下两段文字：

> 鲁迅和尼采的彻底决裂是在三十年代以后。一九二九年在《致〈近代美术史潮论〉的读者诸君》中，他还把尼采和歌德、马克思并提，称他们为伟大人物，一九三〇年，在《硬译及文学的阶级性》一文中，他又因尼采的著作只有半部中文译本而深感遗憾。但是到一九三四年，鲁迅写《拿来主义》时，他对尼采的态度就有了非常明显的改变。他说："尼采就自诩过他是太阳，他发了疯。"第二年，在《〈新文学大系〉小说二集序》中，鲁迅又进一步分析了这个问题，指出尼采的超人哲学只有两条出路：一条是发狂和死，另一条是"收缩为虚无主义者……成为沙宁之徒，只好以一无所信为名，无所不为为实了"。鲁迅在这篇文章中不仅批判了尼采的思想，同时也批判了那种"彼此都不能解"的"格言式"的文章，这表明鲁迅和尼采思想上的决裂。[1]

> 作为伟大的马克思主义者的鲁迅，对尼采几乎无一赞辞，对其"超人"哲学，作了尖锐而又深刻的批判。至于尼采文章的风格，鲁迅在后期也是不感兴趣的。高长虹模仿尼采，鲁迅批评他"拟尼采样的彼此都不能解的格言式的文章"。又指出，"忠厚老实的读者或研究者，遇见有两种人的文章，他是会吃冤枉苦头的。一种，是古里古怪的诗和尼采式的短句，以及几年前的所谓未来派的作品"。尼采文字的晦涩，是出了名的。许多地方，

1　乐黛云《尼采与中国现代文学》，收入《比较文学与中国现代文学》，北京：北京大学出版社 1987 年版，第 101 页。

使人可作多种解释；不少处所，读者甚至难以捉摸作者的本意。鲁迅的评论，非常中肯。[1]

如果注意到所引两篇文章发表的时间尚是“抓纲治国”的年代，我们便不仅能原谅“彻底决裂”一类的泛阶级分析；同时也会对两位学者率先闯入禁区的胆识肃然起敬。

不能原谅的是，此后十余年间，尽管鲁迅直到晚年“对尼采还是深有感情的”——徐梵澄、增田涉等友人不无朦胧的印象、直觉早已公诸于世[2]；尽管尼采式“发挥主体作用，在客观描述中渗透着主观意识，却又始终贯串于鲁迅的一生”——唐弢星星点点的思想火花也早已划破研究盲区[3]；尽管“在三十年代中期，鲁迅又燃起阅读现代西方哲学的热情，特别是尼采的和存在主义的哲学著作”——姚锡佩切切实实的钩沉考订又为后来者提供了极有力的依据；但鲁迅晚年话语形式与尼采文体的深刻联系这一课题却依然鲜有研究者涉及，更不用说悉心辨析、探索了。以致至今犹能在鲁迅后期以日臻明快的文体取代了尼采式的晦涩一类的误读中，听到八十年代初期流行的“尼采文章的风格在鲁迅后期也是不感兴趣的”观点的回声。

1 陆耀东《试谈鲁迅评尼采》，收入李宗英、张梦阳编《六十年来鲁迅研究论文选》下卷，北京：中国社会科学出版社 1982 年版，第 614、616 页。

2 参阅徐梵澄《星花旧影——对鲁迅先生的一些回忆》，鲁迅博物馆鲁迅研究室编《鲁迅研究资料》(11)；［日］增田涉《鲁迅的印象》，长沙：湖南人民出版社 1980 年版。

3 唐弢还指出：“有人说，尼采对鲁迅的影响仅仅限于早期，特别是小说，对后期的杂文却什么影子也没有了。诚然，我已经说过，鲁迅对尼采的看法前后有所变化，他在杂文中，从启蒙主义的直接议论出发，比较强调理性原则，这一点也完全可以理解。但要说什么影子也没有，却不是实事求是的态度，不过他咀嚼得更细，消化得更透，思考得更为周详和缜密，那倒是实在的。”参见唐弢《一个应该大写的文学主体——鲁迅（代序）》，收入汪晖《反抗绝望——鲁迅的精神结构与〈呐喊〉〈彷徨〉研究》，上海：上海人民出版社 1991 年版，第 6、9 页。

所以误读，原因之一因着论者的断章取义或望文生义——如前引文章混淆尼采文体与尼采文体之变种的差异，忽略了紧接着“尼采式的短句”后另有“作者本来就是乱写，自己也不知道什么意思。但认真的读者却以为里面有深意”一句。[1] 后一句恰恰透露了鲁迅此处并非是在批评尼采文风，而是在抨击那些拾得尼采文体皮相者。因为，鲁迅显然不会判尼采的文字无深意。原因之二，便是由于鲁迅有时确曾理念地试图与尼采保持一定的距离，也确曾随机性地对尼采有微词，一斑难以窥全豹，然而，某些研究者却过于“敏锐”地从那些“微词”中读出了“大义”。

事实上，鲁迅与尼采思想、尼采文体的联系远比某些研究者臆断的要深刻得多。它是“那样地扎根于鲁迅本来的性情和气质上的”，增田涉的体悟一语道破。并非鲁迅被动地接受了尼采的影响，而是鲁迅主动地藉尼采思想“激活”自身潜藏的同质因素。

这便解释了，何以当鲁迅有意逸出苏式文体框架的拘束时，阅读重心会重新倾向尼采等西哲著作。与其说这是又一次对“他者”话语的依附，不如说是鲁迅试图借助尼采等西哲的提示，寻找、强化与尼采部分契合的“自己”。

以下描述鲁迅晚年批评文体的转换并兼及鲁迅对尼采文体的遥感。

三

“在一切著作中，吾最爱者，惟用血写之著作。”尼采如是说。“血书”

1 《寻开心》，《鲁迅全集》第 6 卷，第 270 页。

者，谓文本中活的感性、意志、直觉的渗透，谓血性的自由的生命的注入。尼采以此强调文学、美学与人生的血肉联系；以此作为对一切缺乏生命感的形而上学的挑战。

如果滤去尼采美学范畴中血性与理性绝然对立的涵义，那么，“血书”恰可用以概括鲁迅晚年批评文体的某种特质。

诚然，鲁迅说过，“尼采爱看血写的书。但我想，血写的文章，怕未必有罢。文章总是墨写的，血写的倒不过是血迹”。——这句话曾被“无一赞辞”的论者引申为：“尼采的思想，是唯心主义的，思想方法是形而上学的，他好作耸人听闻的脱离实际的极端化的文字。鲁迅的批评，正是抓住了尼采的这一特点的”[1]；但翻开原著，上述引文后鲁迅分明还如是说：“它比文章自然更惊心动魄，更直截分明，然而容易变色，容易消磨。这一点就要任凭文字逞能……能不写自然更快活，倘非写不可，我想，就是随便写写罢，横竖也只是如此。这些都应该和时光一同消逝，假使会比血迹永远鲜活，也只是证明文人是侥幸者，是乖角儿。但真的血写的书，当然不在此例。”[2]显然，鲁迅笔下的“血书”包含了两种内涵指向，“鲁迅否定血书”论者偷换了概念。

恰如他的同时代人所敏感的，鲁迅的著作便是“真的血写的书”：“这都是他的灵魂，他的精神，替我们青年开了路，负担了人类的罪恶。在那些书本上的字里行间，残留着鲜红的血迹和模糊的泪痕”[3]；鲁迅的现实主义“不是冷血的”，他的著述有一个大的特点，“那就是把‘心’‘力’完全结

1 陆耀东《试谈鲁迅评尼采》，收入《六十年来鲁迅研究论文选》下卷，第616页。
2 《怎么写》，《鲁迅全集》第4卷，第19、20页。
3 刘大杰《鲁迅与写实主义》，收入《六十年来鲁迅研究论文选》上卷，第196页。

合在一起。他笔尖底墨滴里面渗和着他的血液”[1]……

“血书”不仅是鲁迅语言气质的投射，更是他将文学创作、文学批评视作一种生命活动的表征。尽管《二心集》时期，未能内化为生命机能的苏式体系硬壳一度压抑了感性个体的切身体验；但，这只是一时的。鲁迅血性热烈的语言气质、那与生命合一的文学观，终将引领他突破理性硬壳。因而，与其说是此时购读的尼采、克尔凯郭尔等西哲著作中对科学理性的尖锐否弃态度影响了鲁迅；不如说是突破既定理性硬壳的需求驱使鲁迅将目光投向了尼采、克尔凯郭尔。鲁迅没有一面倒地倾向非理性主义，他对理性不过是一堆僵硬的石头、辩证法不过是贫血的表现一类的偏颇作了“改译”。

理性不应是僵硬的石头，辩证法不应是贫血的表现。于是，在鲁迅晚年的文艺思想中，“血书”首先便体现为以其思想的血肉性，撞击、消解理性的硬质。

他不仅更急切地呼唤创作应成为“血书”：“作者的心血”应与反映的对象“搅成一团，鲜红的在读者面前展开”，创作应“是那全部作品中的真实的生活，生龙活虎的战斗与跳动着的脉搏，思想和热情”相搏相拥的结晶——试图藉血性的情热、体验、直觉，消融普洛文学口号先天的僵硬；不仅更集中地呼唤创作应表现生命力之美，自觉非自觉地以生命力的觉醒、激扬、勃发，反抗死亡、虚无、教条等一切对生命的羁束；而且对既定理论作直接闪击。

他拒绝再将鲜活的人生诸相生硬地朝某种先行观念中阐引：倘

1 《胡风论鲁迅》，郑州：黄河文艺出版社 1985 年版，第 8、9 页。

若“连一个西瓜也不肯主张平平常常的吃下去”，也得朝“最中心之主题”——“国防”提升[1]，这样的“理性”岂非太绝对！他对科学的“普遍有效性”进行质疑：“敢请‘前进’的文学家和‘战斗’的勇士们不要生气”，那个复仇的“女吊”，虽“不合于科学”的知性标尺，但若以文学的情调性感悟度之，难道不比任何概念性的“复仇”更美、更强？[2]

透过以上的描述，依稀可辨，在晚年鲁迅的心灵深处，似乎潜伏着某种“以流血的头撞击绝对理性铁门”的冲动。不是吗？从姚锡佩揭示的鲁迅晚年对舍斯托夫著作的钟情中，隐隐暗示着这一遥感。

很难辨明，究竟是由认识论向人学内容的倾斜，助成了鲁迅晚年话语形式的“血书”意味；抑或是“血书”的形式使所承载的鲁迅晚年文艺思想更具生命感。内容与载体的契合那么天衣无缝！以至于下面我们从文体层面描述鲁迅晚年话语形式中的“血书”蕴涵时，依然可以发现形式下渗透的人学底蕴。

与鲁迅晚年文艺思想的“血书”内容相契，他的语言形式也充满了“血书”意蕴。它特别注重独异的个人生命体验，更多地从感性个体的内在感受出发去拥抱对象。以心度心，以血试血。

很难想象，倘若没有“感得全人间世，而同时又领会天国之极乐和地狱之大苦恼”的情怀，鲁迅能如此迅即地穿透珂勒惠支作品描线的纠葛、“形式的阴暗”，近乎直觉地凸显那“一切‘被侮辱和被损害的’母亲的心的图像”；很难想象，倘若不凭藉自身死的抗争、生的挣扎的体验，他能如此简练地略去理性的推导、逻辑的切割，而浑然整体地呈示出沉钟

1 《“这也是生活”》，《鲁迅全集》第 6 卷，第 617 页。

2 《女吊》，《鲁迅全集》第 6 卷，第 602、603 页。

社那“死也得在水底里用自己的脚敲出洪大的钟声”的艺术精神[1]；“战士的日常生活，是并不全部可歌可泣的，然而又无不和可歌可泣之部相关联”——鲁迅的这一哲思正是由日常场景与感性物象中顿悟；而那对陀思妥耶夫斯基鞭鞭见血的“精神底苦刑”的评述，也正是因着主体的感同身受，因着鲁迅与陀思妥耶夫斯基两颗巨魂遥感地颤栗，而超越了一般意义上的理性归纳，俨然“血书”。

如上所述，鲁迅晚年文艺思想、文学批评的基本把握方式——体验，是一种综合的近乎直觉的反应能力。与认识方式局部交叉，它也包含了透视力与判断力；然而，因着它与生命存在本身的切近，较之指向身外空间的认识，似更能直接地透视或呼应生命的震颤。

如同鲁迅的体验方式中，并不排除透视力与判断力；他晚年文艺思想、文学批评的基本表达式——情感性言说，也并不意味着摈弃思想。

诗性主体投射到现象世界中去的方式每每是情感的方式，鲁迅也不例外。细察他晚年文艺思想的萌生，与其说是理性凝冻的产物，不如说是情感蒸腾的结晶——思想由情感而生发，然后又返回情感。

如是呈示纯粹是为了清晰化而不得已采用了“慢镜头”。实质上，鲁迅晚年文艺思想的构成，已分不清什么是情感，什么是思想。它是一种哲理化了的情绪本体；或者说，是一种本能化、感官化了的思想。独异的个人气质，复杂的生命内蕴，使其有别于《二心集》表达式的清浅畅直；而更像是流动着的雄浑凝重的钢水。它奔迸着热烈的激情，凝聚着沉实的独立思考的分量；摈弃了液状的轻浮，也不再有金属的僵硬。它既是理念的

1 《〈中国新文学大系〉小说二集序》,《鲁迅全集》第 6 卷，第 243、244 页。

“思想性”的沉潜；也意味着对一切“冷评气息”、“零度风格”的反拨，对片面追求“静穆”极境的拒绝。其中最具魅力的，是那种超技艺的、心灵深处最直接的生命涌动。

这种不驯的血性的生命力量，注定会与《二心集》时期所取的苏式体系框架冲突。于是，我们的视点便也自然由对鲁迅晚年语言精神的关注而移至考察它的文体结构。

如果说“血书”可谓鲁迅晚年批评文体之魂；那么，“非体系”则是鲁迅晚年批评文体的结构形式。若是注意到这一结构形式与由体系化转向非体系化的现代西方批评形式演进轨迹的不谋而合；注意到它与尼采、克尔凯郭尔否定构造体系的人生美学立场的相契；那么，我们便不会轻率地将它仅仅归结于鲁迅不擅系统思维这一个人性原因，还可能联想到似乎兼有“不屑”这一颇耐人寻味的因素。[1]

《二心集》时期，鲁迅一度借助阶级斗争铁的逻辑，试图将思想与信仰统一起来，形成一个囊括一切的综合。这种求一统的思维直至晚年还依稀留有痕迹。如《陀思妥夫斯基的事》一文，明明围绕的是拷问灵魂这一命题，明明激赏的是陀氏作品中那种伟大的类宗教的文学精神；然而，在《且介亭杂文二集·后记》中，却偏偏将它归结为“我在这里，说明着被压迫者对于压迫者，不是奴隶，就是敌人，决不能成为朋友，所以彼此的道德，并不相同”[2]。所以舍本求末，只能归之于阶级斗争逻辑铁索的牵引，归之于对苏式体系的依附。

---

1 尼采、克尔凯郭尔之所以否定体系，是因体系与个人生气勃勃的自由思想不相容，因其“传播一种最丑恶的一致性”。

2 《且介亭杂文二集·后记》，《鲁迅全集》第 6 卷，第 451 页。

所幸的是，在鲁迅晚年话语形式中，上述现象已越来越少见。他不再勉力撰写系统、严密的苏式论文以坐实既成观念，而宁取松散、超迈的格言、断想、印象批评体，表达自己的情思睿识。这是美感定势的复归，抑或还有形式外的意味？与前期不同，此时中国左翼文坛上毕竟已舶来了大而全的苏式体系宫殿。不像同时代左翼理论家那样引经据典、坐享其成；偏从体系宫殿中走出，藉格言、断想、印象批评体以保持自己自由的精神空间，这难道能说是纯属偶然？

是的，与其为求一统而牺牲切身的体验，牺牲独立的思考、探索；与其为求“普遍，永久，完全”而滤干思想的血肉，抑制心灵深处的生命涌动；不如拒绝对既定体系的依附，放弃构筑体系的奢愿，而如其本然地将思想播撒于情感链、生命链上。——这便是鲁迅“非体系”选择的动因。

前文曾论及，是苏式理论体系的统一，二级对立模式的单纯，知性分析法的简明，派生出《二心集》时期鲁迅语言的确定性与鲜明性。故而，一旦鲁迅从体系宫殿中走出，一旦他更多地借重体验，更多地采取情感性言说的方式，其语言的变换自然也是顺理成章的了。

我们可以以“诗性”一词界定鲁迅晚年文艺思想、文学批评的语言特征。需要强调的是，“诗性”在此绝不等同于用美文的辞藻掩饰思想的贫乏，更有别于出自“政治留声机”中的革命罗曼谛克式的抒情、煽情。它既是鲁迅晚年那颇具张力的人本主义眷注与科学主义思考的诗美延伸，又可视作他对《二心集》型批评文体确定、明快特征的语言反拨。

苏式文体惯于用一般的哲学的（甚至政治学的）语言来把握文学现象。它长于阐明社会对文学的制约、文学的政治功能、阶级功能等普泛性命题，却疏于揭示文学的特殊规律，更拙于洞幽艺术中生命的奥秘。加之它“在很大程度上也是政治的代替品，完全确定的倾向的传播者”[1]，便导致文学仅仅沦为既成哲学的形象注释，文艺思想也止于印证“完全确定的倾向”的逻辑必然。

这便解释了，何以当瞿秋白等左翼理论家程式地将形象化的文学语言“翻译”成哲学化、政治化的语言时，每每失之简化、空疏；这也透露了何以鲁迅晚年要舍弃《二心集》语言的明快，许是因着他不愿因此而牺牲了对象世界的鲜活丰富、浑涵幽深。

是的，《二心集》语言的明快、确定，一定程度上是以迁就现成的苏式符号系统，过滤思维中那些难以被容纳的特质为代价的。在它看似清晰有序的背后，恰恰隐藏着对不可知区间的回避，对无序因素的含混。

正是在上述背景下，我们理解了鲁迅晚年语言形式中那诗性的超常、晦涩、含混。并非如王晓明臆断的因缺乏生命力的润滑油而造成“涩的感觉”；相反，一定意义上正是因着生命力的奔涌不羁，致使鲁迅“不安分”地超越了既定视角，从而面对了一个难于言说——至少不能用现成的苏式文论话语去领会、去表达的领域。

在那里，过于普泛的概念只会使对象落入“一般性”的窠臼；过于流畅的倾诉只可能淹没对象的特质。要摆脱流行话语的定势，要使那难以言说的变得可以言说，唯有选择诗性语言。而“诗”之所以不等同于“流行曲”，很大程度上正是得力于语言的超常、“越规”。于是，在鲁迅笔下便出现了《陀思妥夫斯基的事》中的“拷问”；出现了《再论“文人相轻”》中的“拥抱”——恰像赫尔库来斯的紧抱了巨人安太乌斯一样，“热烈地拥抱

1 ［苏］卢那察尔斯基《关于艺术的对话——卢那察尔斯基美学文选》，北京：三联书店 1991 年版，第 303 页。

着所憎”；出现了《〈凯绥·珂勒惠支版画选集〉序目》那逼人的“力的阴郁”；出现了《田军作〈八月的乡村〉序》中那夺目地在读者眼前展开的、搅成一团的“鲜红”……

上述引文之所以独具魅力，很大程度上正是凭藉着语词的“越规”与语词的常规之间的相互作用所构成的诗的组合：鲁迅有意触犯规范语言，有意使某些语词超常、凸显，以便最大限度地突出对象的特质。

在鲁迅晚年的话语形式中，不仅常因语词的越规令人感到拗口；而且每每以语句的一波三折，加重了涩的感觉。在那里，越来越少有观念的先定、“毋庸置疑”；也越来越忌讳非此即彼的裁断、一锤定音。对象世界是那么的浑涵幽深，以至于为完整地呈现它的底蕴，鲁迅不得不那么频繁地凭藉“然而”、“倘若”、“或者”、“却”，以便多向度地深掘下去。试读鲁迅对向培良文本的批评：

的确，作者向我们叙述着他的心灵所听到的时间的足音，有些是借了儿童时代的天真的爱和憎，有些是借着羁旅时候的寂寞的闻和见，然而他并不“拙笨”，却也不矫揉造作，只如熟人相对，娓娓而谈，使我们在不甚操心的倾听中，感到一种生活的色相。但是，作者的内心是热烈的，倘不热烈，也就不能这么平静的娓娓而谈了，所以他虽然间或休息于过去的“已经失去的童心”中，却终于爱了现在的“在强有力的憎恶后面，发现更强有力的爱”的“虚无的反抗者”，向我们绍介了强有力的《我离开十字街头》。

在这里听到了尼采声，正是狂飙社的进军的鼓角。尼采教人们准备着“超人”的出现，倘不出现，那准备便是空虚。但尼采却自有其下场之法的：发狂和死。否则，就不免安于空虚，或者反抗这空虚，即使在孤独中毫无“末人”的希求温暖的心，也不过蔑视一切权威，收缩而为虚无主义者（Nihilist）。巴札罗夫（Bazarov）是相信科学的；他为医术而死，一到所蔑视的并非科学的权威而是科学本身，那就成为沙宁（Sanin）之徒，只好以一无所信为名，无所不为为实了。但狂飙社却似乎仅止于“虚无的反抗”，不久就散了队。现在所遗留的，就只有向培良的这响亮的战叫，说明着半绥惠略夫（Sheveriov）式的“憎恶”的前途。[1]

这类语式在鲁迅晚年批评文体中极为典型。频繁使用的转折句，多半源自思想的多元；而那语言的张力，则分明出自思想者与语言的相搏相拥：鲁迅既努力阐释难以阐释者，扩张而收缩地开掘着研究对象多元的意蕴；又不愿它囿于简单化的概念，竭力从语言捆缚中挣扎出。

鲁迅有意含混地呈示，后人却偏偏一厢情愿地予以抽纯，说什么这里“揭露了尼采哲学的危害”。如是便为我们提供了一个苏式理性裁断的版本。较之鲁迅诗性呈示的表达式，一个可谓冷冰冰的宣判，一个却是惨痛热烈的歌哭。而更要紧的是，一旦滤去了鲁迅有意为之的诗性含混，则不仅失却了诗的魅力；同时，原著中那保持着毛茸茸的生命感的研究对象也顿时变得似是而非，被榨制成干瘪的反面人物标本。两相对照，恰恰印证了在文学世界中，诗性呈示较之非此即彼式的理性裁断更逼近真实。

借助“然而”、“倘若”一类词语的提示，我们不仅能读出鲁迅伴随着研究对象左冲右突地探索人生的轨迹（“虚无的反抗”、“半绥惠略夫式的‘憎恶’”未尝不是鲁迅思想的写照，但鲁迅终于超越了研究对象，他没有

1 《〈中国新文学大系〉小说二集序》，《鲁迅全集》第6卷，第253、254页。

止于“虚无的反抗”，同时，他更不懈地反抗虚无）；而且还能发现鲁迅每每化身为二、化身为三，在矛盾悖反中展开双向乃至多向的论辩。以其诗性的驳杂含混，置换了《二心集》时期非此即彼式的明快。

在鲁迅晚年文艺思想中，象征的运用也促成了语言诗性的含混。象征在鲁迅晚年批评文体中的意义不可低估：它涵括整体，避免了逻辑分割的破碎；它包孕多义，杜绝了思想的褊狭；它的表象高度凝聚，替代了概念的抽象功能；它的内蕴又无比深远，超逸了概念的局限、封闭；因其模糊，便于把握文学领域独具的复杂性与丰富性；因其形象，又适于保留艺术世界本有的鲜活与灵性。

需要强调的是，更多的场合，象征在鲁迅晚年文艺思想中并不满足于对应现成观念，传递无须破译的明码信息——如“这是东方的微光，是林中的响箭，是冬末的萌芽，是进军的第一步，是对于前驱者的爱的大纛，也是对于摧残者的憎的丰碑”一类意义裸露的譬喻；如同尼采所称的“骑在象征上驰向一切真理”，它更多地指向未知，费尽心力寻索着躲在既成观念外的秘密，呈示那深刻的无序。故而，它已不止是单纯的修辞；而已成了兼具哲学意义的别一种认识方式、表达方式。

鲁迅晚年批评文体的“血书”化、非体系、诗性含混诸特征与《二心集》型批评文体的理论化、体系化、逻辑明快特征适成对照。凝神观照，两种话语形式上依稀可见呐喊与彷徨、确信与困惑、主流中心与边缘独立、科学主义与人本主义等一系列深刻对峙背景的交叉投影；再深究下去，或许还能透露出现实关怀与遥深眷注把握方式的不相容。正是因着这不相容的眷注，致使鲁迅文艺思想的形式载体也历经了诗性言说——理性演绎——诗性言说的转折。

与其说这是“终于兜回原处”，证明着鲁迅毕生语体寻索连同其承载的思想探求的徒劳无益；不如说这一波三折恰似老黑格尔所谓的三个回旋，迂回曲折中不仅达臻了否定之否定的深化，更为后来者提供了多向发展的诸种契机。尽管由于鲁迅的去世，晚年批评文体遂成终端性呈示，但因着上述理解，我们依然无意将它视作“极境”。

鲁迅最终未能使他那充满悖论矛盾的文艺思想的异质构成消融通贯；最终未能使他独异的话语形式与所接受的既定理论规范趋达同一；但不要责备鲁迅在传播了“完全确定的倾向”之余又为我们预示了文艺思想流向的多种可能性，不要责备鲁迅不热衷提供现成答案反而在毋庸置疑的结论处添加疑问，一定意义上，正是因着鲁迅文艺思想中那不断深化的追问，日趋多元的择取，以及那开放的矛盾结构，幽深的生命底蕴，引领我们更深刻、更宏阔地思索。

原载《鲁迅研究月刊》1997年第3期

拥抱两极：鲁迅与托洛茨基、「拉普」文艺思想

一

本文拟以鲁迅《〈奔流〉编校后记》中的重要见解为突破口，沿着鲁迅在后记中写下的那个“耐人寻味”的问号，深入研究鲁迅在“偏重文艺”与“偏重阶级”两种文艺思想深刻对峙中交互偏侧、竭力拥抱两极的选择。

1928年8月，鲁迅校毕《文艺政策》后写下了这样一段话：

托罗兹基是博学的，又以雄辩著名，所以他的演说，恰如狂涛，声势浩大，喷沫四飞。但那结末的豫想，其实是太过于理想底的——据我个人的意见。因为那问题的成立，几乎是并非提出而是袭来，不在将来而在当面。文艺应否受党的严紧的指导的问题，我们且不问；我觉得耐人寻味的，是在“那巴斯图”派因怕主义变质而主严，托罗兹基因文艺不能孤生而主宽的问题。许多言辞，其实不过是装饰的枝叶。这问题看去虽然简单，但

倘以文艺为政治斗争的一翼的时候，是很不容易解决的。[1]

多年来，这段话曾被频繁援引，作为论证鲁迅摈弃托洛茨基无产阶级文学观影响的论据。由于对这段话中几个关键性词语的理解不够准确，致使所推导出的结论往往似是而非。

在许怀中那本选题上不无开拓性意义的论著《鲁迅与文艺思潮流派》中，对这段话的阐释如下：

托洛茨基讲演结末的“豫想”，是指社会主义社会阶级斗争紧张，无法创作无产阶级文艺，无产阶级文艺只有将来才能创造出来，不在党内而在国内。鲁迅对此是有保留的。认为“太过于理想”。如果从“文艺为政治斗争的一翼”观点看，文艺必须和现实斗争发生联系，托洛茨基的“豫想”是不容易解决的。[2]

许文对“托洛茨基演讲结末的豫想”的阐释显然不够确切。细察原文，托洛斯基在演说结尾，把他的“豫想”表达得十分清楚：“那豫想，是怎样的呢？基本底的豫想——便是教育，文明，劳动通信，电影的发达，渐次底的生活的改造，文化的高扬”，通过这些措施，“提高劳动大众的普通的，政治底的，学术底的——读书力”。[3] 换言之，也即“努力提高劳动阶级文化水平线”。

1 《〈奔流〉编校后记》，《鲁迅全集》第 7 卷，北京：人民文学出版社 1981 年版，第 165 页。
2 许怀中《鲁迅与文艺思潮流派》，长沙：湖南人民出版社 1985 年版，第 232 页。
3 《文艺政策·托罗兹基的意见》，《鲁迅全集》第 17 卷，北京：人民文学出版社 1973 年版，第 555、556 页。

如果说，上述含混尚属无关紧要；那么许文对鲁迅文章中所称“很不容易解决的”“这问题”的错误理解则使作者遮蔽了一个意味极其深长的问题。鲁迅所称“很不容易解决的”“这问题”究竟何所指，我认为，并非如许文中理解的是指“托洛茨基的‘豫想’”，而是指“‘那巴斯图’派因怕主义变质而主严，托罗兹基因文艺不能孤生而主宽的问题”。诚如鲁迅所说，这是一个耐人寻味的问题。它是鲁迅在认识了托洛茨基关于现阶段党在文学和文化上的根本任务不在于创立无产阶级文化、而在于努力提高劳动阶级文化水平线这一“豫想”太过于理想，认识了创建无产阶级文学这一课题已当面袭来不可回避后，紧随着敏感到的新的问题。

许怀中的论著在阐释上述那段话时，虽然出现了一些疏漏，但并没有以此为依据，割断此后鲁迅与托洛茨基文艺思想的联系；而某些学者却不无绝对地将这段话视作鲁迅与托洛茨基文艺思想一刀两断的标志。

在一本题为《马克思主义文艺理论发展史》的教科书中，撰稿者下了这样的断语：“1928 年 8 月 11 日，鲁迅为《奔流》1 卷 3 期写的编校后记中，第一次批评托洛茨基根本否定无产阶级文化，鼓吹全盘承受资产阶级文化，并从而发展为‘人的文化’的观点‘是太过于理想底的’。1919 年 2 月至 4 月，鲁迅两次介绍和赞扬日本片上伸肯定苏联无产阶级艺术的存在和批评托洛茨基否定无产阶级文化的错误观点的文章……这些文章和翻译活动，表明鲁迅终于在对无产阶级文艺问题的认识上彻底清除了托洛茨基的某些影响。”[1]

不长的篇幅中，却多次运用了“彻底清除”、“完全清除”一类词语。

1　参见吕德申主编《马克思主义文艺理论发展史》，北京：高等教育出版社 1990 年版，第 447—448 页。所引一节系闵开德撰写。

在教科书撰稿者的心目中，鲁迅文艺思想的多元取向不言而喻有损书中树立的“无产阶级党性原则的自觉捍卫者”这一形象；托洛茨基文艺思想对鲁迅的影响毋庸置疑是消极的。因而，急不可待地在鲁迅打上问号的地方，打上了一个自以为圆满的句号。

按照某种思维定式，一切至此似乎已顺理成章：既然鲁迅已一劳永逸地接受了无产阶级文学这一口号，那么这还不意味着鲁迅对托洛茨基文艺思想“最终的抛弃”吗？

然而，鲁迅在那段文章中提醒我们了，问题并不像看去那么简单。对于创造社、太阳社成员而言，无产阶级这个名词也许只是一个套语，“他们一把这个标签贴上去，就以为问题已经解决了”；而对于鲁迅，接受无产阶级文学这一口号则并不意味着探索的结束，而恰恰意味着探索的开始：如何创建无产阶级文学？文学与阶级如何联姻？政治负载与审美本性如何调和？一系列的思考接踵而至。

在这个问题上，苏俄论战的各方都没有给鲁迅提供一个全面的完整的答案——“拉普”因怕主义变质故在政治规定性上主严，在文学审美品性上主宽；托洛茨基因文艺不能孤生故在政治规定性上主宽，在文学审美品性上主严。两派在“无产阶级文学”一词上各执一端，互有偏重。一定意义上说，这是两个“深刻的片面”，顾此失彼，“很不容易解决”，故而鲁迅在这里留下了一个意味深长的问号。[1]

正是这个问号提示我们，面对着苏俄文艺论战中的各方，鲁迅并没有

1 这其实是“无产阶级文学”先天的深刻矛盾。尽管托洛茨基、布哈林、卢那察尔斯基等理论家也参与探讨；后来，俄共中央还专门成立了以伏龙芝为首的文学委员会，负责起草一份名为《党的文艺政策》的决议，试图调和矛盾、统一思想，但决议在创立无产阶级文学这一最核心的问题上仍莫衷一是。

在二元对立中做非此即彼的取舍，而是勉为其难地试图使这两种互不相容的观点互促互补，通过这两个“深刻的片面”，趋近于对无产阶级文学的完整把握。

二

在深入探讨鲁迅的无产阶级文学观之前，有一个症结首先不应绕开：为苏俄论战双方论争不休的“无产阶级文学”其内涵究竟是什么？双方究竟是在何种意义上使用它的？如果研究者不能确认它的特定的语义指向，而妄加论述，便会陷入思维的混乱。因为“无产阶级文学”这类概念并非自然科学术语，它不具有始终如一的明确的指向。恰如托洛茨基所指出的：

“无产阶级文化”，“无产阶级艺术”等，十回中有三回是无批评地用来表示将来的共产主义社会底文化和艺术，十回中有两回是用来表示无产阶级中有些特别的群体，正在获得它以前的文化底分离元素这种事实，最后，十回中有五回，代表一丛概念与字眼，人从其中找不出头或尾。[1]

指出了苏俄文艺理论中不无含混地交叉使用的无产阶级文学的三个定义域后，托洛茨基表示不同意“拉普”等无产阶级文学团体在第二种意义上轻易使用这个名词；不赞成“赋予‘无产阶级文化’这个用语以原来意义上的广泛含意”——将它的外延范围延伸到“向社会主义的过渡时期——改

1 ［苏］托洛茨基《文学与革命》，上海：北新书局 1928 年版，第 264 页。

造资产阶级世界的二十年、三十年、五十年的时间”所创作的文学上[1]；而倾向于把无产阶级文学与共产主义社会（意即社会主义社会——笔者）的文学等同。但托洛茨基认为，与其将这称作无产阶级文学，不如称作无产阶级理想的文学更准确。鉴于那一时期阶级特征已日趋消解，他不容混淆地强调说：“那有充分价值的文化和艺术收获，是社会主义的收获，而不是‘无产阶级的’收获。”

托洛茨基所以执守无产阶级文学的第一个定义域，而否定其他界说理由大致有三：其一，无产阶级文学应是“在我们所讲的资产阶级艺术不可比拟的重要意义上成立的”，应是“发达的、内在和谐的文学”。就这个意义而言，他认为那些艺术上幼稚粗糙的作品“是政治的东西，而不是文学的东西”。其二，无产阶级文学的“地位是在历史前进的后方”，因为“艺术创作在本质上是比其他表现人的精神的方法更迟出现的，要表现一个阶级的精神更不用说”。其三，“艺术应当靠自己的双脚走出路子来”，人为地超前地发起无产阶级文学运动显然是缺乏对于艺术这个人类创作的特殊领域的理解。[2]很明显，托洛茨基倡导的不是无产阶级文学的自觉，而是文学在无产阶级革命时期、在社会主义建设时期遵循艺术规律的自然的发展。

与托洛茨基“对待文学，就应当有像对待文学、对待人类创作的完全特殊的领域的样子”的观点针锋相对，“拉普”直截了当地宣称：“必须从

1 《“拉普”资料汇编》（上），北京：中国社会科学出版社 1981 年版，第 159 页；又见鲁迅译《文艺政策·托罗兹基的意见》一节，《鲁迅全集》第 17 卷，北京：人民文学出版社 1973 年版，第 528—558 页。

2 《“拉普”资料汇编》（上），第 145、146、156 页；又见鲁迅译《文艺政策·托罗兹基的意见》一节，《鲁迅全集》第 17 卷，北京：人民文学出版社 1973 年版，第 528—558 页。

纯政治的角度来看待文艺问题”。他们因此确认“无产阶级中有些特别的群体”在无产阶级革命时期、在向社会主义的过渡时期所创作的直接服务于无产阶级政治的“左翼文学”、“革命文学”即无产阶级文学。在他们的观念中，无产阶级文学首先必须具有鲜明的阶级性与党性，它是无产阶级意识或主观意志的自觉体现，是“阶级斗争的强大武器”。[1]

如果说，托洛茨基对无产阶级文学的思考更多地偏重于它的严格的文学意义，那么，“拉普”则毫不隐讳，所以高扬无产阶级文学这一旗帜，并非着眼于文学意义，而是着眼于它的政治意义。历史地看，其实也只有这一内涵指向才是具体可感的。如苏联的十月革命文学、国内战争与国民经济恢复时期的文学，中国三十年代的左翼文学、四十年代中期至五六十年代的为工农兵文学乃至“文革”时期放大了它的局限的“高大全”文学……至于它的第一种、第三种界说，在将它理想化或泛化的过程中实质上便已名存实亡了。

如上所述，无产阶级文学如果真能成立，那么，它只能是非常政治化的。在政治范畴上，所谓“资产阶级文学”总不是“无产阶级文学”的对手；但在艺术范畴上，“拉普”之流所高扬的“无产阶级文学”是否已“在我们所讲的资产阶级艺术不可比拟的重要意义上”成立了呢？于是两难。

显然，在与创造社、太阳社论争中，鲁迅所使用的无产阶级文学这一概念其定义域时有位移。在论争前期，当鲁迅怀疑现阶段创建中国无产文学的可能性时，他意中的无产阶级文学即托洛茨基执守的严格的文学意义

1　参阅《“拉普”资料汇编》(上)，第131、162、170页。

的无产阶级文学，鲁迅曾一度在其前冠以“真正”二字，以免淆混；而到了论争后期，当他称创建无产文学“那问题的成立，几乎是并非提出而是袭来，不在将来而在当面”时，实质上他已放宽了尺度，认同了“拉普”的无产阶级文学所指——承认直接服务于无产阶级政治革命的“左翼文学”、“革命文学”属于无产阶级文学。

此处，便涉及了这样一个问题：鲁迅是否受过“拉普”文艺思想的影响？海内外曾有这么一种说法：当时中国作家信奉的，一是苏俄的“拉普”与日本的普罗文艺（如后期的创造社成员、太阳社诸人），二是普列汉诺夫、托洛茨基、卢那察尔斯基等人的学说（如鲁迅、冯雪峰以及未名社诸人）。[1] 这一说法粗线条地勾勒出鲁迅与创造社、太阳社成员不同的接受取向，相对而言，是正确的。确实，在中国“革命文学”论争与苏俄文艺论战之间，在创造社、太阳社与“拉普”之间，存在着对应关系，难说鲁迅心理上对唯我是无产阶级的“拉普”没有一种反感；确实，鲁迅对于“拉普”文艺思想更多地不是在与自己思想的契合点上而是在与自己思想的差异点上展开思索；但如果把这一概括绝对化，像某些研究者那样，认为鲁迅始终对“拉普”理论“颇为反感”，便失之于机械了。

且不论鲁迅曾接受“拉普”提出的“作家无产阶级化”的主张；且不论鲁迅曾拿来“拉普”的“活人论”；重要的是当鲁迅终于作出了“偏重

1 匹柯维茨认为，“成仿吾，蒋光慈等一些浪漫主义的老战士和钱杏邨、郑伯奇、冯乃超等年轻的浪漫主义者，不但生硬地接受了俄国关于无产阶级文化运动讨论的影响，而且还受到了日本无产阶级文化运动的影响”。“鲁迅，及其追随者柔石，白莽，冯雪峰等人。他们所研究的传统，无疑是普列汉诺夫，托洛茨基，以及后来的卢那察尔斯基的‘非无产阶级’的文学传统。”参阅匹柯维茨《瞿秋白对“五四”一代的批评》，贾植芳主编《中国现代文学主潮》，上海：复旦大学出版社 1990 年版，第 188 页；陈思和《中国新文学整体观》，上海：上海文艺出版社 1987 年版，第 83 页。

阶级”的选择，使文学成为“政治斗争的一翼”时，也即意味着一定程度上对“拉普”的“从属论”、“工具论”的认同。

众所周知，鲁迅的无产阶级文学观的转变深受日本学者片上伸的影响，在鲁迅翻译的《现代新兴文学的诸问题》一文中，片上伸综合论述了“拉普”与托洛茨基关于无产阶级文学的论争，否定了托洛茨基的无产阶级文化取消论，循着“拉普”的思路他作出这样一个推论：

倘若无产阶级的文化，不仅从无产阶级的存续期间这一点说，另从那本身所有的特殊性质，即从无产阶级斗争的意志的表现这一点看来，也不独使其成立为可能，而且为不可避，则无产阶级文学的成工，也就成为分明是可能，而且不可避的事了。[1]

鲁迅曾多次阐述了类似观点，连某些语词也近乎相同，可见鲁迅接受了这一推论。

正是这一接受提示我们：鲁迅之所以会从倾向托洛茨基决定论的天平一极向“拉普”能动论那一极倾斜，之所以会转而赞同在中国发起无产阶级文学运动，除了如同一些研究者所指出的因为诸种政治的、社会的或阶级的、民族的外力因素的催迫外，还应注意到鲁迅先在的斗士气质、先在的重主观能动的内驱力与“拉普”的阶级意志表现说、“拉普”的能动论的契合。

长时期以来，学术界对阶级意志表现说在“拉普”与创造社、太阳社

---

1 《现代新兴文学的诸问题》，《鲁迅全集》第 17 卷，北京：人民文学出版社 1973 年版，第 200 页。

之间的遥相呼应给予了充分关注；却对“拉普”与鲁迅之间同样存在的潜在契合视而不见。所以会造成这一“盲点”，是由于这是一种局部的重叠。对于鲁迅而言，倡导无产阶级文学，固然首先是着眼于政治意义的思考，是战时的策略，是“为现在抗争”——失掉了现在，也就没有了未来，故此，他毅然与以未来抹煞现在的托洛茨基取消论告别。但这并不意味着鲁迅止于执着现在而放弃了对未来的追求；并不意味着鲁迅满足口号的政治意义而放弃了同时它应具有文学意义的努力；更不意味着鲁迅认可了无产阶级文学可以在一朝一夕“突变”。事实上，鲁迅此时已将无产阶级文学运动视为一种动态的渐进过程，已把托洛茨基执守的无产阶级理想的文学，移作趋向性规定，移作努力追求的未来目标。

是的，即便在鲁迅摈弃托洛茨基无产阶级文学取消论后，托洛茨基的文艺思想，尤其是其中关于无产阶级文学的思考仍然对鲁迅产生着不可低估的积极影响——并非像前述某教材（也包括以往相当一部分研究文章）想当然认为的那样。这种影响不仅止表现为泾渭分明的传送，不仅止表现为细枝末节的引用，而是表现为有形无形的深层次的渗透。

三

托洛茨基的文艺思想尽管存在着取消论的局限，但大体上仍是以唯物史观为基础的。深解艺术的他不仅从文学社会学的角度切入，实证分析了十月革命前后的文学作品，阐明了“同路人”理论，对无产阶级文学发生发展的艰难性作了充分的（甚至不无过分的）估计；更难得的是，在那个苏联理论家一般只局限于谈论文学社会学的年代，他却从创作心理的角度触探了感情情绪、创作的下意识过程、艺术天性等与主体观念相关的命题。[1]

他将作家的“世界感觉”（即世界观）的深化划分为三个层次：理念层次、感情层次、艺术表现层次，指出：

理解了或一事情，将这论理底地表现出来，是一件事，但是——将这新的东西，组织底地作为我有，改建自己的感情的秩序，于是发见出为这新秩序的艺术底表现来，是另外一件事。

他认为那些突变的、停留于理念层面标立无产阶级意志的作品之所以显得软弱无力，是因“思想修养同创作的下意识之间的不一致”；并针对作品的价值取决于它所反映的对象的意义，因而只要以表现无产阶级革命为内容便是革命艺术的“拉普”观点提出反驳。他说：“即使主题不谈革命，而有从革命所发生的新事物藏在里面的意识一贯着者是；否则，即使以革命为主题，也不是革命艺术。”[2]

紧接着托洛茨基的上述论述我们不妨摘引鲁迅的两段话，以便使鲁迅对托洛茨基文艺思想拒斥中的接受更引人注目。鲁迅说：“现在很有懂得理论，而感情难变的作家。然而感情不变，则懂得理论的度数，就不免和感情已变或略变者有些不同，而看法也就因此两样。”[3]又说：“根本问题是在作者可是一个‘革命人’，倘是的，则无论写的是什么事件，用的是什么材

1 《“拉普”资料汇编》(上)，第146、157、158页；又见鲁迅译《文艺政策·托罗兹基的意见》一节，《鲁迅全集》第17卷，北京：人民文学出版社1973年版，第528—558页。

2 ［苏］托洛茨基《文学与革命》，转引自《中山先生逝世后一周年》，《鲁迅全集》第7卷，北京：人民文学出版社1981年版，第294页。

3 《论“第三种人”》，《鲁迅全集》第4卷，北京：人民文学出版社1981年版，第439页。

料，即都是‘革命文学’。”[1]语词的相类还只是表象，循着这语言重叠成的桥梁，我们发现了鲁迅与托洛茨基文艺思想之间存在着更深刻的联系：同样不满于“拉普”以及创造社、太阳社那种突变式的无产阶级文学的鲁迅，正是参照了托洛茨基对严格的文学意义的无产阶级文学、“革命艺术”的界定；正是受到他关于感情情绪、创作的下意识过程等论述的启示；正是充分注意了托洛茨基对无产阶级文学发生、发展的种种艰难性的估计；转而反复强调阶级与文学能否联姻，“根本问题”取决于创作主体与主体意识。

“昨天还是资产阶级”，一夜之间突变的所谓无产阶级作家并不可能成为创作主体，不无硬质的理念层面的阶级意志、阶级观念也不等同于主体意识。“创作须情感，至少总得发点热”；“至少是必须和革命共同着生命，或深切地感受着革命的脉搏”，“连自己也烧在这里面”；“从喷泉里出来的都是水，从血管里出来的都是血”……鲁迅如是说。透过这些形象的、激情的语言，我们读懂了：思想必须成为自己的生命机能；目的意识必须沉潜为下意识；世界观必须进入情绪层次；身外的革命必须内化为我有。鲁迅移花接木——将托洛茨基局部理论的鲜活，嫁接到“拉普”无产阶级文学观的枯枝上，更用自己含情带血的体验，滋润着口号中主观意念先在的僵硬，竭力使无产阶级文学之树扎根于审美深层，由灰色变得郁郁葱葱。

就在主观意识亟待深入审美层面之际，一度在能动地发起无产阶级文学运动、推动无产阶级政治革命这一点上交会的鲁迅与“拉普”终于离弃了。“拉普”尽管姿态偏激地强调：“一切艺术都是彻头彻尾彻里彻外地渗

1 《革命文学》，《鲁迅全集》第 3 卷，北京：人民文学出版社 1981 年版，第 544 页。

透着狭隘阶级和狭隘功利主义的主观主义。”[1]似乎与庸俗客观主义背道而驰、势不两立；实质上他们所强调的主观能动性仅仅局限于政治理念层面，在丧失创作主体意识这一点上，与庸俗客观主义可谓不期而遇。他们往往将“突变”的世界观、尚停留于理知层的政治概念、党报的社论等直接生搬硬套到文学中去。如果说，“拉普”所谓的主观能动也即主观理念地塑捏生活、组装故事、图解政治；那么，鲁迅所突出的主观，却不是这一类“作品后面添上去的口号和矫作的尾巴”，而是成为了创作主体意识的主观，是渗透着理性的激情、奔迸着激情的理性——“是那全部作品中的真实的生活，生龙活虎的战斗与跳动着的脉搏，思想和热情”相搏相拥的结晶。

以上粗线条地展示了鲁迅交替偏侧于各执口号一端的托洛茨基与“拉普”两极的轨迹。这是两种无合的冲突的并列，还是一架可以调节持衡的天平？

“倘以文艺为政治斗争的一翼的时候，是很不容易解决的”，“在阶级社会里不能不暂有禁约”——鲁迅明知“一翼”这一前提即先定两极应有偏重，明知探讨已有这先在的“禁约”；然而，历史别无选择：所谓“不能不”，所谓“不免”、“只能”。耐人寻味的是，鲁迅提起口号时每每伴随着这一类词语。如果说这不足以确证鲁迅认同口号时有所保留，那么，至少透露了鲁迅主动接受中仍不乏被动。

激烈的阶级斗争不时打断了鲁迅对“一翼”理论框架局限的追问，而更多地思考起在既定框架中如何从属、如何突破有限的途径。比如说以创作主体意识为媒介促使文学与阶级联姻；比如说以自身体验的血肉性消解

1 《红色处女地》1923 年第 5 期，转引自刘宁、程正民《俄苏文学批评史》，北京师范大学出版社 1992 年版，第 402 页。

观念的硬质。值得注意的是，鲁迅在前期小说、更在后期小说创作中，用心良苦地引进了表现主义——这一长于表现强烈情感、极端倾向的艺术方法，“铸”成了一把把主观战斗之“剑”。尽管这是一种难以仿效的天才创作，摹仿者极易画虎类狗，故此限制了它的普遍运用；但作为武器它锋芒逼人，作为艺术品更别具异彩。因而，与其把这种突破文体传统规定的尝试，视作鲁迅对小说艺术的自觉牺牲；不如说这恰恰是鲁迅伴随着战斗使命日趋强烈的要求，对文学的审美性的思考也日趋急迫、日趋具体的明证。

其间，并非没有干扰，未尝没有失误：在与新月社、“第三种人”论战中，论战的特定气氛有时难免造成鲁迅词锋失度；在迎击诸种“文化围剿”时，外在的迫压、自身的阶级重负确也曾造成鲁迅对无产阶级文学的思考不无焦躁、逼促之处……毋庸讳言，尽管知难而为，鲁迅最终仍停留在“如何从属”这一局部，有限地弥补口号的审美裂缝。

“历史必然性也是一种历史局限性”[1]。事实上历史地选择的“一翼”框架早已预言了两极先定的失衡，更何况，“偏重文艺”与“偏重阶级”这两种偏至也已透露出口号组合中的某种“二律背反”，不应苛求鲁迅整合为“合题”。这样说，并非是否定鲁迅对如何统一矛盾的殚精竭虑；因为，一定意义上，恰恰是鲁迅理论的内在矛盾与那种勉为其难地拥抱两极的努力，显示了鲁迅文艺思想的丰富性与深刻性。

原载《鲁迅研究月刊》1994年第7期

1　支克坚《中国现代特定历史条件下的现实主义主张》，《文学评论》1986 年第 1 期。

一

穿透美学偏嗜的表象，二十世纪二十年代以降，苏俄文艺理论界之所以独尊现实主义，实质上很大程度是出自于政治斗争的亟需。彼时所谓的现实主义已政治化了，已超越了对生活原型作逼真摹写这一美学造型法则。“从现实的革命发展的角度来真实地、历史地和具体地”反映这一斗争，形象地图示早经理论指明的必然趋势，便是它的题中之义。为此，他们特别指斥西方现代主义艺术醉心于“无法理解的东西”，“不能确定现实的发展方向”。

与苏俄理论家独尊现实主义、罢黜现代主义艺术方法的偏至如出一辙，瞿秋白、周扬等对苏式现实主义的接受也是一种排他性选择，而且，同样执守政治的立场。

瞿秋白并不讳言无产阶级的现实主义理论与“巴尔扎克等人的资产阶

级的现实主义”的承继关系（自然承继的只能是方法，且必须强调“发展”），却对“欧战前后的种种摩登主义的文艺形式”横加指责；后来胡风也在论民族形式的移植时，将可借鉴的“世界进步文艺传统”限定为“各种倾向的现实主义（以及浪漫主义）文艺”，同时过敏地将世纪末西方兴起的现代主义艺术斥之为“没落期资本主义”的“反动”文艺而拒之门外。[1]

如果说，在国际无产阶级文学运动中，现实主义与现代主义艺术方法的势不两立已成定势，那么，在鲁迅的文艺思想及其创作实践中，却又一次醒人耳目、启人深思地显示了“可以同时去拥抱事物的两极”之可能性。

鲁迅对现代主义的接受，不仅显示了他特有的度量、气魄、“勇猛”，同时仍体现出他惯有的切实、沉着——力求“使外国的新兴文学在中国脱离‘符咒’气味”。[2]

早在二十年代初，鲁迅就翻译了日本学者上野阳一由印象主义绘画为出发点而立论的《艺术玩赏之教育》一文[3]；1924 至 1928 年间，他又翻译了日本学者片山孤村所著《表现主义》等文章，从中领悟了表现主义的特质是对“精神和灵魂的推崇”，并由是生发出“自然的改造或变相”。二十年代末，鲁迅因考虑到“在新艺术毫无根柢的国度里，零星的介绍，是毫无益处的，最好是有一些统系”，遂不顾“蒙着‘革命文学家’面具的装作

1　参见钱理群《胡风与五四文学传统》，《文学评论》1988 年第 5 期。
2　《现代新兴文学的诸问题・小引》，《鲁迅全集》第 10 卷，北京：人民文学出版社 1981 年版，第 292 页。
3　《〈艺术玩赏之教育〉译者附记》，《鲁迅全集》第 10 卷，第 416 页。

善意的警告”，翻译了板垣鹰穗所著《近代美术史潮论》[1]，系统绍介了欧洲近代古典主义、浪漫主义、写实主义、印象主义、立体派、象征主义、表现主义等多种艺术流派及方法……

正是在那种看似“平平常常”的对西方现代主义艺术流派及方法的潜心翻译、绍介过程中，鲁迅触类旁通，创意性地理解了现代主义艺术之精粹。例如他对德国画家凯绥·珂勒惠支的表现主义作品的评介。珂勒惠支在刻画受苦难的母亲形象时，不屈从于现实的束缚，表现主义地将自己心灵深处激荡着的“那强有力的、无不包罗的母性”，由内向外喷发到画面上。鲁迅特别看重她那较之苏式木刻写实造型更“有动人之力”的形式，誉之为一切“被损害和被侮辱的母亲的心的图象”。

又如鲁迅对画家陶元庆那颇有印象主义、象征主义意味的创作的推崇。陶元庆曾为《彷徨》做封面，整个构图将中国画的写意与印象主义的“捕捉瞬间印象”方法交糅得天衣无缝，鲁迅认为“书面实在非常有力，看了使人感动”。如果说，这尚属个人喜好；那么，在鲁迅所撰《当陶元庆君的绘画展览时》一文中，便已将陶元庆那交融民族传统艺术手法与西方现代主义艺术方法的努力，视作中国新文学艺术发展的方向了。鲁迅说：“他以新的形、尤其是新的色来写出他自己的世界”，“在那黯然埋藏着的作品中，却满显出作者个人的主观和情绪”，“内外两面，都和世界的时代思潮合流，而又并未梏亡中国的民族性”[2]……

难以分辨，究竟是因着接受西方现代主义艺术方法从而唤醒了鲁迅创

1 《致〈近代美术史潮论〉的读者诸君》，《鲁迅全集》第8卷，北京：人民文学出版社1981年版，第271页。

2 《当陶元庆君的绘画展览时》，《鲁迅全集》第3卷，北京：人民文学出版社1981年版，第549、550页。

作中对“心的图象”的刻意凸现，对“满显出作者个人的主观和情绪”的意境的执意追求；抑或是寻求民族魂的使命与反抗绝望的主观战斗需求，致使鲁迅再创地择取了上述长于探索深层灵魂、长于表现强烈主观精神的现代主义艺术方法？应该说，接受主体与客体的作用是双向的。

李欧梵认为：“三十年代的鲁迅，有‘公’的一面——如过分地吸取新俄文学；也有他‘私’的一面——如对带有表现色彩的珂勒惠支的版画的大力推崇”；“从他收集的世界各国的美术作品中可以揣测：对于西方的现代艺术，鲁迅似乎具有一种较文学更广阔、更敏锐的自觉，不太受外在意识形态的过度牵制”。[1] 对此，我不能苟同。诚然，鲁迅对现代主义的评介相当部分借助于绘画艺术，后期尤其如此，但这不能证明鲁迅的文学观与艺术观是二元对立的，相反，我们每每可以看到鲁迅的思想由艺术而文学、由文学而艺术触类旁通地运走。倒是“不太受外在意识形态的过度牵制”一句给予了我一些提示。鲁迅后期对现代主义的倡导所以常常由绘画而生发，莫不是运思立论的一种策略？借助于那块尚未被苏式现实主义一统话语彻底覆盖的艺术飞地，确可以摆脱不少教条的桎梏。

其实，鲁迅直接从文学作品中吸取现代主义养分之例证也不胜枚举。且不论留日时期鲁迅置为案头书的尼采的《札拉图斯特拉如是说》便是一部象征主义作品，三十年代他就曾翻译了波特莱尔的散文诗——波氏可谓法国象征主义的远祖；且不论他对梅特林克的熟悉，对荷兰象征主义诗人望·蔼覃的《小约翰》的“非常神往”……即便从“新俄文学”中，鲁迅也并非“偏食”地尽然吸收现实主义养分，他还接触了不少现代主义流派

1　李欧梵《铁屋中的呐喊》，长沙：岳麓书社 1999 年版，第 242 页。

并择取了一些现代艺术方法。

值得注意的是，较之对西欧等国现代主义趋势的敏感，鲁迅似乎更关注苏俄文学中的现代主义潜流。在《〈苏俄文艺论战〉前记》中，鲁迅曾关注早期无产文学怎样在意象派、神秘主义、象征主义、印象派、未来派等各种现代主义文学的更迭中产生，关注未来派“在十月革命时受了波尔雪维艺术的洗礼”终于“建设起现今的新的活艺术来”等事实。如果说，此处揭示了鲁迅之所以更重视苏俄文学中的现代主义流向，原因之一便是其中凝结了寻找与激进的内容尽可能同构的新锐形式的革命文学需求；那么原因之二在鲁迅称道苏俄作家安德列耶夫的小说“含着严肃的现实性以及深刻和纤细，使象征印象主义与写实主义相调和”，在他赞誉勃洛克那首“神秘底写实的诗歌”，“体式在中国很异样；但我以为很能表现着俄国那时（！）的神情”时，便也有所透露了：鲁迅不能不看重在现实主义传统根深蒂固的苏俄沃土上现实主义与现代主义方法如何“嫁接”，因为有心开拓现实主义的鲁迅正在进行着类似的实验。

二

在前期的《呐喊》《彷徨》中，鲁迅便着意“嫁接”：《药》《明天》《长明灯》《鸭的喜剧》等篇，分明体现了鲁迅在评论安德列耶夫、望·蔼覃作品时追求的艺术境界：是象征，却“不失其现实性”——具象与抽象浑如一体；《孤独者》《在酒楼上》《伤逝》《头发的故事》依稀留有尼采、阿尔志跋绥夫的影响痕迹：既是“主我”的，又是“写实”的——客观呈示与主观表现并存并立。而《肥皂》《高老夫子》等篇则宛然可辨弗洛伊德精神分析说的影响。

值得注意的是，在更多的时候，鲁迅并不满足于像“奥国的佛罗特一流专一用解剖刀来分割文艺”的有限的“科学者”兴趣，而倾心“感得全人间世，而同时又领会天国之极乐和地狱之大苦恼的”“博大的诗人”的情怀。[1] 如是，陀思妥耶夫斯基式的“心理现实主义”小说便自然对鲁迅产生了更其深刻的影响。“竭力想探索人们的魂灵”，在直面外部世界，直面人物的“内世界”的同时，“将自己也加以精神底苦刑”——后一意向不仅较明显地流贯于《孤独者》《在酒楼上》等作品里，而且隐性地闪现在《弟兄》《伤逝》中。

陀思妥耶夫斯基的影响不仅使上述作品呈示出主、客体论辩交响的复调，同时也造成小说潜意识层面的多义性。以《弟兄》为例，中外研究者大都将张沛君视作“伪君子”。称《弟兄》藉孝悌闻名的张沛君的“梦的断片”，淋漓尽致地揭示了他那个被抑制的潜意识的私欲，撕破了“罩在家庭关系上的温情脉脉的面纱”[2]；认为“小说中张沛君和他弟弟的关系，从表面看，充分体现了儒家道德理想；从更深一层下意识看，却有许多敌意的因素”[3]……但我却难以认同张沛君的“全灵魂”被机械心理学的解剖刀分割成“伪君子”一类的心理标本。这一裁断忽视了张沛君正处于内心抉择、思绪凌乱的未完成定型阶段，即陀思妥耶夫斯基惯于凸示的“心灵危机的时刻和不能完结也不可意料的心灵变故的时刻”，陀氏藉此强调人物心灵的未完成性与不确定性，藉此与一切机械心理学划清界限。

联系到周作人、许寿裳所言《弟兄》中“大部分是鲁迅自身经历的事

1 《诗歌之敌》，《鲁迅全集》第 7 卷，北京：人民文学出版社 1981 年版，第 236 页。
2 许怀中《关于“人”的审视和建构》，西安：陕西人民出版社 1991 年版，第 131 页。
3 ［美］威廉·莱尔《故事的建筑师语言的巧匠》，收入乐黛云编《国外鲁迅研究论集》，北京：北京大学出版社 1981 年版，第 359 页。

实”，“沛君的生活就是鲁迅自己生活的一面”[1]；联系到鲁迅“兄弟失和”的起因除却微妙的感情因素，主要是经济原因；我宁可作如下读解：兄弟失和的痛苦没有使鲁迅过多地责人，而更多地自剖、自辩、自责。于是，在拷问笔下人物的同时，作者潜意识中也在进行着一场“人性的自我拷问”。“审问者在堂上举劾着他的恶，犯人在阶下陈述他自己的善；审问者在灵魂中揭发污秽，犯人在所揭发的污秽中阐明那埋藏的光辉”……这一情景既隐隐透露出作者心理意义上的因难耐“失和”的极度痛苦而近乎自虐的宣泄；又表现了道德意义上的自我解剖与自我拷问。在此背景前，张沛君备受精神折磨，非逼着惊忧交集、意识达到极度紧张状态的他坦示人性中固有的脆弱与潜意识层面隐伏的矛盾。然而，最终与其说揭示了他的“伪”，不如说恰恰证实了“有谁能说：我比这个人更好！”

如上所述，与陀思妥耶夫斯基相契，鲁迅在上述小说中化身为二，既作为“人的灵魂的伟大审问者”；又作为“伟大的犯人”。这一双重叙事立场致使鲁迅超越了手执“批判现实”解剖刀的医生的纯客观视角，不时因直觉，因无意识，因切身感受着这鞭鞭见血的灵魂拷问而本能地发出心灵的颤抖。

如果说，在《弟兄》的读解中由于忽略了小说的潜意识层面，造成了视张沛君为“伪君子”的误读，那么，对《伤逝》的阐释则往往因局限于

---

1 周作人《〈彷徨〉衍义》《鲁迅的青年时代》等著曾详加考证《弟兄》中“主要的事情是实有的”；“虽然末后一段里梦的分析也带有自己谴责的意义，那却可能又是诗的部分了。沛君与靖甫很是友爱，但在心里沛君也不能没有私心…… 事实上他也对我曾经说过，在病重的时候‘我怕的不是你会得死，乃是将来须得养你妻子的事’。”另见许寿裳《关于〈弟兄〉》，收入《鲁迅研究学术论著资料汇编》第3卷，北京：中国文联出版公司1990年版，第1223页。

社会学层面的分析，一味满足于“个性解放的追求不能脱离争取社会解放和改变经济制度的斗争”之类的反映论解释（这仅是作品的一部分思想），而滤净了作品中缠绕回旋、冲撞奔突、欲譬解却怎么也排解不了的主观情感。王得后早在八十年代初便曾含蓄地提示我们注意《伤逝》的写作时间恰是鲁迅与景宋定情之后[1]；而周作人则认为《伤逝》是“假借了男女的死亡来哀悼兄弟恩情的断绝的”[2]……借助于上述提示，我认为，不应忽视小说中隐性层面的内容。涓生的内心矛盾、痛苦，是鲁迅的内心矛盾、痛苦的折射，故“涓生的手记”也可读作鲁迅手造的“坟”。虽然明知道过去已经过去，神魂是无法追蹑的，总不能那么决绝。为了忘却；也为了纪念。为了卸去内心中日渐沉重、难以承受的负荷（负疚）；也为了加重负罪感，深味痛苦，在自剖自责中达到自我的超越。

以上解读，与其说是有意使用直觉、非理性、无意识一类的现代主义术语，不如说鲁迅前期部分小说中确实存在着反映论模式无法涵括的复杂内涵。尤需指出的是：陀思妥耶夫斯基式的被鲁迅认同为“高的意义上的写实主义”，既是现实主义的深化；又是现代主义文学的先驱。

三

在《故事新编》中，鲁迅的现代主义审美取向得到了更充分、更广泛的体现：《出关》《采薇》《起死》诸篇不注重塑造老子、孔子、庄子等先秦

1 王得后《〈两地书〉研究》，天津：天津人民出版社 1982 年版，第 328 页。参见《周作人回忆录》，第 402 页。

2 《周作人文选》，北京：群众出版社 1999 年版，第 381 页。

思想流派代表人物的“典型性格”，而着力于对他们作为某种人生哲学承载者、体现者作主观评价；《奔月》《理水》《铸剑》诸篇不仅主题被赋予了象征涵义，而且鲁迅以自己的主观突入，使后羿、禹、宴之敖对如临“无物之阵”的尴尬、不断碰壁的困顿、独战的孤独的体味，穿越几千年的时间与自己的心境沟通。在对宴之敖、禹、后羿所作的“黑色的人”、“黑须黑眼睛，瘦得如铁”、“须发开张飘动，像黑色火”这一类显然系重复用重笔突出、而非不慎袭用雷同笔墨的肖像刻画中，与其说是不知不觉间鲁迅仿照了自己的肖像；不如说，这里重叠着“黑色的鲁迅”的心象……[1]

欧阳凡海因此认为《故事新编》是“鲁迅底主观感情之强烈，常常冲出他底冷静的艺术形式之外来的这一特征的一贯的发展”，“没有一篇足以作为现实主义的小说家处理历史题材的完美的范型”。[2] 近年来，仍有不少研究者如欧阳凡海那样以现实主义创作方法为尺度来要求《故事新编》，认为《故事新编》中的主人公失之于“概念化”。岂不知这是内容的突破要求形式的突破所致。

在《故事新编》中，鲁迅从对“国人的灵魂”的解剖，转入对“中国的脊梁”的颂扬；从对现实生活的客观描写，转入对整个历史传统与现实人生的诗意概括与哲理反思。引人注目的是，不少篇章中鲁迅本可以“按照生活本来的样式描写生活”，本可以在人物的形象化上刻意求工，本可以将主观倾向潜藏于故事的客观叙述中，鲁迅却反其道而行之：有意创造一个时空交错、古今杂糅的超常识艺术组合的世界；有意使人物塑造“速写化”、“漫画化”，因而更高度“象征化”；有意使客观描写与主观点染并

1 又见《过客》中对“过客”的描写：“眼光阴沉，黑须乱发，黑色短衣裤皆破碎。”

2 欧阳凡海《鲁迅的书》，桂林：文献出版社 1941 年版，第 229、230 页。

列、现实性与象征性间离，以突出主观倾向。

鲁迅对西方现代主义艺术方法的采取是“有所删除”、“有所增益”的。思想革命、政治革命的亟需，使他“没有放弃自己的理智对象征的把握”[1]。此处哈南所谓的“理智”，当指十八世纪以来培根、达尔文、直至马克思等思想家所坚执的科学理性。这是鲁迅得以在现实主义本根上融合现代主义艺术方法的思想基础。

较之西方现代主义作家，鲁迅在运用现代艺术方法时显得更理性也更功利。鲁迅首先是思想家，其次才是文学家。前此我们已提及，鲁迅所以接受现代主义艺术方法并不仅止是“私”心所倾，也出于寻找别一种“武器”的“公”意。很大程度上正是出于思想革命的亟需，鲁迅才拿来了象征主义表现法。因为思想革命这一任务要求形式外壳延伸得更为深广，以便能包涵尽可能大的思想容量；而象征主义表现法——这一“内蕴”远远超出“外象”的方法，有利于浓缩生活，暗示哲理，自然成了鲁迅的首选。这便解释了，鲁迅的第一篇白话小说《狂人日记》所以如此倚重象征主义表现法的原因。惟其如此，它才能以其高度抽象的思想性，成为鲁迅前期反封建思想革命系列小说的“纲”。

明白了鲁迅的战斗需求与形式追求之间所存在的深刻的同步性，便也明白了鲁迅后期小说形式何以日趋“新锐”。当着思想革命转化为政治革命之际，文学如何成为“政治斗争的一翼”，如何强化对于现实的抗争与改造功能等难题便不断地困扰着鲁迅，此刻作为现代精神角斗的产物的表现主义等形式便恰逢其时地进入了鲁迅的期待视野。

1 ［美］帕特里克·哈南《鲁迅小说的技巧》，收入乐黛云编《国外鲁迅研究论集》，第304页。

表现主义等现代主义艺术方法的提示，缓解了鲁迅小说创作中审美性与功利性的矛盾，使鲁迅更大胆、更自信地完成了小说中的主观扩张：他用表现主义，也用现实主义，淬着斗争的血与火“铸”成了一把凝聚着沉甸甸的情感思想分量的阶级复仇之“剑”；他超越了工细严谨的写实技巧，而更多地借助于表现主义木刻“放笔直干”的造型能力，不无变形地略去神话、历史人物的局部真实，而从中抽取出蕴蓄了一代代民族精魂的“中国的脊梁”。然而，还需指出：思想革命、政治革命的亟需只是鲁迅拿来西方现代主义艺术方法的外在因素；对传统的反叛气质，对现实的荒诞体验以及个体生存的孤独感，才是吸引鲁迅倾心现代主义艺术的内驱力。这种科学理性下的个体生命体验，功利下面的非功利趣味，使鲁迅小说中那些“意象”不致因过于明确的指向性而欠深刻，使小说中的主观倾向得以区别于图示先验的必然趋势的伪现实主义。

写到这里，我不由地想起了那么一段史实。鲁迅在接受了苏联无产文学之后，曾直觉地感觉到一种不足：“欠深刻”。尽管临了用“倘使社会淳朴笃厚，当然不会有隐情，便也不至于有深刻”聊以作答；但回答得很不肯定，也不圆满，于是留下了一个耐人寻味的问号——“所谓‘深刻’者，莫非真是‘世纪末’的一种时症么？”[1]这一困惑不仅存在于鲁迅对苏联现实主义作品的评价中，同时也流贯于鲁迅接受西方现代主义艺术方法的过程里。在尝试现代主义艺术方法时，鲁迅有时确实“太理性”；在呈示思想革命、政治革命主题时，也难免“太逼促”、太刻意，以致鲜明有余，浑涵不足；但在更多的场合，鲁迅却没有“买椟还珠”——接受了现代主义艺

1 《〈信州杂记〉译者附记》，《鲁迅全集》第 10 卷，第 446 页。

术方法、却将“深刻”奉还世纪末的现代流派。

在他的小说中，象征性并非总是等同于暗示不言而喻、不证自明的意义，更意味着竭力探索历史中那些一时难以理喻、扑朔迷离的实质，意味着用“模糊”“多义”的语言捕捉住单凭明确的文字难以捕捉的秘密；表现主义也并不仅仅是表现整齐划一的阶级意愿，也意味着表现那不为绝对理性羁束的个人体验、激情乃至热血的瞬间喷发。因为后者，鲁迅的创作避免了思想性超负荷承载极易产生的直露与一览无余，而每每达臻他私心憧憬的“神秘幽深”的境界。

如上所述，象征主义、表现主义等方法不仅是赋予鲁迅小说浑涵幽深的审美保证；而且成了他个性化地认识历史、探索人生追求的形式延伸。这种个性化的追求与阶级的目标重合中时有错位，错位中时有重合：如从鲁迅后期热烈赞美的“中国的脊梁”身上，我们依然“可以看出超人的影子”；在《补天》《理水》等小说中，我们依然可以读出先觉者（或谓“孤独者”、超人）与“庸众”的构图。上述重合透露了后期为阶级而战的鲁迅并未完全驱散个体生存的孤独感，但他又似乎敏感到不合时宜，便着意在那幅“超人”与“庸众”的构图上，平添了一排“不动、不言、不笑，像铁铸的一样”的群像。虽是“群像”，虽可谓“集体”；却又未免太超尘拔俗。幸得还有那么一个背一柄破铜刀、着一双草鞋的墨子，更平实地立足于现实的土壤上……

与重铸“中国的脊梁”的英雄主义追寻同构，鲁迅后期创作在风格上力求“伟美”、“力之美”，在人物造型上刻意简化、“神化”，在主题上也凸现出某种鲜明的目的性与倾向性。但鲁迅并没有执此一端，他每每在构筑现代神话之后渎神；在创造伟美之后破坏伟美；在“神化”之后“漫画化”；在凸显了某种目的性与倾向性之后又那么“油滑”一下，消解倾向、目的。如写制止战争后的墨子突遭大雨，感冒鼻塞；写治理洪水后的大禹渐渐入乡随俗，上朝拜客穿上了漂亮的新衣……这里渗入了作者对现实世界难以言喻的荒诞的体验，渗入了生命的反抗如入“无物之阵”的窘迫感；抑或是因着现实关怀后的遥深眷注而生的路漫漫的困惑，因着姿态的日趋孤高峭拔而难免不深味的高处不胜寒的悲凉？——沈从文在《鲁迅的战斗》一文中谓鲁迅的战斗其结果必将在“成功的欢喜”中感到“败北的消沉”，“原有的趣味不投的一切敌人，是好像完全在自己一枝笔下扫尽了，许多年青人皆成为俘虏感觉到战士的可钦佩了。这战士，在疲倦苏息中，用一双战胜敌人的眼睛与出奇制胜的心，睨视天的一方作一种忖度，忽然感到另外一个威严向他压迫，一团黑色的东西，一种不可抗的势力，向他挑衅；这敌人，就是衰老同死亡，像一只荒漠中以麋鹿作食料的巨鹰，盘旋到这略有了点年纪的人心头上，鲁迅吓怕了，软弱了”。[1] 在《论中国创作小说》一文中沈从文又表达了类似的说法：“鲁迅的悲哀，是看清楚了一切，辱骂一切，嘲笑一切，却同时仍然为一切所困窘，陷到无从自拔的沉闷里去了的。”[2] 其中不乏偏见，但未尝不可作为一种参考。

正是如上这些作者“内世界”中的深刻、混沌无序的情结，促成了鲁迅后期小说多元的审美取向。他用现实主义，也用表现主义、象征主义——准确一点说，用各种重铸了的无以名状的方法，开出一个“消融了内面世界与外面表现之差”、多元浑涵的艺术世界。

---

1 沈从文《鲁迅的战斗》，收入《鲁迅研究学术论著资料汇编》第 1 卷，北京：中国文联出版公司 1990 年版，第 959 页。

2 沈从文《论中国创作小说》，《沈从文文集》第十一卷，广州：花城出版社 1984 年版，第 167 页。

鲁迅小说创作的成功实践，印证了鲁迅化的现实主义理论与西方现代主义艺术方法并非势不两立；恰恰相反，它蕴含着集合诸种方法冲突应力的开阔性。

原载《鲁迅研究月刊》2002年第2期，
人大复印资料《中国现代当代文学研究》2002年第4期

《影的告别》影响源一见

论及鲁迅《影的告别》的影响源[1]，多有识者提起陶渊明诗《形影神三首》[2]。该诗分别以“形赠影”、“影答形”、“神释”为标题，阐明了作者形神不离、形尽神灭之思想。我认为：陶诗可能给于鲁迅的启示，应是其形影问答的构想与形式；至于那面对生死，不喜不惧，顺其自然的东方式的豁达情调，则显然迥异于《影的告别》中“影”终将走向黑暗、“彷徨于无地”时那极度纠结撕扯的精神向度。

一个偶然的机缘，我在翻阅旧报刊时发现，《影的告别》可能受到佐藤春夫《形影问答》的影响[3]，后者恰在两年前由周作人译成中文。1921 年 6

1 《影的告别》，《鲁迅全集》第 2 卷，北京：人民文学出版社 1981 年版，第 165 页。

2 陶渊明《形影神三首》，收入《陶渊明集》，逯钦立校注，北京：中华书局 1979 年版。

3 ［日］佐藤春夫《形影问答》，仲密译，相继发表于 1922 年 1 月 8 日《晨报副刊》及 1 月 15 日《民国日报·觉悟》上。文中所引《形影问答》的文字均出于《晨报副刊》，不一一注明。

月至9月间，周作人因病初愈前往北京西山碧云寺休养。尽管“医生不许他写字”，但他却写了一些诗文，并多有译作，包括佐藤春夫的短篇《雉鸡的思考》。其间他还与鲁迅商议合译《现代日本小说集》的选目，鲁迅回信称：“《日本小说集》目如此已甚好，但似尚可推出数人数篇，如加能；又佐藤春夫似尚应添一篇别的也。”[1]流露出对佐藤春夫作品的情有独钟。

1923年6月由上海商务印书馆出版的《现代日本小说集》里，计收入佐藤春夫四篇作品，《形影问答》便在其中。该书署周作人编译，其实系兄弟俩合译，内中收有周作人译作十九篇，鲁迅译作十一篇。

《形影问答》译于1922年1月5日，分别发表于1月8日《晨报副刊》及1月15日《民国日报·觉悟》上，署名仲密。在译后附记中周作人提及可与其所译法国波特莱尔的散文小诗《月的恩惠》参读[2]；却未曾预见鲁迅写于两年后的《影的告别》可能对《形影问答》的借镜。

《形影问答》的文体与其归入“小说”，不如说更近于散文或散文诗。西乡信纲等著《日本文学史》甚至将佐藤春夫的《田园的忧郁》《一个女人的幻想》《都市的忧郁》等作品都称作“是一种散文诗”[3]，《形影问答》自不例外，装点作品思想内容的恰是那“一脉的诗情”。

在作品中，“影”携着月的光线，从月里来到地球，自称“月的大学生”，之所以“特地到这个没有为了恋情与乡愁在夜里作歌的夜莺的地方”，意在“从事于在我的故乡里还是没有的疾病——孤独与沉闷之研究”。不知不觉间，自己也已成为孤独与沉闷的化身。最终为傲岸的“形”拒

1 《鲁迅全集》第11卷，北京：人民文学出版社1981年版，第394页。
2 ［法］波特来耳《月的恩惠》，仲密译，《晨报副刊》，1922年4月9日。
3 ［日］西乡信纲《日本文学史》，北京：人民文学出版社1978年版，第334页。

斥——“我所要的不是那样的陈旧的忧郁，是生活的欢乐，是生活的力！”

然而，穿透表象，却能发现“形”与“影”，或为乐观与忧郁，恰是佐藤春夫思想的一体之两面，在彼此对立的互辩互阐中完成双向同构。文中有这样一段描述：当“我”（即“形”）收到出版社邮来的他的第一部小说集时，“影”却毫不留情地指出：这是“我借了你的手，用这个地方的文字，请你写的”，也即“影”的《孤独与沉闷的研究录》。难怪识者称：“佐藤的诗情似乎与世纪末的诗情最相近……”[1]虽则结尾作者藉“形”之口忍痛作别：“去罢！我的影！”甚而以笔为投枪，直刺墙上的“影”；却欲别又依依，恰所谓茕茕孑立，形影相吊。

《形影问答》想象的哀婉幽渺，或于自觉不自觉间启迪了《影的告别》之奇思。

与《形影问答》相类，《影的告别》中的主体形象与客体形象也是“形”与“影”，也将“形”与“影”借作乐观主义与悲观主义之象征，也可谓鲁迅精神矛盾的一体之两面。——有研究者将其读解作“精神之‘影’”与肉身之“形”的悖论，“是精神之‘影’（我）对肉身之‘你’发表的告别演说”，似可商榷。[2]只是《形影问答》中“形”是作为存在的主体而出现的，并采用了第一人称叙事；而《影的告别》中的“影”则反客为主。

佐藤春夫视“影”所谓的“孤独与沉闷”概属无病呻吟，勉力弃绝自己精神的阴影，弃暗投明；鲁迅却觉得惟“影子”所表征的“‘黑暗与

1 芥川龙之介语。转引自止庵主编《现代日本小说集》，北京：新星出版社 2006 年版，第 280 页。

2 郜元宝《鲁迅精读》，上海：复旦大学出版社 2005 年版，第 166-167 页。

虚无'乃是'实有'"[1]，不惜弃"明"投"暗"："惯于长夜"，甚至"爱夜"——自甘"黑暗"，耽溺于"黑暗"。人说，孤独是一种境界，一种很美的境界。在鲁迅的辞典里，黑暗又何尝不是一种境界。

《形影问答》中，毕竟还于地球之外，高悬了一轮月——"影"的"远的故国"，那个银色世界美而光明；而《影的告别》中"影"则无家可归，那里没有任何"黄金世界"可度，连同"将来的黄金世界"。

佐藤春夫关于乐观与忧郁、光明与黑暗的思辨，采用了"形影问答"的表达式，"形"与"影"平分秋色："形"意味着或然的光明，如同"影"亦暗喻着或然的黑暗情绪；鲁迅笔下却因着"形"始终默然无语，唯余黑色的"影"的独白，从而折射出一种较之《形影问答》更其难耐的"孤独与沉闷"氛围，体现了鲁迅独有的深刻的悲观哲学及心境。

2014年10月9日

1 1925年3月18日鲁迅在致许广平的信中曾说："我的作品，太黑暗了，因为我常觉得惟'黑暗与虚无'乃是'实有'，却偏要向这些作绝望的抗战。"《鲁迅全集》第11卷，第20页。

《孔雀胆》与《哈姆莱特》

四十多年前，曾有人指出郭沫若的历史悲剧《屈原》与莎士比亚的悲剧《李尔王》相似，却因郭沫若声称写作之前不曾读过《李尔王》，一度叩开的探究郭沫若与莎士比亚剧作关系的入门就这样掩上了。

前车之鉴，故而，当我发现郭沫若的历史悲剧《孔雀胆》与莎士比亚的悲剧《哈姆莱特》的人物、情节乃至主题有趣的对应、类同时，我无意重蹈覆辙，而宁可另辟蹊径。

出现类同的文学现象，无非两种可能，一种是“影响性再现”，一种是“平行性再现”。尽管郭沫若承认是在莎士比亚剧作影响之下从事史剧尝试的，在他的潜意识中确实存在着一种攀越莎剧艺术高峰的“精神上的压迫”[1]；尽管《孔雀胆》是《哈姆莱特》的一次“影响性再现”这一推想并非毫无理由；但因为难于从郭沫若本人的文章言谈中得到充分的印证，难于寻索到确凿无疑的影响轨迹，我们还是姑且把这一类同称之为“平行性再现”吧！假定郭沫若写作之前没有读过《哈姆莱特》，那么，如此的不谋而合、如此的类同便更相映成趣了。

在本文将主要笔力侧重用于两部作品的平行比较时，并不妨碍有识之士从论及的材料中推想二剧可能存在的影响关系。

一、毒药：恶的象征的契合

在《孔雀胆》与《哈姆莱特》中，平行着两条极其相似的情节链，以至于我们很可以把它们合二为一，这便是：宫廷阴谋——下毒——通奸与篡位——复仇前的延宕——佯狂（或真疯）——复仇。借用《哈姆莱特》中的人物霍拉旭的话来说，在两部剧中，同样“可以听到奸淫残杀、反常悖理的行为、冥冥中的判决、意外的屠戮、借刀杀人的狡计，以及陷人自害的结局”。[2]沿着这两条平行的情节链，我们不难发现，两剧中的主要人物，也大都有“对应”关系：哈姆莱特对应于段功，奥菲利娅对应于阿盖，克劳狄斯对应于车力特穆尔，乔特鲁德对应于王妃……自然，对应中也偶有交错：哈姆莱特始终孤军作战，而中国的“复仇王子”则是由段功以及与他有异体同一性的阿盖共同扮演的。

1　参见郭沫若《我怎样写〈棠棣之花〉》《写完五幕剧〈屈原〉之后》，《郭沫若研究资料》上卷，北京：中国社会科学出版社 1986 年版，第 308、316 页。

2　文中所引《哈姆莱特》的台词均据朱生豪译本，收入《莎士比亚全集》第 9 集，北京：人民文学出版社 1978 年版，以下不再一一注明。

值得注意的是，两条极其相似的情节链上，都着意沾染了一种象征性的毒药：《哈姆莱特》中，当克劳狄斯用毒药害死了老王哈姆莱特后，一种象征性的毒药气息便弥漫全剧，而后，真的毒药又一次出现了，乔特鲁德、哈姆莱特、雷欧提斯、克劳狄斯相继中了毒；无独有偶，《孔雀胆》中，当奸臣车力特穆尔与王妃用毒药毒死王子穆哥后，这“干净的世界”便被毒化了，孔雀胆先后出现九次，围杀段功的群番被毒死灭口；侍女施继宗、施继秀、公主阿盖也先后服了毒。段功虽然不是被毒死的，但是我们在谋杀他的箭上依然可以闻到一种毒药般的气味……

恰如英国学者基托在评论《哈姆莱特》时指出的：“这些人死亡的方式也像死亡数目众多一样有同样的重要性。”[1] 毒药，既可视作某一个别罪行的工具，既可视作“狠心的、奸诈的、淫邪的、悖逆的恶贼”车力特穆尔与克劳狄斯的物化，又应视作罪恶本身的象征。惟其如此，我们才能领悟郭沫若所以将剧作命名为“孔雀胆”的深意。

象征化了的毒药使其能指延伸向“无限”：罪恶无处不在，罪恶如此强大，“正义必须向罪恶乞恕”，“是人就要喝孔雀胆”，难怪哈姆莱特被逼到了疯狂的临界线上，“一半真疯，一半装疯”；难怪奥菲利娅、阿盖也不约而同地疯了。在奥菲利娅，是因为“一颗多么高贵的心是这样殒落”，感染着爱人的疯颠，于是在她的意识中，“最神圣的变成最卑俗的”，恋爱的甜蜜之杯，呈现的却是悲哀的苦汁；在阿盖，则因为“一座庄严的大理石的宫殿被人毁坏了”，她终于用一种莎士比亚式的语言喊道：“你要叫我说什么样的话？叫我说好人是奸贼，恶鬼是天神，豺狼是菩萨，天堂是

1 ［英］基托《哈姆莱特》,《莎士比亚评论汇编》下卷，北京：中国社会科学出版社 1981 年版，第 431 页。

地狱？”

同样是“一个颠倒混乱的时代”，耐人寻味的是，在精神失常的阿盖与奥菲利娅的身上出现了同样反常的现象：她们神志清醒的时候，恰恰是最不清醒的时候；而当她们意识错乱、疯言疯语时，却如雷欧提斯指出的，“这疯话很有道理”，“一种无意识的话，比正言危论还要有力得多”。

二、仁义思想与人文主义：善的理想的相似

面对着罪恶，哈姆莱特与段功拔出了剑——一把应唤作人文主义之剑；一把应唤作“仁义之剑”。

新近，有人对哈姆莱特高扬了人文主义理想这一提法进行质疑，在他们正确地指出哈姆莱特对人文主义理想的幻灭感时，却忘忽了这本身就意味着不排斥哈姆莱特曾怀有人文主义理想这一前提。

泰纳说，莎士比亚“具有广阔的灵魂，可以同时去拥抱事物的两极”。在《哈姆莱特》中，既不乏对人文主义理想的怀疑，又不乏对人文主义理想的执着。是的，哈姆莱特确曾说过：“这一个泥土塑成的生命算得了什么”；但还是这个哈姆莱特，以极其热烈的语言赞美父亲那“完善卓越的仪表”，向母亲证明，“他是一个人的典型”。

《孔雀胆》中，阿盖也曾以类似的语言赞美着段功的容貌：“他像我们的皇祖成吉思汗，他那炯炯的眼光，他那朗朗的腔调，他那青青的胡须，他那赳赳的步武……”这里，同样不应仅仅视作外貌描写，而应读出一个人文主义理想中的大写的“人”。

“人是多么了不起的一件作品”，却被人毁灭了；“一座庄严的大理石的宫殿被人破坏了。”——这是阿盖悲恸的声音，也恍惚是哈姆莱特死时好友

霍拉旭那悲恸的语言的回声。

人是“万物之灵长”，人是世上最美好的，基于这样的思想，当别人都说阿盖公主是起死回生的“押不卢花”时，段功却突兀地说：“公主不是一朵花，而是一位可尊敬的人。”正是这一“突兀”，使郭沫若仁义思想中所渗入的西方人文主义思想的痕迹显而易见。因为，在中国传统的仁义思想中，很难听到这样词重意切的对人的本义的赞美。

如果说，毒药显示了充斥于两部剧作中的恶的象征的契合，那么，人文主义、仁义思想则意味着流贯于两部剧作中的善的理想的相似。

三、延宕：悲剧性谜底的异同

人文主义、仁义思想不仅是两位剧作家共有的社会理想，而且是解开两部剧作中一系列引起争论的谜的钥匙。

如同《哈姆莱特》的“说不尽”一样，《孔雀胆》也因其主题的多义性与情调的复杂性，五十年来众说纷纭。令人惊奇的是，在两部剧作中竟然拥有一个相同的谜：主人公何以延宕复仇？而这恰恰是剧里一系列引起争论的问题中的核心问题。一个利剑在手，一个兵权在握，按说果断地血刃仇敌似乎并不困难；然而，哈姆莱特却说：“让他上天堂去，我也算报了仇，不，那还要考虑一下”；段功也异口同声地应道：“除掉一个车力特穆尔倒是很容易的事情，不过把他杀了，事情也还是不能了结。而且，还有值得考虑的地方。”有人因此指责哈姆莱特“胆怯”；有人因此批判段功“妥协”。这些批评者大都忽略了复仇者“怀着比报仇更重要的动机”。如果真像雷欧提斯所说的：“国王——国王——都是他一个人的罪恶”，那就简单多了。问题的症结却在于复仇者还要“负起重整乾坤的责任”。

恰如我在前文中强调的，哈姆莱特与段功高扬的，与其唤作“复仇的剑”，不如唤作“人文主义之剑”、“仁义之剑”。复仇的剑至多只能结果个别罪恶的制造者，人文主义之剑、仁义之剑却被两位剧作家不无奢望地用于“重整乾坤”。

这里引人注目的正是哈姆莱特与段功对人文主义、仁义思想的执着：正因为哈姆莱特毫不通融地手持人应该是“万物之灵长”的理想尺度去衡量人，当他直面现实的丑陋的人时，他才有痛不欲生的幻灭；正因为段功坚信不疑地高扬仁义思想之剑去重整乾坤，当他难以扫清“百鬼夜行”的梁国时，他才有杀身成仁的无奈。尽管两位异国的难兄难弟知其不可为而为之，毕竟力不从心，于是相遇于“延宕”，“同归”于牺牲。

更耐人寻味的是段功与哈姆莱特“殊途”走向悲剧的过程：一个“延宕”，因为忍让，对阴谋“故意装作不知道”；一个“延宕”，却是因为冲动，对现存寻根究底。如果说前者之所以引人注目，在于揭示了人文主义与仁义思想是哈姆莱特与段功同归于牺牲的契因，揭示了两部剧作中悲剧精神的同一；那么后者之所以耐人寻味，则在于透露出尽管郭沫若有意无意地把它们“认同”，人文主义与仁义思想毕竟同中有异。

早在“五四”时期，郭沫若就认为东西方文化没有根本性的差别。从这一认识出发，他自觉地通过对西方文化的学习去审视中国传统文化；又自觉非自觉地依据中国传统文化意识来消化所接受的西方文化。于是，西方人文主义思想的渗透帮助了郭沫若对仁义思想古为今用的转换；而仁义思想的熏陶又在一定程度上将所融入的西方人文主义思想“中国化”了。

正因为如此，在《孔雀胆》与郭沫若抗战时期的其他几部历史剧中，仁义思想尽管已被赋予新意，却仍沉淀着儒家仁学的某些特质。作为一种普遍原则的“仁”，首先体现着具体的“二人”对应关系，这类对应关系包括君臣、父子、夫妻、朋友——对于梁王，对于岳父，段功即便忠而见疑，孝而见疏，也依然委曲求全，他所以一再犹豫，便是因为虑及与梁王、岳父的关系，最后心甘情愿地杀身以成“仁”……对于丈夫，对于父亲，阿盖尽管置身于父与夫冲突的两难境地，仍然以贞烈、仁爱的举止，“绝好的证明”了她是“充分汉化了的”、一定意义上也即“儒化”了的妻子、女儿。[1] 为了两全，她一度出现了段功式的延宕，终于别无选择地舍身以殉情。

如果说“仁”是段功以及与他有“异体同一性”的阿盖百折不回、上下求索的归宿，那么“自我”则是哈姆莱特“无休无息地绕来绕去的出发点”。[2] 一定意义上，段功与哈姆莱特都非死于敌手，而是自尽于自己手持的仁义思想、人文主义剑下的。无独有偶，两把剑都是双刃的。段功手持双刃的仁义之剑，一面用以消灭罪恶，一面用以修补矛盾，他几乎“容恕”了一切，唯独割弃了自我，苦心地玉成一个浑朴敦厚的“仁”字；哈姆莱特手持双刃的人文主义之剑，一面也用以消灭罪恶，一面却用以挖掘矛盾，他简直怀疑一切，甚至毫不容情地直刺自己——他逼问出自身人性的弱点，他蔑视自己的软弱无力，他还对“人”连同自己在这个颠倒了的世界的位置困惑，对这一泥土塑成的生命的价值与意义质疑……一个痛不欲生的“我”倒下了，无意间那把剑却又雕出了另一个咄咄逼人的“我”字。

是的，哈姆莱特是一个矛盾的组合：一个“我”声称“人类不能使我发生兴趣”，另一个“我”却对自我、对人类、对联系着自我人类的一切现

1 《〈孔雀胆〉后记》，《郭沫若选集》第 3 卷下册，成都：四川人民出版社 1979 年版，第 145 页。

2 ［俄］屠格涅夫《哈姆莱特与堂・吉诃德》，《莎士比亚评论汇编》上卷，北京：中国社会科学出版社 1981 年版，第 468 页。

存都发生了无限的兴趣。他对自我穷根究底，对宇宙、大自然、人类社会穷根究底，那个巨大的问号——“To be or not to be”所问的岂止是“生存还是毁灭”这一个问题，从“是或不是”、“存在还是不存在”这个字面延伸，分明蕴含着哈姆莱特执意探明的无穷无尽的“值得考虑的问题”：应存在的是“这一个太坚实的肉体”还是人文主义心目中大写的“人”？虚妄的是现实还是理想？虚妄的是绝望还是希望？

与哈姆莱特对一切“寻根究底”恰成对照的是段功的对真相“不想过分的追究”。这提醒我们注意两位主人公在“延宕”时所称的还要“考虑”之语的同中有异：哈姆莱特的“考虑”实质上是一种思辨性思考，结果问出“一片解不开的紊乱”；段功的“考虑”却应读作“顾虑”，他作茧自缚，终于割舍不断“仁”的网络联结着自身的每一根丝。

对于段功，迫在眉睫的现实问题便是维护“民族团结”，其答案显而易见，无需多问，寻根究底不仅会破坏“仁”的人际关系，而且将动摇他内心深处“中和”的文化理想的平衡。——那是一架以“仁”为中轴的长于持衡的天平。它长于克己贵人，长于节情敛欲，长于谐调人世，凭藉着这一天平，段功尽力将两极都拉回到中间的“中庸”地带，极苦心、极坚忍、极柔韧地维护着两极的平衡。

相形之下，哈姆莱特心中的那个古老而常新的问题“To be or not to be”更酷似一架天平，但不是一架两极持衡的天平，而是一种冲突的并列。它是一次次永无答案的发问，象征着人类漫无止境、反复不停的探寻。那个不安分的哈姆莱特连同那颗纤敏的心好像被绑在了天平的中点向不同方向分裂开去，他极痛苦、极迷惘、极疲乏地摇摆、挣扎于天平背反的两极……

四、历史悲剧与哲理悲剧：悲剧基调的迥异

如果说，我们在《哈姆莱特》中读到了一个骚动不安的灵魂，那么，在《孔雀胆》中则读出一种沉重凝滞的生存。

我无意泛泛而谈地批评段功缺乏哈姆莱特那种个性意识、怀疑精神；也无意像屠格涅夫把哈姆莱特当成十九世纪俄罗斯现实中的人物那样，将哈姆莱特强拉到中国的现实土壤上，指责他缺乏段功那种群体意识、牺牲精神。对二者文化理想的比较，不仅应配合着各自背后竖立的文化背景，而且应注意二者所荷载的不同使命。恰如剧中的哈姆莱特已不仅止是一个古代丹麦的王子，他已是经过莎士比亚再造的一个英国文艺复兴时期有着人文主义思想的王子，在形而上的意义上已是一个“哲学冥想者之王”；剧中的段功也不仅止是一个元朝末年的大理总管了。尽管较之剧作家另一部历史悲剧中的主人公屈原，他对现实政治直接影射的意向大为减弱了，但他毕竟是“皖南事变”不久郭沫若在特定创作心境下创作的一个形象，是郭沫若从浩如烟海的古籍史料中精心选择的与其有“内部的一致”的人物，在他的身上无疑折射出强烈的时代意义、现实意义。于是，在段功对“仁”的呼唤中，藉着古今相通的血脉，读者不仅能心领神会地把“仁”字听作极有现实意义的顾全大局、“坚持团结、反对分裂”，而且能听出作为新时代预言者的郭沫若对于一种理想社会秩序的热切呼唤。

如果说郭沫若呼唤的是把人当作人的施仁政的社会秩序，那么莎士比亚呼唤的则是使人成为人的人性的世界。前者对历史的“人”的发掘、表现，大都集中于政治意识以及与政治意识密切相关的那部分伦理原则；后者探讨的则不仅仅是政治的人、社会的人，同时也是“人类”的人。前者

虑及的是民族群体生存的危机；后者思考的则是“人”的意义上个体生存的困境。

借用郭沫若对《屈原》的评论，《孔雀胆》“并不是怎么哲学的”。[1]它不惯于也无暇对诸如生存、死亡、人类、宇宙等命题作高度抽象的哲学思辨，它是一部历史悲剧。

写到这里，我不由得想起郭沫若曾经将莎士比亚的四大悲剧误读为“命运悲剧”，并进而认为“四大悲剧悲剧性都不够强”。这表明了郭沫若对悲剧理解的褊狭。他认为“只有在历史转换期，新旧力量交替的斗争中，才往往产生大悲剧”——“未死的力量压倒新生的力量”的悲剧。产生悲剧，应有其显而易见的“历史必然性”。[2]

正是郭沫若的这一“误读”，帮助我们发见《哈姆莱特》虽然不乏历史悲剧的成分，虽然也可视作是一部以人的个性力量为主体、反映个人同社会冲突的性格悲剧，但从另一个层面观照，它的内容、目的与精神其实是有更多的哲学上的意义与震撼力的。如同弗·史雷格尔在《论希腊诗歌的研究》一书中所指出的，它是一部哲理悲剧。

在《哈姆莱特》中，除了揭示了与《孔雀胆》不无类似的导致悲剧的“历史必然性”因素外，还有意无意地渲染了一种诱发悲剧的“冥冥中的力量”，那正是郭沫若所难以理解、不能接受的。其实，去掉那层扑朔迷离的外衣，它并不那么神秘，它暗示着人对宇宙人生终极意义的理性探索永无止境这一宿命。

尽管临死前，段功与哈姆莱特又一度重合于“听天由命”这一表象

1 彭放编《郭沫若谈创作》，哈尔滨：黑龙江人民出版社 1982 年版，第 131 页。
2 彭放编《郭沫若谈创作》，第 182 页。

中——段功说："我们也只好尽人事，听天命"，"只要人事尽了，我不怕遭到牺牲"；哈姆莱特说："我们不要害怕预兆；一只雀子的死生，都是命运预先注定的……随时准备着就是了"；但这只是表层的重合。前者意味着"仁至义尽"，意味着自觉意志的完成；后者则显示了"思想和意志已经分裂"。前者说得那么平心静气；后者却带着一种心神不宁。

正因为一个是历史悲剧，一个是哲理悲剧；一个把目光框限于有形的现实，一个把思想延伸向无尽的未来；一个分久必合、终将摆脱民族群体生存的危机，一个则深陷于人的存在本身的悲剧，致使《孔雀胆》与《哈姆莱特》这两部悲剧基调迥异。诚然，元末的段功"不可能实现"国家统一、民族团结"这个要求"，但被历史垫高了的郭沫若却因已能在血色黄昏预见"明天清早呈现出一片干净的世界"，故完全可以赋予段功对实现"仁义"理想坚信不疑；而莎士比亚，则与他笔下的人物哈姆莱特一样，注定无望走通存在与思维间所间隔的无穷的迷津。

难怪，在《孔雀胆》中，悲剧性的阴云后犹不时闪现出郭沫若式的乐观的亮色；而在《哈姆莱特》中，则始终流贯着一种难以排遣的哈姆莱特式的忧郁。

原载《外国文学研究》1992年第4期

试论戴望舒对法国象征派诗歌的接受

五四运动，不仅象征着古老的中华民族的觉醒和崛起；同时也标志着中国文学自觉地汇入“世界文学”潮流的开端。但置于世界性文学交流中的中国文学的主潮，既非表现为一味炫耀其古代传统以示源远流长，也非表现为仅仅以原封不动的照搬、惟妙惟肖的模仿来发出对异域文学流派、思潮的呼应；而是在“采用外国的良规加以发挥”，“择取中国的遗产融合新机”中显示其自身的当代独创性。正是在这一意义上，戴望舒对法国象征派诗歌的“接受”应得到肯定。在《诗论零札》中，望舒说过这么一段话：“愚劣的人们削足适履，比较聪明一点的人选择较合脚的鞋子。但是智者却为自己制最合自己的脚的鞋子。”[1] 法国象征派诗歌正是戴望舒为“制最

1 《诗论零札》，收入《戴望舒诗集》，成都：四川人民出版社 1981 年版，第 162–163 页。

合自己的脚的鞋子”时有所借鉴，而选择的“较合脚的鞋子”。

在戴望舒二十年代末至三十年代初的诗作中，显然可以看出对法国象征派诗歌，尤其是对后期象征派诗歌的模仿。如他的《忧郁》对魏尔伦同名诗作的模仿，《我的记忆》与耶麦的《膳厅》在意象和观念以至风格上的许多相似。这方面，已经有一些研究者提供了材料，这里，不妨再补充几个具体例证。试将他的《路上的小语》与保尔·福尔的《我有几朵小青花》作比较，《路上的小语》：“给我吧，姑娘，那朵簪在发上的／小小的青色的花，／它是会使我想起你的温柔的。／——它是到处都可以找到的……／——给我吧，姑娘，你的像花一样燃着的，／象红宝石一般晶耀着的嘴唇，／它会给我蜜的味，酒的味。……／——给我吧，姑娘，那在你衫子下的／你那火一样的，十八岁的心，／那里是盛着春天青色的爱情的。／它是我的，是不给任何人的，／除非有人愿意把他自己底真诚的／来作一个交换，永恒地。”《我有几朵小青花》：“我有几朵小青花，我有几朵比你的眼睛更灿烂的小青花。——给我吧！——她们是属于我的。她们是不属于任何人的。……我有几粒红水晶，我有几粒比你嘴唇更鲜艳的红水晶。——给我吧！……我已找到了一颗心，我已找到了两颗心，我已找到了一千颗心。——让我看！……我已找到了爱情，……在路上到处都有，爱人啊，在路上到处都有。”[1]——一样淳朴如话的语言，一样清新自然的情感，而在意象上，两首诗尤其相似。在诗的节奏上，《秋》中的“当飘风带点恐吓的口气来说：／秋天来了，望舒先生！”与耶麦《膳厅》中的“当一

1 ［法］保尔·福尔《我有几朵小青花》，《戴望舒译诗集》，长沙：湖南人民出版社 1983 年版，第 33 页。

个访客进来时问我：/——你好吗，耶麦先生？”如出一辙。[1] 此外，也有识者注意到戴望舒的另一首诗《断指》中的“每当为一件琐事而颓丧的时候，/我会说：‘好，让我拿出那个玻璃瓶来吧。’”与耶麦上述诗句在节奏上的一致。[2]

我们还可以将戴望舒的《烦忧》与耶麦的《天要下雪了》作一比较。《烦忧》：“我不敢说出你的名字，/假如有人问我的烦忧：/说是辽远的海的相思，/说是寂寞的秋的清愁。”《天要下雪了》：“在炉火边我想起了我的烦忧。/假如有人问我：‘什么啊？’/我会说，‘不要管我吧。没有什么。’”……在《烦忧》一诗中，耶麦《天要下雪了》的影响显然有迹可寻[3]，尽管由于传统律诗绝句的熏陶，戴望舒《烦忧》一诗写得更凝练、更整饬些。

需要指出的是，戴望舒对法国象征派诗歌的“接受”并非仅仅停留于模仿、改译阶段，倘仅仅如此，那么，用他自己的话来说，他至多不过是会“选择较合脚的鞋子”的“比较聪明一点的人”。戴望舒是“智者”，他努力“为自己制最合自己的脚的鞋子”。为接受美学奠定哲学基础的德国哲学家马丁·海德格尔指出：存在的时间性和空间性，规定了人的认识和理解的历史具体性——我们认识、理解任何事物，都是以自己已有的先在、先见、先把握，即意识的“先结构”为基础，进行有选择、有变形地吸收。[4] 戴望舒正是以自己已有的价值标准和审美趣味（即意识的“先结构”）

1 ［法］耶麦《膳厅》，《戴望舒译诗集》，第 46 页。

2 夏仲翼《戴望舒：中国化的象征主义》，收入曾小逸主编《走向世界文学》，长沙：湖南人民出版社 1985 年版，第 465 页。

3 ［法］耶麦《天要下雪了》，《戴望舒译诗集》，第 51 页。

4 ［德］海德格尔《存在与时间》，转引自钱念孙《论吸收外国文学影响的潜在形态及其作用——从接受美学的角度谈文学的民族化问题》，《文学评论》1985 年第 5 期。

为基础，对法国象征派诗歌进行有选择、有变形地吸收的。换言之，并非戴望舒被动接受了法国象征派诗歌的影响；而是他在法国象征派诗歌、特别是在后期象征派诗歌中发现了“自己”——自身在民族本土上产生的思想情绪及艺术创新的要求，于是发生遥感，发生融合。

法国象征派作为文学流派形成于十九世纪八十年代。它是巴黎公社失败后笼罩知识分子阶层的幻灭和绝望情绪的一种反映。这种幻灭感很容易触发因 1927 年大革命的失败而陷于忧郁中的戴望舒这样的知识分子的共鸣。“忧郁”是法国象征派的美学原则，其先驱波特莱尔声称“美是这样一种东西：带有热忱，也带有愁思，它有一点模糊不清，能引起人的揣摩猜想。……‘忧郁’却似乎是‘美’的灿烂出色的伴侣”[1]；他还企图阐明浪漫派画家德洛克洛瓦的成就在于“他的全部的作品中，有着一种独具的一贯的忧郁”。在戴望舒的诗作中也自始至终贯穿着一种“忧郁”，但这只能说法国象征派诗歌中的“忧郁”情绪在戴望舒的诗作中得到了共鸣；而不能说“忧郁”是法国象征派的“舶来品”。苏联学者契尔卡斯基看到了这一点，他在《论中国象征派》一文中指出：“抑郁症，它伴随着魏尔伦的诗，也是戴望舒的忠实伙伴。但这里却没有影响而言”，“中国诗歌中的‘无病呻吟’或‘无端的忧愁’有着牢固的悠久的传统。戴望舒、汪静之或刘大白在这种情况下却不过是重弹中国诗的老调。如果中国要进口法国的‘无端的’忧郁，那才是咄咄怪事！”[2] 在这里，契尔卡斯基一方面阐述了启人深思的见解，另一方面却又发表了值得商榷的观点。我们不能认同戴望舒诗

1 《随笔》，收入伍蠡甫主编《西方文论选》下，上海：上海译文出版社 1979 年版，第 225 页。

2 ［苏］契尔卡斯基《论中国象征派》，《中国现代文学研究丛刊》1983 年第 2 期。

作中的忧郁源于“中国诗歌中的‘无病呻吟’或‘无端的忧愁’”的传统；而视之为“有病呻吟”。

“忧郁”确能在中国文学中寻溯到“悠久的传统”：“‘正声何微茫，哀怨起骚人’，普遍的忧患，孕育着无数的诗人。所谓诗人，是那种对忧患意识特别敏感的人们”，“读中国诗、文，听中国词、曲，实际上也就是间接地体验愁绪”，“这是个人的忧郁，同时也表现出一个社会、一个时代的心理氛围”。[1]中国文学中的这种“忧郁”与西方现代文学中的“忧郁”有着本质的不同。在以个人为本位的西方现代文化中，“忧郁”往往表现为垄断资本主义的重压下因自我扭曲、自我分裂、自我丧失而发出的哀号；而在中国文学中，个人的忧郁却往往是自觉不自觉地与民族的郁结联系在一起的。以戴望舒为例，他那“此地黑暗的占领，／恐怖在统治人群，／幽夜茫茫地不明”一类的诗句[2]，显然不仅流露了个人陷于黑暗现实而又寻不到出路的忧郁，同时也隐隐地表现出一种民族的危机感。此外，在西方现代文学中，所表现的“忧郁”往往带有一种绝望的悲观主义的色彩；而在中国文学中，正如高尔泰指出的，“忧郁”具有“忧伤而不绝望的调子”。这种民族心理体现在戴望舒诗作中，便决定了他的诗作虽然带有浓厚的忧郁色彩，但仍不乏希望的微光。——我们不妨借用他的诗句把这希望称作“死叶上的希望”。这希望似乎已“在遗忘里沉淹”，但突然间它“又醒了”、“又要依依地前来”。这追求、这希望在当时的戴望舒身上似乎是朦胧的，但绝不是虚无的。在《单恋者》中他这样写道：“我不知道是恋着谁：／是一个在迷茫的烟水中的国土吗，／是一枝在静默中零落的花

1　高尔泰《美是自由的象征》，北京：人民文学出版社 1986 年版，第 293、292 页。
2　《流浪人的夜歌》，《戴望舒诗集》，第 10 页。

吗，／是一位我记不起的陌路丽人吗？”[1]——从中国诗歌传统中寻溯，《无题》诗往往“有题”，而“香草美人”也往往具有象征寓意。如果说，前期诗作中这种个人的追求与对祖国的挚爱的结合尚是朦胧的、自觉非自觉的；那么在他后期的诗作（最有代表性的如《我用残损的手掌》）中，个人的命运与民族的危机感，个人的追求与对祖国挚爱的结合便表现得分外强烈、分外突出了。

在我们肯定戴望舒诗作的思想意义时，决不能忽视诗人及其作品的局限性。前面我们将戴望舒诗作中的“忧郁”概括为“有病呻吟”。较之时代的强音，“呻吟”虽则高于麻木，却毕竟是软弱的、消极的。这是因为像戴望舒这样“正直的，有很高的文化教养的知识分子”，“常常要通过自己真切的感受，有时甚至通过现实的非常惨痛的教育，才能比较牢固地接受或是拒绝公众所早已肯定或是否定的某些观念。而在这之前，则常常是动摇不安的”。[2]于是，晚唐诗词中的末世之音与法国象征派的“‘世纪末’的果汁”便很自然地在这位革命阵营门边游离徘徊的“游子”、“夜行者”身上引起共鸣——我们可以将此归结为诗人意识的“先结构”中的负面因子与外来的负面影响的融合。

戴望舒对法国象征派诗歌的“接受”，不仅仅源于中国现实土壤所生的某种思想需求，同时也可以从现代新诗的发展轨迹中，寻索到动因。在少作中，他曾一度响应以闻一多、徐志摩为代表的新月诗派倡导的新诗形式格律化的主张，写过一些非常完整的“方块诗”；为了“使新诗成为旧诗一样可‘吟’的东西”，甚至还讲究平仄声。新月诗派对于新诗格律的探索

1 《单恋》，《戴望舒诗集》，第 62 页。
2 艾青《望舒的诗》，收入《戴望舒诗集》，第 9 页。

实践，纠正了彼时新诗发展中日趋自由散漫的偏向；然而，一种审美趣味、即使是一度富于创新精神的审美趣味也有可能因过度囿于自身的美学规范而走向极端，而老化。固定着一个样式写，难免习久生厌，于是，作为对新月诗派所提倡的音乐的美（音节）、绘画的美（词藻）、建筑的美（节的匀称和句的均齐）等“三美”理论的反拨，戴望舒便针锋相对地提出了他的诗歌理念：“诗不能借重音乐，它应该去了音乐的成分”，“诗的韵律不在字的抑扬顿挫上，而在诗的情绪的抑扬顿挫上”；“诗不能借重绘画的长处”，“单是美的字眼的组合不是诗的特点”；“所谓形式，决非表面上的字的排列”，“韵和整齐的字句会妨碍诗情，或使诗情成为畸形的”。[1] 与其说，因着法国象征派诗歌的影响从而产生了以上诗歌理论，不如说是戴望舒主动选择了反拨“三美”理念所需要、能理解的“这一派诗风底优秀”的形式追求与审美特征。

他在果尔蒙的创作中选择了“有着很个性的音乐”的“无韵诗”——“他的诗有着绝端地微妙——心灵的微妙与感觉的微妙、他的诗情完全是呈给读者的神经，给微细到纤毫的感觉的”；他在耶麦的创作中发见了“没有词藻的诗”——“抛弃了一切虚夸的华丽、精致、娇美，而以他自己的淳朴的心灵来写他的诗”；他在保尔·福尔的创作中找到了一种“介乎诗和散文之间”的形式，他欣赏福尔能“用最抒情的诗句表现出他迷人的诗境，远胜过其他用着张大的和形而上学的辞藻的诸诗人”。[2] 法国象征派诗人对戴望舒还有一种“特殊的吸引力”，那便是“为了那种特殊的手法恰巧

---

1 《诗论零札》，《戴望舒诗集》，第 161–163 页。

2 参见《果而蒙译后记》《耶麦译后记》《保尔·福尔译后记》，《戴望舒译诗集》第 31、54、39 页。

合乎他底既不是隐瞒自己，也不是表现自己的那种写作的动机的”。值得注意的是，后期戴望舒特别推崇西班牙象征派诗人费·加·洛尔伽的诗作，而他的作品正是在接受法国象征主义诗歌影响的同时，又糅合了西班牙民间歌谣的特色的。

除了民族审美心理潜在地对戴望舒创作的制约外，戴望舒还有意识地吸取了中国古典文学的精华。他说：“旧的古典的应用是无可反对的，在它给予我们一个新情绪的时候。”[1] 他对“做诗通行狂叫，通行直说，以坦白奔放为标榜”的厌恶，他对诗的动机“在于表现自己与隐藏自己之间”的体味，他那“不单是真实，亦不单是想象”的诗歌见解等等，正是源于中国传统艺术中虚实结合的思想。《文心雕龙》说：“文之英蕤，有秀有隐。”“隐以复意为工，秀以卓绝为巧”。如果说，《雨巷》借鉴了魏尔伦式的“独特的音节”，因而兼具西方艺术的特点，诗歌中意象重叠、繁复，犹如多声部的旋律所汇成的和声；那么，他的《到我这里来》《烦忧》等诗作却深得隐秀相间虚实相生之妙，更多地表现出一种对“含蓄美”的追求。《到我这里来》一诗抒发了对“不存在着了”的恋人的思念：“我是徒然地等待着你，每一个傍晚，／在菩提树下，沉思地，抽着烟。”这里，思念的痛苦不著一字，像中国传统诗歌、书法绘画艺术那样，将有限的直接性尽量地简化了，而无限的间接性却尽量地延伸了。诗面上似平静，暗地里却蕴藉着说不尽的悲哀。

此外，戴望舒诗作中象征手法的大量运用、对朦胧美的追求也不能单纯地归之于法国象征派的影响。司空图的《与极浦书》中便有这样的文字：

1 《诗论零札》，收入《戴望舒诗集》，第 163 页。

“戴容州云：‘诗家之景，如蓝田日暖，良玉生烟，可望而不可置于眉睫之前也。’象外之象，景外之景，岂容易可谈哉?”[1]同时，研究者也已注意到晚唐李商隐等诗人、词人的作品中那种朦胧的美感意境，那种婉转深沉、缠绵宕往的情调对戴望舒的影响。在戴望舒的诗作中，晚唐李商隐等所创的诗风已与法国象征派诗歌的某些特征相衔接、相融合了。这个过程的进行自在有意无意之间，而阅读、翻译法国象征派诗歌则无疑触发了戴望舒对古代文学中一些被人认为“不可理解”的诗歌风格的深入认识。

值得注意的是这样的现象：一方面，戴望舒的文学观念和文化心理结构因受法国象征派的影响而扩大；另一方面又缘于本民族的文化心理，而将某些民族审美情趣所不能理解、不能接受的象征派的特征摒弃了。他也追求一种朦胧的意境，却力戒象征派诗歌中那种不可解的神秘。他把“情绪”提到了第一位，但他并没有像象征派某些诗人那样走向反理性的极端。由于波特莱尔等人的影响（波特莱尔以长满了虱子的狗、骷髅甚至蛆虫、脓血等意象入诗，展现出一片“恶魔般的美”），戴望舒收入“旧锦囊”辑中的某些诗里也一度出现“幽灵”、“荒冢”、“怪枭”、“死鱼”、“衰老的瘦猫”等形象，但自《我的记忆》后，他很快摆脱那种以恶为花、以丑怪为美的倾向，以后诗作中常出现的形象是“青之花”、“残叶”、“夜行者”……更有意思的是，在他选择翻译题为《恶之花掇英》的单行本中[2]，那些呈现出“恶魔般的美”的诗作几乎被摒弃尽了。因为我们民族的审美心理能与“忧郁美”相通，却难以接受“丑怪美”。

1 司空图《与极浦书》，郭绍虞主编《中国历代文论选》，上海：中华书局 1963 年版，第 500 页。

2 《恶之花掇英》，上海：怀正文化社 1947 年版，译有波特莱尔《恶之花》中的二十四首诗。

尽管戴望舒的诗歌理论、他对新月派新诗格律追求的反拨不无矫枉过正之处，尽管他艺术上的大胆探索时而为感情的狭小天地所局限，但他的诗歌理论和实践毕竟丰富了新诗的表现力，他对法国象征派诗歌的接受不仅在当时，而且迄今犹能给予我们难能可贵的启示。

原载《大理师专学报》1987年第1期，
人大复印资料《中国现代当代文学研究》1987年第7期

中国现代乡土小说与俄罗斯、波兰文学

中国现代乡土小说的先驱者鲁迅曾谈到，是俄罗斯、波兰及东欧诸小国文学触发了他致力于农村题材的创作——“后来我看到一些外国的小说，尤其是俄国、波兰和巴尔干诸小国的，才明白了世界上也有许多和我们的劳苦大众同一运命的人，而有些作家正在为此而呼号，而战斗。而历来所见的农村之类的景况，也更加分明地再现于我的眼前。”[1] 鉴于俄国、波兰及东欧诸小国文学对鲁迅创作的影响已有一些文章论及，故本文将侧重论述被当时的评论家称作“鲁迅派”的王鲁彦、冯文炳、蹇先艾等乡土小说作家的作品。他们不仅师承鲁迅，将视线移至农村，移至底层；而且，在创作中也不同程度地体现了俄罗斯、波兰等国文学的深刻影响。

---

1 《英译本〈短篇小说选集〉自序》,《鲁迅全集》第 7 卷，北京：人民文学出版社 1981 年版，第 389 页。

王鲁彦翻译出版过题为《世界短篇小说集》的俄罗斯、波兰及东欧诸国小说选，在译序中，他讲过与鲁迅极其相似的一段话："它们一样的有生活，有人民，有文字，有痛苦与快乐，有呻吟与叫号，有科学与文学——一句话，无论如何弱小的国家都有它们自己的灵魂，或者，我们可以说，正因为它们弱小，受压迫，被损害，它们的灵魂愈加沉痛，愈加悲哀，而从这里所发出的呼声愈比大国的急切，真挚，伟大。文艺正是从灵魂中发出来的呼声，我因此特别爱弱小民族的文艺。"[1]

鲁彦曾担任在北京世界语专门学校任教的俄罗斯盲诗人爱罗先珂的助教，爱罗先珂的人道主义思想给予鲁彦极大的影响。爱罗先珂在严冬一般冷酷的现实世界里，却执着地做着"春夜的梦"。在《春夜的梦》中，他梦着人们都爱美；梦着人们会意识到"美的占有的罪过"——私有制的罪过；梦着人们"无所不爱"[2]，连贵族小姐和平民的儿子也相互爱慕，携起手来。鲁彦在《秋夜》中做着与爱罗先珂同样的梦，他在梦中向困苦者表达了他那"无所不爱"的人道主义情怀。他大声疾呼："不要失望，困苦者！我便是你们的兄弟，我的家便是你们的家！"然而，尽管"梦"相似，鲁彦的"秋夜"毕竟不是爱罗先珂的"春夜"，萧萧的落木，恶狗的横行，坟地的阴冷，这才是旧中国漫漫"秋夜"的真实图景。即使在梦中，鲁彦的耳畔依然响彻着因军阀混战而备受困苦的人民的呻吟："我们是从战地来的……我们的家屋都被凶恶者占去了，我们的财产也被他们抢夺尽了……"[3] 在这

1　王鲁彦《〈世界短篇小说集〉序》，曾华鹏编《王鲁彦研究资料》，北京：知识产权出版社 2010 年版，第 26 页。

2　［俄］爱罗先珂《春夜的梦》，《鲁迅译文全集》第 1 卷，福州：福建教育出版社 2008 年版，第 477 页。

3　鲁彦《秋夜》，收入《柚子》，上海：北新书局 1927 年版，第 2 页。

样的“秋夜”里，鲁彦爱罗先珂式的“无所不爱”的人道主义呼唤，显得那么的软弱无力，他只能像爱罗先珂一样，坠入“不得所爱的悲哀”中。

爱罗先珂认为：“人比兽强，就因为爱美。”然而这只是天国的梦想。怀着同样的梦想的鲁彦一旦从梦想的天国回到现实世界，所见的却恰恰是梦的反面。《秋雨的诉苦》正是鲁彦的“诉苦”。“秋雨”所依恋的是这样一个天上的乐园：“那里有许多为我所爱的朋友，那里有许多爱我的朋友，他们的心系住了我的心，我的心混合了他们的心。”“我们的中间向来没有发生过什么争斗，也没有谁知道争斗是什么……”当“秋雨”为严寒所迫，不得不离开天上的乐园，目睹了迎接它的地面的肮脏后，它诉苦说：“地太小了，地太脏了，到处都黑暗，到处都讨厌。人们只知道爱金钱，不知道爱自由，也不知道爱美。你们人类的中间没有一点亲爱，只有仇恨。”[1]鲁彦愈是深深地憧憬着人人“爱美”，便愈是痛苦地发现人们一点“也不知道爱美”。与其说“人比兽强”，不如说是人混同于兽。于是，在鲁彦以后的创作中，便竭力以一种玩世不恭的态度来冲淡他那人道主义幻灭的痛苦。他似乎不再谈人道主义，似乎不再信人道主义，似乎将人道主义踩之于脚下了。

爱罗先珂在《鱼的悲哀》中这样说：“看见别个捉去被杀的事，在我，是比自己被杀更苦恼哩”[2]；鲁彦的《柚子》却反其道而行之，偏偏塑造了一个以看杀人为游戏的玩世者——“我”。在军阀混战的乱世中，“我”有意与爱罗先珂针锋相对地说：“你们的头生在你们的颈上，割了去不会痛到我的颈上来。”“即使你们将长沙烧得精光，将湘水染成血色，——换一句话

1　鲁彦《秋雨的诉苦》，收入《柚子》，第 35 页。
2　［俄］爱罗先珂《鱼的悲哀》，《爱罗先珂童话集》，《鲁迅译文全集》第 1 卷，第 464 页。

说，就是你们统统打死了，于我也没有关系。”“我”还追随着人群奔去看杀人，焦急的暗祷着：“等我一等，不要背着我杀，不要辜负了我来看的盛意，不要扫我的兴！”[1] 但这种对爱罗先珂式的人道主义的有意反拨仅止于外表上；内心里，鲁彦其实依然迂执地怀抱着他那日感虚幻的人道主义。《柚子》与爱罗先珂的《鱼的悲哀》其实是异曲同工，只不过爱罗先珂正弹琵琶，鲁彦反拨琵琶，以一种玩世的语调来表达他对黑暗现实的一种扭曲的反抗心理，抒发他的人道主义情感。鲁迅因此说：《柚子》一篇，“在王鲁彦的作品里，我以为倒是最为热烈的了”。[2]

艺术上，从鲁彦的《秋夜》《灯》《秋雨的诉苦》等作品里那些近乎于童话的形式、“诗似的美句”、象征性的手法中，也显然可以看出童话诗人爱罗先珂的影响。

除了爱罗先珂，果戈理对鲁彦创作的影响也是有迹可寻的。试以鲁彦的《自立》与果戈理的《两个伊凡的吵架》作比较：《两个伊凡的吵架》写两个地主，原来亲如手足，却因一场无聊的口角，打了十年官司；《自立》也写两个地主，本是感情不错的亲兄弟，竟为了两句似乎很平常的玩笑话，官司打了一堂又一堂。鲁彦通过这一“近于没有事情的悲剧”，揭示了金钱腐蚀个性的罪恶。值得注意的是，他在《自立》《阿卓呆子》《许是不至于罢》等作品中，对于笔下的地主，往往像果戈理那样持“含泪的微笑”的态度，即在给予那些地主辛辣的讽刺的同时，满含着一种惋惜与同情。这无疑是由于鲁彦那泛人道主义思想所致。

1 鲁彦《柚子》，收入《柚子》，第 39 页。

2 《〈中国新文学大系〉小说二集序》，《鲁迅全集》第 6 卷，北京：人民文学出版社 1981 年版，第 249 页。

在艺术上，鲁彦借鉴了果戈理开创的用平常事、平常话构制绝妙的讽刺的手法，但由于缺乏果戈理、契诃夫、鲁迅等中外讽刺大师的艺术功力，他那“热情，呼号，咒诅与讥嘲”往往流于直接的说教。契诃夫的一段话可以移至这里作为对他这种艺术缺陷的批评：“主观态度是一种可怕的东西。它所以不好，是因为它把可怜的作者连胳膊带腿都露出来了。”[1]

与“在玩世的衣裳下，还闪露着地上的愤懑”，在太冷静的冷话中犹透出“最为热烈的情感”的鲁彦作品恰成对照，另一位乡土小说作家冯文炳的小说则大都建筑在“平静”上面。正如沈从文指出的：其作品显出的人格，即使“有一点忧郁，一点向知与未知的欲望，有对宇宙光色的眩目，有爱，有憎，——但日光下或黑夜，这些灵魂，仍然不会骚动，一切与自然谐和，非常宁静，缺少冲突”。[2]

冯文炳很喜爱契诃夫的作品，他的气质使他将契诃夫那种在悒郁中犹夹着温厚的抒情发展到极致。他的作品，所描写的不是什么大悲剧、大喜剧，只是平凡人的平凡生活，从这一特征中也可以看出契诃夫等俄罗斯现实主义大师的影响。他的文字清淡朴讷，去尽一切华丽的藻饰。更重要的是，他为寓情于境的抒情艺术提供了新的形式，淡淡几笔，便摹画出乡村的风俗人情，具有一种“无法拒绝的美”。这在艺术上为乡土小说的创作提供了一定的经验。他的成功很容易使我们联想到契诃夫所特别崇尚的简洁、朴素；联想到契诃夫那朴素而优美的名篇《草原》；联想到契诃夫关于风景描写的一些论述。

艺术情调的“平静’，并不等于思想的“平和”。契诃夫的作品虽具有

1 《写给亚・巴・契诃夫》，《契诃夫论文学》，北京：人民文学出版社 1958 年版，第 8 页。
2 沈从文《论冯文炳》，《沈从文文集》第 11 卷，广州：花城出版社 1984 年版，第 100 页。

一种“安静的、很安静的、朴素的调子”[1]，虽要求作家即使在描写下层人民的痛苦时，也要“极力冷心肠才是”，表面上似乎与冯文炳作品的“平静”相似，实质上两者却有着根本性的差别。契诃夫追求“平静”、要求作家“极力冷心肠”是要求作家将自己的倾向尽力隐藏起来，叙述越是平静，笔下人物的痛苦便越显得强烈，读者的心便越是不平静；而冯文炳的“平静”却表现为一种避世、隐逸的趣味。试读他的《柚子》《桥》等作品，笔下的农村没有地租剥削带来的农民破产；没有外资入侵造成的经济凋零；没有鲁迅描述过的“风波”；也没有许杰所写的“惨雾”。“多子、饥荒、苛税，兵，匪、官、绅”在他那些个“桃花源”中也荡然无影，有的只是一种远离尘嚣和纷争的“田园乐”：一切事件皆出之以和爱，一切人物皆良善愉快。这与契诃夫、鲁迅的直面现实、批判现实的态度无疑是背道而驰的。

由于民族危机的震撼，也由于契诃夫小说中那种讽刺锋芒的影响，冯文炳也曾走出“桃花源”。他写了《追悼会》《文学者》《审判》《莫须有先生传》等讽刺小说。像契诃夫那样，对病态社会所产生的知识分子的庸俗、精神空虚作了一定的针砭。遗憾的是，由于思想、艺术方面的局限，颇长抒情之笔的冯文炳，却殊乏讽刺之才。他的讽刺作品往往失之于缺乏严肃气质的漫画化，思想性也流于肤浅。

俄罗斯作家之外，波兰作家显克微支对中国现代乡土小说也产生了深远的影响。周作人认为：显克微支的《炭画》等小说，“用滑稽的笔法写阴惨的事迹”，“‘阿Q正传’的成功其原因一部分亦在于此”。[2]鲁迅自己也

1 《写给符·伊·涅米罗维奇–丹倩科》，《契诃夫论文学》，第367页。
2 周启明《关于鲁迅之二》，《鲁迅的青年时代》，北京：中国青年出版社1957年版，第131页。

说过："写《呐喊》，思想上受点波兰显克微支的影响。"

显克微支的作品对蹇先艾的影响特别深刻。这不仅体现在身居异邦、苦恋故土的显克微支启示十四岁便客居北京的蹇先艾，所作尽选取故乡贵州为题材；更表现在显克微支对生活在灰色的、半人半兽的故国农村人民苦难的强烈同情，深深地触动了蹇先艾的心，使他发现了久久埋藏在自己心底的创作矿藏——那便是童年时目睹的在苦难、愚昧、野蛮中挣扎的故乡农民的生活情景。

早年，蹇先艾曾花费了两个星期抄下了《炭画》的全文。1926 年他买到《炭画》的重印本，又仔细地重读两遍。直到三十年代，他还"以十二万分的热忱向文学青年推荐这本不朽的杰作"。[1]《炭画》描写羊头村一个小吏企图侮辱农民勒巴的妻子，遭拒绝后，他使用欺骗手法，诱使勒巴在卖身当兵的契约上签了字，勒巴从此陷于灾难的陷阱中，勒巴的妻子卖身救夫，并因此发生夫杀爱妻的悲剧。译者周作人在译文小引中说，他相信中国农村也是产生这类悲剧的"羊头村"。蹇先艾的《在贵州道上》便写了中国的"羊头村"：地主黄荣发设圈套欺骗农民赵洪顺的妻子说，她丈夫已将她卖给他做小。赵洪顺的妻子得知真相后还来不及跟黄荣发算账，丈夫已因为逃兵役被抓去枪毙。

同是乡土小说，在蹇先艾笔下，人们看到的远不是冯文炳那种优美宁静的桃花源，却更接近于显克微支笔下那灰色的、半人半兽的波兰乡村。当我们读着蹇先艾"水葬"中农民老骆为生活所迫而去偷窃，抓住后被愚昧的乡民处以"水葬"那段文字——"要往水下投他的时候，他狠心把眼

1 蹇先艾《一点回忆》，收入《城下集》，上海：开明书店 1936 年版，第 123 页。

一闭，他老母的慈容仿佛在目前一样”，我们难道不感到一种震撼人心的悲剧力量么？显然，显克微支作品中那努力唤醒民族灵魂的激情，那警拔的布局特点，对蹇先艾小说的思想性和艺术性都产生了可贵的影响。

显克微支对另一位乡土小说作家黎锦明的影响也颇大。黎锦明曾将显克微支那篇描写一个部族在殖民主义者铁蹄下几近灭亡、十五年后部族的孑遗者却灵魂麻木地为殖民主义者表演杂技的小说《酋长》，改写成《复仇》。鲁迅称赞经黎锦明改编后的《复仇》“如波兰的显克微支（H. Sienkiewicz）的警拔，却又不以失望收场”。[1] 如果说，显克微支的《酋长》以酋长的遗孤收足赏钱后便木然地忘却复仇而告终——作者竭力将怒其不争的愤激情绪不流露于纸上，于无声处唤其奋起；那么，黎锦明的《复仇》的结尾则有声有色地歌颂了主人公的反抗。使读者欣然终卷的结局并非单纯为了适应民族传统欣赏心理；也是近代农民运动高涨的投影。只是奇特有余，生活的厚实感不足，故使人欣然，却不能启人深思。

他的另一篇自称“在写法上是模仿显克微支的《炭画》”的中篇小说《尘影》，则不仅步入他创作的高峰，而且在中国现代乡土小说中也具有开拓性意义。

《尘影》汲取了《炭画》的长处，以客观写实给人一种“重压”感。然而黎锦明没有停留于此，也没有像他的《复仇》那样以令人痛快的结局使人一扫压抑。过于给人“重压”，难免使人悲观；过于给人“欣然”，却又容易使人陷入“革命的浪漫蒂克”。对于显克微支的深刻理解，使他在《尘影》中既给人以“欣然”，又给人以“重压”。结尾农民领袖被杀害，而他

1 《〈中国新文学大系〉小说二集序》，《鲁迅全集》第 6 卷，第 249 页。

的孩子正从幼稚园出来，唱着“打倒列强除军阀”的歌。——正视失败，同时又隐隐透露出希望；客观写实，却唱出了主观战斗的歌。与这种既给人“重压”又给人“欣然”的思想追求想呼应，《尘影》在艺术上不改以往的警拔，但凸现于丰厚的现实基础上；较前注意细致的写实，但不失其豪放。这无疑在一定程度上得力于显克微支。

中国现代乡土小说的出现，是“五四”以后“为人生”文学发展的必然。任何一个真正坚持文学为人生、敢于正视现实的作者，都不能不对中国最广大的农村和农民生活给予关注。但除却我们民族历史文化发展的内在因素外，外国文学对“乡土小说”这一流派的出现、发展所起的作用也是不可低估的。其中，正如鲁迅、王鲁彦等作家一再表明的，俄罗斯、波兰及东欧诸小国那“伟大的‘乡村文学’”对中国现代乡土小说的影响尤为重要。如果说，以往对俄罗斯、波兰、东欧诸小国文学与鲁迅的关系的研究，已使我们对这一进程留有一定印象；那么，本文通过普遍考察中国乡土小说作家的外来影响，以期对这一进程有一更宏阔的认识。

原载《云南学术探索》1998年第1期

二十世纪七十年代末，自我封闭了多年的中国文坛终于向世界敞开门户，域外的文学潮流汹涌而至，旧波新潮，令人目不暇接。云南少数民族作家却自有其独特的择取：先是梅里美，继而是肖洛霍夫与艾特玛托夫，然后是马尔克斯等拉美魔幻现实主义作家的作品……三种取向混沌而有序地展开。

返观新时期以降云南少数民族作家的接受史，有一现象分外耐人寻味：不仅艾特玛托夫的吉尔吉斯族属使其创作留有鲜明的少数民族胎记；不仅马尔克斯、略萨的拉丁美洲血统使其文本中混杂了“潺流不息的印第安血液”甚或“黑人血液”；即便是肖洛霍夫与梅里美，所展现的也依然是俄罗斯民族中的特殊部落，所激赏的依然是吉卜赛人、科西嘉岛人、非洲黑人一类的“化外之民”。这一共性分明透露出接受者的少数民族立场。

海德格尔十分重视接受者的立场、趣味、思维模式等所谓的“先结构”，指出：我们接受、阐释任何事物，都是以自己已有的先在、先见、先把握为基础。海氏的理论有助于我们理解云南少数民族作家的独特取舍。与其说云南少数民族作家饥不择食地、被动地接受了梅里美、肖洛霍夫、艾特玛托夫以及拉美魔幻现实主义作家的影响，不如说在这些作家中他们发现了“自己”。正是这种潜在的亲和性，使接受主体与客体能超越时空，一见如故。

一、遥感梅里美的浪漫情调

苗族作家李必雨之所以倾慕梅里美，一个重要的因素是缘于梅里美本质上有一种激赏异域色彩、异族情调的浪漫倾向。而“异域色彩”、“异族情调”，恰如某位学者所指出的，建国后一直是民族文学创作望而生畏的字眼。当时的主导意识形态曾有言：“我们的责任是写民族间的团结与互助合作，不是写异族情调。”及至文化大革命，“异族情调”更是被混同于“异国情调”，几成“民族分裂”、“叛国文学”一类罪名的代称。[1]

在这样的背景中，苗族作家李必雨却不顾自身“文革”十年被迫浪迹缅甸、“叛国”帽子刚摘除不久的身份，而坦言要把“梅里美的路子”“一走到底”便意味深长了。它表明李必雨决心学步梅里美一脉的法国浪漫派作家，承当“文学中地方色彩的勇猛的辩护士”。

论及“地方色彩的勇猛的辩护士”，勃兰兑斯如下阐发似不应绕开：“他们以‘尊重地方色彩’为口号。他们所谓的‘地方色彩’就是他乡异

1　参见杨匡汉、孟繁华主编《共和国文学 50 年》，北京：中国社会科学出版社 1999 年版，第 443 页。

国、远古时代、生疏风土的一切特征，而这一切当时在法国文学里都还没有获得适当的地位。他们觉得他们的前辈被一种假定引入歧途，认为每一个人只不过是一个人，尤有甚者，干脆说或多或少就像一个法国人。实际上，从未有过普遍人类这么一种东西；只有个别的种族，个别的民族，个别的部落，个别的氏族。”[1]这段话所以值得玩味，是因为勃兰兑斯不仅称梅里美等为异域色彩的辩护士，还指认他们是民族个性的发掘者。显然，这又是李必雨接受梅里美的重要依据。

置身于理论反拨年代的李必雨在创作中不时为时代共性与地域特性、阶级典型（彼时中国语境中普遍人性尚未凸显）与民族个性、现实与浪漫、真与奇一类的命题所缠绕、所困惑，梅里美对他的影响此时便具有了特殊意义。李必雨理直气壮地以其创作，为“异域色彩”、“异族情调”、“特异性格”、“传奇故事”正名。他深知，舍此，云南少数民族小说的民族特质便无从谈起。

如同李必雨去国依然忧国，他的瞩目异域、异族（他最关注的是佤族、景颇、傣族等云南跨境少数民族），其实质也旨在发掘“他山之石”。这使我们不由地联想起梅里美。梅里美“归根到底还是公开宣布忠诚于爱国主义——这个老准则和老信条”，虽然他深知同胞的“忘恩负义和愚不可及”，却依然不顾一切地热爱着他们。[2]为此，他不惜遥接吉卜赛蛮女、非洲黑奴的脉管，以期重振往昔法兰西之雄风；与此相似，李必雨尽管痛感同胞十余年来“醉心于无休无止的折腾”[3]，却始终不改对祖国对人民的苦

---

1 ［丹麦］勃兰兑斯《十九世纪文学主流 · 法国的浪漫派》，北京：人民文学出版社 1982 年版，第 19 页。

2 ［丹麦］勃兰兑斯《十九世纪文学主流 · 法国的浪漫派》，第 291 页。

3 李必雨《野玫瑰与黑郡主》，昆明：云南人民出版社 1982 年版，第 274 页。

恋。他在远离政治文化中心的阿佤部落、傣族村寨、克钦山地寻索着忠贞、血性、痴情，试图藉此重铸历经浩劫的中华民族精神。

他不仅细腻地展现木鼓房、火塘、筒裙、藤发箍等浅表的文化层面；更“深入到民族心理素质”[1]，自觉不自觉地追问着民族灵魂的消息。

他对笔下克钦姑娘玛露情有独钟，岂止是因为她貌如异域奇艳的“野玫瑰”，更主要的是看重她内心深处的“情如烈火”——每每把最强烈的爱憎燃向极限；以其短暂的一生唱出了一曲极为奔放、率真的恋歌，唱出了一首掷地有声的生命礼赞。

她那双迸射着“异乎寻常的火焰”的眼睛，那“妩媚之中带上几分野性”的神态，以及那念念不忘以血还血的执拗，很容易使我们联想起梅里美笔下的高龙巴（而不是“恶之花”卡门，因为李必雨那正邪过于分明的先结构纵然能吸纳卡门的独立不羁，却怎么也难以接受她那内蕴复杂的“邪气”）。

玛露那特异性格的塑造固然有着梅里美等西方浪漫主义作家“追求人性的自然生长”、“赞美性格的原始强力”一类取向的影响；但更深层的动因却是导源于作者深感“文革”浩劫后民族性格贫血、理想之炬成灰的焦灼。于是，他从玛露那野火般炽烈的性格中寻索到近乎原始的火种，试图引燃那些未曾熄灭的生命信念。

虽则如此，李必雨并不想完全仿效梅里美文明 / 野蛮二元对立的语式，将价值天平的砝码一味向高龙巴、卡门一类未经“开化”的女子倾斜——以高龙巴的更有魄力、有毅力、有激情、有血性，揶揄她哥哥为重

1　李必雨称：“写少数民族不能仅于特异的服饰住所、风俗习惯，必须深入到民族心理素质。”

重矫饰所累、所延误的“太文明”；以卡门的独立不羁，蔑视情人唐·若瑟终究是摆脱不了文明社会道德鸟笼羁束的“金丝鸟”。[1] 在李必雨笔下，那些从文明社会来到不无原始的异域的男主人公们总是身负以某种较为先进的观念与行为方式为边地造福的使命。他不能不寄情于“文明”、“进步”、“现代”，以一种艺术家的理想方式，尽管连他也难以想象笔下那在克钦山扎针送医的“文明使者”张瑾真能开出什么救世“药方”；如同他不无矛盾地一再倾心“野蛮”、“原始”——那也未尝不是某种已逝或将逝的人类精神与被压抑的文化可能性的虚拟。它具有乌托邦性，它的意义更多地诉诸民族灵魂重铸的深层。

在那特定的年代，李必雨似乎讳言小说中不乏浪漫主义的假想，而宁愿更多地强调作品的真实性。这一隐衷可从友人为他的作品所作的序言中曲折见出。

友人称《野玫瑰与黑郡主》一书尽管“情节是那样离奇，人物性格是如此奇特，却好像还没有人（特别是对克钦民族生活有了解的人）对小说的真实性发生怀疑。这就不能不使我想到一个问题：奇与真的关系问题”。[2] 依照当时文坛惯用的审美标尺，“真”，显然是个褒义词，但“奇”却不然。于是，李必雨及其友人便不得不防卫性地标举某种“奇而真”的传奇观——自然，其实质还是旨在肯定“奇”的价值，在“真”的掩护下，猎“奇”，传“奇”。

---

1 尽管在《野玫瑰与黑郡主》中，李必雨也曾藉玛露的如下语言：“我就厌烦你们这种城里人！连自己的心也裹上毯子！……连自己的感情也不敢承认，孱头！”“你两个像买主谈牲口一样，你推我让，还怪够交情、讲义气的！玛露非嫁给你两个不可？”有意无意地揶揄了外来的“文明人”。

2 《野玫瑰与黑郡主》，第 1 页。

纵览李必雨的小说，内中固然不乏作者异域十年亲身遭遇的写实性记述；甚至不乏史学家般客观的考订搜辑[1]；但更引人注目的却显然是作者对传奇性事件的主观想象、渲染；对那已为现代文明社会疏远、陌生、遗忘了的特异精神、性格的浪漫升华。它不仅反拨了求新求异精神先天不足的汉儒审美心理，甚至逸出了讲究冰冷的不动声色的态度、注重“证据确凿的事实”、“描绘得恰如其分的细微末节”的梅里美风格惯有的冷静与拘谨。不说《野玫瑰与黑郡主》中张瑾与“野玫瑰”、“黑郡主”姐妹恋情的颇富戏剧性；也不谈执行“神判”的敌对双方互以木棒相击头部、先出血的便判为理亏一类故事的传奇性——这些并未超越梅里美的情节趣味；但看《猎取人头的姑娘》结尾，男主人公吴尚贤毅然去省城赴死之际，“从路边伸出来的野芭蕉叶、刺条，老是拂着他的脸，拉着他的衣服！而那从头顶飞鸣而过的绿鸠、绯胸鹦鹉，叫声里仿佛带着哭音”，其妻娜蕊纵身跃入泉中殉情，直感动得泪泉沸腾翻滚的奇思遐想，便可见李必雨小说较之梅里美的更“奇幻”。尽管笔法尚稚拙，李必雨已开始尝试吸纳民间传说与神话思维。

其实，不必深究李必雨笔下的传奇世界、传奇性格哪些是实有、哪些是虚拟；不必辩解某些境界何以不是“奇而真”而是“奇而幻”；它的意义与其说是让我们直面现实，不如说更多的让我们追怀浪漫。那传奇之境

1 勃兰兑斯指出：“梅里美虚构的故事在某种程度上永远是他的研究考据的产物”，“梅里美是语言学家和考古学家，是学者，也是科学家。他的艺术可以比作枯燥无味的学术研究中的一片绿洲。……从它过渡到历史著作也是轻而易举的；因为对事实的爱好，以及对准确性和精密性的热情，有时候再也不能只满足于幻想的画像了”。李必雨《猎取人头的姑娘》创作中所显示的自觉的历史意识显然承袭于梅里美。在《后记》中，李必雨曾细述他如何在研究、考订历史资料的基础上，虚构了这一故事。参阅《〈猎取人头的姑娘〉后记》，贵阳：贵州人民出版社 1987 年版。

未尝不可视作一面“彩色之镜”。从中不仅可以窥见异域的奇丽风景，更可能藉着它那亦真亦幻的反光，为我们日趋平庸黯淡的日常生活平添一线异彩。

二、神会苏俄作家的人性魂核

如果说，确认梅里美对李必雨的影响尚可从李必雨本人的言谈文章中得到充分的提示印证，那么，推断肖洛霍夫对白族作家景谊的影响却不得不由细读文本入手。好在任何接受行为，其初始阶段大都带有一定的模仿性，在景谊的《谁有美丽的红指甲》中，还宛然可辨对《静静的顿河》的刻意临摹。藉这确凿无疑的影响轨迹导引，以下的比较研究应不致牵强附会。

与李必雨对梅里美的接受动因相似，景谊对肖洛霍夫的接受首先也是缘于肖洛霍夫展现了俄罗斯民族中某个特殊部落，某种特异的风情。诚如鲁迅曾指出的：《静静的顿河》“风物既殊，人情复异”，不愧为“华斯珂普所说的‘充满着原始力的新文学’”。[1] 值得注意的是，肖洛霍夫笔下的“风土”每每感染了人性，与“人情”息息相通：那顿河的气息，顿河的涛声，是他自吃奶的时候就一起吮吸进的血乳，是他婴儿时期就听惯了的摇篮曲。如是，环绕着小说中葛利高里和婀克西妮亚的生死命运，那顿河，那高原，草原上的哥萨克乡村，恍惚都一起在呼吸，在感叹，在歌唱，在梦……而那动人的爱情，也“仿佛同解冻的顿河的喧闹的河水汇合在一起”。

---

1 《〈静静的顿河〉后记》，《鲁迅全集》第 7 卷，北京：人民文学出版社 1981 年版，第 361 页。

如果说，肖洛霍夫的抒情艺术更多地是从顿河中汲取笔意，那么景谊的抒情艺术则更多地是从洱海中汲取灵性。从《谁有美丽的红指甲》中白姐的身世里依稀可见作者景谊的人生投影。孩提时，撒网的父亲用绳子把她拴在桅杆上，是洱海的风涛拍抚她长大；顺苍山十八溪溪水漂到海面上的花瓣、鸟羽点缀了她的童年，难怪洱海对于白姐而言犹如亲人。是的，在景谊笔下，洱海不止是风土，是背景，有时俨若"人物"，融入"人情"。当白姐周身沾满乡间传统泼来的浑水、脏水时，是洱海用她那温暖可感的水波恢复她的纯洁；而当她被迫远嫁他乡之际，也唯有洱海用"浪潮的语言"安慰说："哪怕走到天涯海角也不要忘记洱海，生个娃娃也是洱海的子孙……"如果说，《静静的顿河》中那动人的爱情时时汇合着顿河水交响，那么，《谁有美丽的红指甲》里白姐的"女人之歌"则声声交融着洱海的伴唱——"听那来自海底的古老的歌"，"这支歌的节奏就是她憋住那口气所感到心脏怦怦的跳动声；这支歌的旋律就是那清澄的海水"[1]，可是这支歌里还有一支隐秘的旋律，它甜蜜而执著地隐藏在白姐的心底……神思恍惚中，物我无间。

然而，对于景谊而言，肖洛霍夫的意义犹不止上述这些。假如说，梅里美使李必雨学会了如何强化性格的鲜明性与极端性，那么肖洛霍夫则更多地使景谊懂得，进而自觉刻画性格的丰富性与复杂性。

这一启示大抵是通过葛利高里，尤其是她的情人婀克西妮亚完成的。后者对景谊、对她笔下的"白姐型女性"的塑造影响尤为深刻。白姐那时而温柔时而挑衅的笑容，那略带忧郁略带轻蔑的嘴角，那微微翘起的又矜

1 景谊《谁有美丽的红指甲》，北京：文化艺术出版社 1989 年版。

持又傲美的下巴颏，那黑黑长长的眼睫后似是迷惘似是深邃的眼神，都酷肖婀克西妮亚。与其说是貌似，不如说是神似。是的，正是婀克西妮亚使白姐陡然成熟，敞开胸怀拥抱“有罪的爱情”。尽管青春已逝，尽管婚后备尝无爱之苦，但她终于醒悟：不应“把心里最值价的东西当作罪一样畏惧”。于是，爱，不再是某种无可奈何的冲动与挣扎，而成了对传统生活方式、情感规范的主动背叛与挑战。

难以抑制、不知满足的咀嚼着那“晚熟的爱情”，白姐十倍百倍地体验了生活着爱着，是何等的痛苦，何等的甜蜜！在生理上乃至心理上，外貌上乃至精神上，都呈现出一种极成熟、极迷人的魅力。

描写“晚熟的爱情”，不仅仅是景谊对肖洛霍夫题材意义上的追随，是她对肖氏性格刻画、心理描写技巧意义上的借鉴，更是对肖氏开放的、人性的识见思想意义上的汲取。从这为传统思维简化、古典洁癖不取的选题入手，景谊穿透了边地女性何其繁复、深沉的“内世界”。

经由“晚熟的爱情”深入，景谊逼近了《静静的顿河》由此而升华的“表达人的魅力”、“人类心灵的不朽的主题”，感动着肖洛霍夫那颗把握住人类良心的温暖灵魂。[1]

这是肖洛霍夫作品的魂核，也是苏联文学的魂核。如文章开始已提及过的吉尔吉斯作家艾特玛托夫，他也以其毕生创作，呼唤着作家具备一颗

---

1 苏联评论家赫瓦托夫在《葛利高利·麦列霍夫形象与〈静静的顿河〉的构思》一文中指出：“在《静静的顿河》中如此包罗万象地，如此浸透性地震响着人道主义的主题，人类心灵的不朽的主题，这心灵被对孩子的热烈而温柔的爱所控制着，被想劳动的思念所控制着，这颗心灵还为故乡大自然的诗意所迷惑。难怪肖洛霍夫预定作为《静静的顿河》的构思之最主要任务是表达人的魅力。”这段话完全可以移用于《谁有美丽的红指甲》，道出小说的魅力所在。

"体现人类愿望的艺术良心"。[1]

艾特玛托夫的小说不仅渗透着吉尔吉斯民族对世界的独特认知与感觉，而且充溢着人类关于善、关于美、关于人性的共同思考。他的成名作《查密莉雅》也写浓厚的封建传统氛围下吉尔吉斯女性那"晚熟的爱情"。根据手边掌握的材料，尚难以推断其作是否与肖作一起对景谊的创作形成了影响合力，却可以确认他与哈尼族作家黄雁的深刻联系。为了不致与前面的论题相重复，我们姑且只将艾托玛托夫的《白轮船》与黄雁的《奶鹿》作比较。[2]

两部小说的文体都是"仿童话"，主人公都是孤儿原型，都有着一颗富于幻想、敏感、易受伤害的心。一个是哑巴，怀着一种无言的哀伤；一个"喜欢自言自语"，却愈发衬出难耐的孤寂……所以取"孤儿"原型，显意识中自然如艾托玛托夫所挑明，是因为小说珍视"童年时代人身上出现的良心的萌芽和正派行为的胚胎"[3]；然而潜意识里，却无意间接通了同样长时期受压抑而富于幻想和敏感的少数民族作者心底的沉忧隐痛。不是吗，当我们读着如下的词句："孩子此时此刻感到自己太小、太孤单，感到无依无靠。只有他和山，山，山，到处是高山"[4]，难道不能读出山地民族那种源自深心的孤独与渴欲？

于是，我们不难理解两位作者何以用笔、用心呼告着爱的复归；于是，我们终于读懂了两个孩子何以用血、用生命阻止着传统恶习与现代物欲对鹿的合力虐杀。它已不是一般意义上的野物，而是作者借鉴寓言、传说、童话的手法活现的仁爱的良心。无论是《白轮船》中母鹿那"又洁净又光

1 ［苏］艾特玛托夫《对文学与艺术的思考》，乌鲁木齐：新疆大学出版社 1987 年版。
2 《奶鹿》，收入黄雁小说集《无量的大山》，昆明：云南民族出版社 1998 年版。
3 ［苏］艾托玛托夫《对文学与艺术的思考》，乌鲁木齐：新疆大学出版社 1987 年版。
4 《白轮船》，收入《艾特玛托夫作品精粹》，石家庄：河北教育出版社 1990 年版，第 202 页。

润，就像正喂奶的妇女的乳房”、“就像生头胎的妈妈的奶水”，还是《奶鹿》中与刚生下头胎的芬姨不断重合、交互幻化的奶鹿那“饱胀的乳房”，都不仅仅是孤儿的感情依恋（两部小说中确有一种不宜褊狭理解的恋母情结）；而是慰抚人类的精神血脉：正是那即使受到抑阻、受到伤害也依然安详地悲壮地喷涌而出的爱的乳浆，哺育着我们“对整个充满生命的世界的爱和尊敬”。

艾特玛托夫对艺术、对形式、对美自有他的独特理解，他说：“人从童年时代起，就从对母亲、对亲人、对自然、对土地的热爱上，理解美的含义。”[1] 那极温柔的人道主义情怀，使他作品中派生出一种不可思议的抒情的美：柔和中带点忧伤，沉思里潜藏着悲悯……黄雁等少数民族作家在学习艾特玛托夫的抒情艺术、“油画语言”时，似乎已直觉到形式中所深藏的人性底蕴。那是形式与思想获得的极微妙、极和谐的同构。云南少数民族小说要达臻这一境界，与其皮毛地汲取艾氏的才智与技巧，不如沉下心来，感应那颗为了善为了美而受苦的伟大的心魂。

三、冥契拉美作家的魔幻形式

无独有偶，八十年代中期，拉美魔幻现实主义文学之所以能够为云南少数民族作家普遍接受，首先也是缘于其“寻找民族特性”的自觉意识。主动地将本土民族文化与现代观念技巧相结合，是它成功的重要原因。它给云南少数民族作家带来了某种代偿性的自信：立足本土，兼收并蓄，即

1 ［苏］艾托玛托夫《对文学与艺术的思考》，乌鲁木齐：新疆大学出版社 1987 年版。

便是经济相对落后的民族、地区，也照样可以诞生出具有“爆炸”效应的文学奇迹。

云南少数民族文学与拉美魔幻现实主义有着某种天然的亲和性：土生、共居的印第安人、黑人、白人、印欧混血儿、黑白混血儿构成了拉美文学的多血统；大杂居、小聚居的云南二十五个民族则组成了云南少数民族文学同样神奇的本原。西班牙神学、印第安巫术、黑人通灵术构成了拉美土著的多信仰；原始宗教、汉传佛教、藏传佛教、基督教、伊斯兰教、道教则组成了云南少数民族同样多元的宗教文化。波澜壮阔的亚马逊河、光怪陆离的热带丛林形成了拉美自然的云谲波诡；狂放湍急的怒江、澜沧江、色彩瑰丽的原始雨林则使云南拥有同样神奇的自然风景。更主要的是，远古与现代、蛮野与文明的错位、反差造成了拉美现实情境的极富张力；而民族传统与骤然侵扰的现代文明间的戏剧性碰撞、汇合则生成了云南边地同样神奇的现实。

如上所述，神奇的本原、神奇的自然、神奇的现实，应是云南少数民族文学对拉美魔幻现实主义一见如故的契合点。对于得天独厚的云南少数民族作家而言，他们无须像内地某些作者那样依样仿制，生搬硬套；无须向壁虚构，臆造神奇。如同哈尼族作家存文学所言：“就说神秘吧，在深山里你随便到哪一个寨子，山民们都可以向你讲叙一件件科学解释不了的事物，什么鸟和鸟之间的大战，石头自己爬上坡……就是让马尔克斯到这里走走，他也会感到他笔下的魔幻和神秘是多么的逊色和苍白。而这种神秘又是我们东方的，少数民族地区独有的，一种不可替代的色彩。我觉得作品要是失去了这种神秘的笼罩，就像没有山岚和雾气浮动的大山一样，所以我的作品力求多一些这种神秘。”问题是，存文学在强调云南少数民族文学“独有的”本源、强调独创性的同时（这是必要的），有意无意地缩小了拉美魔幻现实主义文学的重大影响。[1] 诚然，云南少数民族文学之“神秘”、“魔幻”是有源之水、有本之木，但依然有赖于拉美魔幻现实主义文学这样一种影响深广、可资模仿的创作模式的“激活”。

这种“激活”是有迹可寻的。在存文学等少数民族作家的作品中，甚至还留有接受初期近乎“描红”的模仿：《绿光》中哑巴爷爷那具放大镜分明借自《百年孤独》里的阿卡迪奥·布恩地亚，它不仅折射出爷爷等如马孔多人般孤陋寡闻、少见多怪，而且还幻化成蒙昧的哈尼山民可怜的、虚无缥缈的希望之光[2]；藏族作家查拉独几笔下“吃土的女人”那吃土的奇症则似乎是由《百年孤独》中的雷蓓卡传染，它依稀透露出人物如布恩地亚家族般各以某种奇特的方式排遣难耐的“孤独”的积习，尽管临了用开车青年“你不脏，绿松石掉在烂泥塘里，还是绿松石”一类的话引为慰藉。[3]

以上影响，只是表象，对于云南民族文学而言，接受拉美魔幻现实主义显然具有更重要的意义：此前，虽拥有“神奇”，却大抵因汉儒文化禁忌“怪力乱神”而讳言。如前所述，有限的猎“奇”、传“奇”尚且不那么理直气壮，更遑论达臻“神奇”、“魔幻”之境。正是马尔克斯等拉美作家，帮助云南少数民族作者发现了脚下“神奇的现实”，进而以此为创作的主要

---

1 参阅《我与高山峡谷》，《文学界》1990 年第 1 期。文中，存文学显然扬此抑彼地低估了拉美魔幻现实主义同样神奇的现实资源。诚如阿斯图里亚斯、卡彭铁尔所言：拉美的“魔幻现实是这样的：一个印第安人或混血儿，居住在偏僻的山村，叙述他如何看见一朵彩云或一块巨石变成一个人或一个巨人……所有这些都不外是村人常有的幻觉，但是，一旦生活在他们中间，你就会意识到这些故事的分量。在那里，人们对周围事物的幻觉印象能逐渐转化为现实”。“这是因为美洲的神话之源远未枯竭：它的原始与落后、历史与文化、结构与本原、黑人与印第安人，恰似缤纷的浮士德世界，给人以各种启示。”

2 《绿光》，收入存文学小说集《兽之谷》，昆明：云南人民出版社 1991 年版。

3 《吃土的女人》，收入查拉独几小说集《雪域风景线》，昆明：云南人民出版社 1997 年版。

题材与“兴奋剂”。

不安于考察队的侵扰，茶王树藉扑朔迷离的雾织成神秘莫测的大网遮身[1]；阻拒着“现代性”的进程，布昭崖以挖不动、炸不塌的沉稳俨若庄严肃穆的达布昭神附体[2]。因着一句“预言”，桑木戛百转千回也走不出悲剧性的宿命；为了一味“梦药”，山涛、嘎罗、“我”前赴后继非实现那浪漫的念想。[3]——如果说，上述小说所呈示的“魔幻”恰恰体现了云南少数民族因难以确切把握历史生活而生的诗性领悟，体现了某种边地信仰对现实状态所作的“非凡的，别出心裁的解释和夸大”[4]，是所谓“想象的真实”、“信以为真的现实”；那么以下作品所表现的“神奇”则不仅仅是神话思维、是文学想象，它们是历史，是诸种文明混杂、共生的云南边地的本真：当年的“马锅头”今天从温哥华飞回寻找失落在故乡红河边的“魂魄”[5]；昔日的摩梭女毅然出走“最后的女儿国”，沿着T型台尽显走向世界的风采；喇嘛寺的喇嘛看热巴女跳热巴直至心慌心跳，“穿着紫红袈裟骑着自行车到自治州医院找安眠药”[6]；竹楼下的傣族伙子“串卜哨”串出了“艺术”，穿着牛仔裤拎着录音机放着那舶来的小夜曲……在这多维的时空里，既有“跳跃式的发展”，也有恍若隔世的时差；既有文化错位的荒诞、幽默，又有沧桑巨变的眼花缭乱；既有民族传统生活方式与现代观念的交叉、碰撞，又

1 《雾之谷》，收入小说集《兽之谷》，昆明：云南人民出版社1991年版。

2 陈建华《青青的多依林》，《边疆文学》1990年第10期。

3 黄雁《唉！那两只虎眼》，《边疆文学》1991年第5期。

4 卡彭铁尔在《〈这个世界的王国〉序》中称：“神奇是现实突变的产物，是对现实的特殊表现，是对现实状态的非凡的、别出心裁的解释和夸大。这种神奇的发现令人兴奋至极。不过这种神奇的产生首先需要一种信仰。”转引自陈众议《拉美当代小说流派》，北京：社会科学文献出版社1995年版，第64页。

5 张长《温哥华来的马锅头》，《大西南文学》1986年第9期。

6 查拉独几《高原大江》，《滇池》1989年第1期。

有神话与科学的融合、混杂。而“神奇的现实”恰是云南少数民族作家对变革开放时代，边地极其混沌多元的文化奇观绝妙的艺术概括。

以上少数民族作家对魔幻现实主义方法的频繁尝试，垫高了佤族作家董秀英，使她终于写出了酝酿已久的“佤族的《百年孤独》”——《摄魂之地》。[1]

写“佤族的《百年孤独》”这一命意，透露出董秀英对《百年孤独》的着力借鉴。如果说，《百年孤独》中马尔克斯那神来之笔，亦真亦幻地描绘了哥伦比亚小镇马孔多的百年兴衰，不仅浓缩了拉丁美洲从原始社会、奴隶社会、封建社会到资本主义社会、后资本主义社会的历史寻绎，亦隐含着一部人类文明史的神话释读；那么，《摄魂之地》里，董秀英那支笔也若有魔力，它虚实相生地呈现了故乡阿佤山的千年沧桑，不仅折射出佤族由司岗（石洞）走出后，经由狩猎采集的迁徙生活、务农为主的定居生活，直至从原始农村公社飞跃式地一步迈入现代社会的种族记忆，更闪现出一部民族命运史的诗性表述。史诗般的格局，神话般的建构，愈发衬出董秀英那着力摄取的民族精魂恒久如是的坚忍、神秘。

与内涵同构，《摄魂之地》在形式上有意淘洗了《百年孤独》那奢华繁丽的色彩、浮躁的动态节奏，而以单纯朴质的原色、拙重的静态平衡，象征着历史人生中不变的底蕴。

与《摄魂之地》的时间意识适成对照的是彝族作家纳张元的《走出寓言》。[2] 有别于《摄魂之地》时间推移的沉缓、时间概念的虚化、故事时间与叙事时间的重叠，《走出寓言》的时间疾速地穿梭闪回，时间词频频

1 参阅何真《有一支关于蓝头巾的歌》，昆明：云南人民出版社 1993 年版。

2 纳张元《走出寓言》，《十月》1998 年第 4 期。

凸现，故事时间与叙事时间交叉错位。而这一切的得以实现，无疑借助了《百年孤独》那影响深远的第一句的语式——“许多年之后，面对行刑队，奥雷良诺·布恩地亚上校将会回想起，他父亲带他去见识冰块的那个遥远的下午……”[1] 在《走出寓言》中，这一语式移位变形，复沓出现：

民国二十七年的冬天是古寨历史上极不平凡的一个冬天，日后，古寨人一回想起那个冬季的一些事情，就对当时自己的愚蠢追悔莫及。

此时祖爷站在这棵古树下，绝对想像不到五十年之后，寨子将包围这棵古树，有一条吊锅粗的大蛇将要潜伏在这棵古树上并且常常在无人注意的时候爬上爬下地出没于寨子里，他也想像不到五十年后的一个暴风雨的秋天，一个震天响的霹雳会将古树劈得斜斜地悬在寨子中间，进而被一个叫三娃的初中生用炸药轰倒砍成柴烧成瓦换成钱，他更想不到五十年后，他的一个名叫纳张元的重孙将走出古寨走出重重叠叠的千里彝山，到一个不大不小的城市去念一所三流大学，他将用一支怪里古诞的秃笔写一些蚂蚁脚杆模样的汉字把古寨介绍给汉人，其中包括百木老祖以及纳木老爹本人，他的这个名叫纳张元的重孙是个孽种，他将毫不掩饰地把古寨人写得一丝不挂把家族的先人写得一塌糊涂的真实，他将前所未有史无前例毫无顾忌地亵渎古寨的大小神灵。可惜，此时站在古树下的祖爷什么也不知道，甚至连半神半仙的百木老祖也都对五十年后的事还处于蒙昧状态。祖爷此时正诚惶诚恐地等着百木老祖给他指点迷津……

一条红花麻蛇在枯草丛中不慌不忙地游走，这就是我的祖爷纳木老爹埋下的祸根，这条祸根此时正向寨子里逼来……古寨的人们对临头大祸蒙

1 《百年孤独》，上海：上海译文出版社 1984 年版，第 1 页。

然不知，一些发人深省的事情已经发生或正在发生，却被他们粗心大意轻易放过，这些颇值得玩味的事情像小河淌水从他们眼前静静流走。多少年后，当他们向后代儿孙反复讲述那个冬季发生在古寨的这些已经成为历史的陈年旧事的时候，不止一次对当年的愚昧无知扼腕慨叹悔恨不已……

类似语式突兀地插入叙事之间，迫使“故事”化作了“叙事”、“自然时序”衍为“叙事时间”。

马尔克斯的这一语式多以某一“未来”作端点，再由“未来”回望“过去”。这一既便于溯后又无碍瞻前的语式以叙事时间与故事时间的往复循环，组成一个封闭的圆形结构，一如《百年孤独》中乌苏拉所谓的“时间像是在画圆圈”，从而深化了马孔多的孤独境遇。很显然，这一语式中蕴含了马氏迥然有别于线性的时间认识框架的循环轮回的圆形时间意识（历史意识）。

《走出寓言》中，纳张元虽则“拿来”了马尔克斯的这一时间语式，却未能舍弃时尚的“现代性”的线性时间观，即所谓的“直线向前，不可重复的历史时间意识”。缘于此，小说中不时可见两种历史意识的纠缠、牴牾：一方面，纳张元借助这一语式象形地呈示了彝山传统生存的封闭、惰性、“超稳定”，即便有现代文明使者楣的偶然闯入，亦不过是来而复去，于刹那间漏出一线异彩后，彝山重又沉稳、滞重地封闭起来，而那似可读作传统的胎记的百木老祖留下的“手印”，一年后竟赫然出现于楣的新生儿手上，甚至五十年来接二连三地循环出现，任怎么也躲不开马尔克斯那个颇具神秘意味的轮回的圆圈；一方面，纳张元又依照“现代性”概念对马氏时间语式中“未来”的涵义作了或一意义的改写。他将“未来”诠释为“现代”，如是，马氏那基于“未来”端点、先验性地预示过去，故事在它开始的时候就被预见结果，而这非但未能使历史变得符合逻辑地可认知，相反陷入了不可索解的神秘中的宿命意识；在纳张元小说里却已转换为立足“现代”视点、自明地重审历史，一切合乎历史必然规律地发展进步的历史决定论。立足“现代”的叙事语式往往同时也是某种先定的价值评判式。如前引片断中，隔着“二十七年”、“五十年”乃至不知“多少年”的时间长廊望回看，古寨人居然无一例外、如出一辙地发见了自己当年的“愚蠢”、“蒙昧”、“愚昧无知”。

如果说，马尔克斯的《百年孤独》对现代文明（西方文明）的强制性侵扰多有反思与批判，是缘于拉美的“离魔鬼（现代西方文明）太近”；那么，《走出寓言》对现代文明的苦苦思恋则是因着现代文明对于彝山而言更像面目朦胧、时或“幻化成七彩光环”的梦中仙女，远在天边。

作为艺术家，纳张元无力质疑“现代文明”的负面性，也无意探讨彝山完成“现代性进程”的具体途径、程序、方法，他的使命只在于藉小说表达文化融合的理想。自然，置身于九十年代日趋多元的社会语境，感染着那深刻的悲观，终会使他消解几分历史决定论的确信与明晰。故而，小说中，分别作为彝民族传统文化与外来现代文明象喻的牯与楣，尽管千年等一回，耐人寻味地却只能在彼此的梦中有缘。

一斑可以知全豹。《百年孤独》中的一道时间语式，竟然引发了《走出寓言》叙事方法如此耐人寻味的变革；对翻译小说语言、形式更其全面的借鉴、汲取，无疑更将助成民族化文体从“汉化”文体羁束下脱颖而出，开出新境。进一步深入研究“翻译语体”对云南少数民族作家创造民族化文体的深刻助力，将是笔者的下一个选题。

原载《云南社会科学》2001年第3期

八十年代初，汪曾祺以《受戒》为起点[1]，开始了一度被评论界称之为“风俗画小说”的创作，他着意为我们展示了高邮水乡、昆明市井等处的风土人情；而后，邓友梅立足燕赵古都，陆文夫踅入姑苏小巷……一幅幅风俗画作品便波叠不绝地涌入人们的视野。

内地风俗画小说的成功给予了云南少数民族作家一定的启示，他们正反思着五六十年代曾使全国读者耳目一新的云南民族风情小说何以渐趋肤浅，甚至沦为流行政治话语的粉饰、点缀。不久，《边疆文学》等刊重新开辟了“云南民族风情小说”专栏，从这一栏目中探出突破原有风情小说范式的新蕾。

1　汪曾祺《受戒》，《北京文学》1980 年第 10 期。

内地风俗画小说与云南民族风情小说不无默契地将“风情”从小说的点缀因素升格为审美观照的中心，致力于描绘各民族在特定时空里所形成的风土人情、历史文化、心理定势、行为模式。这一共同意向使两者之间具有了一定的共性；同时，又因内地风俗画小说与云南民族风情小说所表现的地域文化实体的差异，不同的地域文化实体因而帮助它们“选择”了不同的美学风韵——地域及在此之上的社会空间特征规范、影响了两者的语言体式、技法、抒情方式、审美追求乃至文化精神。

鉴于多年来对云南民族风情小说独特的审美意蕴鲜有研究，其个性往往混同于风俗画小说的共性，故本文感兴趣的不是认同，而是辨异。即借助于比较文学这一跨文化的研究方法，以确证云南民族风情小说的审美特质；并通过彼此参照，达到互知互补。

这里所以选择汪曾祺为参照，不仅因着云南少数民族作家中不乏师承汪曾祺者，如佤族作家董秀英，自称汪曾祺的弟子，并从汪氏小说中领悟了汉语写作之语感，两者间时有绿荫交错的瞬间[1]；更缘于汪曾祺那一脉风俗画小说最典范、最深刻地体现了汉文化传统的影响与制约，与边地文化背景下的云南民族风情小说相映成趣。

一、歌唱与聊谈：语言体式的差别

汪曾祺小说的语言体式极朴素，他说：“小说应该就是跟一个可以谈得

1　参阅汪曾祺《遥远的阿佤山》，《文学界》1990 年第 1 期。文中汪曾祺曾如是赞叹：“一个佤族作家能如此精细地感觉到汉语之美，一个少数民族作家能有这样好的汉语语言感！”

来的朋友很亲切地谈一点你所知道的生活。”[1]他有话不事夸饰，淡淡叙来、隐隐含着那么一点趣味；无话则默然与读者相对，偶或主客会心地一笑，于是氛围愈显静闲。如果说汪曾祺小说的语言体式近似与友人聊天；云南民族风情小说的语言体式则每每恍如歌唱。尽管因着民族的不同、作家艺术个性的互异，这一体式时而近如傣家的赞哈调；时而酷似藏族的弦子调；时而衍为彝山犷放的古歌，时而化作洱海俏丽的小曲。

汪曾祺的小说很容易使人联想起宋元以后文人画派的水墨画，他说：“我也爱看金碧山水和工笔重彩人物，但我画不来。我的调色碟里没有颜色，只有墨。从渴墨焦墨到浅得像清水一样的淡墨。”[2]汪曾祺的语言风格酷似水墨画：重在写意，不求华彩；与之恰成对照，云南少数民族作家面对所描写的神奇的土地则不惜泼以浓墨重彩，他们的艺术语言更接近色彩瑰丽、线条恣肆的云南重彩画。

汪曾祺一脉的风俗画小说与古典小说文体、特别是与晚明小品和历代笔记小说的联系十分明显，他直承中国本有的“用极简的笔墨摹写人事的传统”，加之他对传统诗词的良好修养，故而“拆开来每一句都是平平常常的话”，放在一起，却诗意深潜，乃至直逼古诗词意境；云南民族风情小说那歌唱似的语言体式则相当程度上得力于边地各民族的古谣、情歌、史诗。然而，较之汪曾祺操作时的举重若轻，云南少数民族作家在运用如歌般瑰丽的词藻、鲜活的比喻、动听的韵律营造民族情调时，则每每显得太“刻意”，反见出力不从心。汪曾祺的经验提示云南少数民族作家，在语言体式上应摆脱对本民族古谣、情歌、史诗的皮相摹仿，而遥感古歌内在的情韵。

1　汪曾祺、施叔青《作为抒情诗的散文化小说》，《上海文学》1988 年第 4 期。

2　汪曾祺《〈晚饭花集〉自序》，北京：人民文学出版社 1985 年版。

二、情酣意畅与气敛神藏：抒情方式的迥异

以上比较已使云南民族风情小说与汪曾祺风俗画小说文体上的反差初露端倪。在此基础上，我们再来读汪曾祺的一段话，便更能领悟它的意义了。汪曾祺说："风俗画小说的文体几乎都是朴素的……用华丽的文笔记风俗的人好像还很少。同样，风俗画小说所记述的生活也多是比较平实的，一般不太注重强烈的戏剧化的情节。写风俗而又富于浪漫主义的戏剧性的情节的，似乎只有梅里美一人。但他所写的往往是异乡的奇俗，而且通常是不把梅里美列在风俗画家范围内的。风俗画小说，在本质上是现实主义的。"[1] 汪曾祺的话不仅使我们注意到云南民族风情小说与梅里美式的风情小说的感应；同时，还提示我们发现云南民族风情小说具有一种超越内地风俗画小说界说的浪漫美感特征。

诚如汪曾祺所说，他那一脉风俗画小说在结构上、技法上顺应自然，排除了大起大落，排除了悬念、高潮、巧合，他有意识地"不要戏剧性"，不要"故事性太强"，"有意识地写得平淡"，使读者"在平平常常的生活里看到它的美"[2]；与汪曾祺的风俗画小说恰成对照，云南民族风情小说在结构上、技法上则比较注重情节，有意识地追求故事性、乃至传奇性[3]，往往以

---

1 汪曾祺《谈谈风俗画》，《钟山》1984 年第 3 期。

2 汪曾祺《沈从文的寂寞》，收入《汪曾祺文集 · 文论卷》，南京：江苏文艺出版社 1994 年版。

3 近年来，也出现了一些"散文化"的风情小说，可读的有景颇族作家赵学先的《户兰寨的大肚子婆娘们》、哈尼族作家哥布的《家》、藏族作家查拉独几的《歇气的日子》，但毕竟不能改变云南民族风情小说的主流特征。

戏剧性情节作为小说的经线，以风情描写作为纬线，那不时出现的颇有动感的悬念、突变、高潮，使读者在跌宕起伏的不平常故事中得到了愉悦。

文体并非是纯粹外在性的文本结构，云南民族风情小说和汪曾祺风俗画小说在文体上的差异与作者的情感处理方式、审美追求显然存在着一定的联系。汪曾祺把“节制”、“虚静”作为抒情的基本前提，他主张写作时要“反复沉淀，除净火气”，他的作品对世事不大喜大悲，总把自己的情感规范于适度分寸之中，深得汉文化传统的“中和之美”。较之汪曾祺的“节制”、内敛，云南民族风情小说的表现方式远为激越，常常极力将读者拽进小说的感情漩涡。

试将纳西族作家亚笙的《要一百头牛作聘礼的姑娘》与汪曾祺的《大淖记事》作一比较。《大淖记事》中，巧云失去童贞后，非常后悔没有把自己给了十一子，便约十一子晚上到大淖边来。作者这样写道：

十一子到了淖边。巧云踏在一只“鸭撇子”上（放鸭子用的小船，极小，仅容一人，这是一只公船，平常就拴在淖边。大淖人谁都可以撑着它到沙洲上挑蒌蒿，割茅草，拣野鸭蛋），把蒿子一点，撑向淖中央的沙洲，对十一子说：“你来！”

过了一会，十一子泅水到了沙洲上。

他们在沙洲的茅草丛里一直呆到月到中天。

月亮真好啊！

写到这里，汪曾祺无意煽起似火浓情，却有心以悠悠然的风物描写“冲淡”情感，临到高潮，只点到为止，留下一段“空白”；而在《要一百头牛作聘礼的姑娘》中，同样写年青人的情爱，文字却远为热烈、奔放：

男人们的麻布长衫后襟飘飞着，妇女们的百褶裙旋转激荡着。一切都卷入了瓦气的漩涡。阿普握着嘎诗的手，周身产生了一种力量向四处钻流奔突，使他穿着翻毛皮鞋的脚疯狂地踢踏得大地叭叭响，尘土横飞。他不时想用臀部撞击嘎诗，让嘎诗品尝他的男子汉气魄，可嘎诗却灵活得像只机灵的野兔，左左右右避开了他的撞击。于是，他紧紧抓住嘎诗的手，用猎豹的机警和智慧终于美美地撞上了嘎诗丰满的臀部……

糅合着风俗描写，人物的情感不仅没有被稀释，反而获得了无尽的延伸与强化。这是不羁的情感的奔泻！这是躁动的灵魂的狂舞！如果说，《大淖记事》中的描写以气敛神藏取胜，《要一百头牛作聘礼的姑娘》则以情酣意畅见长。前者带有一种飘逸的静态美，后者则独具一种不无野性的动态美。

往返观看云南民族风情小说与汪曾祺风俗画小说，似乎很难辨清是创作主体的抒情方式有意无意地受到了客体——所表现的特定风土人情的感染；抑或是所表现的客体不知不觉中渗入了作者的主体性。应该说，主体客体合而为一的进程是双向的。于是。我们只要信手拈来两段风情描写，便可发见这相映成趣的风情描写恰可象征汪曾祺风俗画小说与云南民族风情小说那不同的抒情方式。汪曾祺在小说《安乐居》中这样写道：“安乐居喝酒的都很有节制，很少有人喝过量的，也喝得很斯文，没有喝了酒胡咧咧的”；也写喝酒，在云南民族风情小说中却另有一番气象：“阿昌生来犟，不哭就唱，酒醉就狂！门铁头挥刀敲击牛骨，在酒碗间溅起清越的喧响。活袍用米酒洗痒了歌嗓，羽扇抹开轻轻几点流星，唱得篝火红红地笑了。族人的灵魂奔腾澎澎起来，脚板晃一晃蹬起窝罗舞。跳过不驯的河流，踏碎匝匝的蒺藜，觅着麋吟鹿啸，紧趱一步，疾跑一程……”[1] 汪曾祺的小说难得有云南民族风情小说那种情感的狂迷陶醉；同样，云南民族风情小说中也鲜见汪曾祺那种不无斯文的情趣的品啜玩味。

三、神异与冲淡：审美意境的错位

汪曾祺曾在昆明住了七年，可谓是身处边地文化圈之边缘，但他始终倚门而不入，不逾越汉文化中心圈的规范，更遑论如少有传统文化包袱的艾芜一般深入边地，做一回文化“浪子”。于是，便如青年评论家胡河清锐敏地指出的：“昆明以外真正代表滇文化特色的地域，汪曾祺很少描写。”“这大概是因为昆明是云南受古汉文化遗泽最深的地方。他饱含深情地写过昆明的翠湖：‘翠湖这个名字起得好！湖不大，也不小，正合适。小了，不够一游；太大了，游起来怪累。’”“这个‘合适’，反映了一位具有中庸性格的儒家知识分子心中的尺度。中国传统山水画学有所谓‘可望者，可游者，可居者’。大抵是意指山水须有温和的人文气息。翠湖正符合这三条标准”。[2]

是的，汪曾祺能接受契合汉传统审美规范、“不大，也不小，正合适”的翠湖；却不能接受那野性的“兽之谷”，那神异的“摄魂之地”，那诡秘的原始老林，那放恣的热带景观……而后者恰恰是云南少数民族作家着意选择的边地风景。凝视着这片风景，我们又一次发见了创作主体与客体双向交融、浑然合一：在作者对生命的理解、展现时，分明蕴含着边地风景的

1 《猎神的儿女》，《边疆文学》1992 年第 6 期。

2 胡河清《汪曾祺论》，收入《灵地的缅想》，上海：学林出版社 1994 年版。

启示；在自然风景中，又似乎注入了边地型生命的气质。于是，当我们读着那不到三月便“一坡一坡红得疯疯火火”的野樱花，那一树树、一簇簇喷得血红的攀枝花、刺桐花，读着那“谁也不肯相让地疯长着”的大山，读着那片“插下筷子也能长成树林”的热土……我们不难感染到边地地域文化实体中有着一种异样的生气魔力——一种为汉文化传统所匮乏的“酒神精神”。

然而，恪守着汉文化传统规范的汪曾祺却始终不受此“蛊惑”，即便身临其境。当汪曾祺晚年终于来到云南边地、参加泼水节之际，两类风俗作品原可能在文化精神上产生瞬间的交流、契合；却不料，偶一相遇便又“错位”了。

如果说，在汪曾祺的《泼水节印象》中，那“不强烈，不高昂激越，而极温柔”的象脚鼓声描写，其经过接受渠道的过滤、略有变形尚不甚明显；那么，文中“少男少女互泼，常常就不那么文雅了”的议论所持的儒文化尺度则显而易见。作者淡对高潮，尤重余音，纵然书写边民野趣，依然着意捕捉唐诗宋词般神韵。试读如下段落：

归时已是黄昏。……泼水少女，已经兴尽，三三两两，阑珊归去。

有一个少女在河边洗净筒裙，晾在树上。同行的一位青年小说家，有诗人气质，说他看了两天泼水节，没有觉得怎么样，看了这个少女晾筒裙，忽然非常感动。

泼水归来日未曛，
散抛锥栗入深林。
铓锣象鼓声犹在，
缅桂梢头晾筒裙。

更耐人寻味的是，因着审美惯性，临到结尾，汪曾祺不仅没有感性突发地去歌赞泼水节中边地民族生命的狂欢；偏看取已婚傣家妇女的“冷静、淡漠，也许还有点惆怅、凄凉”，将泼水节一如既往地纳入了带有一点“隐隐约约的哀愁”的汪氏意境。[1]

写到此处，已透露出沉潜于汪曾祺小说中的某种汉传统文人情趣。这种文人情趣若寻根究底可经由沈从文、周作人而追溯到颜子推《颜氏家训》所崇尚的“理性通达，感情温厚，气象冲和，文词渊雅”之境界。正是这种文人情趣，使作者独具慧眼，在汉民族的俗风习、俗人生中发见了雅，并化俗为诗；也正是这种文人情趣，使作者一叶障目，错失了边地特异山水、特异风情中的特异生命景观，纵然偶或一游，也着意化神异为平淡。

以上，通过彼此参照，使汪曾祺风俗画小说在语言体式、抒情方式、审美情趣等方面的优长局限清晰地凸现了出来。扬长容易露短，因而，我们特别关注云南民族风情小说在确证了自身的审美特质、有待强化审美特质时，能否有潜在参照地避短。如语言体式上，愈是追求那种歌唱似的“句秀”、“骨秀”，便愈应注意不致掩盖了“神秀”；抒情方式上，愈是激情如涌、奔泻成章，便愈应避免作品一览无余；技法上，愈是构制那大起大落的戏剧性情节，便愈应注意不露斧凿编织痕迹……

如果说汪曾祺风俗画小说的局限每每在于因“文化过熟”所造成的审美定势，那么，云南民族风情小说则往往更多地失之于书面文学初创期容易产生的审美无序。

1　汪曾祺《滇游新记》，收入《旅食集》，广州：广东旅游出版社 1992 年版。

四、激扬生命与谐调人世：文化精神的互补

尽管云南民族风情小说不无稚拙，及至1985年，它与内地风俗画小说仍然可以说是同步发展的。到了文学新潮迭起的1985年，文化意识的日趋自觉，使内地风俗画小说经过酝酿衍化，终于超越了“风俗画”的限制，迈进一个新的审美层次——有人把它称之为“风俗-文化小说”；此时，云南民族风情小说却出现了“慢半拍”的现象，以至一些不满于它的滞后的作家甚至试图以新的旗号取而代之。

其实名称本身并不重要，“风俗-文化小说”也罢，“云南民族风情小说”也罢，要紧的是对它的重新理解、界说、阐释。文化意识的渗透，使汪曾祺等风俗画作家突破了对风俗活动场景的表层刻画，更自觉地透入民族心理深层的文化积淀，发掘历史人生中那不变的底蕴，在更为广阔的文化背景下，达到对宇宙人生的整体感悟。这一过程的实现，使汪曾祺的审美追求与颇受汉文化传统浸润的文化精神完成了同构，至此，他那一脉风俗画小说的“中和”之美已化为一种带有哲学意义的审美境界了。他怀着略见矜持的情感给我们展示了一个个平平常常的人，这些人在大千世界的翻覆起伏中，无激烈的内心挣扎，不冲动地作外在抗争，却以一种柔韧的姿态肩住了命运的重负，谐调了人世……其间，汉传统文化精神的活力、惰性兼而有之，进一步深究显然已超出本文的范畴，本文只是冀望以已衍化为风俗-文化小说的汪曾祺作品为参照，进而发现云南民族风情小说文化意识的局限。

虽然，云南少数民族作家在发掘民族风情时早已朦朦胧胧地感觉到那蕴含在风情内层的强大能源，“文化热”更触发了这种文化意识的觉醒，但

就整体而言，云南民族风情小说迟迟未能达臻内地风俗-文化小说那种博大精深的文化境界。他们虽也刻意选择了一些具有文化意味的主题，描绘了一些直观的文化形态、文化事象，却大都未及对此作高层次的文化俯视。他们虽也热切地呈现了边地民族文化勃发的活力，却鲜见能一以贯之地意识到个中正构成对汉传统文化惰性的反拨。于是，在一些作品中，外来文化（主要表现为汉文化）与云南边地民族文化的冲突、扭结、互补的复杂过程被泾渭分明地表现为文明与愚昧、文明与野蛮的冲突；于是，云南边地民族文化重构的艰难命题被单向度地理解为边地民族的“启蒙”、“开化”……

这种文化意识的简单化不时被作品所忠于的生活真实挣破，无意间，一些艺术感觉极纤敏的作者触及了不少远为纷纭复杂的文化现象：作为外来文化象征的“外来人”形象，在生命力强悍的少数民族比照下何以“文静秀气”、“细皮嫩肉”、缺乏阳刚之气？而边地少数民族汉子其局限并不尽然显现为狩猎文化的蛮性遗留——“粗野得叫人受不了”；也可表露为被城市文明侵蚀——“说几句不生不熟的汉话还要挂着腔调”、“斯文秀气”得像个“二姨妈”！[1]……遗憾的是，大部分作品或则讴歌边地民族的血性、强力，或则针砭边地文化的不开化，却似乎无暇深思这二律背反的文化命题，更不惯于作宇宙生命的哲学玄想。由于缺乏一种整体性的文化反思，缺乏一种更高的超越意向，云南民族风情小说迟迟未能从整体上把握风情深层的边地文化神秘之魂。

以上针砭，不无严苛。这正是我们选择日臻炉火纯青的汪曾祺风俗-文

1　参阅景谊《谁有美丽的红指甲》，《民族文学》1983 年第 10 期。

化小说为参照的动因，期盼难免相形见绌的云南民族风情小说能奋起直追，尽早与之并驾齐驱。令人欣喜的是，八十年代中后期，我们终于在一些云南少数民族作家的创作中发见了某种突破性进展：白族作家张焰铎在他的短篇小说《醒着的望夫云》中，不因为所描述的白族妇女的生活形态与汉民族生活形态外观上的相近，而将其"误读"作多为世俗、物质生活所累，现实感太浓厚的汉传统人生，而是努力发掘其同中之异，发见那质实的生活层面下潜伏的灵动之气。于是，在那难避人生风雨的陋屋颓墙前平添了一群来帮忙舂墙的又秀丽又强劲的女子，那不无平淡的生活的散文也自然而然地化作了"一个民族集体创作的生活的抒情诗"。作者这样写道：

白族妇女舂墙，是专属白族人家的音乐和舞蹈，是别地绝对没有的画和诗。一律鲜艳的头饰和裙裾，胸前佩着银铜链，腕上套着琥珀珠串，在墙头上，一排儿舞动舂墙的木杵，并合着木杵的节奏双脚不停地踏跳着，宛如一群歌舞女神，嘻嘻哈哈地，欢乐自得地，让越来越高的土墙把她们托上高原深蓝色的空中，托上苍山洱海间弥漫着阳光的另一个迷人的世界！那是生活在苍山高空的"望夫云"，倾泻着女性滚烫的情热……

似乎是风情描写，字里行间却无时不透露出"白族妇女——这些苍山洱海间不朽的精灵"的生命消息。[1]

如果说，在张焰铎尺幅短小的《醒着的望夫云》中，我们已能呼吸到

1 《醒着的望夫云》，收入张焰铎同名小说集，昆明：云南人民出版社 1991 年版。

一些为汉文化传统所欠缺的浪漫气息，那么在佤族作家董秀英的鸿篇巨制《摄魂之地》里，我们更能享受到一种未受中庸、中和迫压的感性突发的生命愉悦。[1]在《摄魂之地》中，风情不再像作者以往的作品那样仅仅作为社会生活的装饰品，而是化作了边地生存、边地生命中的血的基因。作者以其独有的野性的语言，略带“原始”感的激情，刻木钻火般的笔力，为我们完整地呈现了一个“人情”与“风土”和谐地融成的佤山地域文化秘境。

正是因着类似上述这些作者的深层掘进，云南民族风情小说那浪漫瑰丽之美终于升华成一种与边地文化理想同构的审美境界；云南少数民族那独特的风情，也渐渐衍变为对中华民族文化乃至整个人类文明都具有深刻启示的文化精神。

如同云南民族风情小说之局限，正是内地风俗-文化小说之优长一样；内地风俗-文化小说之局限，也正是云南民族风情小说之优长。因而，云南民族风情小说的流变发展，决不意味着削足适履——牺牲自身优势，与内地风俗-文化小说认同；而意味着有所参照地扬长避短。从而，在更高的层次上，重铸民族精神，张扬民族的审美理想。

原载《中国比较文学》1997年第3期

1 董秀英《摄魂之地》，昆明：云南人民出版社 1992 年版。

辑三

「梦中的女孩」——鲁迅《在酒楼上》新读

论及鲁迅的《在酒楼上》，周作人称：“本文里所说的吕纬甫的两件事都是著者自己的，虽然诗与真实的成分也不一样。”给小兄弟迁葬，那是民国八年的事；送剪绒花的一节原是小说化的故事，但后半却是有事实的根据的，顺姑自有原型，她的真名字已记不清楚，她是一个很能干的少女……[1]

如果说，周作人的文章旨在“纪事实”——着力索引“诗”下所系“真实”：人物原型、情节本事，那么本文则意在寻索“真实”后的“诗”，更多地关注那业已诗化了的情感符号、精神意象。笔者无意细究顺姑的真

1　参阅周遐寿《鲁迅小说里的人物》中“酒楼”、“迁葬”、“小兄弟”、“故乡风物”、“剪绒花”诸节，《鲁迅的故家》中“阿有与阿桂”一节，以及《〈呐喊〉索隐》篇。止庵编《关于鲁迅》，乌鲁木齐：新疆人民出版社 1997 年版，第 291-298，89-90，585-586 页。

名实姓；也无心考证“吃荞麦粉”一类的情节是否实有；因为，笔者认定现实中的顺姑早已幻化[1]，而呈现于文本里的那个叫顺姑的，已然是鲁迅记忆中的“重构”，她是吕纬甫抑或亦是作者所云“旧日的梦”的肉身化[2]；是“梦中的女孩”。

心理批评范畴的“梦中的女孩”这一命名，暗示着人到中年、入世渐深的作者，精神的丝缕还牵着已逝的童年、青春。与其把它视作笔下人物（或作者）曾经的初恋，不如说那是理想主义生命存在的憧憬，是“抗拒那空虚中的暗夜”的希望，是刻骨铭心的“心象”，是苦于不能忘却的梦。“梦中的女孩”是不会“长大”的[3]，永远那么的明净、清纯。如沈从文笔下那翠翠的湘西山水孕育的“翠翠”；又如汪曾祺《受戒》中的小英子，在篇末尾注中，汪氏曾一语泄露天机：“写四十三年前的一个梦。”

鲁迅又何尝不是在“寻梦”！小说中作者对顺姑的肖像描写，似可印证此说。试读以下片断：她“长得并不好看，不过是平常的瘦瘦的瓜子脸，黄脸皮；独有眼睛非常大，睫毛也很长，眼白又青得如夜的晴天；而且是北方的无风的晴天，这里的就没有那么明净了”。鲁迅欲扬先抑，在写实地

1 “幻化”一词移自《朝花夕拾・小引》篇。笔涉故人旧事，鲁迅称：“带露折花，色香自然要好得多，但是我不能够。便是现在心目中的离奇和芜杂，我也还不能使他即刻幻化，转成离奇和芜杂的文章。”《鲁迅全集》第2卷，北京：人民文学出版社1981年版，第229页。

2 《在酒楼上》中，吕纬甫曾说及“这一夜虽然饱涨得睡不稳”，“也还是祝赞她一生幸福，愿世界为她变好。然而这些意思也不过是我的旧日的梦的痕迹”，《鲁迅全集》第2卷，北京：人民文学出版社1981年版，第31页；另参阅《呐喊・自序》：“我在年青时候也曾经做过许多梦，后来大半忘却了……而我偏苦于不能全忘却”，《鲁迅全集》第1卷，第415页。

3 有感于某一类型少女精神的早熟，鲁迅曾援引俄国作家梭罗古勃颇传神的概括：“说是还是小孩子，而眼睛却已经长大了。”参阅《上海的少女》，《鲁迅全集》第4卷，北京：人民文学出版社1981年版，第564页。

描写了顺姑那不无“平常”的脸形脸色后，又反复不已、极尽形容地状写她的眼白。与其说是“画眼睛”，不如说是画心灵，有意无意间赋予了笔下人物颇不平常的心象。恰是作者对“明净”的刻意形容、着力强调，透露了顺姑所具“梦中的女孩”型清明、纯净的标志性品格。

长时期以来，研究者解读《在酒楼上》时，每每重视“迁葬”一节，而对“吃荞麦粉”、“送剪绒花”等内容则一笔带过。不知是因着前者更具“传记成分”，抑或它更直观地呈示了“坟”——那可怖的深不可测的黑洞。其实比之后者，“迁葬”止是小说印证生命的虚妄的预演：记忆的坟一经掘开，那曾经实有的被褥、衣服、骨骼“都消尽了”，“过去的生命”踪影全无；而后者——那以“梦中的女孩”之死所象征的“旧日的梦”的轰毁，才是更其沉痛的悲剧。如果我们注意到林毓生对前述周作人考订的如是理解——“他的意思似乎是说鲁迅对那邻家女儿的感情和吕纬甫一样，所以说第二个情节也是鲁迅自己的‘经历’”[1]；注意到小说中吕纬甫即便饱经风尘，变得“模模胡胡”、混浊不堪，依然在心底珍藏着顺姑的记忆，言谈间词重意切地珍视着她的“明净”；我们愈发体验到接踵而至的幻灭的严重性与深刻性。

吕纬甫之所以还乡，显意识层自然是来为小兄弟迁葬、为顺姑送剪绒花的；然而其深层却不知不觉兼负了作者由故乡这一生命的始原处追问“灵魂的有无”、生命的本体意义之使命。就在九天前写作《祝福》时，那个叫祥林嫂的就曾如是追问过第一人称叙述者“我”：“一个人死了之后，究竟有没有魂灵的？”“死掉的一家的人，都能见面的？”“我”（亦未尝不是

1　林毓生《鲁迅的复杂意识》，收入乐黛云编《国外鲁迅研究论集》，北京：北京大学出版社1981年版，第73页。

作者）无以言对，“说不清”。九天后，尽管叙述者“我”深觉不安，已逃入城里；这一悬念却依然如怨鬼似的纠缠着鲁迅。就这样《在酒楼上》接续了《祝福》：那鲁镇“团团飞舞的雪花”与S城雪天的风景，“说不清”的我与“模模胡胡”的吕纬甫，“死掉的一家的人，都能见面的”疑虑与吕纬甫掘坟“看一看我的小兄弟”的爱念，乃至二作中的“地狱”与“坟”，联系着上述追问前呼后应。作者无从回避。这便解答了吕纬甫在掘坟前何以大词小用——“这命令也是一个在我一生中最为伟大的命令”，敷敷衍衍的他此时居然毫不含糊，他是在替代作者对生命的本相穷根究底！

在如此真切地深味了“过去的生命”的虚妄后，“梦中的女孩”是真实还是虚妄，显然已不止是“身外”的关注，亦是吕纬甫乃至作者“身中”的生命期待。就此意义而言，“吃荞麦粉”一节之意义远不止是旧梦重温，而是作者力图向经验世界求证梦的实有。一如论及爱罗先珂童话时鲁迅所力证的，那是“有真实性的梦”。[1] 他呼唤“人们进向这梦中，看定了真实的虹”。缘于此，吕纬甫以下的叙说，情景尤为具体、清晰：前年“我”回故乡接母亲时，邻居长富家请“我”吃荞麦粉。待长富的女儿阿顺调好端来的时候，“我”不觉一惊，一大碗，足够吃一天。实在不可口，却是非常甜。“我漫然的吃了几口，就想不吃了，然而无意中，忽然间看见阿顺远远的站在屋角里，就使我立刻消失了放下碗筷的勇气。我看她的神情，是害怕而且希望，大约怕自己调得不好，愿我们吃得有味。”“我由此才知道

1　在编译《爱罗先珂童话集》后所写的《序》中，鲁迅称：“我觉得作者所要叫彻人间的是无所不爱，然而不得所爱的悲哀，而我所展开他来的是童心，美的，然而有真实性的梦。这梦，或者是作者的悲哀的面纱罢？那么，我也过于梦梦了，但是我愿意作者不要出离了这童心的美的梦，而且还要招呼人们进向这梦中，看定了真实的虹……”《鲁迅全集》第10卷，北京：人民文学出版社1981年版，第197页。

硬吃的苦痛，然而我毫不抱怨，因为她过来收拾空碗时候的忍着的得意的笑容，已尽够赔偿我的苦痛而有余了。所以我这一夜虽然饱涨得睡不稳”，“也还是祝赞她一生幸福，愿世界为她变好”。

在小说悉心渲染的一派冷漠的氛围里，蓦然插入那么一段有情的文字，不免引人注目。执着现在的鲁迅笔下，素来鲜见“一切理想家”那般津津于“幸福”的“祝赞”，更难得有“愿世界为她变好”一类的柔情流露。温柔缘何而生？

米兰·昆德拉的如下说法或可解释上述疑问：“当我们被抛到成年的门槛上，当我们在童年时并未理解的童年的好处被我们不安地领悟到，在那一刻，温柔便产生了。”[1]这正是鲁迅写作此段文字时的心境。他也“间或休息于过去的已经失去的童心”中，感同身受着那“童心，美的，然而有真实性的梦”。那是一种深入生命的感情，事幻而情真。故而作者不在意讲故事，而注重捕捉印象、捕捉感觉，捕捉那不可捉摸的感情：顺姑那“希望”的神情，那“忍着的得意的笑容”，那么的明亮、动人。那是少男少女满溢着青春与春天的情思的写照，抑或是记忆中的故乡早已不复存在的幻美的投影？朦朦胧胧，飘飘忽忽，却又那样的“真实”，虽经岁月淘洗，依然刻骨铭心。那抽取纯粹的精神感情、虚化肉身的具体性的写法，又一次印证了小说兼具“梦中的女孩”型的特质。

是的，梦幻本文中的顺姑出污泥而不染，超脱世俗而明净，象征着乡情、人情、爱情，早已逸出原有的意义界限。与此相类，那满盛的“一大碗荞麦粉”中，那不免夸大的饱足感里，则潜隐曲折地透露出“过客”鲁

1 ［捷］米兰·昆德拉《小说的艺术》，转引自黄子平《边缘阅读》，沈阳：辽宁教育出版社2000年版，第17页。

迅的情感缺失、鲁迅的孤独。在以后写作《过客》时，记忆中先在的那“一大碗荞麦粉”便衍生为女孩充溢着“少有的好意”的一杯水，满含着“少有的好意”的裹伤的一片布，抚慰着身心饥渴的“过客”。此刻的吕纬甫又何尝不是一个“过客”。自然，有别于《野草》中那个执着于“走”的过客；他应是一个走了一个圈子，难耐身心“劳顿”，终于“回转去”的过客。

如果说，吃荞麦粉一节隐隐透露着“旧日的梦”的幻美印痕，送剪绒花一节则分明是旧日梦寻的诗美延伸。有研究者称，《在酒楼上》中，“‘进化’现在被代之以‘圆圈’，‘改变中国’被代之以为久已不见踪影的尸骨迁葬或者为一位久已逝去的姑娘献上一束剪绒花，简言之，这是传统对‘旧梦’的胜利”。[1] 此处所谓“传统”，应指“念旧”一类的中国传统价值观，这一观点源自林毓生那篇影响深广的《鲁迅的复杂意识》篇中。倘若我们注意到吕纬甫之“旧日的梦”也即其早年理想主义追求的代名词，那么送剪绒花一事则恰恰隐喻着“旧梦”对“传统”给定的生存方式的最后力争。它表达着吕纬甫对“梦中的女孩”的最直接、最诗意的献礼，尽管最终衍为献祭。

在“旧梦”的蛊惑下，行动“格外迂缓”的吕纬甫变得格外敏捷、热情。他“先在太原城里搜索了一遍”，又到济南搜索，还为送花“特地耽误了一天”。虽不知顺姑喜欢什么颜色，但还是买了一朵大红、一朵粉红的。这颜色应是阿顺的欢喜，也是鲁迅着意选择的“亮色”，不然如何照亮故乡“铅色的天”与同样“晦气色”的长富的家。

1 ［德］沃尔夫冈·顾彬《“绝望之为虚妄，正与希望相同”——〈鲁迅文集〉后记》，载《鲁迅研究月刊》2001 年第 5 期，第 50 页。

那剪绒花不由地令人联想到小说中浓墨渲染的那株山茶树，据说，那原是故家书房里的故物。在作者笔下，二者神彩互发，彼此照应。恍惚间，让人直是怀疑，这小花似乎不是从店铺里买的，而是径直从记忆中那株同样亮丽的山茶树上摘下。梦中的顺姑的笑容，一如那与之般配的红的剪绒花、那“明得如火”的红山茶，脱颖于雪天密织的铅色的罗网里。那是鲁迅建立于绝望基础之上的希望的诗意外化。

鲁迅一面寻梦——愿现实如梦，“愿世界为她变好”；一面却清醒地意识到梦与现实间有着难以逾越的距离，深知旧梦难以重温，正如童年永不复返。他不愿遁入梦境。也许梦的位置只应深藏于心的最为柔软的一角（这一角由于平素冷枪暗箭相逼，由冰冷、坚硬的“铁甲”遮挡着，故常为研究者忽略）；在现实中则不得不无情地打破心造的幻影。

前文曾论及《在酒楼上》与《祝福》的连通。由二作中复沓出现的“祝福”二字，可想见鲁迅应已产生如是的联想、如是的自省:《祝福》中凡夫俗子们买福礼、放爆竹、点香烟式的传统“祝福”形式固然纯属迷信;《在酒楼上》缘于那纯情女孩而生的用心的“祝福”，与之虽有着本质的区分，又何尝就能轻信？于是“献礼”于顷刻间颠覆为“献祭”。阿顺死了，而她的妹妹——“长得全不像她姊姊，简直像一个鬼”一样的阿昭才是吕纬甫必须正视的现实。阿顺与阿昭、象与物、幻与真、旧梦与现实、正题与反题……重重悖论，反映出别一意义上的鲁迅意识的“复杂”（不止是前引林毓生之文所归纳的趋新与念旧的矛盾）。

阿顺之死又一次凸显了鲁迅那冷峻得近乎“残酷”的现实主义精神。他不仅没有一厢情愿地让游子与其“梦中的女孩”在故乡圆梦，更借吕纬甫的形似“随便”之举“无情”地戏谑了“旧日的梦”的化身：如果我们认同剪绒花的象征意义，那么赠予阿顺还是赠予阿昭则绝非无关紧要；一如哈姆莱特著名独白中的生存还是毁灭，“这可是个问题”！

尽管“实在不愿意送她”，但那花终于还是送给阿昭了。其心理心境无异于《孤独者》中“孤独者”躬行“先前所憎恶、所反对的”、亵渎“先前所崇仰、所主张的”一类的自虐、自戕。作者抉心自食，解构心象，以宣泄梦的面纱下那“无所不爱，然而不得所爱的悲哀”。[1]——所谓蚌病生珠，那才是“梦中的女孩”的“真实性”蕴含。

与吕纬甫送剪绒花给阿昭的“随便”适成呼应，阿顺之死小说何以处理得如此轻易？缘于作者深恐记忆中的女孩明净不再，重逢时如成年闰土那样不无隔膜地唤一声“老爷”？缘于“同我有关的活着，我倒不放心，死了，我就安心”，因此“得了谁的布施”，“祝愿她的灭亡”？[2]……我更倾向于作如是解：顺姑愈是稍纵即逝，便愈印证了她的梦幻性、彼岸性：她永远诉诸作者的心灵，可遇而不可求，可望而不可及，暗含着对至美的追求终是无望的恒长的悲凉。

原载《中国现代文学研究丛刊》2005年第4期

1 《〈爱罗先珂童话集〉序》，《鲁迅全集》第 10 卷，第 197 页。

2 参见《两地书》，《鲁迅全集》第 11 卷，北京：人民文学出版社 1981 年版，第 79 页；《过客》，《鲁迅全集》第 2 卷，第 192 页。

最后的守林人——乌热尔图小说论

一

上一世纪九十年代初，鄂温克作家乌热尔图在《收获》杂志上发表了中篇小说《丛林幽幽》[1]，就此停止了小说创作。如同他写过的那个叫别吉的民间歌手，倾力唱完那首深沉、粗犷、却满含忧伤的古歌后便寂然倒下，《丛林幽幽》可谓他的天鹅绝唱。

与他不约而同地停止了小说创作的还有张承志。这两位作家，加上扎西达娃，构成了新时期小说史一道绕不开的风景。如是说绝非出于族别因素而另眼看顾，而是因着他们那较之同时期涌现的汉族作家毫不逊色的才情与创造力，乃至汉语写作的语感。

1　乌热尔图《丛林幽幽》,《收获》1993 年第 6 期。

相对于汉藏混血儿的扎西达娃（也许还可以包括与扎西达娃一脉的阿来）与藏文化间若即若离的心理距离；乌热尔图、张承志与民族传统文化的联结更难舍难分。这便使他们更深刻地感受着民族文化被侵蚀的痛楚，更固执地守护着民族文化血流的纯正。不无悲剧意味的是，身为作家的他们却不得不勉力担当民族文化的传承者、代言人，如同逝去的年代里，口传故事者、歌手便是一个民族义不容辞的智者、史学家、哲学家。如是，我们便理解了（或写作“谅解”）乌热尔图何以在叙事中常会有意无意地中断情节的进程，为了专心致志地拂拭、考证随机发现的鄂温克部族神圣的历史碎片；何以在选题时常会自觉择取一些民族的亦是世界性的大问题，以其诗性智慧勉力揣摩和把握那些难以琢磨的关于人类、自然、宇宙的形而上奥秘。

如果说，乌热尔图以《森林里的孩子》《七岔犄角的公鹿》等小说为代表的八十年代初的作品因其单纯、轻灵以致底蕴清浅，那么作者以《丛林幽幽》《小说三题》为标示的八十年代后期及至九十年代的作品，则因其深沉的思想、深远的忧虑而显得沉郁凝重。[1] 然而，九十年代却是个最浮躁、最缺乏耐心的时代，读者（包括批评家）至多会信步“游猎文化博物馆”、“中华民族园”，在“一堆由外乡的三流工匠制作的劣等仿制品”中拾得边地民族“美丽的他性”；却无心真正走进自然之林（也未尝不可读作民族之林、人性之林）的深处，侧耳倾听那本真的天籁之音，连同孤独的守林人的沉忧隐痛，乃至那些个不“美丽”、煞风景的谶语。

误读与冷遇终于使温和的乌热尔图变得愤激。他搁下小说，选择随笔直抒胸臆。他固执地坚持着对母族“不可剥夺的自我阐释权”；激烈地拒

1　乌热尔图《小说三题》，含《沃克和泌利格》《清晨升起一堆火》《玛露呀，玛露》等三篇小说，《收获》1988 年第 1 期。

绝任何文化猎奇者对母族文化资源的“盗用”。[1]他穿透人鲸相搏传奇故事下新兴资本主义虐杀海洋生物的血腥实质[2]；警示“人类这一天敌”在“战胜大自然”的响亮口号下肆意蹂躏大兴安岭势将引发的生态灾难……1998年盛夏嫩江流域那场百年一遇的大水，近年来频频出现于北方城市的沙尘暴终于提醒人们想起这位边缘性智者曾经发出的预言；然而作为小说家乌热尔图却依然孤寂。

诚然，他的小说与随笔多有异曲同工处，小说中也有为了人类的生存保护森林及生态环境一类的立意，在《你让我顺水飘流》中他甚至以纪实性的笔触直书那场“整整着了二十一天，毁了多少林子，熏死多少野兽，烧焦多少人”的“百年不遇的大火”；然而，总觉得他的小说里似乎还多了些什么。

较之随笔，他的小说更内倾，更动情。人们兴许已关注他的随笔中溢于言表的忧患，却鲜于探究小说里那种透入骨髓的悲悯。缘于此，重读乌热尔图，尤其重读他那些被批评界冷落了的写于九十年代的小说，主旨并非配合时势，注疏环保一类的时令话题；诱使我众里寻他、蓦然回首的不止是一个自然生态的守护者，更是那个古老文化的守灵人、民族生存的守望者。

二

八十年代初乌热尔图的《一个猎人的恳求》等三部作品相继获得全国

1　参见乌热尔图《不可剥夺的自我阐释权》《声音的替代》，《读书》1997年第2期、1996年第5期。

2　乌热尔图《大自然——任人宰割的猎物》，《视界》第七辑。

短篇小说奖，与其说是因着文本的文化异质性，不如说是缘于某种“异质求同”。在评委以及某些批评家的定视性诠释下，鄂温克民族文化的独特性大抵已被中原文化化约。无论是批评家称道的《琥珀色的篝火》里尼库的“舍己为人”、其妻的“贤淑忠贞”，还是《七岔犄角的公鹿》的“剪恶兴善、吟颂义勇”，都可纳入儒家道德主义的窠臼。这在另一向度上也透露了初出茅庐的乌热尔图对于中原文化期待的认同，迁就于以误读与转义为先提的汉族批评家先入为主的少数民族文化定见。

乌热尔图这一时期的小说虽则多取第一人称叙事，但却与其用第三人称叙事的作品一样，淡化乃至遮蔽了民族主体身份。鄂温克族的“我”时或还会借助“外来人”的视点，将自身民族的风土、人情衍生为“被看”的客体。试读《堕着露珠的清晨》开首一节：

“这个村子真漂亮。”

“这是我见过的最有味的村子。”

从远方飞来的鸟儿——城里的歌唱家、舞蹈家，头一次飞到这样一片陌生的林子，树枝上的角片叶子都使他们新奇。要不是村里举办鄂温克猎人定居欢庆会，有野餐，有篝火，人家才不来钻你这山沟……

“昨天，一下汽车，我真呆住了，在车上，我打了盹儿，睁眼一看，哎呀！简直是走进了安徒生的童话世界。”歌唱家扬着一双细长的眉毛，说得那么动情，“我真想坐在钢琴旁，弹上一支贝多芬的《田园交响曲》。”

“我的感觉和你不一样，昨天晚上，我还真有点怕呢。这儿，太静了，静得吓人……”她的脸上闪出一种神秘的色彩。“可今天早上，我在村里瞧见几个鄂温克猎人，给我的第一直觉，这里应该有吉普赛人那种奔放、节奏强烈的民间舞。”她说着轻轻抖动双肩。嘿，好一个漂亮的舞姿。

还有那个高个头的男人，他的话语不多，喜欢眯着眼睛左右观望。……

“你们看——白桦树！”歌唱家惊叫起来。“真漂亮。”

“俄罗斯人把白桦树当成少女的象征，这么说，你们这里的‘少女’多得数不清喽。”高个头的男人风趣地说。[1]

文本中，经由“外来人”左顾右盼的目光，鄂温克村独异的风景，特殊的美意识，不由自主地被过滤、被同化了，框进了一个普同于丹麦童话诗人、德国音乐家以及吉普赛人、俄罗斯人审美先在、审美期待的“田园诗”画框中。尽管并非是作者的本意，我却宁愿能在上述文本中读出某种对文化猎奇者的反讽意味。

自然，即便是乌热尔图的初作，也保留了许多难以被主流文化化约的民族意识、民族经验，以致彼时有着波普尔所谓的“先入之见的框架”的批评家颇觉“遗憾”。面对社会意识相对淡漠，生命意识、文化意识则较为自觉的作者，他指出：“《七岔犄角的公鹿》也有不足之处”，“毕竟与现实大世界相隔离。……这里发生的一切似乎可以发生在一切时候，因而使历史感依稀难辨”，“社会性的立意似有缺憾”……[2]

写至此处，电视里冥合神契地恰恰在播放由乌热尔图小说《七岔犄角的公鹿》改编的电影《最后一个猎人》，批评家“社会性的立意”有待加强的奢望，居然在改编本中如愿以偿。狩猎民族（特吉的母亲）入时当令地开起了旅行社，以帐篷、驯鹿、兽皮褥垫、篝火招徕游客，呼应着森林外

1　乌热尔图《堕着露珠的清晨》，《人民文学》1984 年第 10 期。

2　阎纲《鄂温克人得奖了》，收入《文坛徜徉录》上册，北京：人民文学出版社 1984 年版。

“现代化”的改革热潮……我是从中间看起的，因而无从了解改编者是否乌热尔图本人。我相信那不是他，至少有违他的本心，因为他绝不会容忍以某种“现代性”的经济形式，廉价出卖最古老的亦是最后的狩猎文化遗产。

乌热尔图初期小说的叙事主人公大抵是“儿童”，在那面向未来的叙述中，独有一种“孩子充满渴望的、纯真的童音”，自然也难免把那幼稚的认知能力，反映在叙事形式上；八十年代后期以来，则耐人寻味地转换为“成人”乃至“老人”——充满智慧、以口传递知识、传承传统的口传故事者。乌热尔图深知对于一个以“听觉文化”为特征的民族而言，老人即智慧，即传统，“失去老人，意味着即将丧失智慧，偏离传统”。因而他宁取这种近乎原始的口传故事方式，朴拙、平实、古典地叙事，在本真的言说中，留存原生态的民族经验、民族记忆。

在后一种叙事形式中，特别值得注意的是叙事主人公连同作者民族主体身份的自觉，他坚执用自己民族阅尽沧桑的眼睛看世间万物（包括部族自身），而不止是“被看”。于是前述那类来鄂温克村猎奇的“外来人”在民族本位叙述中不免变得可笑——“有人真舍得时间，特地从城里赶来，像发现什么宝贝，在那花掉好些好些币子搭起来的鹿圈外面转，还有人干脆像鹿似的钻到里面，瞅冷子搂住一头挣来挣去的小鹿崽儿，使照相机咔嚓咔嚓乱照。那些没见过林子，没瞅过动物的城里人，真没见识”[1]；于是前述试图将古老的狩猎文化包装为时尚的旅游产品出售一类的“改革”也理所当然地在小说中遭到乌热尔图的顺笔一嘘——“当年的猎营地肯定挺有生气，不会是你在克波迪尔河畔的奥彼莱新村，那简陋的、死气沉沉的实

1　乌热尔图《雪》，《钟山》1986 年第 4 期。

物陈列室看到的模样，那几件东拼西凑的狩猎用具，还有一堆由外乡的三流工匠制作的劣等仿制品，让你一眼就看出，只是几个嬉皮笑脸、披着猎人旧装的陌生人在演戏。如果你真把那陋室当成‘游猎文化博物馆’，想从那里感受当年猎营地的真实气氛，那可真要上当了”……[1]

乌热尔图唯恐整体性的鄂温克文化被“切割采样”、“改头换面的占用”，故而力图将现实、历史与部族神话、传说、图腾连通，寻根溯源，藉那些“隐形文本”，“阐释整个部族的精神世界，使其更具凝聚力与民族意识，以便同其他生存群体相区别”。是的，如果说乌热尔图的初作一度还试图以“异质求同”的姿态主动与域外文化融合；那么后期他愈来愈强调母族文化与他民族文化的“同中之异”，以期抵御与强势文化的“过度交流”。

最明显的便是凸示于笔下的图腾的寓意。

三

已有研究者注意到：“乌热尔图小说中出现较多的两种自然界动物形象，一是野鹿，一是野熊。从鄂温克人的文化心理意向出发，作家在小说中对于鹿的描写有着双重意义。一方面作为善良、纯朴、骁勇、坚毅等美好品质的化身，鹿寄寓着鄂温克人对于人生信念的肯定；另一方面，鹿则象征鄂温克人对于自身人格品质的肯定”；“与鹿的美好善良相对峙的，是熊的凶残丑恶”，“鄂温克人在与熊的搏斗中最终都能以人的智慧和力量而征服熊的貌似强悍”。[2]

1 乌热尔图《丛林幽幽》，《收获》1993 年第 6 期。

2 张兴劲《参与和超越》，《钟山》1986 年第 4 期。

上述观点将乌热尔图笔下的象喻世界解析得如此明晰，不免把象喻后更其隐蔽、复杂、幻化的意蕴忽略不计。众所周知，鄂温克人对熊异常敬畏，认为是自己的祖先，并把熊作为图腾加以崇拜。尽管对此那位研究者曾作如是解释："随着社会发展的影响，鄂温克人对于熊的图腾崇拜意识正在渐渐淡弱"；但显然不足以支持上述否定性诠释。

诚然，乌热尔图的初作中确曾出现过某种弗莱所谓的"天真类比"（亦称"天真世界"）。这在一定程度上缘于前述儿童视点。与弗莱对"天真类比"的界说大致吻合，在乌热尔图的天真世界中，也"突出了与儿童密切相关的美德和天真无邪状态"，动物中最常出现的也是那类"表现出温顺和忠诚的"，正邪对立，善恶分明；矛盾暧昧之事则少有涉及。

然而，即便在初作中，鹿与熊亦并未流于意义直露的象喻。即以那只"七岔犄角的公鹿"为例，除了论者已注意到的"力与美的象征"一类的寓意，乌热尔图还写它的敏感、"戒备"，无意识间隐隐透出一丝遭遇强势文化的边缘民族的特定神情。

进入九十年代以后，乌热尔图笔下的象喻愈来愈浑涵幽深。这是由于任何形式的"天真类比"（包括八十年代"理想主义"的历史预设），已无以应对现代化场景中日趋复杂了的认知与审美需求，于是，乌热尔图更其自觉地勉力于民族传统文化资源（包括萨满教观念）的创造性转换，试图藉此助成他对天地万物的心领神会。

如果说先民以感性与幻象为依凭的诗性智慧的生发是因着彼时科学理性的匮乏，那么乌热尔图以动物、以图腾为象喻的隐喻思维的化用则是由于意识了科学理性的局限。隐喻在乌热尔图后期代表作《丛林幽幽》中的意义尤其重要：它内蕴深远，超逸了概念的封闭；它包孕多义，杜绝了思想的褊狭。它不再满足于对应善恶、正邪一类的现成话语，传递无须破译的明码信息；而是更多地指向未知，竭尽心力寻索着藏匿在既有“共名”之外的秘密，呈示那深刻的无序。鉴于此，《从林幽幽》只宜印象地、诗性地诠释，而不宜逻辑地读解。

小说讲述猎人阿那金的媳妇乌尼拉做了一个奇异的梦，梦中一只高大无比的熊抚摸了她的全身；第二天夜里，巨熊又在她那隆起的腹部上摁下掌印。就在乌尼拉受惊吓的第三天，那在母腹中被大熊抚摸过的婴儿蓦然降生。孩子被命名为额腾柯（意即熊娃），童年时周身便勃发出不可思议的野性与活力，并因此遭到部族成员乃至父亲的疏远、嫉恨，直至被逐出营地。然而，当整个营地的男人在熊的巨掌下束手待毙之际，他却回来了，与母亲合力杀死了巨兽。此时人们才发现，那头大熊竟然是部族的祖灵……

巨熊来自鄂温克“种族记忆”的深处，积淀着远古图腾崇拜的神奇，从一开始便令读者耳目一新。它的喻旨不再限于汉文化语境中约定俗成的“凶残丑恶”，尽管乌热尔图极力表现它的原始野性，但那似乎更多地属于文化范畴的寻根，作者根本不打算以道德或美的名义对它进行抨击。

乌热尔图写巨熊“不可触犯的眼神”、“不可抵挡的气势”，面对营地里包围上来的猎刀猎枪猎犬，“动作沉稳”、“从容”，似乎“它想让所有的人记住，只有它才是林子的主人，在森林里任何地方享有同样的自由”……一而再、再而三地凸示熊的“不可触犯”，于词重意切处令人不由地联想到一个弱势民族面临强势文明侵扰的对抗心理。是的，巨熊象喻可视为乌热尔图在现实压抑下曲折唤醒的图腾意识，家园的丧失、生存空间的被蚕食、生命的挫伤，一切刺激都已在上述描写中获得对应性反拨。

如果说，“七岔犄角的公鹿”曾是八十年代鄂温克民族境遇、民族精神的写照，那么，巨熊又何尝不可视作九十年代现实困境中一个古老民族的隐喻——虽伤犹傲，虽死犹生。尽管小说结尾，巨熊被额腾柯与母亲合力杀死；但这并不能误读为“以人的智慧和力量而征服熊的貌似强悍”。弑祖，绝不意味着儿孙辈不再追怀、崇拜祖先的威严和力量；恰恰相反，正是在这献祭仪式中，熊的原始强力伴随着如注的一腔浓血传承到了子孙的精血中。

就此意义而言，额腾柯可谓名符其实的“熊娃”。不仅他的后背留有符号一般的掌印，不仅全身遍布黑毛，更因他有着部族其他成员泯灭已久的野性。乌热尔图着力描写额腾柯做爱时那“令人不可思议的精力”，那“挠动人心的声响”，在惊讶得不知如何是好的营地中“如同自由奔放的流水，激来荡去”；着力描写当营地里的男人们在巨熊面前“无论如何也攥不紧猎枪、握不住猎刀，就像一个男人说不出缘由地阳痿了”之际，额腾柯那在人性的幽暗角落里伏蛰了数千年的兽性却跳出来与之相搏相拥……两个核心事件似不相干，却因那不无突兀的“阳痿”一喻而彼此呼应，透露出作者在历史的暴力与阉割中，对自身民族面临“种的退化”、生命的萎缩的深深忧虑。

正是在这一背景中，熊图腾作为雄强的生命力的象征死而复生；而鹿则不无委屈地衍为阉寺性生命的隐喻遭到否弃：那是一头秋季发情争雄时节被对手致残了的伤鹿。因肾囊变得空瘪干硬，才使本应年年蜕换的犄角长年不蜕地留在头上，然而却因此被奇勒查部族视为“神奇”、尊为“吉祥化身”，并把部族的幸福与平安系于它的犄角……“被阉割”不仅可读作历史困境中奇勒查部族日趋萎缩的生命的隐喻；亦未尝不可放大为强势文明侵扰下鄂温克民族传统文化之根濒临断裂的写照。如同乌热尔图一再伤感的：“鄂温克的文化链条传承到今天，已经变得多么脆弱！”于是，他不得不跨过文化的裂谷，越过历史的迷津（在小说中被形象地描写为整个部族追随着那头“神鹿”的犄角的指向亦步亦趋走入绝境），将寄寓着种族未来希望的新生儿的受孕，置于那不无原始的“荒原”中。

不要质疑“丛林”何其“幽幽”：内中充溢着不可理喻的原始性神秘；不要责备“图腾”何其野性：内中满含着困兽犹斗般的神情。乌热尔图所以径直步入荒原、追溯原始地“寻根”，与其说是因着对现实的回避，不如说恰恰是出于对现代文明/汉文化强势渗透下如何自重的忧虑，出于全球化语境中民族身份如何指认与强调的深思。

比之同时期寻根文学，乌热尔图写得更用力，更决绝，直至竭尽心血。无论是前述额腾柯与其情人“如生如死如疯如癫”的那场生命狂欢，还是他与巨熊相拥相咬、人血熊血交融莫辨的那次生死搏斗，都预示了这已是作者创作生命的最后喷发。

无独有偶，张承志也称以其寻根之作《心灵史》“为句号，结束我的文学”。两部绝笔心心相印：一个为“在汉文明的海洋里，继失去故乡，失去母语之后，失去信仰”的母族刻下一部“心灵史”[1]；一个为行将丧失森林、丧失“自己的声音”、丧失传统文化的民族留下了一部“图腾志”——还能传承么，那湮没已久的种族记忆？还能指认么，那边缘民族特异的生命血质？

《民族文学研究》2003年第4期，
人大复印资料《中国现代当代文学研究》2004年第1期

1 参见张承志《〈心灵史〉代前言》，广州：花城出版社1991年版。

有意味的形式——纳张元、毕然小说文体及其思想含蕴探索

本文拟从文体的角度切入，对云南彝族青年作家纳张元小说的现代寓言话语形式与彝族青年作家毕然小说的拟神话文体作一描述。文体并非纯粹的形式，乃是积淀着思想的“有意味的形式”。故以下探索不局限于单纯的语言体系，将不时透视形式背后隐含的思想观念、文化心理。

一、走出寓言

标题移自纳张元小说《走出寓言》。[1] 这部作品之所以引起我们的关注，缘其浓缩、并置、涵括了作者近期作品《鸡头》《日子》《古树》相当一部分

1 纳张元《走出寓言》，《十月》1998 年第 4 期。

情感、意象、素材。[1] 纳张元将其题为“走出寓言”，也许旨在呼唤年青一代走出彝山寓言般古老的生存，也许透露了他有意从习用的现代寓言话语形式中突围。我们姑且借题发挥。

如果说，纳张元的早期作品《飘荡的山魂》系列以及《小三妹》《秧客》等均属写实小说，因其时纳张元尚“夹在两座枯瘦的大山之间”，视野局限于“一线天地”，笔下的艺术造型在外观形态方面虽不乏对生活原型的毕肖，但毕竟由于视线的过于贴近，反不识彝山真面目；那么，自从他二度走出彝山，栖居城市，栖居大学校园后，他便渐渐脱出了对经验世界的近距离描摹。身在彝山外的视点，且凭藉了城市这一参照物，使其得以更超越地审视彝山全貌。此刻，彝山世界一览眼中却缩小了它的尺寸，原来一笔一画勾勒的细部不知不觉化作了依稀可辨的背景，而大轮廓却因缩微得以更完整、更清晰地以全景图的形式呈现——这或许便是此后纳张元的创作所以要代之以现代寓言话语形式的动因。缘其更契合作者的视点，缘其可以蕴含高度浓缩、无限延伸的内容。

就这样，纳张元开始以寓言形式寄寓他对彝山世界 / 城市世界、古老传统 / 现代文明的文化思考。试读《鸡头》篇。尽管作者也讲故事，也塑造人物，但那笔触夸张甚至有点荒诞的描写，多重暗示的细节、情节，尤其是那颇具符号意味的“智慧长者”原型的人物，都透露了这篇小说实质上是一则寓言。那位白眉皓首、长发飘扬的彝山老祖俨若活着的“传统”，活了不知有多少岁度，终于“苍老成一个谜”。他惯以鸡头卜古知今，使彝山的子民奉若神明。然而，世易时移，那神奇的鸡头居然难敌山外一张

1　参阅《边疆文学》1994 年第 1 期，《民族文学》1994 年第 1 期。

普普通通的气象图，百年老祖还未来得及与现代文明正面交锋便一败涂地……惜表层结构太虚，深层结构太浅，致使上述作者的文化思考流于观念化。

较之《鸡头》,《日子》一篇显然不再诉诸传统寓言的明喻类比，更不满足于图解现成的文化观念。其表层用白描式的语言写实，写一对老夫妇，日复一日地锄地、干活、睡觉；但在其深层结构上，却依然暗含着寓言性。人物不详其名其姓，寨子也没有寨名，背景更不知何年何代。写实小说应该交代清楚的要素，在此却一并虚化了。于是，这样的“日子”便有可能存在于彝山任何时间任何人物身上。不是吗？主人公俨若从远古走来直活到地老天荒，那亘古如是的，凝滞的“日子”中更浓缩了彝族传统生存方式的所有封闭、惰性、“超稳定”。这一层寓意较为明晰。但作为现代寓言小说,《日子》的内涵似乎具有多种阐释的可能性，文化批判的显意识下未尝不暗藏着作者深刻的文化眷恋，任何单向度的判语只会损坏它的浑厚深远。小说中，我们不仅可以读出彝山传统生存方式的封闭、惰性，而且可以读出现代城市中日益鲜见的文化遗存：那相濡以沫、白头偕老、永恒不渝的真情，那坚忍、沉实、安详、朴质的生命……伴之以单纯凝重如古歌般的笔调，这一切恰恰足以安抚置于城市世界的喧哗骚动、变化多端中不免眼迷神乱的现代人（包括作者）的灵魂。

作者似乎很矛盾。一方面，他急切地呼唤着古老、传统的彝山世界与现代文明、与城市世界接轨；另一方面，却又“无法忍受现代文明对人类生存方式和生活内容的异化”。更何况，现代潮流中难免泥沙俱下。于是，便有了《洋狗》，便有了《獐》：外来的“洋狗”貌作“深沉”地狂吠不已，未能惊醒彝山的百年迷梦，却陡增山民执土仇洋的偏激；城里人老庚见利忘义地一路飞奔，踩痛了“猎神”的憨厚，也踏碎了彝民族赤诚相待的心[1]……然而，“洋狗”也罢，老庚也罢，显然只是外来文明的畸变，纳张元却因此一度将现代文明、城市风景简化为一幅幅漫画，而未能经由两种文化更内在、更丰富的矛盾冲突，达臻文化思考的深层。

现代寓言话语形式有其所长，便于承载诸多的文化符号；也有其局限，稍不留意，便会滑向观念的图解。许是为了不失艺术世界本有的复杂性与丰富性，为了避免意义过于裸露的象喻与既成文化观念对号入座式的联想，纳张元在创作中着意引入了魔幻现实主义，藉此“走出寓言”。

《走出寓言》中，百木老祖与某大城市医学院学生楣的见面，与其说是一幕写实，不如说是一种文化隐喻。在如血的残阳里，老祖看到了一个红衬衫白短裙的女孩——自信地展示着她的现代形体；而楣眼中的老祖却俨若日益苍老的传统的化身。对视中，楣那青春的光彩深深刺痛了那个颓败的形象……

尽管纳张元在《洋狗》《獐》以及《城市情怀》等作品中对城市世界、现代文明横加揶揄，但就在他不无艰难地走出彝山、“挤进”城市时，他的文化天平实质上已经倾斜。——地域选择的背后隐含着文化抉择。他深知，那“像感冒一样普通的”“城市病”、“文明病”未尝不是历史进步的副产品，而彝族传统文化与现代文明的交融、彝民族的走向世界，也唯有在跨越传统，历经这不无弊病的“现代文明进程”之后方能达臻。于是，小说中他不得不又一次宣告了那个有着惊人漫长的文化年龄的百木老祖的消亡。然而，较之《鸡头》篇送别老祖的草率，《走出寓言》中的仪式远为庄重：不用世俗的纸钱，而以那“闪烁着金黄、银白的刺眼光辉，缓缓下坠，

1 《洋狗》，《边疆文学》1994 年第 1 期；《獐》，《小说月报》1992 年第 5 期。

互相碰撞，发出金属撞击的悦耳音乐声”的“满树黄叶”，完成了这苍凉而美丽的祭奠。仿佛哭别的不是一个人，而是一部历史，一个颓然逝去的传统，无可挽回地消褪于初露端倪的现代文明的“七彩光环”中。

是的，作者笔下的现代文明恍若幻景。小说中，因抗日战争的爆发而流浪至彝山的大学生的经历总有点魔幻意味；楣所开办的山神庙小学开学那天，“二十个古寨汉子对着高远的天空一齐放枪”，似乎更像一个超前的文化寓言。

作为艺术家，纳张元无意（也无力）探讨彝山完成现代文明进程的具体途径、程序、方式方法，他的使命只在于藉小说表现文化融合的理想。他不失清醒地意识到实现的艰难，故而，小说中，分别作为彝民族文化与外来现代文明符号的牯与楣，尽管千年等一回，耐人寻味的只能在彼此的梦中有缘。

有意思的是，尽管纳张元有意设置魔幻，试图走出“载道”式的寓言模式，但魔幻设计其实只是避免了文化思考的过于刻露，却并没有遮蔽作者价值取向的倾斜：作为“现代文明”象征的楣与其说是笔下人物牯梦中的期待，不如说是作者千呼万唤始出来的“梦中的情人”。

二、颠覆神话

如果说纳张元的文化思考中怎么也摆脱不了“现代文明”的诱惑，那么，毕然的文化记忆则一度引领他沉醉于种族神话的乌有之乡。

解读长篇小说《今夜火把到我家》[1]，与其说是“撒尼人百年历史”的写实，不如说是作者试图超越极其有限的史料羁束而展开的神奇想象。那些

1 毕然《今夜火把到我家》，北京：中国三峡出版社 2000 年版。

社会学层面的内容，那些纪实性的历史事件，较之五六十年代便已诞生的李乔的史诗性巨著《欢笑的金沙江》，并没有令人耳目一新的变奏、拓展；给人强烈印象的却是小说中着意渲染的男主人公——土司米斯沃果夜夜举着火把，轮流与分布在九个山寨的女人相会的传奇。作者似乎无心运用前辈作家所热衷的社会学分析，通过审视性的强力征服与任意占有，指向对彝山特权、强权阶层的批判；却有意由社会层面移至文化层面，借助准神话语言的夸张、变形，在一片原生、混沌的情态之上，凸显男主人公自然蛮力的奔放与生命的狂欢。其动因也许基于对现代文明压抑人性的困惑，也许基于传统之根雄风不再的焦灼。我理解毕然寻索民族传统之根，重构种族神话、生命神话，以期为面临时代挑战自信心不足、力量不足的当代人注入几许原始强力的良苦用心；却唯恐作者为自己手造的彝山世界幻景所迷惑，津津乐道于传统的原始幸福，而忘忽了边地民族的现实处境。

如同纳张元试图走出“载道”式的寓言模式，毕然也不应一味地超脱于日常经验世界，退缩至神话的代偿系统中。然而，毕然能打通神话世界与现世世界么？带着这一疑问我阅读了毕然的近作《水》。[1]

如果我们认同袁珂先生为广义的神话所定的界说，即其包括神话、童话、历史传奇、民间传说；那么《水》似乎又是某个神话传说的原型复现。——《今夜火把到我家》可谓“生命神话”，《水》可谓“寻宝神话”。确切地说，后者是神话与民间故事中习见的难题求婚母题的变奏。小说几乎沿用了“难题求婚”故事程式化了的四个情节链：求婚——女方设难（诸如寻宝、冒险等难题形式）——难题解决——终成眷属，描写孔雀寨

1 毕然《水》,《云南邮电报》，1997 年 10 月 9 日。

美丽的少女阿玫烈婼与大树龙潭寨的武相爱，按照阿细人的传统风俗，只待武挑一挑清水给阿玫烈婼的阿爸阿妈，“阿玫烈婼就结束了姑娘时代”（溯其原型渊源，即通过难题考验，完成“成人礼”）。然而，阿玫烈婼居住的孔雀寨却严重缺水。于是，尽管女方没有主动地提出要求，寻找水源依然成了武义不容辞的“难题”。

如同一切神话总是充溢着天真的意绪，即便涉及寻宝、冒险经历，也大都置于某种童话般稚气、美丽的语境中，《水》也不例外。毕然无意渲染母族生存境遇的严酷，也不屑刻画寻水之途的险峻；却浓墨重彩地涂染彝山天空那令人炫目的“橙红”、“山茶花红”、“玫瑰红”，还不忘在随武一起去探险的阿玫烈婼的秀发上插上一枝杜鹃花；甚至当武冒险下到深不可测的岩洞之际，仍要以“春燕呢喃、飞出飞进”一类的甜蜜鸣声、优美弧形，美化那黑森森的真实……因此，大可不必担心山重水复无路，民族神话库中自有勇敢、智慧、顽强、执着一类的咒语，助人敲开通往理想的门径。不出所料，武终于在大落洞底下发现了一股清泉，孔雀寨人凑钱买回了抽水机，马达一响，泉水便源源不断地流进孔雀寨。难题解决了，结尾照例是颇具民俗色彩的摔跤运动会，是喜结良缘的狂欢……然而，小说至此却陡生波折。

原来武发现的清泉竟是世代滋养大树龙潭寨人的同一股水。大树龙潭人不甘心水源被夺，便用炸药炸毁抽水机报复，不料却将正按传统风俗到源头汲水的那一对年轻人炸死了。

两声巨响方使读者如梦初醒。

这篇小说中的结构太巧妙了！乍一看又是一篇风景这边独好的彝山神话；至此，才发现制造神话恰是为了颠覆神话。爆炸，骤然打通了神话空间与现世空间的阻隔，理性之光蓦地照亮了情感意愿云遮雾罩的朦胧地带，透露出山民淳朴下的愚昧，良善下的野蛮——一种蛮荒年代仇杀、械斗的野性遗留与现代社会生存竞争的残酷的混合物。

小说的男女主人公历经曲折，最终没有能程式化地完成“成人礼”；巨响声中，对彝山世界充满稚气的幻想的作者却蓦然成熟。于是便不再有孩童般的惊诧，也不再有罗曼蒂克的忧伤。结尾写“三天后，西山南麓大树龙潭一如既往涌出的清凉的泉水欢快地奔流着”——死之沉痛，竟以淡笔、亮笔、暖笔呈示。

因着特定时期对“现实性”理解的日趋褊狭，致使近十年来，作家们（包括云南彝族青年作者）纷纷以“超越性”鸣锣开道，以期脱出对现实生活的简单摹写。如上所述，纳张元擅以现代寓言话语形式，抽象出超现实的文化诠释；毕然一度习用现代神话文体，诗化、神话化其用以对抗现实的“非现实”选择。然而，过度强调“超越性”会否铸成新的局限，阻拒了更有力地表现现实人生与更多元的文体创造的可能？就此意义而言，《水》的结尾所透露出的那种回归现世空间的意向，那种逼真得令人震悚的写实笔触，引起我们的关注。

这篇小说连同张仲全那部默默地与民族一起承受生存“艰难”的《天降大雪》等作，明显地传达出云南彝族青年作家群中重又激荡起某种直面现实的冲动。[1] 以何种形式更有力地、令人信服地言说现实，使其既不至于沦入浅表化的“社会问题小说”的窠臼，又不放弃深度表现，放弃文化理想的寻求，这显然是一个不宜取巧的难题。

我们期待着云南彝族青年作家在直面现实的方向上，齐力开出新境。

原载《民族文学研究》1999年第3期

1 张仲全《天降大雪》,《边疆文学》1998 年第 2 期。

如果，我们能认同神话批评学者的如是观点："神话构成了文学得以产生的母体"[1]，那么毋庸置疑，云南少数民族小说与神话的联系更切近、更紧密。

由于迟缓的社会历史进程的代偿以及封闭的地域环境的蓄积，云南边地不仅沉淀着极其深厚的神话意识；而且至今仍遗存着俨若"活化石"的神话形态。虽则共和国成立后的某一段时期，受缚于"破除迷信"之类非美学的知性理念，云南少数民族作家一度疏离神话；然而，一俟新时期文学寻根之启迪，便迅即发现此身栖息的边地竟拥有如此得天独厚、可资援用的神话、仪式、民间故事等前文学范畴的宝藏，其创作也于自觉非自觉

1 参见约翰·维克雷编《神话与文学》上海：上海文艺出版社 1995 年版，第 415 页。

间，接通了二十世纪世界性的“神话复归”的文学流脉。

神话结构、神话原型、神话思维以及神话语法的运用，使云南少数民族小说平添涵盖性与升腾力，逸出了不无逼仄的个人经验世界，向那无始无终、无边无际的诗性灵境提升。远古的回声、史前的幻想以及那埋在心灵深处的种族记忆，蓦然被唤醒。正是借重于这一深不见底的“空筐”，云南少数民族作家得以安置如此充分的人类性。

面对大量的演化于神话、“新编”自民间故事的少数民族小说，我们的批评却缘于寻不到相宜的研究门径、方法与技术而难堪地失语。尽管多年前，刘魁立便已提出应重视“民族神话与史诗溶入作家创作”研究的构想[1]，但至今仍如空谷足音，在云南乃至当代少数民族文学研究界鲜有切实的回应。

问题似不尽然在于不谙人类学、文学人类学一类的概念，至少在云南，因着海内外人类学家对云南边地这一人类历史文化“活化石”的倍加垂青，人类学理论在学界业已流播开去；即便尚属新兴学科的文学人类学，也缘于在当地召开的一系列国际性学术研讨会的倡导，而不再是陌生话题。然而，浅尝辄止易，生搬硬套易，具体深入地诠释作品难；经由神话、仪式或民间故事切入，藉人类学之烛光照亮民间传说、口承文学与书面创作之间的那片幽暗地带，运用人类学的视野、方法、知识发现和破译文本中的密码，尤其难。而文学人类学如果仅仅束之理论高阁，而不能衍为行之有

1 刘魁立指出："神话与故事两种性质截然不同的文学现象的杂糅、讲述家民间歌手与作家诗人的一身二位、民族神话与史诗的溶入作家创作……等等等等，这样一些极为有趣的现象在少数民族文学当中，随处可见。这种文学过程的动态研究势必给文学论坛吹进一股新鲜的空气，不仅在具体结论上而且会在方法上给整个研究界和评论界以有益的启迪。"《民族文学研究》1988 年第 1 期。

效的操作性技术，那么，将永远停留于凌空蹈虚。

此外，我意中的文学人类学批评还应是一种兼具人类学观念与审美观念的研究方法。它不仅着力揭示神话、仪式、民间故事等前文学范畴是如何给文学注入活力的；不仅有意窥探作家创作的本文下潜藏着什么样的文化无意识；同时也悉心关注这些神话原型、文化意蕴是怎样通过审美形式、艺术手段、语言形象而呈示的。

以下尝试对云南少数民族小说作文学人类学诠释。

一

荣格、弗雷泽、弗莱等先驱者的相关理论，从各自不尽相同的角度教我们学习“用神话的眼光看文学”。凭藉那双慧眼，云南少数民族小说中的隐形结构、母题，那些神秘象征的内蕴，那些玄奥典故的谜底，渐次浮出谜面：

佤族作家董秀英的长篇小说《摄魂之地》应可归入具有普遍意义的“人类神话”之列。如果说在其他文章中，笔者已藉文体批评、比较文学等研究理论与方法，细致地分析了文本的佤汉混合语体、民族色调、魔幻现实主义方法；那么，此处不妨借助弗莱所谓的“向后站”方式，以便略去一切繁文细节，大处着眼，凸现原型。

正是有赖于“向后站”这一有利位置，小说的原型组织：生命的黑暗——生命的黎明——生命的狂欢——生命的血祭方尽现眼底。篇末“血祭”一节写乡长安木嘎难以阻拦执意砍头祭谷神的寨民，遂抢过砍头刀，一狠心搁到了自己的脖子上，“头和吃着人血的砍头刀一起落到了地上”……悲壮中隐约可见对牺牲仪式的别一意义的模仿。自然，传统的砍头祭谷神的仪式行为，业已衍变为向心目中更神圣、更崇高的“解放”之献祭。

白族作家景谊的短篇《古代传说和十四岁的男孩子》于题目中便暗示了主人公与神话传说似有着某种联系。[1]那是个弃儿，一个无父的孩子，眼睛里时时流露出同龄孩童少有的孤独与忧郁。现实生活中的备受歧视，使他终日憧憬白王的传说：“一个在山溪边洗麻的姑娘，吃了顺水漂来的绿桃，十个月后生下了一个漂亮的男孩。村寨里的人却逼着她扔掉那没有父亲的孩子。可怜的男孩被扔到苍山上，孔雀飞来用翅膀给他遮寒，白蟒出来把他搂进怀抱……”这是一个多么温情的神话呀！愈温情，便愈发衬出现实的无情；而现实愈是冷漠无情，男孩便愈是痴迷地梦着神话中的境地。就这样，“古代传说”与现实境遇对应着，交织着，冲撞着，终于在一场突如其来的雪崩中，二者蓦然叠合，白族始祖与那十四岁的男孩的命运亦于刹那间相契。恍惚中，男孩真不知是梦是醒！

更出乎意料的是，那舍身救助男孩的竟是一直怨恨着这个丈夫与别人偷情生下的“小杂种”的朗早姆，在孩子心目中，她曾是那样的形容丑陋、面目狰狞。也许，恰是这样一个受苦着、怨恨着、最后终竟不失母性、不改爱心的女人，方是作者心目中的女神。一如白族古代石窟塑造的丑面观音（又称愁容观音），其形象亦非慈眉善眼的，而更多地感染了人世间的愁苦恩怨。神人合一之际，令读者难辨哪是神的人性，哪是人的神性！

彝族作家纳张元的《走出寓言》，篇首题辞着意援用彝寨创世神话：“远古的时候，天裹着地，地连着天，格兹（彝族传说中主宰一切的神）一声怒吼，天上升，地下沉，混沌初开，万物出世。撮矮阿于（传说中人的

1 《古代传说和十四岁的男孩子》，收入景谊小说集《谁有美丽的红指甲》，北京：文化艺术出版社 1989 年版。

始祖）捏了一些泥人，放进空心树洞中，性急的一个月就爬出来，是鸡，两个月出来的是鼠，三个月出来的是猪，四个月出来的是狗，九个月出来的是人，十个月才出来的变成牛马。人爬出来的那天，天空中高悬起七个太阳……”[1]犹如小说的调性符号，使那正文铺叙的“许多年之后”的古寨生存，遥溯悠远的人类之源，以至作者对于超稳态的彝山传统生存的反思，顿然变得更其沉重。

白族作家张焰铎的《醒着的望夫云》[2]，标题中悉心镶嵌了“望夫云”这一原型意象。那原是白族民间一则流传甚广的传说：“俗传昔有人贫困，遇苍山神授以异术，忽生肉翅，能飞。一日，至南诏宫，摄其女入玉局峰为夫妇，凡饮食器用，皆能致之，后问女安否？女云：太寒耳。其人闻河东高僧有七宝袈裟，飞取之，及还，僧觉，以法力制之，遂溺死水中。女望夫不至，忧郁死；精气化为白云，倏起倏落，若探望之状”，“人因呼为望夫云……”[3]作为原型意象，“望夫云”不仅存储了白族祖先的原始记忆，而且还像一个不死不散的怨魂，冥冥中缠绕着白族妇女的漫漫人生。以至千百年来，俨然已成白族妇女的“共名”。张焰铎小说中那“望夫不至”、悲情郁结的“吊死鬼妻子”阿春妈，便恍若“望夫云”再生。

然而，时移事往，新时期的“望夫云”原型自会生成一些新的当世的意蕴，甚至产生某些微妙的变形。如果说，小说里强调阿春妈“有多大的忧愁和痛苦”就“有多大的志气和心性”，犹是别一异文中望夫云“扬风大作，执意吹开海水，一见变为石骡的夫君”精神的刻意激扬；那么，至结尾写春

1 纳张元《走出寓言》，《十月》1998 年第 4 期。
2 《醒着的望夫云》，收入张焰铎同名小说集，云南人民出版社 1991 年版。
3 参见清康熙黄元治纂《重印大理府志》之“精气化云”条。

墙的白族妇女一任越舂越高的土墙把她们托上深蓝色的高空，宛如“生活在苍山高空的‘望夫云’”，便意象翻新了：不知不觉间，那往日郁结着悲剧意识的“白云”，已为新时代的投影涂染上颇具乐感意味的鲜亮色彩。

二

前述作品所涉神话传说均“发生在一个高于或前于普通时间的世界中”，流传久远，“用默西亚·伊利亚德的话说，是‘达到了彼时’”[1]，即便偶有变形，也是据固有神话原型“改写”；而哈尼族作家哥布的《民间故事》里所引用的“梨花与白马”的传说，却生成于当世，系笔下人物据自身经历而“编造”。小说中称：“我根据我和明里的爱情经历编造了那则‘梨花与白马’的故事，以寄托我对明里强烈而绵绵无期的思念。我在孩子们中间讲，在大人的聚会上讲，一传十，十传百，从这座房子传到那座房子，从这个寨子传到那个寨子，久而久之，人们都真的以为这是一个千百年来老祖宗传下来的民间故事了。”[2]

故事情节极其简单：梨花盛开季节，有位仙女向往人间的生活，骑着一匹白马下凡。她把白马拴在梨树上就去与俗世的情人幽会。仙女时常不安地眺望远处的白马，然而白马洁白梨花也洁白，她分不清那白色的景物是梨花还是白马，脱口吟出“梨花像白马，白马似梨花”的诗句，而她的情人戏说那梨花就是白马，其实白马早已挣脱缰绳远去，仙女再也回不到

1 转引自弗莱《虚构文学与神话的移位》，《诺思洛普·弗莱文论选集》，北京：中国社会科学出版社 1997 年版，第 124 页。

2 哥布《民间故事》，《滇池》2000 年第 2 期。

天上了……

这一传说虽说是“仿民间故事”，却并非无本之木，细究起来，不难发现其实仍拷贝于“仙女婚配”神话原型。据已有民间文学研究所考证，小说所描写的红河哈尼族自治州，正是“仙女婚配型”神话的流传地区。值得注意的是，不仅文本中的三个拷贝（民间故事体以及由此派生的小说变体、诗歌变体）其主题、人物、意象都是神话中类似结构素的原型复现——诸如小说变体中“脸庞比梨花还明媚的仙女般的”明里、“吃千家饭长大的孤儿”阿则，诸如小说中有意泄露的现实与神话莫辨的境遇：“我几乎不敢相信这就是我现在的实实在在的生活。我大约置身于有关仙女下凡的民间故事里”……以及结尾女主人公明里难产而死，魂归天际，暗示了她那可遇而不可求、可望不可即的“仙女”寓意[1]；甚至整个文本的结构亦可见出对于神话形式的文体模仿。

俄国学者符·普洛普认为神话与童话的结构具有“二重性”：“一方面，它千奇百怪，五彩缤纷，另一方面，它如出一辙，千篇一律”[2]。小说中，哥布化身为三，分别由作者（诗人哥布）、叙事主人公（“我”）、笔下人物阿则从不同的叙述视角将同一个“民间故事”复述三遍[3]，看似“如出一辙”，却使线性的叙述赢得了某种空间上的张力；而“内容简单至极”、文字澄明至极则接通了神话空灵的模式，孕育出叙述开放、变化的无限可能性，乃

1 按俄罗斯汉学家李福清的说法：世界所有的神奇妻子的故事，尤其从另一个世界来的（天上降下来的）妻子因丈夫犯了什么禁忌一定要回天上，这是典型民间故事的母题。参见李福清《中国小说与民间文学关系》，《民族艺术》1999 年第 4 期，第 80 页。

2 转引自特·霍克斯《结构主义与符号学》，上海：上海译文出版社 1987 年版。

3 卡尔维诺称，童话的重复声调是“无穷无尽的变化”之中的“无休无止的重复”。参见卡尔维诺《意大利童话·序言》，上海：上海文艺出版社 1985 年版。

至达臻“千奇百怪，五彩缤纷”的意境。

这是一部从神话“母本”里借用动机的类先锋小说；或谓一个“移位”于文本实验范畴中的拟神话。难能可贵的是，哥布极有灵性地找到了神话、童话形式与先锋观念技巧的某种契合点。那有意无意地混淆现实与幻觉的叙事方式，那非凡的把握“重复”的能力，令民间故事主题变奏铺展，宛曲萦回，直如天籁。

最动人的当数“梨花像白马 / 白马似梨花”的诗句，似一缕柔纱，轻笼着对至美的追求终是无望的潜主题。[1] 单纯却暗蕴着传说般的幻意，忧伤而不失美丽。

三

如果说哥布的“少年情思”怎么也摆脱不了民间传说的幻影；那么纳西族作家亚笙的《要一百头牛作聘礼的姑娘》(以下简称《聘礼》) 则一度引领他步入知识神话的迷津。[2] 从标题透露，后者应是神话与民间故事中“难题求婚”母题的复现。小说叙说胜似“仙女下凡”的傈僳族姑娘嘎诗[3]，为考验追求她的诸多小伙子而提出了“要一百头大骟牛作聘礼”这一难题。

1　这一主题在哥布诗文中复沓出现，如小诗《想念一个彝族少女》。诗人如是唱道：我是一棵忧伤的树 / 生长在我们相识的地方 / 让我默默地无望地想念你 / 这世界上你给过我更美丽的时光。收入哥布《少年情思》，昆明：云南人民出版社 1997 年版。

2 《要一百头牛作聘礼的姑娘》，《大西南文学》1987 年第 10 期。

3　小说里多有“嘎诗犹如天上的月亮，看得见，摘不下”一类描写，隐约透露出这一故事中所积淀的“天女婚配”原型。傅光宇曾将“难题求婚型：洪水遗民亚型（纳西族）”神话称之为“天女婚配型”洪水遗民神话；并考证出“天女婚配型”神话的发源地应在金沙江北岸，然后南下东传。“天上仙女”实为居住在高山上的女子。参见《民族文学研究》1995 年第 2 期。

当追求者为之困惑、沮丧之际，作品便适时地借嘎诗之口举行了难题求婚故事中不可或缺的“教诲程式”：“阿哥们呀，我是盼你们早点富起来！人家山外的人，为什么能富起来？难道我们嘎诗雪山下的人比谁少胳膊还是少腿？”……将一种时新价值观授予“蒙昧”青年，导引他们向着以致富为目的的“现代性”目标追寻。

毋庸讳言，小说明显感染了“新时期”的流行观念，“难题求婚”的原始母题被作者作了“现代性”的改写与重构，而这恰恰为母题研究提供了一个不可多得的个案。母题学的宗旨之一正是探究诸种类故事在不同文明阶段的衍生流变，由此生发出文化史意义。

因同缘于“难题求婚”母题，自然使《聘礼》与其他产生于不同时期的变文互为联系，使那些已然成为“传说”的文本衍为自身的背景资源，在映衬、“预示”、比照中有意无意地拓展了小说的主题。[1]

以下通过《聘礼》与同源傈僳族民间故事之比较，审视、离析“难题求婚”故事在不同时代、不同社会发展阶段所具有的恒定因素与变异因素。

既出诸同源母本，“难题求婚”类故事自然有其超越时空的承传性与共质性：那如出一辙的恒定情节链，那历经艰难、成长为人的同一主题，以及比赛、猜谜、寻宝、冒险一类为人们习见详熟的考验方式……嘎诗“要

1 按英国学者约翰·怀特在《现代小说中的神话》一书中所提出的“原型预示”的理论，“一个被现代小说家引入自己作品中的神话能够按照几种不同的方式预示并加入作品的情节。尽管那种对出处的意识正在衰退，但理想的读者仍然能够熟悉大多数先在的原型预示，正如小说家本人在创作时那样。由于神话与新创作的作品相比早已为人所熟知，所以神话给小说家提供了对现代事件加以象征性评注的一套速记系统。‘原型预示’对于描述这种关系是一个有用的词，因为它有‘先在’的意思，因而能够为行动或形象的整体构型提供一种比较”。转引自叶舒宪《文学人类学探索》，桂林：广西师范大学出版社 1998 年版，第 31 页。

一百头大骟牛作聘礼”既可读作“设难”，也可视为“出谜”。而小说中追求者们一度展开的比箭、爬树、攀岩等等赛事，也恰恰是傈僳族传统“难题求婚”故事中固有的，如流传于怒江州贡山地区的《青蛙王子》，流传于福贡一带的《五兄弟》，便有极其相似的描述。[1]

然而，相似的情节却衍生出迥然不同的意义。如果说，已有傈僳族传说意在通过这些难题，考验追求者有无“猎虎猎豹”的技能、体力，以便作出传统的价值选择；那么，《聘礼》却一反传统价值取向，仅以那恒定的情节因素作铺垫，借以衬托嘎诗的最后选择：一个毕业于民族师范学校，“一边教书，一边为嘎诗解决了种天麻遇到的各种难题”的“有文化的傈僳人”，从而张扬“知识就是力量、知识就是财富”的时尚价值观。——正是在与同源民间故事的潜在呼应（或谓“对话”）中，方见出一个古老民族遭遇“新时期”后的文化裂变、转型。

值得玩味的是，当人们问及“一百头大骟牛的聘礼是不是免了”时，嘎诗父亲的回答竟然那么肯定：“不免。傈僳人说话算数”；又问：“一百头大骟牛关在什么地方？”答曰：“拴在篾箩里。”小伙子们一头雾水，最后还是村里最年长的老人（神话、民间故事中不可或缺的“智慧老人”角色）出来道破了谜底——“原来，过去也有要数十头大骟牛做聘礼的事，可贫穷的傈僳人哪有那么多大骟牛，只不过是以此表示对女儿婚事的隆重罢了。只要男女双方中意，便请了媒人，背上象征数十头牛的东西，再提上一壶酒，到女方家提亲。”酒酣耳热之际，媒人说：“尊贵的主人呵，你的姑娘像箐鸡一样美丽。现在我们来提亲了，肥壮的大骟牛拉来了，请牵住。一

1 祝发清、左玉堂、尚仲豪编《傈僳族民间故事选》，上海：上海文艺出版社 1985 年版。

头。”说着递上一包针；“两头。”说着又递上一扇糖。如此交足了“数十头牛”，婚事就算定下了……

这一习俗中遗存着极其丰富的原始文化意识，如初民对语言魔力的确信，“对于原始人来说，占有词也就是占有词所代表的事物”[1]；如原始巫术对象征思维的倚重[2]。在原始人心目中，这种象征性的模拟，足以替代真正的实行。

然而，如是溯源仍未能尽然解答嘎诗“要一百头牛作聘礼”之举的费解处：出“难题”的是她，破题的也是她，系铃解铃系于一身，使“求婚”实质上已化作她一手策划、导演的表演，所谓“走过场”。这表明嘎诗的真实目的并不在于“要一百头牛作聘礼”，而旨在对求婚者“现代性”知识、能力的考验。正是上述这种“表演性”、“程式性”，表征了此举的仪式意义、训诫意义。

如果说前述傈僳传统求婚仪式透露出彼时人的知识、能力与美好愿望间难以逾越的距离，故唯有借助语言的魔力跨越现实鸿沟，“无所不能”下其实难掩人的无能为力；那么“已为嘎诗解决了种天麻遇到的各种难题”的男友则显然不是无计可施、无能为力。所以多此一举，乃是为了通过这一“过场”（程序），通过这么一番有声有色的“造势”，象征性地完成一代傈僳青年由传统迈入“现代”、由愚昧走向有知的“成人礼”。

1　在傈僳族神话、民间故事中，亦多有借语言的魔力实现愿望的原始经验的遗迹。如《鱼姑娘》中所述“孤儿做完了猪圈、牛圈、羊圈、鸡圈。媳妇站在圈门口，叫了一声猪，猪圈里满了猪；叫了一声牛，牛圈里满了牛；叫了一声羊，羊圈里满了羊；叫了一声鸡，鸡圈里满了鸡”一类的语言神话。参见《傈僳族民间故事选》，上海：上海文艺出版社 1985 年版。

2　德国哲学家卡西尔认为初民没有抽象思维，只有具体的象征思维。

问题在于传统求婚礼仪一味指望“语言无所不能”的魔力，固然纯属先民的幻想；而小说中重建的新仪式则过分诉求于现代性知识全能的神效，又何尝不是一种新迷信。时值“新时期”初始，亚笙关于现代 / 传统、知识 / 蒙昧的文化思考，自难摆脱时代思潮的影响力。

一如云南边地这片时间意义与空间意义上都远离“现代文明世界”的少数民族聚居地更适于开展人类学研究；那体现了巨量的人类学主题、遗存着丰富的原始文化意识、蕴蓄着浑厚的民俗积淀的云南少数民族小说，也最宜于作文学人类学的思考。参考、汲取国内外文学人类学批评的已有成果，化用人类学（主要是文化人类学）的理论方法，借助民俗学、民族学等学科的视角与材料，对少数民族小说进行某种性质的文学考古、文化解码工作，不仅可以弥补当代民族文学研究的方法论缺失，甚至可能增强已有文学人类学批评的深厚度与坚实度。鉴于此，笔者明知笔力不逮，仍贸然尝试，权且为文学人类学批评移植于当代民族文学研究领域垫底。

《民族文学研究》2001年第4期

「南行」系列小说的诗化解读

一

艾芜于1920、1960、1980年代三次去云南边地“南行”，分别孕育出了《南行记》《南行记续篇》《南行记新篇》等三部小说集。将这些跨越六十年时代变迁的“南行”小说集粹并读，恰可从一个特定的侧面，印证中国现代文学与当代文学间的断裂与承续。

1925年夏，艾芜由成都省立第一师范学校肄业，从此开始了其意味深长的身与魂的漂泊、探寻。而其从四川至云南边地的那次“南行”，以足代笔，完成了一部后题名为《南行记》的小说，1935年12月结集交由上海文化生活出版社出版。

1935年12月初版的《南行记》里只收有《人生哲学的一课》《山峡中》《松岭上》《在茅草地》《洋官与鸡》《我诅咒你那么一笑》《我们的友人》《我的爱人》等八篇小说；再版时增加《山中送客记》《海岛上》两篇，并把

《洋官与鸡》换作《偷马贼》。及至 1963 年由作家出版社重新出版时，增订为二十四篇。除分别将“野人山”、“摆夷”、“槟榔江”、“野人婆”等语汇修订为“克钦山”、“傣族”、“大盈江”、“克钦人”外，余皆保持着初版、再版的原貌。[1]

艾芜的独辟蹊径，不仅导引着内地文学青年的南疆梦寻，亦启示业已走出云南的文化浪子幡然改途、还乡寻根，如是合力开创了云南边地小说。

云南左翼作家马子华未曾直陈《南行记》对其创作的影响，却不难从对读中推断他的《滇南散记》应是对《南行记》的一次遥感呼应。尽管细读文本，亦不无异趣：《滇南散记》悉心“联系着整个中国的政治制度”思考[2]，着力凸现南疆阶级压迫、民族压迫的社会内容，可谓旧时代云南边民生活的现实主义画卷；《南行记》则多以自然作映衬，执意在尘世寻索“有光有花有爱的天国”，格外关注那自外于主流社会的自由不羁的人群及其特立独行的人生形式，俨若边地型生命的浪漫组诗。但这无碍识者一再把这两部作品相提并论，因为，无论就跋涉云南“夷方地”、体尝“‘秋草蛮花’的风土”之内容，还是文本的形式，二者都极其相似。

另一左翼作家李乔则屡次称艾芜为“我创作上的带路人”。在回忆录中，念念不忘《南行记》的引领。[3] 受教艾芜多年后，其闭塞的心窍终于开通，才思奔涌，直至于五十年代汇成“欢笑的金沙江”。[4]

此外，彼时正在云南边地考察、采集植物标本的蔡希陶，其所撰小说

---

1 参阅艾芜《南行记》，上海文化生活出版社 1935 年初版本及作家出版社 1963 年版。

2 马子华《滇南散记·前记》，昆明：云南丛书社 1946 年印行。

3 李乔《我创作上的带路人——艾芜》，该文收入散文集《蹒跚的脚步》，昆明：云南民族出版社 1994 年版。

4 李乔《欢笑的金沙江》，北京：人民文学出版社 1956 年版。

《爬梯——一个赶马人的日记》中，亦依稀可见艾芜“南行”小说的影响痕迹。

青年蔡希陶酷爱文学，曾梦想成为一名文学家，但碍于家境，不得不去北平静生生物调查所当练习员。1932 年，他只身从四川宜宾出发，沿着金沙江溯流而上，徒步走至云南。此后六年，他南抵西双版纳原始森林，北齐凉山彝区，东至文山红河流域，西达哀劳山、高黎贡山峻岭。在考察自然生态、采集植物标本的同时，亦深深感染了南疆的“精神气候”，熟悉了边地民族的风土人情。他相继写了四篇小说，发表在《文学》月刊上。其中《普姬》《四十头牛的惨剧》《爬梯——一个赶马人的日记》均写边地故事[1]，塑造了白族、苗族、黎苏族（傈傈族）等令人耳目一新的少数民族人物形象。虽则文学最终未能挽留住蔡希陶，云南神奇瑰丽的自然资源诱使他成为一名植物学家；边地却留住了他，直至终生相守。

艾芜式的“漂泊”，既是作者背离中原文化、由边缘处反拨中心之精神追求的体现，亦是此类作品的一种结构方式：叙事主人公的足迹，犹似一根根丝线，很自然地将那遗存边地、支离破碎的吉光片羽连缀在一起。其影响所及，不仅可从同时代的马子华、李乔、蔡希陶等作家的创作中得到印证，亦能从二十年后挺进云南的军旅作家白桦、彭荆风、林予、李钧龙等习惯创作的《一个无铃的马帮》《赶马人的故事》之类题材中窥见端倪[2]。

细读李钧龙的《思念的野白露花》《剽牛女人》等小说，不难发现，知青张晓弟、连队文书林文清一类男主人公，每每在生命力强悍的边地姑娘的对比下，竟“像个女孩子”一般斯文“秀气”！那“书生与蛮女”型的人

1　蔡希陶《普姬》《四十头牛的惨剧》《爬梯——一个赶马人的日记》，分别刊于《文学》月刊，1933 年 7 月一卷一号，1934 年 7 月三卷一号，1934 年 11 月三卷五号。

2　白桦《一个无铃的马帮》，《人民文学》1954 年 11 月号；李钧龙《赶马人的故事》，成都：四川人民出版社 1978 年初版。

物设置显然源自艾芜的《山峡中》；而《野女》顾名思义，则分明旨在塑造“野猫子”的异族姊妹。[1]

《南行记》中洋溢的浪漫主义情调，终于激活了云南边地小说中潜在的灵气。作者们开始领悟如何以本土的独特方式，呼应中原文坛乃至世界文学的“普遍性”思考；如何倾心塑造边缘地域中那些业已被边缘化了的异端生命。

二

尽管缘于所属汉儒文化体系的无意识，艾芜“南行”所见所闻有时难免有先在于叙事传统中的局限。试读以下文字：

大约在昆明吧，同时也在滇西的旅途中，都听到这么相似的话：

“到夷方么？那危险，谁也不会回来了。”

“你说为什么？你会给那里的女人抓着哪！”

意思就是说滇缅滇暹交界间，有一种夷人，女的要比汉人姑娘好看些，容易诱惑人些。话虽是不免过份一点，但含义却有一部分是对的。[2]

……

摆夷女人都懂魔术，见着她所不喜欢的男子，在频频望她，便会使望她的人生病的。又如，同她结了婚的汉人，说是想回家乡，也很不容易走脱的，即是蒙她准许返家一次，必须按时转去，否则她在你临走时暗中给

1　李钧龙《野女》，成都：四川文艺出版社 1989 年版。

2　艾芜《南行记》，上海：上海文化生活出版社 1935 年初版，第 78 页。

你吃的药，会一下子发作了，使你死去，无可挽救的。[1]

此处所谓“魔术”，类似“放蛊”。循着上述汉儒话语之惯性，边地形象便似《南行记》中复沓出现的“野猫子”、“野猫儿似的”姑娘——“美丽又可怕”。有时甚至将其“妖魔化”。例如初版《我诅咒你那么一笑》写沐浴归来的摆夷（傣族）少女：

真像一群魔女似的突然在夜间出现了，也可说是江中的水妖，林间的精怪，到来了吧。

在1963年作家出版社新版的《南行记》中，碍于新中国民族政策，作者特将“魔女”、“水妖”、“精怪”诸词作了如下修改：

真像一群神女似的突然在夜间出现了，也可说是江中的水仙，林间的精灵，到来了吧。

艾芜塑造“野猫子”、“魔女”未必有什么自觉的象征功能；恰是无意间选择如此意象，多少泄露了其潜意识中对“边地”蛊惑的某种既迷恋又略含几分戒备、畏惧的心理。

自然，就艾芜整个生命与创作而言，云南边地与边地文化无疑已衍为其托身立命的创作根基。

从二三十年代创作处女作《南行记》；到六十年代初逸出时新题材规

1　艾芜《摆夷地方》，收入《漂泊杂记》，上海：生活书店1937年版，第96页。

约，如鱼归水，第二次南行，并写下《南行记续篇》；再到八十年代初一复出便作第三次南行，完成《南行记新篇》，很显然，对于艾芜，“南行”远不止是一种题材选择，而已成为终其一生的人生选择与精神选择。

虽则，艾芜六十年如一日地神往漂泊、神往边地，但时至五六十年代再如此一如既往自居于“现时代大潮流冲击圈”边缘的站位，无疑已极不合时宜。

因此，写于“十七年”时期的《南行记续篇》的叙事风格，恰似其中某篇小说的篇名《雾》、或如集子中多处对多雾的云南边地的雾中风景的描写一样：云遮雾罩，朦朦胧胧，扑朔迷离。这或可借作作者故事新编中那游走今昔、莫辨新旧的多重叙事魅影的隐喻。耐人寻味的是，《续篇》中依旧着力抒写人性自由、生命激扬，所塑造的女性人物亦大抵属“野猫子原型”，《边寨人家的历史》中的女主人公阿星解放前甚至“做过偷马贼”，“还是个大贼”，野性泼辣，横枪跃马，漂泊天涯。为此，她不仅嘲笑姐姐“就像一只猫，只想终天守在火塘边上”；更怜悯客店伙计“我”难道就甘心一辈子“只扫马粪”？当着作品中，新社会的新人依据新意识形态来指责阿星的所谓历史问题时，难得作者遵循边地道德文化，斥其“古板”！

亦是赖有边地道德伦理的支撑，《芒景寨》中，佛爷岩丙的爱情故事读来何其缠绵动人！[1] 岩丙执意还俗，不为别的，哪怕就为了能与自己心爱的女人结婚后，尽享一起在田里干活“你看我一眼，我看你一眼”那种世俗快乐……然而，却遭致寨子里束缚人性的恶势力的百般阻挠。有情人难成眷属，咫尺天涯，岩丙只能将青草挽成一个个小圈，留在恋人每天会走过

1 《边寨人家的历史》《芒景寨》，收入《南行记续篇》，北京：作家出版社 1964 年版。

的路上，牵绊着她；而她要是见着了路上的草圈，便会把红手巾缠着头发，远远地向岩丙致意。

值得注意的是，以上爱情故事的外壳中，分明包蕴着作者依然深信尘世里也能觅得“有光有花有爱的天国”的思想内核。为此，作品还着意呈现了亚热带那么一个迷人的月夜，虫鸣螽跃，花开有声，岩丙情不自禁地低声唱起傣族情歌，而“我”却偏偏不会唱歌，引出岩丙如是取笑：“你们汉族人正好做和尚”，而“我们傣族人么，可爱唱了。工作，唱歌，跳舞，这才算真正活过一场。”——边地民族“歌舞人生”的观念竟出自于一个尚未还俗的佛爷的陈述，其文化意味自然更深长了！

《南行记续篇》中分明可见艾芜将被“新”时代压抑了的“故”事原型曲折讲下去的执着。令艾芜自谓“销魂”的云南边地，其内涵不仅仅是政治学范畴的社会主义政治边疆，更是那文化学意义命名的“边地”；而其在《续篇》中之所以好用“忆苦思甜”叙事模式，潜在动机未尝不是为了获取与新时代龃龉不合的“怀旧”情思的“合法性”。

三

1981 年，十年浩劫后艾芜重归文坛，应云南人民出版社之邀，作第三次南行。此行所赋《南行记新篇》[1]，适可谓其创作生命的一次再世还魂。

序文中的如下语式与表白——“这是今年的三月。同时，一九二七年春天的怒江，也从脑幕上掩映出来”；“年轻时候，对异地的风光人物，有

1　艾芜《南行记新篇》，昆明：云南人民出版社 1983 年版。

极大的欢喜。回顾几十年的创作历程，大都是把青年时代储存的印象和激情的感受，作为涓涓不息的泉源”。——透露了小说中作者之所以复沓运用平行手法，不断营造场域、人物、情景的今昔重合、前后呼应关系，其主旨意在追怀青春梦境。自然，努力讴歌“生活的巨大变化”，毋庸置疑也是作品的重要题旨之一。于是，“回望”抑或“向前看”这两种向度，构成了《新篇》中始终纠结不休、交相辩证的主题悖论。

新时期主导意识形态强调“向前看”，疾呼“加快新长征的步伐”，任何沉湎往事、流连忘返都意味着对“现代化”进程的延宕。受此时代精神鞭策，作者不得不勉力关注、描写“新人新事”。而由于“这样的人物都是新认识的”，尚停留于理念层面，未能与叙述者形成更深层次的情感乃至审美层面的碰撞与交流，故而，作者只能一改《南行记》《南行记续篇》“全用第一人称”叙述的文体，部分篇目“采用第三人称的写作形式”。[1]

而在更多的篇目中，作者仍情不自禁地频频回首。不自觉间逸出了“新时期”、“现代化”一类的“时间神话”观念，转而尊崇南疆那神奇瑰丽的自然生态所生发出的一种超越社会、超越历史的持久生命力，一种与永恒人性同样弥足珍贵的意义；尊崇那转展绵延、恒常如初的边地地域文化空间。唯其隔着六十年岁月沧桑回望，这份天长地久才格外动人。

据此，八旬老人将其收山之著《南行记新篇》的开篇郑重题作《边城》，开宗明义歌赞“绿天绿地”的“边城”，“把我的青春和山和水和森林以及朝来暮去的人，结合在一道”；而在其书末两篇小说《青春》《一个永葆青春的友人》的题名中，又复沓凸示“青春”二字。“青春的记忆”在

1 《南行记新篇》，后记，第 166 页。

此既是一个心理学范畴的概念，又作为一个时间概念，与作为空间概念的“边城”（或谓“边地”）叠合，从而延伸成一个特定的文化定义。

题为《青春》，究竟追怀谁的“青春”？“第二次南行，第三次南行，我都望望缅甸那边的群山……我想起曾经在茅草地教过的三个学生”。五十年前，当“我”离开了曾在那里做旅店伙计并兼职家庭教师的茅草地，其中一个名唤“三妞”的女生竟亦离家出走，欲追随先生“半工半读”，“生死不肯回去”。文本表层似是在感伤旧社会三妞青春的夭折，而其深层却意味深长：女孩何其多情，叙事者却偏推说纯属“误会”。若真是“误会”，何以“我”写信通知她父母将其领回家后，却又遥隔半个世纪世事变迁，犹念念不忘她那临别时“凄戚的眼波”？

“三妞”可谓艾芜“梦中的女孩”，透露出人到暮年的作者精神的丝缕仍萦绕着“青年时代储存的印象”与记忆。与其如小说中的店老板娘那样把它误读作“我”（抑或作者）与边地少女实有的恋情；不如说那是表征着青春的朦朦胧胧的“心象”，是怅若有失、情牵梦索的边地印象的化身，是书生老去，青春未泯、激情未泯、梦寻不止的深刻印记。

《新篇》中，与抚今追昔，展现旧社会和新社会“换了人间”这一主题适成复调的，恰是作者上下求索，由灵魂的“失落园”重归“复乐园”这一永远的诗性憧憬。

纵览《南行记》《南行记续篇》《南行记新篇》这三部小说集，其形成了某种互文性关系，彼此遥相呼应，遥相辩驳，遥相阐释。《南行记》借助《续篇》《新篇》之体得以脱胎还魂，《续篇》《新篇》则借助《南行记》之魂而神游物外，托身梦境。

原载《中国现代文学研究丛刊》2013年第12期

《矮凳桥风情》的文化蕴涵与形式意味

一

“矮凳桥”是一座桥的名字，一个温州小镇的代码。它是林斤澜记忆中“神游”的故土，现实中回归的原乡。它是原生的，亦是重构的；是历史的沉淀，亦是想象的浮蕊。让人备感“亲心”，又依稀莫辨。

《矮凳桥风情》展现了“矮凳桥”这一特定空间在某个特定时间中的人事生活，它由两种文化形态叠合而成：一是时代文化主潮，它紧随政治主潮，与外界有多方面的交流、交换，它动荡多变，其表现方式是历史的宏大叙事；其二是民间文化空间，它自孳自养，自为自足，舒缓，稳定，其表现方式是传奇、传说等。此外，升腾于其上的是“矮凳桥”人的心理空间，它面临两种文化形态做出选择和取舍。它是大浪淘沙式的，但变中有恒常，万变不离其宗。这不变的内心就是作者所传达的价值取向，即对人的生命和生存的认可和尊重，是最贴心、最体己的，没有任何的粘连与隔阂，而这恰恰在最大程度上连通了浙江温州民间精神的血脉。

“矮凳桥风情”中的民间文化空间是该小说地域色彩的一大烙印，它是自然律动和人事传说互相纠结缠绕的氤氲之气，云蒸霞蔚，穿越历史，深入人心；它是原始、野性和亘古绵延的生命力。“鱼非鱼小酒家”的女主人溪鳗亦人亦仙，人世沧桑时移事迁却并不见老，她的身世不明，与当年的镇长在溪滩上发生的故事更是扑朔迷离，充满了灵异色彩；会“走阴”的老蚱蜢周给人起屋时误以为东家招待不周而布下巫术，导致对方家业破败，若干年后自知错怪，掉转船头，眼见屋主又发；“矮凳桥”下的神秘桥洞向来是神出鬼没的地方，幔里影影绰绰，看似矮凳，若一坐上去却会连人带凳一起掉进水里，一个活人做成了水鬼的替身……如果说整部《矮凳桥风情》是一盘杂炒，那么以上片段就是出香出味的葱姜蒜芥，虽然成分不多却决定着整体基调。谈狐说鬼是民间文化生活的一个重要内容，水鬼文化亦是江南水乡水文化的一种，它深深地熔铸进了作者的乡村记忆，作者再次调动它空灵奇谲的传奇性美感，作为传递故乡风情神韵的重要砝码，这体现了作者对民间文化的借重。传奇、传说、传言所表现的不是政治化的“历史”，而是生命化的“时间”。它的源头空远渺茫，与其融会贯通的是宇宙间生生不息的生命之“气”；它也是无所不包无所不容的“象”，照映万物。

但“矮凳桥”也不是世外桃源，时代文化主潮也曾波及其每一个角落，所谓“树欲静而风不止”。[1] 十年“文革”是翻天覆地的历史，溪鳗的鱼食

1　参见林斤澜《矮凳桥风情・袁相舟》：“有句有名的话：‘树欲静，而风不止。’西北风过去了，总还会有别的风过来的。”《林斤澜文集》卷三，北京：北京师范大学出版社 2000 年版，第 50 页。

店只是偷偷摸摸地摆个小摊子，逢十逢五还要被镇长叫去“汇报思想”；李地被下放到农场劳改，辛苦拉扯大三个女儿；袁相舟被学校除名，回到“矮凳桥”；年轻的车钻糊里糊涂做了造反派，带头破四旧……作者在写这些故事时用的是类似民间通俗演义的方法，以灵活生动的语言“说史”，不时加入主观的评说，加强“说”的动作，以戏谑的方式解构历史，以凸显老百姓“真生活”的真理。[1]

这里没有义愤填膺的道德批判，没有针对孰人孰事的责难讯问，没有俨然历史见证人的义正辞严的控诉，有的只是对过去的反思和对今后的启发。作者所营造的历史文化空间没有刻意避讳政治，也没有落入权力话语的窠臼，而是通过野史化的关照与言说方式得以实现。作者把历史真相融入一个个人物故事里，并贯之以类似“谈狐说鬼”式的激情和温情，又于情意之中暗藏历史冰山，稍揭一隅，即可窥大象。溪鳗的鱼食摊在萧索中孕育着生命，被叫去“汇报思想”也遮掩不了一层暧昧色彩；破四旧时烧的书不过是几本旧黄历、几张月份牌，而且最终也破不掉人迷信的心；陈十四娘娘庙已被改建成了下放女干部的宿舍，但娘娘的塑像却还供在那里；李地私揣一个鸡蛋去供销社换东西，撞见队长，慌乱不迭，没想到队长竟揣了三个……这就是“矮凳桥”这棵民间大“树”对“风”的独特抗拒和过滤。如果不是这样，昔日闭塞的“矮凳桥”也不会变成今日发达的纽扣市场；昔日藏藏掖掖的资本主义“尾巴”也难化作今日市场经济腾飞的“翅膀”。

《矮凳桥风情》中的民间文化空间和时代文化主潮是相互浸染的，前者

1 参见《矮凳桥风情·李地·蛋》，“犟是犟，人要吃饭也是‘真生活’”。《林斤澜文集》卷三，第236页。

因沾染历史政治因素而不可能保持纯粹，后者亦必受当时当地民间文化的影响。前文已提，矮凳桥人的心理空间是升腾于民间和时代两种文化形态之上的，是价值选择和主观取舍的结果。《矮凳桥风情》所展列的“矮凳桥人”有老小两辈，李地、袁相舟等属年长一辈，憨憨、车钻等为年轻一辈。时代主潮（“文革”）对老一辈人的冲击程度显然甚于小辈，对“在位者”也显然甚于“在野者”，于是，各人的心理空间也相应地展现出不同的层次。李地读书时是“仙女中的仙女”，毕业后当了几年教育局科长，“文革”一来，被甩在农场劳改，风潮一过，又被封了官，当上了女镇长，免不了尴尬年代的尴尬命运，“人生一世，草木一秋”，似乎都不是自己做的主……最后终于选择了“静定”：一杯好茶，一个安静的衣柜角落，喝茶不是为了解渴而是解烦，是享受，是唯一做得了的主。“静定”的内核是心的安宁，是对抗一切劫难和动乱的超拔方式，是渺小个体对自身生命庄严的有效捍卫，是生命的砥柱。比李地的“静定”境界更高一筹的是袁相舟的哲人式超脱，他是矮凳桥第一个做扣子的人，“坐在嘈杂的店堂里，尽心尽力做手艺，也是做生意。倒又像坐在三界外，坐在桃源洞里”，这是“不到火候学不会的那种乐天”，舒展自然、柔和饱满，不为外力所拘。这里有一种文化哲学上的选择，然而又不是知识分子化的，满眼皆是民间面目。袁相舟在内在气质和外在身份上都符合传统的“手艺人”特质，精研手艺是做手艺的唯一目的，热爱手艺则是做手艺的唯一驱力，因而是自足自得的，恰与知识分子的道家、墨家传统暗自相通；相通的路径却又模糊混沌，不可思议。这是作者有意无意间给予笔下人物的文化精神传递。

与之相比，更平民化更现世化的是小辈们的价值选择。憨憨是第一个起楼的供销员，他身上的“憨气”和所谓的“混沌之气”其实就是初生牛犊不怕虎的闯劲，“文革”一过他就“走别人不肯走的路”，历尽千难万险终于接通了纽扣买卖的业务；车钻在“文革”时是造反派，但那时他还是个天真的孩子，造反的唯一动机就是为了“叫大家晓得晓得我”，改革开放后，他也加入了纽扣生意人的行列，但他没有和一般人那样靠倒卖纽扣赚钱，他开办纽扣资料公司竟至痴迷，为搜齐所有纽扣资料而不惜倾家荡产；笑耳是李地的二女儿，生在“番薯汤，映灯光”的年月，出生时只猫一样大，却也活了下来，“皮市”得很；小蚱蜢周受造反派折腾，却还拓石刻，车算盘珠，做小蚱蜢船，“一个赛一个，一个比一个‘皮市’”。这里的“皮市”就是“生命中的韧性”，经得起磨、折、丢、跌。同样，整个“矮凳桥”镇也是“皮市”的化身，它“是条百足之虫，死而不僵，说爬就会爬得龙一样腾云”，不过三年，“穷山恶水的角落地方，做成了春花烂漫的纽扣市场”……这又体现了另一种民间精神：“起花”（一心谋发达）。时风日变，终于整个“矫凳桥”都“暴得猛了”。

二

《矮凳桥风情》中的历史是一个敏感区域，“文革”劫难一过，无论是受害者还是迫害者对此都备感疲惫，新的兴奋点转向了最普通最简单甚至最世俗的个人生活，国家、政治、革命等字眼渐次淡出关注中心。作为一位真正找回自由写作权利的作家，林斤澜在普通百姓的世俗情趣之外尚有一种历史亲历者和见证人的身份，然而，政治的符码化语言早已失效，作家如何再演绎历史，如何不致再落入历史圈套，这便引出了对言说立场与言说话语的寻找与转换过程。

《矮凳桥风情》标示着林斤澜回归母语的努力。语言的转换背后自有历史的裂变、社会的转型诸动因。诚然，林斤澜五六十年代的小说也注重语言的独特，也汲取北京方言的韵味；然而，彼时无非异口同声地复述着关于“社会主义新人”的“集体话语”。思想是一统的，历史是必然的，语言（哪怕是作家风格独具的语言）也只能沦作载道的工具。就此背景而言，新时期以降作者的换笔意味深长。

既有的京味话语固然已驾轻就熟，然而因着其已异化为语言空壳，且难以从主流意识形态话语中剥离，轻车熟路间不免滑入旧有话语模式、思维定势、叙事惯性，因而唯有寻找别一种语言。

林斤澜的母语温州方言是一种相对独立的语言系统，其表征的瓯越文化亦是相对边缘的文化模式。由北京方言移至温州方言、以温州方言为基础重铸话语，这一跨语际的一步，恰恰表明了其逸出既有话语模式的决绝。藉此语言屏障，应能避熟避“滑”，阻断陈词滥调的通行。

海德格尔有言，语言是存在的家。如果说，作者曾一度“客居”他乡，那么回归母语便意味着在言说中回归乡土，回归民间，回归本根。一言以蔽之，在言说中“回家”。少小离家，乡音未改，然而作者真能通过他的语言与笔下的存在于相互召唤、相互寻觅中遇合？家山遥遥，属望殷殷，一路险峻难行。无怪林斤澜在语言追求上如此用力，如此刻意。

他甚至力倡“写小说就是写语言”[1]，将小说的重心由内容层面移至语言层面。内中显然承传了中国文人积淀久远的“文字趣味”。套用作者小说中的语句：“溪鳗很会做吃的，不但喜欢做，还会把这份喜欢做了进去”；林斤澜亦很会言说，不但喜欢说，还会把这份喜欢说了进去。小说中不时可见作者因感受方言魅力而陶醉，因破坏“普通语言”、常规修辞而窃喜。这

1 《林斤澜文集》卷六，北京：北京师范大学出版社 2000 年版，第 456 页。

亦可谓或一种“文本愉悦”。

然而，林斤澜并没有由是步入形式主义的迷津。他所看重的语言始终是有意味的语言。如前所述，其回归母语即预示着言说方式、认知方式的易“客”为“主”，价值取向的回归民间。正是通过语言的形式转换，语素的穿插开合，修辞的排比组接，林斤澜展示了对象世界的无限、历史的多种可能，策使文本逸出“必然论”的线性演进逻辑。至此，语言已不再是“工具”而已衍为“主体”，作者藉此独立表达对世道人事的个性化认知与体验。

温州方言以其独具的地域性、民间性、世俗性蕴涵，开启了林斤澜对地域文化、民间文化、俗文化的想象域。方言宜记道听途说、街谈巷语，却难为政治、历史的宏大叙事，于是，作者笔下诸如“反右”、“文革”、“改革开放”等重大历史事件大都轻描淡写；笔力所重的则是日常生活、市井风情、人事琐碎。这并不等于说作者在疏离政治。确切地说，林斤澜是将政治、历史一类“大题”化“小”了，然后“小题大作”；或者说，是将正史“野史”化了，复以“野史”补写“正史”、改写“正史”。

以下从文体学、叙事学角度切入，具体探讨林斤澜浙江地域小说中习用的“炼字”、“造境”技巧的形式意味。

林斤澜借鉴“炼字”这一汉语写作的传统修辞技巧，在规范汉语中悉心嵌入温州方言。缘于潜意识中太珍爱这些语词的嶙峋棱角，故难以与普通汉语“揉匀”；或者说有意不“揉匀”，使其“疙里疙瘩”[1]，令其在凸凹

1　参见《〈矮凳桥风情〉后语》：“有人劝我不要把家乡土话搬上去，疙里疙瘩，别人也不好懂。我想若是疙瘩，是我把这面团没有揉匀，不是不应当揉进去。”《林斤澜文集》卷五，第416页。

间凸现语言神采，以传达陌生化的美感与独特的温州地域文化神韵。诸如“皮市”（意即坚韧不拔）、“起花”（兴旺发达）、“实心”（讲究实效）等语词。这些方言语词所蕴藉的民间风神与时论所谓的“浙江精神”不无相通、相契。与其说这是作者“按”主流意识形态之“图”“索骥”，不如说是民间精神潜流积蓄汇聚、迂回曲折，终成“主流”，是民间的胜利。

林斤澜历经五六十年代、“文革”、新时期沧桑巨变，暮年复出，目光与笔调自是老到，未及舆论点拨，先看好温州商品市场、乡镇企业起死回生，由小做大，直至“暴发起来了”之大势。三十年河东河西，历史规律，俨若“全知”。这便带来了“历史必然论”的历史观盲目以及卒章见题旨的艺术局限。然而林斤澜毕竟是林斤澜，对人生嬗变混沌、世事无常无明的面貌多有体悟，“全知”中时有困惑，喝彩后复又质疑（如塑造出笑杉这一市场经济的“反对派”），于是便使小说中平添了一层“幔”。林斤澜钦羡汪曾祺小说“明明白白的几行汉字，可背后有气象氤氲，沧海月明，蓝田日暖”[1]，故复以“造境”（设“幔”）避免“炼字”的意义裸露，题旨直观：云遮雾幔，依稀莫辨，“花非花，雾非雾”，“鳗非鳗，鱼非鱼”、“来非来、去非去”，人非人，性非性……作者意识到一个“洞见”藉炼字凸显的同时，一个“不见”便随之遮蔽于思想的盲区，这是所以造境的部分原因；就有意味的形式而言，还有更重要的原因：林斤澜“设幔”使语言有弹性、意义漫漶，藉此倒有可能逼近世事混沌幽深之本相。

《矮凳桥风情》一出，多有论者称许作者“看透世事”；未料二十年过去，林斤澜晚年纵论创作之道，偏一语道破：妙在写“不懂”——“自己也

1　程绍国《文坛双璧：林斤澜与汪曾祺》，《当代作家评论》2005 年第 3 期。

懂了，写它干什么!”“自己也不懂，怎么好叫人懂!”“看透”易“图解”，即便“‘图解政策’没戏了，它亦会作兴‘图解思潮’”。[1]

评论家称其“大梦先觉”，他却自我感觉犹在半梦半醒中，省思勿“从小农桃源的幻觉”堕入了“市场经济的幻觉”；自谓作家之职自在探索“人生的未形成未确定，文学的困惑又困惑”，而非臆断历史进程的必然与应然。然则“看不懂”的作家何为？借用林氏的笔意，世事万象，混合交织，但见“懂与不懂、全知全不知”、“必由”不“必由”、“全自动，也许全不自动”……在作者的艺术“静定”中，渐次重叠合成一片天籁。洪荒大化，不知所之。[2]

原载《社会科学战线》2007年第5期

1　林斤澜《小车不倒只管推》，《当代作家评论》2005 年第 6 期。
2　参阅林斤澜《安息》，收入《事故故事》，北京：中国工人出版社 2002 年版，第 17 页。

不趋「新潮」的《古船》

当着努力于小说形式实验的先锋作品已汇成一股“新潮”，当着远离、淡化政治经济领域斗争的倾向已俨若一种时尚，张炜的《古船》却难得地正视近四十年中国政治经济领域的激烈斗争[1]，以其较大的生活容量、充分个性化了的对历史的把握、似传统又非纯传统的艺术表现，体现了作者对人生对艺术的如痴如醉的追求。

张炜痴迷。他说：“离技巧远一点”，“作家要有自己的哲学，即一个生命对生活的独一无二的感觉和把握”，“作家以一种超出某种技艺的、心灵深处最直接的生命涌动，为一种东西不停地奔走呼号，不倦地无私地辩解

1　张炜《古船》，北京：人民文学出版社 1987 年版。以下《古船》引文均出自此版本，不再一一注明。

和寻找”[1]……他全身心地贴近现实，贴近底层，贴近人民，执着地实践着个人良知所发现的真理。诚然他对偏激的新潮论点的反拨也不无偏激；诚然《古船》中的实践并不尽如人意；然而，毋庸置疑，正是作者的这种灼人的责任感、使命感，正是体现在作品中的这种厚重的现实感、历史感，使《古船》得以成为“中国当代文学史上少数几部具备了史诗品格的长篇小说”。

《古船》是一部气势宏大的史诗。它以我国北方处于城乡交叉点上的洼狸镇为中心展开故事，在描写洼狸镇经济体制改革的曲折、粉丝大厂承包的成败的同时，穿插回顾了土改运动中的非常行为，大跃进年代的“数字竞赛”，三年自然灾害时期的困苦艰难，“文化大革命”中的血泪伤痕……以一种全方位观照的态势，展现了中国农民近四十年来的命运。这种对历史的观照既是客观的、清醒的，又是主观的、充分个性化、充分激情化了的。显然，表现在小说中的是历史进程中富有悲剧性的一面，因此，《古船》可读作民族苦难的史诗。

《古船》又是一部意蕴深刻的史诗。它努力去发现历史事件内部蕴藏的勃动的情绪，挖掘民族文化心理中潜在的惰性与活力的深刻矛盾。为了让农民、让我们的民族在改革中“走出老磨屋”，充满活力地迈开步伐，张炜借“狂人”隋不召之口，对着那群视古城墙为圣物，视四爷爷为神灵，在极左政治与宗法文化的威压下不无麻木、忍从、自欺的洼狸镇百姓大喝一声：“洼狸镇病了！”疯话即真话，隋不召并非危言耸听。我们不妨随着小说中张炜有意强化了的描写来正视现实：隋抱朴患了“怯病”；隋见素得

1 谭湘《文学：用心灵去拥抱的事业——全国青年文学创作会议拾零》，《文学评论》1987年第3期。

了“绝症”；更可怖的是赵炳的“怪疾”，几十年来正日益溃烂为人民政权的隐患……张炜以一种“热到发冷的热情”，针砭着民族的痼疾，拷问着笔下人物的灵魂，将人的灵魂的深，显示于读者，因此，《古船》又可读作民族的心史。

以上概括在将《古船》的整体精神有序化的同时，不免带有一定的粗略性。为了更完整地把握《古船》那开放的、多重的、时而不确定的主题，下面我们将深入人物形象的分析，因为，小说中的人物关系可视作小说主题的多声部论辩形式。

隋抱朴是作者深爱的人物。他饱经了太多太深太重的苦难，于是避祸于老磨屋。他已形同“死人”，然而，哀莫大于心不死：他超越个人的痛苦，苦苦地为人类的历史与命运思索——“越是做大事情负大责任的人，越要多想想苦难”，想不出头绪，又偏偏拗着性子想。在沉思中，他一再躲避，一再忍让，一再延宕。他的情人、他的弟弟对此忍无可忍了，读者忍无可忍了，他自己更是忍无可忍了。在改革的年代，他终于由沉思而行动，一鸣惊人地喊道：“抱朴替你们来管粉丝厂了！”在那个为人类摆脱苦难苦苦地忏悔、呼号、寻索的抱朴身上，我们分明看到作者的投影：一样纤敏，一样忧郁，一样善良得近乎天真，一样执着得近乎痴迷……正是在抱朴身上，作者寄寓了他“自己的哲学”。尽管这样，并没有妨碍作者对抱朴的批判——又是含着泪，又是拷问般冷峻的批判。他批判了抱朴的“怯病”，批判了我们民族因过多的重负、因袭而造成的心理惰性，认真的他甚至对自己所寄寓抱朴的思想——那善良但不无迂阔的人道主义、那将希望寄托在人们自觉抑制“过分的私欲”的社会改革理想也要拷问一番。于是，他设置了见素这个人物，作为抱朴（也是自己）的论辩对象。

有些批评者将抱朴与见素称作“一个人分成的两半”。事实上，小说中两人始终未能平分秋色。在“兄弟夜话”一节中，作者借抱朴之口洋洋数万言地倾泻了自己的思想，却未能同样流畅地代见素立言。诚然，小说中作者肯定了见素的勇于行动，肯定了他对苦难的格外不能忍受，以此，作为对抱朴的“怯病”的针砭；然而，作者在否定见素那充满狭隘家族意识的复仇、否定他的私欲的同时，无形中低估了见素那个体活力的爆发。

在抱朴与见素不仅用言论也用行动的论辩中，作者一厢情愿地让见素“失败得很惨”。我们认为，改革的意义并不在于让无私欲的圣人掌权、率领芸芸众生过好日子，而恰恰在于给每个个体提供或拓宽发挥自身潜能的空间。正是在改革的浪潮下，见素才得以打破对其个体意识的压抑，充分爆发出一种难能可贵的活力。一定意义上也正是见素的这种活力，而不是抱朴的思想，使数十年没有变化的洼狸镇的超稳定结构行将分崩离析。自然，在改革释放了个体的活力后应该尽可能地将其引导到以理想道德为基础的经济建设上来，就这点而言，作者的忧患不无意义。

较之作者深爱的抱朴，赵炳这个形象反而写得更呼之欲出。最高的辈分、最早的党员、传统文化的修养、一言九鼎的威望、善察阴阳的精明、左右人心的狡诈、纵奴作恶的狠毒异常和谐地集于他一身。他开口闭口“规矩”——“镇上人都在规矩里，没有规矩不成方圆”，这“规矩”便是以封建意识、小生产意识为内核的宗教文化与极左政治的奇妙混合物。与其说赵炳生来就俨然“规矩”的化身，不如说赵炳顺应、改造了“规矩”，“规矩”孕育、改造了赵炳。正因为“规矩”予他如鱼得水，他才能将争权夺利演化得走棋吟诗般的潇洒，在纵凶作恶时也不乏正气凛然。这正气并非是伪装的，赵炳已逐渐出神入化为“规矩”的化身。于是，不仅洼狸镇的百姓敬畏他，省里来的副局长敬畏他，连他自己也不得不敬畏那个“赵炳”——“规矩”。如果说，赵多多的暴力行为虽嫌“太过”，但客观上维持了洼狸镇的“规矩”，因而能得到默许；那么，“已近六十”的赵炳对干女儿含章的占有，显然连封建宗法文化与极左政治也难容。因此，赵炳不无畏惧的说：“我明白我已破了规矩，这个事情上不会有好结果。”这个庞然大物终于倒下了，然而却是不打自倒。试想，如果赵炳不自己“破了规矩”，而顺应今天的趋势，以形似而质异的“改革”将“规矩”变通，那么动摇赵炳们的“规矩”这种超稳定结构将何其艰难！

为了表现上述开放的、多重的主题，最不屑于“玩”形式的张炜，在《古船》的写作中，却为形式本身提供了一些东西。《古船》的叙事结构既繁复，又谨严。力图重现历史的因果联系的意向，使它没有完全摆脱经典写实主义长篇小说的结构模式；充分表现了自己对历史的“个性化的把握”的宏愿，又使它超越了传统的时空意识。历时态的事变流向：土改、“大跃进”、三年自然灾害、“文革”……源源地汇集于新时期改革的思考中，不断地循环、突现于人物的心理时间上，于是，便产生了共时态的效果。从而，使小说的思索更加深邃、气势更加宏阔。

与叙事结构相辅相成，《古船》的表现方法既切实，又空灵。它和谐地将象征主义表现法融和在以现实主义创作方法为主导的格调中。它以史书般的一丝不苟，补写了“镇史上都没有”的史实；又以陀思妥耶夫斯基式的冷峻，显示出人的灵魂真实。在逼真地完成人物的形象塑造后，作者又往往成功地将其高度抽象，使其成为某种超越本体意义的象征。如赵炳——“规矩”的象征，二者浑然一体，但毕竟后者的内涵更深广。值得注意的是，当人物形象成为过多的意蕴的载体时，便往往力不从心，如小说中抱朴的塑造。应该说，抱朴的形象是饱满厚实的，然而，张炜让这个农民知识分子背负了过多过大的“社会特征”：他是家族忏悔意识的象征，他是“老隋家的祛病”的载体，他是直面地狱之门的思想者，他是理想改革的典范……即使他再饱满厚实，也不免超负荷了。

不仅在人物形象的塑造上，小说运用了象征主义表现法，小说还有意识地将一些事物变形，使其成为象征，让人隐隐地感觉到某些形而上的指向：那消磨着岁月也消磨着人的火性的老磨屋，那东莱子国的故城墙，那不可思议的倒缸，那遍身是血的红马，那巨雷焚毁的老庙，那藏“镭”的恐怖铅桶，那仿佛神灵摆布人吹出的笛声，那支离破碎满是血腥味的古船……因为作者愈是想明确地表述自己对历史的把握，便愈是敏感到历史中那些一时难以理喻、扑朔迷离的东西。对此，“模糊”地呈现较之明确地表达似乎更真实。于是，作者在逼真地写实的同时，不得不借助于象征抑或还有魔幻现实主义手法的运用，使那活鲜鲜的现象世界后的意蕴世界无限延伸，似乎近在眼前，却又远在天边。

不要责备作者最终没有让我们确确切切地把握住历史，不要责备作者没有给我们提供圆满的答案反让我们缠上了新的扭结，因为，正是这部说不尽的《古船》，展现了远远超出其文字容量的历史的曲折、现实的矛盾、未来的困惑，诱使我们更深刻、更宏阔地思索。

原载《思茅师专学报》1991年第1期

乡土主题与生命主题的变奏

长江文艺出版社近年出版的《逃亡的情人》一书[1]，是李钧龙在云南边地小说领域的一次新的探索。

在这部长篇小说中，扩展了的篇幅不仅有助于作者悉心展现木鼓房、藤子桥等阿佤山直观的文化层面，从容地寻觅古谣、情歌、传说、宗教、婚丧仪礼中的深层蕴含，更有助于作者完整地呈现一个“人情”与“风土”、与社会历史背景和谐地融成的佤山地域文化实体。

阿佤山是李钧龙的第二故乡，是他选定深深植以文学之根的地方。他曾一度天真地、满怀热情地讴歌阿佤山，讴歌那理想化的乡土，那音乐般和谐的人际关系：那“是块诗的土地，它的每块石头都有自己的故事，每

1　李钧龙《逃亡的情人》，武汉：长江文艺出版社 1988 年版。

片树叶都会唱动听的歌”……曾几何时，李钧龙失落了那份难以复制的清纯，不再以那种净化的调子唱田园的牧歌了，他略带困惑地注视着、思索着这块土地上发生的种种劫难，种种难以理解的现象矛盾。

尽管笔力纤弱些，小说中开始对佤山文化的负面因素作针砭，如原始的打冤家陋习与内地兽性“武斗”的一触即合；但小说更着力的是对未被汉传统文化惰性稀释的佤山特定文化中的活力的发掘。经过了那场全民族的劫难后，愈是失落，作者便愈是执拗地呼唤着忠贞、血性、痴情，他试图重新发见一座浪漫又敦实的“阿佤山”。

诚然，作者并不惯于作宇宙生命的哲学玄想，他的经历也没有提供必要的充裕，但小说中，作者时常自觉不自觉地叩询着民族灵魂的消息，追寻一种理想的生命形态，在他所展示的佤山风俗画中，显然蕴含着人的本质力量。

乡土是象征化的“人物”，人物是人格化的“乡土”。小说中的叶巴拉便是这样一座人化的“阿佤山”。将小说中对娜丝的评价移至叶巴拉身上似乎更确切——“你就是佤山！佤山就是你！”外形上，叶巴拉有“丰满的胸脯，壮实的腰”；内心里，“她像山岩一样坚定”。她从小参加撵山、背水、剽牛，佤山孕育了她非凡的适应大自然的能力，磨砺出她那忍受身心巨大痛苦而倔强地实现自身目标的坚韧。当着个性、生命横遭“四人帮”践踏、蹂躏；当着众多干部人云亦云——反正“天塌下来也有老人家顶”；她尽管也理不清那令人困惑的现实，但她却主动地“用十回生命、百回生命死守着佤山的土地”。在那场史无前例的浩劫中，多少人逆来顺受、随遇而安，而她却宁折不弯；多少人性格贫血、精神空虚，而她却痴痴地执著于爱情。她以山一般的姿态，山一般的内蕴，唱出了一首掷地有声的生命赞；唱出了一曲极为凝重沉实的恋歌。在民族遭受空前劫难时，在一切历史发展的转折点上，较之那些麻木、懦弱、堕落的人性，这是多么难能可贵的生命形态啊！与其说叶巴拉是一个佤族姑娘的典型，不如说她是理想化了的佤族民族性格的象征。她自称“司岗里”。司岗里，意即山洞，佤族先民便是从山洞里出来的。她使我们想起李钧龙另一部小说《幽谷，盛满爱情》中的扎蕾；她使我们发见《剽牛女人》《情梦》等小说中的同名姑娘叶巴拉……她是李钧龙以佤山为母题的小说群体中复沓出现的一个“共名”。

在着力于民族集体意识描述的同时，李钧龙并不放弃对个体性格的刻画。马帮老板娜丝便是这样一个颇具个性色彩的形象，各种极端的似乎难以相容的性格因素在她身上却奇妙地并存并立。异国的冒险生涯，使她兼具马锅头的威严、刀客的无情、赶马人的放荡不羁，却又不失少女的天真、痴情与娇媚。在那生命备受压抑的年代，她扭曲地、野性地开出了自己的生命之花。艾勒克正是“从她那双美丽的眼睛里，感到了生命的意义”——“有如苦死，不如醉死”。她那野性的美，那扭曲反抗的生命形态，不由使我们联想起异国的卡门。然而卡门是一个没有祖国、乐于四海为家的吉普赛女郎，娜丝却是一个即使逃离佤山、即使嘴上声称“我们还有什么国，还有什么家”，即使干着“对不起国家的事情”时，潜意识中依然心系祖国的佤山姑娘。“总是生养自己的地方，哪有不想呐！”——那恋乡情结剪不断，理还乱。

她矛盾、痛苦，不择手段地想从艾勒克心里把佤山、把叶巴拉挖掉，以便偎着那结实的肩背，少些异国他乡的孤独感；然而，真要是艾勒克忘了佤山，忘了叶巴拉，他便成了无情寡义的男人了，也就不值得爱了。娜丝无法摆脱那二律背反的矛盾，于是，唯有死。正因为如此，当艾勒克将匕首刺进她的胸脯时，她坦然地说：“我明白你……你会这样……”

如果说在塑造叶巴拉时，作者的笔触饱蘸诗情，那么，在塑造她的情人艾勒克时，笔触则远为冷峻。

佤山“离太阳最近”，却离现代文明最远。佤山最美丽，最肥沃，最神奇，却也最闭塞，最贫困，最荒僻。在这样的地域文化实体中成长起来的艾勒克，尽管他挺起胸敢为娜丝挡枪子，“赤着脚敢把篝火踩灭”，但面对娜丝的人生信条，却显得那么软弱无力。在这颠来倒去的世界里，他一切都听天由命：“也许叶巴拉来，她会说得清这些问题；要不带来个什么大人物，一句话就解开他心中的疙瘩。”小说中，作者屡次触及了民族文化心理的惰性，遗憾的是，未能作更深刻的剖析。

对于艾勒克，叶巴拉不仅是青梅竹马、生死与共的情人，而且是理想、是信念：“她”失落了，娜丝说“她”是“虚无的幻影”，而另一个生命娜丝“实实在在”“就在身边”……作者岂止在讲一个三角恋爱的故事，艾勒克面临的抉择岂止是叶巴拉与娜丝，显然，抉择的更有两种“生命的意义”。不是吗，当我们读着艾勒克的心声——“我要找我的叶巴拉，她是路，我要走到底，她是水，我要追她到大海”，难道没有感觉到喻体下那若隐若现的多重意蕴？

作为一部边地风情小说，乡土主题可以说是小说的第一主题，那是一种恋乡情结升华成的爱国主义旋律：怎能不苦苦地思念呢？乡土是永远向背离的“浪子”袒露着丰厚宽容的胸怀的民族母体；乡土是时时吸引着漂泊的游魂的千年凝积成的文化磁石。精力弥漫的生命正是在这块土地上繁衍成长，如歌一般的情梦曾在这块土地上萦绕……然而，爱国主义旋律并非小说的终极审美目标，小说中，“风土”与“人情”不断契合，乡土主题不时变奏为生命主题，从而，组合成一种极繁复的多声部的审美音响——无论对李钧龙还是对主题过于纯净透明的云南边地风情小说而言，《逃亡的情人》都意味着一次新的拓展。

原载《云南教育学院学报》1994年第4期

追寻黑豹——《踏着雨季来访》序

这是一个男孩的诗。——一个吹着口哨晃过长街的男孩；一个在诗中还时而不忘恶作剧地做个鬼脸的男孩；一个为了一个女孩敢于血乎乎地打上一架的男孩。

他幼稚，涉世不深；他似乎一无所有，却有一颗极其难能可贵的赤子之心；他愿“真诚地用生命来对待生命”。凭藉着来自生命那无法遏制的涌动，他开始了对诗也是对生命的追寻。如同他所写的一首长诗《追寻黑豹：一个男孩的故事》中的那个男孩[1]，不知天高地厚，不计功利得失，为了追寻黑豹，走向那旷野之外的旷野……

黑豹是什么？诗是什么？

1 文中所引诗篇均出自张雷诗集《踏着雨季来访》；作者另有多篇中短篇小说在《大家》《边疆文学》《滇池》等刊物上发表。

很显然，缺乏足够的理论蓄备和知识蓄备的他不无困惑。他甚而未能意识到在他的诗集中“文化寻根”与“精神漂流”的逆向矛盾，文化文本与非文化文本的深刻对峙。

在组诗《西行漫记》及《考司岗的祭礼》等诗作中，他把对生命的考察推向边地，推向远古。置身于亲手营造的“自然、历史、现实、文化”四度经纬构成的意象迷宫中，毛孩子不知不觉变得“古老”，变得无比虔诚：他寻访“饰挂了许多回忆的老人”；留连于那块被如血的太阳雨浸红了的土地；在考司岗——寨桩中寻找生命之源；山民般地“对着黑森森的远山，悠长而寂寥地呼喊着：归兮……归兮……”

与诗集中文化寻根追求相对抗的是题为《贝多芬和我》《整整齐齐：一个年轻讲师的周末随感录》等一系列以反文化面目出现的诗作。在这些诗作中，他毫不吝惜地砸碎了文化象征的意象迷宫，而代之以反意象的口语化追求。他俨若一个逃学的顽童，极有灵气地扯了一把蓝草插在破草帽上，挥着手背过身去远远地离开圣殿、神鸦、先民。于是，不再有“追出了一片豪气磅礴的森林雕像”的夸父，不再有张开巨弓射落岁月冷漠纹饰的“青铜鼎似的男人”，有的只是“走在街上只和我一样高大”的贝多芬。在这种漫不经心的口气里，英雄的史诗、先民的圣绩形同儿戏。那根能系住生命的考司岗在哪里啊？深味着精神的漂泊无依，他不仅怀疑传统价值的合理性，甚至怀疑自身对生命、对诗追寻的可能性——“人们都说黑豹早已魂影同碎”……

真有黑豹吗？那个追寻黑豹的长发男孩茫然，他也茫然。黑豹是永恒的孤独？黑豹是不褪色的神奇？黑豹是诗化的生命不可捉摸的跃动？黑豹是生命化的诗此时此地的一次性呈现？也许，黑豹本无所谓有，无所谓无，要紧的是追寻。

在他永无止境的追寻中，诗与他同在。是为序。

1991年1月12日

《比较视野中的鲁迅文艺思想》后记

时有学人称自己的撰写某部著作谓像跑了一场“马拉松”，但时间上却少有我这样旷日持久的，更鲜见竟然是为了这么一本小书。

我写于 1988 年的硕士学位论文《鲁迅文艺思想与苏联早期文艺思想的比较研究》可以说是本书的一个提纲。如果从那时起算，那么距今已将近十年。自然，其中确有过那么几年不得不搁笔；九三年调云南民族学院后又因接手一个新的课题，而再度中断写作；但我不愿以上述理由掩饰自己的愚钝，因为我深知：即便在搁笔的那么几年，即便在接手民族文学研究的那个课题后，我仍未能忘情比较视野中的鲁迅文艺思想这一课题。事实上，它始终缠着我。

我常会在查找另一课题的资料时，因着它的诱惑，一连几小时地追踪起它的踪影；我常会在夜深人静之际，因着苦苦思索如何继续这一搁置了多年的课题，思索如何突破原有的认识框架而辗转难眠；我还时断时续地进行过这一课题的写作，终因某种类病的求全责备，写得少，删得多，一天下来，存留不了几行字……不得不承认，这是我最用力，走得时间最长的一次跋涉。所以会长达九年，真实的原因也许只有一个，那便是这一选择对我而言，实在心有余力不足。

九十年鲁迅研究成果累累，人云亦云易，有所突破难。不安分的我却偏偏想独辟蹊径。如果说，当初我选择这一课题时，还不知深浅，那么，此后越是深入，便越视若畏途。且不论被西方学者称之为“苏俄马克思主义文论三巨头”中的卢那察尔斯基、托洛茨基的著述国内尚停留于初步译介阶段，鲜有探索者的足迹可依凭；更使我难以放步的，还是那些剪不断、理还乱的既成观念的羁绊。

对此，一些研究者往往绕道而行，有人还佯作不屑一顾。真那么不屑一顾么？我渐渐懂得了，何以这条小路上，国内研究者寥寥无几，却不时闪现出海外学者拓荒的身影。其实，文学研究的非意识形态化并不意味着应该完全回避一些带有一定意识形态色彩的命题。绕开某些既成观念，却奢想摘取中国文论重构的果实，显然无异于掩耳盗铃。

研究者所以回避，还因为作出这一选择，将意味着不可避免地要对那些尘土厚积的灰色理论作清理，不知不觉中，甚至自身的思想、文风也会沾染上那种“灰色”——如同本书刚开始写作时，在与研究对象对话之际，不自觉地袭用了苏式符号系统中某些意识形态化的话语。

我逐渐意识到这一选题的难度，于是不再奢望什么“奖牌”，只求不知难而退。不知是否应该感谢适逢其时的市场经济大潮的阵阵冲击，“裁判”的无所适从，“观众”的纷纷退席，反而使我的学术心态变得从未有过的沉静。

我的情绪不再那么焦躁，也不再在乎能否以此证明我的能力。我重又沉潜于对鲁迅、普列汉诺夫、卢那察尔斯基、托洛茨基、尼采、克尔凯郭尔等原著的细读中；我默默地对一些原始资料作梳理、辨析；我还抱着跑不完全程、迈出几步也好的心理围绕着这一课题写了一些论文……我渐渐觉察到：原有的研究，虽不无敏感地发现了一些颇耐人寻味的现象，但因思维方式的简化，而往往将它们纳入一种貌似有序的既定图式中。

正当我苦思着如何将原有的研究引向深层之际，我蓦然在《二心集》话语形式中发见了突破口。于是便有了九六年的进展：有所深入地新写了四章，又在已有论文的基础上改写出其他几章；并有了九七年年初的冲刺。

九七年春节的一个阴冷的早晨，我终于完成了全书的统稿。周围如我所愿的那般寂静。这样很好，便于我一个人静静地审视书稿——回顾那些歪歪斜斜、断断续续的探索足迹。

应该说，本书还是有所拓展的：如对鲁迅在托洛茨基与“拉普”、“偏重文艺”与“偏重阶级”两种文艺思想深刻对峙中交互偏侧、两难选择的描述；对一度被《二心集》型话语形式所遮蔽的鲁迅晚年文艺思想的载体的探寻；以及对《二心集》中阶级斗争一翼的文艺思想、叛逆携贰的立场与二元对立的思维格式颇具逻辑统一性的同构的揭示；对鲁迅晚年批评文体的“血书化”、非体系、诗性含混与《二心集》型话语形式的理论化、体系化、逻辑明快特征适成对照的指出……但毋庸讳言，也留下了不少遗憾：由于全书的写作持续了很长一段时间，对于某些问题的理解逐渐有所深化，致使前期撰写的部分与后期部分在理论深度上不甚平衡。尽管这些部分也不乏新意，如对于重主观的现实主义与“像物理学那么客观”的现实主义的差异是鲁迅与普列汉诺夫理论的主要分歧的揭示；对于去“愚蠢的唯物主义”与“聪明的唯心主义”之两极是鲁迅文艺思想与卢那察尔斯基思想的契合点的论证；但在更多的时候，却往往因既定话语模式的束缚，而失之肤浅。诸如论及尼采的主观抗争精神对鲁迅文艺思想的影响，便迅即声明二者有“质的差异”；涉及普列汉诺夫的审美观时，也未能超越陈见……在对类似思维方式的简单化进行反省时，我常常忆及与已故学者陈元恺的一席谈话。陈元恺在首肯我某篇文章的同时，提醒我在中国现当代文学的发展经历了如许曲折后的今天，再来评说普列汉诺夫的“客观主义”，持论是否应更全面些？

诚然，我们可以由普列汉诺夫那“像物理学那么客观”的现实主义理论，由他对斯宾诺莎那句名言——“不哭，也不笑，而是去理解”的推崇，敏感到苏式文论中确存在着机械决定论、数学方法论的局限。如同斯宾诺莎所称：“一切都是必然的，正像数学所表明的那样。”就这个意义而言，正如尼采向斯宾诺莎“无动于衷”命题的挑战，鲁迅以其重主观的话语及形式对普列汉诺夫式的必然性理念连同它的不哭、不笑形态进行反拨，应该说有其合理性；但这并不意味着可以无视鲁迅、卢那察尔斯基的主观能动倾向与“拉普”式的阶级意志表现说、“拉普”式的“能动论”的局部契合，更不意味着可以忘忽普氏的“客观主义”对“拉普”式的“能动论”——苏式文论中的另一极端的必要抑制作用。任何形式的非此即彼、扬此抑彼只会导致历史发展的失衡。

因着以上提示，便不仅有了第三章“拥抱两极”的纠偏，也促成了以后各章写作时的多向度思考。于是，第一、二章的某些观点、概念与其他一些章节便产生了一定的歧异。

为此，我曾一度想推倒重写，但最后还是把它们保留了下来，只修改了某些明显抵牾之处，而不伤筋动骨。所以如此，原因有二：一则有意留存些我起步时的稚拙之迹——如同鲁迅所称，“对于自己的‘少作’，愧则有之，悔却从来没有过”，如果没有起步时的幼稚，又岂能有以后的成熟；

二则这一部分恰是某位前辈所欣赏的——因着他在特定时期的鲁研史上所写下的真诚、凝重的一笔，我至今仍不改对他的敬重。我如是譬解：或许，因着前后期价值取向的多元，可能使全书具有必要的张力。

在语言形式上，书稿也一度失之拘谨。这类选题，思维方式、表达方式极易流于生硬、枯涩，且涉及对一些既定观念的重新审视、梳理。辞锋如何含而不露，论述如何活而不枯，很难操作。

刚开始写作时，我还缺乏一种“文体的自觉”，沿用了这类选题习用的语言形式——一种经院式的批评文体。为了严守“科学性”，每每以过滤认知过程中的主体情态，放逐诗性体验为代价。不久，我便觉察到这类程式化的文体，只能充作复制灰色理论的模具；要使思想不失血肉性，唯有冲破既定话语系统的桎梏。于是，我开始追求个性化的言说，追求一种诗思融会、情理互渗的表达式，努力以生命的精血滋润理论之树——理论应是绿色的。

在这本小书中，还融入了老一辈鲁迅研究者的心血。陈平原先生说过这么一段话：“鲁迅先生的人格魅力，使得许多研究者也都习惯于像他那样肩住黑暗的闸门，放年轻一代到光明的地方去。这也是在中国，鲁迅研究界虽也鱼龙混杂，但总的来说骨头较硬，更讲人格和气节的原因。”他的话我深有感触。

可以毫不夸张地这样说：如果没有导师蒙树宏先生的身教言传，便没有这本小书。先生“正统”，但能理解异端；严格（师弟戏称“严苛”），却对年轻事物很宽容；平实，却不无孤傲地拒斥着平庸；冷峻，但显然掩饰不住内心的热烈。他的人格、襟怀，既“纵容”了我的大胆探索、挑战；又规范了我的学术道路。尽管我与先生属于思想、性情不无差异的两代人，但小书中却隐隐渗透着先生的影响：可以标新立异但必须小心求证、言之有据；可以放胆直言，但不应是政治“大批判”，不应是党同伐异，而应限定于学理交锋；任情时，应注意不在无边无际的漫衍中疏漏；文采飞扬之际，尤其应拒绝足以遮掩思想的丽辞巧语。

先生治学长于收集、考据史实，曾专门为我们开设了史料学课程，着意训练我们“使绣花针”的学术技能。我欠缺先生的功力，也耐不住史料学的寂寞，但当年的训练，绝非徒劳无益。在本书的写作过程中它化作了重原始材料、重本文、重实证的操作。对原著的潜心阅读，对原始材料的悉心辨析、梳理，不仅使我发见了一些习焉不察的定论的可疑之处，还提示我寻索到理论深入的突破口。

先生时刻以他的一丝不苟纠正着我的谨严不足。十余年过去了，在严师面前，我依然不敢夸口我已及格。当先生为我作序时，又以他一贯的认真校阅了全书。他从注解“书中所使用的‘苏俄文艺思想’这一概念概指1917年10月至三十年代中期这一发展阶段的苏联文学思想”一语中，发见了我的掉以轻心，指出10月应为11月，或标明俄历；在某段转引的文字下，他又写下了“请再一次核对引文，最好根据第一手材料核对”的字样……在学风日趋粗疏，甚至出现了学者随意篡改引文为自己所用的怪事的今天，先生却以他的治学态度又一次告诉我，何谓学术的神圣不能苟且。

在本书的写作过程中，另一位为我授过课的老师刘正强曾不顾手疾，从他珍藏了数十年的藏书中，为我整理出几百册极有用的研究资料。年迈的他还亲自用自行车将数捆书刊送到我寄居的山上——谓之“传递接力棒”。接过这沉甸甸的赠书，我异常真切地感到了手中工作的分量。

至今未曾晤过面的王世家先生多年来对我的无私帮助，也许更难为追名逐利、至少得讲点“关系”的时人所理解。他自谦是个“编书匠”，他从不惯于如灵魂导师般地滔滔说教，却成了我心目中的老师。七年前，本书尚处于酝酿阶段，许多思想还漫无头绪，表达上也深感难以言说。为了能听取更广泛的意见，我不无冒失地将一个八千字的提纲寄给了《鲁迅研究月刊》，未曾料及他竟会如此认真地对待我那些不无幼稚的言语。渐渐地，我熟悉了他的工作风格，熟悉了他那用毛笔书写的回信（有时一份稿件竟累及他写了数封信）。他的引而不发，他的鼓励有加，也终于使本书中的许多观点逐渐成形，使我的笔下日增自信……自然，较之那些有形的帮助，我更看重的是他的人格魅力对我的感染。在电脑流行，甚至打印好的用稿退稿通知都无暇寄送的现代世界，用不合时宜的毛笔给作者回信这一姿态本身就成为了某种隐喻。他使我识得一种不浮躁、不急功近利的人生；他教我如何保持平静的学术心境；他还使我顿悟，做学问固然是一种形而上追求，但同时也是一件如工匠做活一般具体实在的活计，应尽力将手头的工作做得切切实实些。

本书的问世还融入了其他师友的关爱。

我深深地感谢中国社会科学院文学研究所的袁良骏先生。他不仅于忙中抽暇为本书写了序言，还在认真阅读书稿后留下了大量的眉批、旁批、手注。许多嘉勉之词，令我惭愧，又促我奋发。

临了，我还要深深地感谢云南大学出版社的斯惟达、责任编辑冯峨。在非急功近利的研究备受冷遇的今天，他们却为纯学术著作的出版面世作了大量的工作。

这个世界毕竟还有那么一些充满诚和爱的人。因着他们的用心关注，我的下一部书稿将不得不写得更认真。

1997年2月16日

世纪之交「沙龙社会主义者」一瞥

“洋楼高耸，前临阔街，门口是晶光闪灼的玻璃招牌，楼上是‘我们今日文艺界上的名人’，或则高谈，或则沉思，面前是一大杯热气蒸腾的无产阶级咖啡”[1]……这是上一世纪二三十年代倡导无产文学的创造社、太阳社作家的一个侧影，除却鲁迅时不时的讽刺稍微有点“煞风景”，一切全如蒋光慈所陶醉的：“有什么东西能比革命还有趣些，还罗曼谛克些？”[2]

他们昨日方在鼓吹“为艺术而艺术”，一夜之间却“突变”了过来，“演戏似的指着自己的鼻子道，‘惟我是无产阶级！’”于是，忙不迭地挂出“表同情于无产阶级”的招牌，激情地为那“正在‘水深火热’的压逼里挣扎着的民众代言”。他们控诉起“资本制度的统治”，棒喝着“有闲阶

1 《革命咖啡店》，《鲁迅全集》第 4 卷，北京：人民文学出版社 1981 年版。
2 《死去了的情绪》，《蒋光慈文集》第 4 卷，上海：上海文艺出版社 1988 年版。

级的趣味”，锋芒所向，横扫整个文坛：鲁迅被指为“代表着有闲的资产阶级”；茅盾被判为“对无产阶级是根本反对的”；叶绍钧是“市侩派的小说家”；冰心是“小姐的代表”……“照理说，中国现代的社会应当产生几个反抗的、伟大的、革命的文学家，但是，在实际上，这样的文学家，我们找不出来，这不能不说是一件很不幸，很可惜的事情。”[1]蒋光慈目空一切，如是感叹。

纵览二十世纪中国文学史，每每触目惊心于百转千折何以走不出历史的轮回。以下文字信手摘自葛红兵《为二十世纪中国文学写一份悼词》：“在这个叫二十世纪的时间段里，我们能找到一个无懈可击的作家吗？能找到一种伟岸的人格吗？谁能让我们从内心感到钦佩？谁能成为我们精神上的导师？很遗憾，我找不到。”[2]——依稀七十年前蒋光慈“悼词”的回声！

语词的类同，只是表象；更耐人寻味的是，葛氏的《悼词》连同三个月后发表于《山花》上的《跨国资本、中产阶级趣味与当下中国文学》一文，无论立场、姿态、文风、情绪，都与当年的革命罗曼谛克批评何其相似：那葛氏自况的“由一个‘新生代’的吹鼓手一夜转变为‘新生代’的终结者”，由“一个西方文学趣味的鼓吹者，变成了一个西方文学趣味的反对者”的“突变”立场；那“我是一个农民的儿子”，自然为“忍受着各种各样严重的精神和肉体的屈辱”的工人农民发言的“代言人”姿态；那将鲁迅、老舍、茅盾、巴金、周作人、冰心、庐隐、沈从文、丁玲、钱锺书、端木蕻良、张爱玲、赵树理直至贾平凹、张承志、“新生代”作家一网打尽的横暴文风；那狂热而悲观、激烈又消沉的革命罗曼谛克激情……后者钟

1　光赤《现代中国社会与革命文学》，上海《民国日报·觉悟》，1925 年 1 月 1 日。
2　葛红兵《为二十世纪的中国写一份悼词》，《芙蓉》1999 年第 6 期。

阿城似有一说，勘破了浪漫主义与肺结核病的亲缘关系。只是阿城无端扯上鲁迅；其实，此说移至蒋光慈之流方确切。那虚火上升的红晕，类病的亢奋，“殉道”、“信念”一类的谵语，自有其煽情的魅力，至今仍不失为一种时髦病。

使人稍稍担心的是，写《悼词》的葛红兵尚且能假萨特、尼采、杜威、海德格尔的“虎威”，令二十世纪中国作家“望风披靡”；及至写《跨国资本、中产阶级趣味与当下中国文学》时，自称摈弃了西方话语的他却又从何处觅得“虎皮”？尽管文中的问题意识照样是从西方舶来的，其中依稀可见法兰克福学派的文化批判、萨义德“东方主义”之类的“牙慧”，但葛氏毕竟已讳言袭用了西方（自然包括西方左翼）的学理资源，于是只好乞灵于二三十年代的极左文论乃至四十年代中期至六七十年代的“为工农兵”文艺思想。

那早被胡风斥为架在作家头上的“五把刀子”、阉割了创作的审美机能的指导理论，居然又被葛红兵充作批判武器：他将备显陈旧的“世界观论”略加矫饰、转换为“信念说”后，又几乎全盘照搬地以作家“生活资源的日益单一”，“他们的心中找不到人民——这个最伟大的体验源泉”，“中国生活最本质的方面”“得不到表述”，“难以看到农民题材、工人题材的作品”，《红楼梦》《海上花列传》这样一些“中国作风、中国气派”的作品何以不被当成“自己写作的标准”一类的陈词[1]，重弹起“唯一源泉论”、“题材决定论”、“民族形式论”的老调。

可怜理论高调易奏，实践样板难寻。为了点缀无产文学曾有的辉煌，

1　葛红兵《跨国资本、中产阶级趣味与当下中国文学》，《山花》2000 年第 3 期。

葛氏不得不拣起在《悼词》中曾被他扫入历史垃圾堆里的《子夜》《家》诸作，拂去"《子夜》是主题先行，套路写作的败笔"、《家》的语感令"学生们大笑不止，世界上还有这样不堪入耳的文字"等刚刚泼在其上、湿迹未干的污水，涂以"时代的本质生活的真切反映"、"长篇小说创作的高峰"一类的金粉。葛氏居然如此儿戏般地转换自己的价值观念，足见其批评文本中学术虚构、语言泡沫的比重。

然而，葛氏文章中也有恒定的价值取向、批判武器，那便是贯穿始终的伦理道德批评。在上述两篇文章中，"人格"、"道德"、"良知"、"良心"、"殉道"、"信念"之类的字眼复沓出现，颇引人注目。也许我们可以对其从人伦道德角度忏悔自己"忘本"，皈依"工农文学"给予同情的理解；却实在难以容忍诸如鲁迅"压迫着他的正室妻子"，端木蕻良、茅盾"始乱终弃"，新生代作家"道德紊乱"一类卫道士气味十足的攻击。在那极左政治与农民文化奇妙的混合搅拌中，难以遮掩的恰是封建意识顽固的积淀。

需要指出的是，葛红兵好作宏论，口气越来越大，文本阐释能力却难以为继。试读葛氏以下两段奇文：

随着跨国资本的进入，我们所处的这个时代的生活方式、生活信念发生了质的变化，我们吃的肯德鸡、麦当劳、必胜客是他们提供的（他们不仅提供了食物，而且还提供了我们吃饭的标准范式）：我们听的迪斯科音乐，看的好莱坞电影是他们制作的（他们不仅在这个过程中提供了视觉和听觉的材料，还同时提供了他们的价值观念）……他们为我们提供了物质和精神生活的资料，同时为我们提供了物质和精神生活的标准。而且这种标准已经渗透到了我们的精神领域。

它（《上海宝贝》）所反映的生活看起来是那么让人费解，仿佛来自地球的另一端。……女主人公倪可热爱的对象分别是来自德国的马克以及由西班牙货币豢养的天天。从中我们可以看到作者所设置的人物，其魅力源泉不是来自中国本土——他们的人格，他们的学识，他们在工作中的成功，而是来自他们背后的那个神秘的西方背景……问题是，《上海宝贝》中的生活是我们的生活吗？夜幕下上演的酒吧游戏，迪厅舞蹈在多大的程度上能代表我们这个时代的生活面貌？这种和“西方”直接接轨的内容在多大的程度上粉饰了我们的真相？

姑且不论两段文字的自相矛盾，即使调用葛氏话语，追问生活的“本质”，《上海宝贝》又何尝没有所谓的“认识意义”：“马克”，应是“跨国资本”的隐喻，以这般粗暴的强势渗透，使另类中国女孩身心难以抗拒；难怪东方多愁善感的“梦中男孩”天天，只能因着金钱的压抑而“阳痿”。

如果说以上描写尚属寓言化陈述，那么，下面的情节几近“标语口号式”了：倪可与她的朋友因着被美国老太赶出草地的遭遇，痛心疾首于“各大跨国公司金融巨头大财阀又卷土重来，无疑那股强劲的经济冲力又会带来心理上的优越和文化霸权，于是这些新新人类第一次切肤体会到民族自尊心”……读到这里，令人不禁莞尔，不仅仅缘于小说刻意凸显所谓“本质”，竟不顾忌观念的硬块一览无余；不仅仅缘于笔下人物连同作者如此作秀偏自诩“认真”；更因着被批评的卫慧与批评家葛红兵的话语如出一辙。如果说，卫慧谴责“跨国资本”、“西方文化霸权”、激扬“民族自尊心”，不过是她在小说中设定的商业卖点，移用葛红兵语式，是她八面玲珑向市场经济、时尚趣味的某种献媚；那么，葛红兵哗众取宠地诅咒跨国资本、中产阶级趣味，标举无产文学，又何尝不是与市场机制、时尚趣味或一形式的调情！

在行将结束本文时，忽想起葛氏会否自辩：“我连肯德鸡都难得享用（不然何以会将‘肯德基’错写作‘肯德鸡’），凭什么文章开头将我与创造社、太阳社作家开的‘革命咖啡店’联系在一起?”其实，彼时的创造社、太阳社作家也并不那么阔气，“革命咖啡店”只是鲁迅为他们画的一幅“漫画”。要紧的不是枝节是否如实，而是鲁迅写意地传达了一切“ Salon 的社会主义者”的精神。[1]

激愤地指责“《作家》《青年文学》《钟山》《花城》《北京文学》等杂志”，“连续数期都看不到一个农民题材的或者工人题材的小说”，却对刊登该文、付其稿酬的《山花》同样漠视工农题材装聋作哑；在以白领文化为表征的《山花》《芙蓉》上针砭中产阶级趣味、奢谈为工农写作；这姿态实在矫情得可以。它只能令我联想起“革命咖啡店”：而对着消费了“先锋”，消费了“唯美”，消费了新生代的“深度焦虑”，消费了一切“现代”“后现代”的山珍海味却愈发厌食、腻味的白领受众，新锐批评家适时地献上了一杯何其刺激、何其罗曼谛克的“无产阶级咖啡”……

原载《鲁迅研究月刊》2001年第10期

1 参见《对于左翼作家联盟的意见》，《鲁迅全集》第 4 卷，人民文学出版社 1981 年版。

倾斜的天平

世纪之交，百年回眸，胸襟自然宽广了许多，难怪学界文坛频频说“宽容”。其中既有对那“火红的年代”作价值重估一类的善良愿望，也难说没混杂着貌似“宽容”却试图藉此掩护绝不宽容的“左”的观念之机心。近读《二十世纪中国作家心态史》一书[1]，遂引发出上述感触。

该书自称所凭藉的是“整合价值观”的价值天平，但不知怎的，惯以“真诚”心态为砝码，却少有清醒理性的重心作平衡。以心态“真诚”为衡器，执笔者不仅谅解了留有“那个时代‘左’的思潮的印记”的《艳阳天》；进而赞誉浩然“在积极深入生活的基础上，创作了《艳阳天》”，激赏肖长春这样的“农村新人”形象“毕竟体现了那个时代中国人民奋发向

---

1 杨守森主编《二十世纪中国作家心态史》，北京：中央编译出版社 1998 年版。以下书中引文均出自此版本，不再一一注明。

上的精神面貌”。

执笔者的理论依据与浩然本人的辩解逻辑如出一辙。浩然在言及另一部小说《金光大道》时理直气壮地强调：“用笔反映真实历史的人不应该受到责怪；真实地反映生活的艺术作品就应该有活下去的权利。”“我以自己的所见所感，如实地记录下那个时期农村的面貌，农民的心态和我自己当时对生活现实的认识，这就决定了这部小说的真实性和它的存在的价值。”[1]似乎心态的“真诚”加上生活本身的“鲜活”、“真实”，便能达臻艺术真实之境。殊不知，艺术的逼真一旦阉割掉清醒的现实主义精神魂核，便徒剩皮相的、细节的“真实”。纵然肖长春这一人物比之后来的“高大全”形象尚存一点泥土气息，但由于小说对两个阶级、两条路线斗争人为的激化、夸大，也早已俨若观念化的“阶级”、“正确路线”一类的代码了。所谓“农村新人”，其“新”很大程度上就新在“与人斗其乐无穷”的风姿。

这种一“真诚”遮百丑的逻辑还妨碍了该书对浩然等人“文革”时期心态的必要解剖——这本是二十世纪中国作家心态史一个不可多得的个案，然而，书中却不时借口“真诚”，竭力为之开脱。称浩然“文革”时期的言论“显然不是意在投机的故作姿态，而是一种真诚心态的流露。早在‘文革’之前，浩然就多次这样表示”，“浩然与李学鳌在‘文革’期间的心态，正是这样一种纯真无私心态的延续。可悲的是，这种心态，为别有用心的野心家和阴谋家所利用”。随之便为其美言：“历史是公正的，尽管浩然、李学鳌等人曾经卷入险恶的政治风浪，尽管他们由于不明事实真相，身不由己地迎合过当时的政治需要，但由于他们洁身自好，始终保持了一

1　浩然《有关〈金光大道〉的几句话》，《文艺报》，1994年8月27日。

位作家的正直与良知，‘文革’结束后，很快得到了人们的谅解……”

可笑的是，尽管执笔者百般为浩然辩解，但浩然却似乎不理会此番苦心，近年来他频频以“访谈录”、“口述自传”一类的形式，“真诚”不改地表明他“从未为以前的作品后悔过，相反，我为它们骄傲”；“在所有的作品中，我最偏爱这部《金光大道》，不是从艺术技巧上，而是从个人感情上。因为从人物故事到所蕴含的思想都符合我的口味”。[1] 他认为自己在“文革”期间，对社会对人民是有贡献的。这种“文革”无悔、“左”意未泯的心态表明：与其说浩然是“文革”期间的“不明事实真相”者、“身不由己”者，不如说他的思想观念与“文革”思潮不无契合。

如果说，以上价值天平的倾向性尚有所遮掩，那么及至书中评述臧克家歌颂五七干校生活的诗集《忆向阳》时，靠着“真诚”砝码的不断叠加，价值天平便有恃无恐地明显“左”起来。执笔者声称：“我们不难感到，臧克家是以真诚的幸福感，面对了五七干校这一‘新生事物’的”，“我们却实在无由据此就可以责难诗人是在粉饰当时的现实。事实上，虽然同是‘文革’期间的干校，情况并不完全一样。何况从文艺创作规律来看，即使相同的生活处境，由于个体心态的差异，也完全有可能得到不同的体验与感受”。接着，执笔者援引另一老诗人的赞扬，“印证《忆向阳》中情感的真实性”；又引臧克家的自序“为了思想改造，为了挽救身心的危机，我下定决心，换个新环境”，结果“干校三年，千锤百炼。思想变了。精神旺了”；最后执笔者情不自禁地感叹道：“这样的一种体验与心态，怎能不令诗人由衷地赞美干校生活呢？”

1 《浩然口述自传》，天津：天津人民出版社 2008 年版，第 238 页。

该书以整合价值观为名，对“左”的价值取向十分“宽容”，对八十年代其他思潮、倾向却缺乏学术尺度下应有的尊重。在《执着与凝重》这一标题下，执笔者以并不中性、客观的语态论述了丁玲、刘绍棠等作家复出后的心态。称这些作家在新时期的文学活动中，明显表现出两大特点：“一是着力于歌颂党、歌颂人民，注重文学作品的社会鼓舞作用”；“二是反对片面‘暴露’”。指出“正是从党和人民的利益出发，与重视歌颂相关，这些作家对新时期文坛上出现的一些过分偏激的言论，一些片面暴露黑暗的作品，深表忧虑，乃至不满”。书中还多次援引刘绍棠“娘打儿子”一类的比喻，称“由此可进一步看出这些作家对共产党所领导的革命事业的执着”。由于执笔者认同了“左”的尺度并以之衡量，故难免将一些不“歌德”的言论、作品，视为“片面”、“过分”。

令人费解的是，此时，执笔者却不再使用暴露黑暗者主观上是出于苦恋祖国的“真诚”之情一类的砝码了。

原载《文学自由谈》2000年第2期

入城与还乡——《废都》谈片

如同他笔下那个作家庄之蝶，不知庄周之梦为蝴蝶蝴蝶之梦为庄周，“茫然如我不知我生前为何物所变、死后又变何物”。《废都》后记中[1]，贾平凹如是说。

与其不得其解，姑且听听书中牛的先知先觉。那牛认为，人其实是牛变的，或者说牛是人变的……正确与否，无法澄明。一片混沌中，无意妄论贾平凹在书中化身为几；倒可以说说那“大智若愚”的牛其实是作者的变形。那位牛哲学家——农民哲学家在书中负载着观察这人的城市，思考城市中人的使命。

它从乡村走来，从山野走来，洋洋得意地入得“城”，“堂而皇之地行

1 贾平凹《废都》，北京：北京出版社 1993 年版。以下《废都》引文均出自此版本，不再一一注明。

走于大街”。它成了那些依然在乡间耕作推磨的族类的骄傲；它自己又何尝不曾感到一种“以牛的身份”俯视城市的胜利感。以牛的眼光，它旁观者清地穿透了城市文明掩饰下的“文明病”；藉着血液里未曾泯灭的野性，它不无敏感地先觉察城市人种的退化……然而，它在洞察这城、这城市中人的内心世界恍若“废都”的同时，终于悲凉地意识到久居城市的自己也失去了精神家园。归去来兮！此刻呼唤着牛哲学家的是激流勇退、迷途知返的陶渊明，还是诅咒城市腐化、崇尚“回到自然”的卢梭？

还能回归么，那失落了的精神家园——未被城市文明侵蚀的终南山？

身处废都隔着记忆的迷雾，那终南山似乎永远那么的清新，那么的令人沉醉……但恕我煞风景，就在牛哲学家梦着终南山时，就在牛哲学家梦中的终南山，牛们却正嫉妒着进城的幸运儿，正梦着城市的繁华美妙。

一定意义上，“废都”也是一座“围城”：城外的人想冲进去，城里的人想逃出来。入城，出城——入世，出世——进取，退隐……循环不已，源远流长。在城市与田园乡村、现代与传统、文明与异化、历史进步与人性发展之间进退两难的何止是一个贾平凹！

当贾平凹文学地表现那飘忽朦胧的进退两难情绪时，我们从中犹能感受到转型时期愈加深刻化了的矛盾与困惑；然而一旦贾平凹画蛇添足，将那牛升格为“哲学家”，将那流动的情绪抽象为不无生硬的观念，将那颇具张力的两极背反——一定意义上未尝不是两极互补，绝对化为一厢情愿的单向选择时，反而造成了缺憾。

恰恰是在作者摇身一变为牛哲学家奢谈哲学之处，泄露了作品“哲学的贫困”。

1993年12月3日

一出「阿Q式的革命」——读《酸石榴》

二十年代初，那个叫阿Q的在未庄的土谷祠中梦想翩翩，革命胜利后“我要什么就是什么，我喜欢谁就是谁”；四十年后，滇西北的一个小村中，两个青年农民终于将阿Q的梦付诸现实。

想来不是疏忽，小说《酸石榴》所写的那两个青年农民均无名无姓[1]：一曰“矮民兵”，一曰“高民兵”。小说何以有意将那两个人物抽象化为两个符号般的指代，如同他们的难兄难弟阿Q、小D呢？据鲁迅说，小D这个符号应读作“小同”，即小时候与阿Q“小同”，大起来便与阿Q无大异。《阿Q正传》之所以发人深省，恐怕不仅仅是塑造了一个阿Q，还在于没忘忽在阿Q周围写了芸芸众生般的小D们；同理，《酸石榴》之所以耐

1　黎小鸣《酸石榴》，《滇池》1993年第3期。作者另有多篇中长篇小说已在《钟山》《上海文学》《作家》《大家》等刊物上发表。

人寻味，便在于作者清醒地意识到，导致七里河那一出“阿Q式的革命”的动因并非仅仅因为革命队伍里偶然混入了某个品质不良的人。如果混淆共产党领导的那场革命与“彼可取而代之”式的农民造反的本质区别，那么，得之不易的胜利果实便会在不知不觉间畸变为“酸石榴”，类似的“阿Q式的革命”闹剧便会藉任何一个农民的手，在任何一个乡村上演。他可以叫王秋赦，也可以叫四爷爷，可以发生在南方的七里河，也可以发生在北方的洼狸镇……故隐其名，正是为了不让读者的视线仅仅盯着某个叫张三李四的坏人，束缚了对高矮民兵符号所指的文化思考。

这样，便带来了一个难题：在将两个人物放大为某种文化局限的载体时，稍不留意便会使他们流于概念化。难得的是作者却把他们写得形神皆备。在具体写人叙事状物时，小说的笔触极写实：它不直奔主题，也未停留于理念，而是一丝不苟地记下闹剧的逐步衍生，纤毫毕现地勾勒高矮民兵丑行的越演越烈。即便写至高潮高民兵的梭镖插进孙晓源的背脊时，作者的笔仍未惯性般地随波逐流，臆造高矮民兵的豪言壮举，而写高民兵看着满地血吓得呆了，矮民兵也气不那么盛了——作者意中的他们并不尽符合阶级斗争为纲年代的“英雄”标准，他们只是两个置身于人群中不甚引人注目的普通农民，手造了惨剧的他们不愿也害怕目睹自己手造的惨剧。

作者对人物的把握极有分寸！惟其具象化，惟其真实可感，当作者悉心把人物符号放大时，他们才能抽而有象，所谓形具神生。与小说塑造高矮民兵的成功恰成对照的是小说中对工作队长的刻画。他在小说中显然也不仅仅是作为单独的个人存在，同时也指向某一种文化形态；然而作者在塑造他时却失之于概念化，未能完成“实”与“虚”、具象化与抽象化、确指性与延伸性的统一。尽管有这小疵，但通观全文，仍不失为一篇好小说，耐读，耐人寻味。

原载《滇池》1993年第8期

一种极富弹性的审美表现机制——读张辛欣《北京人·中奖》

一个普通中国人对生活与理想的自述，文学地实录下来，便脱颖成一个故事，一个真实世界的相对完整片断，一个实实在在的生命，一尊不需复施刀斧的雕塑；一百个普通中国人对生活与理想的自述，文学地实录下来，便呈现出一个历史悠久的文化群体，一代中国人的生态与心态。

作为口述实录文学，《北京人》既具备了新闻的纪实效应[1]，又不乏文学的魅力。有人因此把它读作“小说化”的真人真事；有人因此把它视为运用非虚构陈述的探索小说；也有人因为它那似驴似马、非驴非马的属性而将它赶出文学殿堂……然而，不容忽视，正是这非驴非马的《北京人》，发挥了它那得天独厚、足与其他文学体式相抗衡的审美功能。

---

1 张辛欣《北京人：一百个普通人的自述》，上海：上海文艺出版社 1986 年版。

《北京人》的审美价值，很大程度上取决于它的现实感与真实感，这是一种使人恍惚身临其境的审美情感体验。这种现场感，这种作者着意造成的逼真的叙述氛围，而非人物自述的形式，使它区别于报告文学。试读《中奖》篇，那平日里的家常事，那“口述人”水了呱唧的独白，真的仿佛就是原态的谈话录音！将口述实录文学拒之文学殿堂门外的批评家因而把它当成了“被动的勾划”，然而，据作者说，这种“高保真”效果的获得，并未使用录音机，而是从录音机、摄影机等新的技术手段中吸取新的创作思路，模拟而成。作者有时用笔记本记要点；有时什么都不记，只是听了，问问，再听……与其说作者在记录，不如说作者在画速写、在创作：不断地抓住对象有意味的瞬间形态，不停地强化带特征性的细节、字眼，不时地制造由冷静的提问引起的规定情景中的心灵碰撞。那录音、照相般的形似只是给人的感觉，神似才是《北京人》真实感的微妙所在。

为了增强现场感，造成一种平实、逼真、可亲、可近的氛围，作者主动隐退，避免明显的主观参与，以便“使文字与读者，文学所表达的内容与现实之间的空间缩小”，让读者直接地、近距离地聆听口述者的独白。但这并不意味着《北京人》是不含主体意识的纯客观记录。作者所以不使用录音机，恰恰是因为生怕那样可能丢掉口述者的神韵，而且还会失落作者的主体意识。在对口述者看似偶然实质必然的取舍中，在对口述内容看似博杂实质巧妙的剪裁中，在对总体看似任其自然实质别具匠心的布局中，我们不时能瞥见那有着拥抱生活的热情、探究现实的勇气、不安分的精力、独立的见解的作者的身影。

《北京人》的审美价值，还在于展现了不同年龄、不同地域、不同性别、不同职业、不同层次、不同经历的人物的内心世界，体现了口述背后的人物性格，较之那些人物被观念压得只剩下一个符号的全景式纪实作品，也是全景式的《北京人》在这一方面的努力难能可贵。在《中奖》篇中，一个活脱脱的买奖券者的形象呼之欲出。由于个人经历的坎坷、失意，使他错误地认定世界上的事“全没准”，要自拔唯有“碰大运”。作者刻意让口述里那极富个性的“碰”、“撞”等字眼复沓出现，跌宕起伏地展示了买卖奖券者的侥幸心理以及这一心理的蔓延。这是一种心理常态，也是一种心理病态。可笑可悲的是口述者自我感觉极其良好，于是，口述者无意、作者有心地让作品平添了一种幽默、抑或还有那么一点荒诞感。不是吗？小小的一张奖券竟成了芸芸众生心灵的主宰，操纵着口述者虔诚、痴迷地演出了一幕又一幕喜剧，指挥着许多人在奖券发售处排成“像只蝌蚪的队”……它使我们想起了作者所写的小说《封·片·连》中的那张邮票[1]，想起了《疯狂的君子兰》中那盆君子兰[2]，但那毕竟是随意虚构的小说，而在这篇短短的非虚构作品中，长于心理剖示的作者，竟能借别人之口传递出无尽的言外之意，这正说明了，尽力将艺术隐藏起来的《北京人》，实质上已逼近极艺术的境界。

《北京人》不仅以口述者为轴心，辐射出历史的沉淀、现实的困惑；同时开掘出存在于普通人身上的民族的活力和希望，每个人的心中，都拥有一个世界：这里不乏失意、苦闷、牢骚、忧虑，这里更有期待、欣喜、追求、信心……一百个口述者，一百个多维的心理类型，然而有序地集合在一起，便呈现出“整一”的色彩，这便是《北京人》悉心展示的一代中国人的心理全景，通过这一代人在改革的历史衍变中心理的不同轨迹，我们得到了多面的启示。

1　参阅《封·片·连》，《收获》1985 年第 2 期。

2　参阅《疯狂的君子兰》，《文汇月刊》1983 年第 9 期。

综上所述，口述实录体的《北京人》多面地、有序地把握了时代脉跳，捕捉了社会信息，逼近现实生活，剖示人物心灵——充分显示出它那审美表现机制的极富弹性，在人们的审美观念与社会大系统日趋多元化的今天，它的尝试无疑能为纪实文学，抑或也为小说拓展更宏阔更自由的发展前景。

原载《名作欣赏》1991年第5期

「香格里拉」梦寻——读《灵息吹拂》

收到汤世杰的赠书时，我已即将离滇赴杭。几乎所有的书籍都装入了集装箱，唯有这本《灵息吹拂——香格里拉从虚拟到现实》伴着我。[1]它能弥补我憧憬已久、未能如愿的迪庆“香格里拉”梦寻？能慰藉我那剪不断、理还乱的云南情结？其实，三十年我仍未能读透它的神秘与灵性的云南，又何尝不是我的“香格里拉”。

一、写作的“个人化”

“真正的香格里拉只在你的心里”，我所寻访的是“我的‘香格里

1　汤世杰《灵息吹拂——香格里拉从虚拟到现实》，北京：作家出版社 1999 年版。以下书中引文均出自此版本，不再一一注明。

拉’”。汤世杰说得真好！

九十年代以降，缘于金钱的诱导与迫力，一种功利主义、实用主义的观念弥漫文坛。自卑于文学的“无用”，哂笑学术的“大而无当”，强求艺术创作去迎合市场价值、价格的规则，在时潮的裹挟下，某些作家不惜将文学混同于通讯报道，甚至沦为某种炒作的广告，致使超凡脱俗的艺术有意无意中“庸俗化”、“市侩化”了。

出于这种心理，我分外关注汤世杰这部作品，因着这类选题稍有不慎，极易由艺术创作滑入商业炒作、“旅游导游”的窠臼。即便创作主体不乏生花妙笔，也很难避免在一片人云亦云的集体话语中“失语”。

曾几何时，散文满足于以“小蜜蜂”、“雪浪花”一类的丽辞巧言陈述千篇一律的“时代共鸣”。直至八十年代初，才渐次回到自我体验，由对社会性主题的应和转向对个人经验、情绪、心境的表现；九十年代始，更有作家自觉地提出了“个人化”写作。在《灵息吹拂》一书中，汤世杰的姿态却别具一格。有着强烈的现实关怀意识的他，既以极其个人化的方式呼应着社会性的共同思考，又以不失独立性的探索作为对类同化的反拨。他不仅仅是“迪庆香格里拉旅游资源开发课题组”的一名成员，更是一名作家、一名诗人。因而，有别于醉心迪庆香格里拉旅游资源开发的官员、专家、开发商——他们更热衷的是香格里拉“让人过目难忘的品牌效应”，而此书的宗旨就远不止是“在山河壮且秀的迪庆藏区，造就一个新的旅游区，让迪庆香格里拉成为云南这个偏僻省份的一个偏僻地区的新的经济增长点”，作者的寻访何其深远！它上接人们长达半个世纪的寻找，下启人类永无止境的追求，它是人可以“诗意地安居”的一种境地。

“一百个人，会找到一百个不同的香格里拉。”汤世杰由独自的人生经历走向香格里拉，沿着独异的心路历程：《雁群，重新集合》——《高原的太阳》——《土船》——《情死》……走向香格里拉，以感性个体的血肉感受与香格里拉对话。当他面对茨中教堂时，记忆中被尘封的一页突然打开，孩提时在故乡的教会学校得到的一条黑裙子时隔半世纪竟超越时空地自长江飘向澜沧江，与飘忽中的茨中教堂交叠在一起，构成一个神异的谜。书中颇多这样的神来之笔！正是因着作者用自己的眼睛去领略香格里拉的美丽神奇，用性灵去品读她的玄秘斑斓，用生命去体味她的博大精深，笔下的香格里拉才会达臻“灵息吹拂”、颇具生命感的境界。

二、“大散文”之大

云南神奇的风景，各民族与自然界有着更亲密、更敏感的接触的生存环境、生活方式，以及由此而启发的生命意识、审美情趣，理应造就一个散文的王国。遗憾的是，一些云南作家的散文选材却过于小巧，情感过于甜腻，境界过于逼仄，笔触过于柔细，酷似“小女人散文”(某些女作家如黄晓萍、先燕云的散文倒没有那种“小家碧玉”气)。

因着上述背景，我看重近期出现的汤世杰的《灵息吹拂》。我无意强求众多散文作家都选择此类被文学界称作“大散文”的文体；而是希望藉此呼唤散文创作走向从容，走向大气。——我意中的“大散文”其“大”还不在于大题材、大构架，而在于它的大功能，尤其看重它的大思考、大气度、大追求。

《灵息吹拂》尽可能地拓展了散文的功能与表现力。诗的玄想、哲学的抽象、小说的悬念等文体因素的引入，提升、拓宽了散文的抒情、议论、叙事功能，使之兼具散文的从容自在、诗的空灵、哲学的超拔、小说的引人入胜等特征。有意思的是书中悬念的设置，实质上它已成了本书的结构形式。捧读它，就像捧读一本情节奇诡、结局莫测的小说。不知怎的，令我联想起马原始作俑者的先锋小说的“叙事圈套”：那些个无解有解（常有多种解），接踵而至，最终仍作为不可释除的悬念保持到结尾的谜团；那些个环环缠绕，剪不断，理还乱，却诱人穷追不舍的连环圈套。有别的是，马原等先锋作家追求的是叙事因之而有趣；汤世杰的创作态度中却摈弃了马原一类的“游戏性”，而多了一些精神朝圣的“神性”。文中，与“悬念”形式同构的恰是作者连同读者乃至人类寻访精神乌托邦的种种艰难、困惑、深远莫测。尽管作者寻根究底、上下求索，但诚如结尾作者所言，香格里拉仍是一个巨大的“悬念”。

《灵息吹拂》还在有意无意间提升了散文的知识品位，增加了它的文化含量。所谓“有意无意”，是指作者的知识结构已经“学者化”了。因此，当书中关怀现实，眷注终极，讨论形而上的精神命题时，显得那么自然、从容；而非本来只有“半桶水”，却偏要勉勉强强地“掉书袋”。那野栎树林、汤堆黑陶以及来自高山牧场的老人女孩，那白水台、茶马道、血色古堡，或者成了哲理体悟的依据与生发点，或者显露出“凝固历史”下因理性烛照而“敞亮”了的意义。目睹着作者的思想那么潇洒、那么自由地飞翔于哲学、宗教学、人类学、文化学的浩瀚空间，进而使全书达到某种诗思融会的境地，我不仅体悟到“大散文”文体的优势，更意识到“作家学者化”的必要。

无独有偶，云南作家黄尧也以其充溢着智性与灵气的文化著述《生命的原义——云南少数民族生命观研究》[1]，以其思想极其锋利、艺术感觉极

1　黄尧《生命的原义——云南少数民族生命观研究》，昆明：云南人民出版社 1993 年版。

其敏锐的文学批评（如评董秀英、艾扎），显示了他的理性思辨能力与学养；还有于坚，他不仅有思想独立的随笔，有异于时论的创作谈，有别树一帜的诗歌理论主张，同时也能从事文学批评，例如他对诗人哥布的发现。

反观云南“小女人散文”之病，其病之一便是缺乏学养。一些散文家不无偏食地只读散文，其文境界之小应是注定的。

批评的解剖刀应是双刃的。它既应毫不容情地解剖作家，也要同样毫不留情地解剖自己。“作家的学者化”反过来便是“评论家的文学化”，这道出了我对云南文学发展的另一层隐忧，忧虑评论家缺乏文学的经久陶冶，导致艺术感觉日趋钝化。而文学评论说到底不仅是一种智性评判，同时也应是一种充满了诗性的感悟过程。每读黄尧、于坚的文学批评，我都为某些同道连同他们那套现成的、僵硬的、缺乏光彩的理论话语羞愧。《灵息吹拂》一类的“大散文”文体想来也能对云南评论文体的解放有些许启示。

三、香格里拉的乌托邦意义

《灵息吹拂》之大，更在于它的大追求。我常感慨众多作家在社会转型时期被那些接踵而至的新潮流、新观念、新方法弄得目迷神乱。今天拣了这个，明天又丢下这个拾起那个，最终空空无几……更可叹的是云南的某些作家，他们的朝三暮四较之内地作家还“慢半拍”。在虚无主义弥漫的时代，我分外欣赏汤世杰那颇具理想主义色彩的执守。

如果说，早期作品《雁群，重新集合》结尾，那个由雁群在高空上大书的“人”字里，还依稀透露出某种近代人文主义式的天真；《高原的太阳》等中期作品中，在“对传统的自由汲取”时，也连带渗入了一些五六十年代灌输的体制道德主义的偏执；那么，到《情死》《殉情之都》《灵息吹拂》，作者依然高扬的理想主义精神显然有所深化了。它达臻批评界所称的“新理想主义”这一境界。

“新理想主义”迥然不同于五六十年代那种十年赶超英美、共产主义指日可待式的革命罗曼蒂克情绪；也异于“新时期”那些被无限夸张了的关于“大写的人”的伟力的神话；它既非“五年计划”，也无什么明确目标，它具有彼岸性。如同作者坦言的，香格里拉将永远是人类的一个“乌托邦式的梦想”。

作为一个精神乌托邦，香格里拉首先意味着作者不再天真地认为它是可以藉一次或数次的寻访就企及的境地，相反，书中似乎更多地提示它的非此岸性；其次，它只是作者虚拟的一个意义的支点，它更多地诉诸人的心灵，在一个智慧“过剩”、心灵缺乏的时代，汤世杰用这样一个隐喻来寄寓他的憧憬及所认同的价值；再次，恰恰因其非此岸性，而避免了过于入世地陷于一种市民务实主义（与之应和的是文坛的“市民写实主义”）境地。香格里拉意味着人可以被世俗与平庸所包围，但决不能一味与之达成和解，而应超越现实。香格里拉反衬出人类生存境遇的种种缺陷（如现代工业化社会中人与自然的日益隔绝），提示了“诗意地栖居”的可能性。

综上所述，汤世杰的香格里拉之旅，分明不是去“拜金”，而是去“朝圣”。它不仅带有现实关怀意味，更是一种遥深眷注。不是吗？香格里拉近在眼前：就在云南，就在迪庆；又远在天边，它是人类永恒的精神追求，是一个永远有待寻索的“悬念”。

放下书久久，我仍怅然，怅然于我的“失乐园”。故以上话语也可读作自我譬解：只能如此了，迷津中稍事休息，然后，继续我那宿命的精神之旅。

原载《文学界》2000年第1期

后记

集中所收篇目系从笔者近三十年公开发表的研究中国现当代文学的论文、评论中选出，绝大部分为初次编入集子。其中最早的一篇发表于1987年。

八十年代那浓烈却又不失清明的学术气象至今依然令人追怀。我虽起步迟，却有幸赶上了那么一个能以文会友的时代。1987年，我读研究生时的一篇作业《试论戴望舒对法国象征派诗歌的接受》在学报上发表，即被《人大复印资料》复印；而我的硕士论文的主干部分以《鲁迅文艺思想与苏联早期文艺思想之比较研究》为题在《鲁迅研究月刊》上刊出后，又被《新华文摘》作为重点篇目全文转载。上述论文锐意求新；但毋庸讳言，严谨中不无拘谨，举重若重间应可见出新手的稚拙。

九十年代以降，我的人生便就此退守在书斋里了，经由笔下却曲折凸现出别样的生趣、活力。——在追求思想独立、识见新颖的同时，犹不失文体的自觉，努力激扬学理之下的诗意、情趣及想象力，藉此折射生命的吉光片羽。

鉴于此，“写什么”与“怎么写”对我而言同样具有意义，尤为心仪一种诗哲交融、智情合致的文体。如是属望者般，写于九十年代初叶的《〈孔雀胆〉与〈哈姆莱特〉》《拥抱两极——鲁迅与托洛茨基、“拉普”文艺思想》诸篇中，尚能见出某种交互偏侧于思与诗、言说与难言之间的拉锯般的张力；及至九十年代中期撰写《论鲁迅对〈二心集〉型批评文体的反拨》时，文字方才张弛有度。

有同道曾感叹，年过半百，文气自然衰竭，盛年特有的清新、敏锐、灵动、激情也随之而去；我却独独追慕学界某些前辈的笔力，古雅、苍劲、淳厚、浑成，俱是缘于书生老去、笔耕不辍所赐。

以此鼓气一路上下求索，行程过半终赢得时过境迁后的柳暗花明：以写于新世纪的《“梦中的女孩”——鲁迅〈在酒楼上〉新读》《“原乡小说”

的裂变与重续》《〈狂人日记〉：鲁迅与托尔斯泰同名小说互阐》《从诗化青春到散文人生》诸篇为表征，自觉风格晚成，步入新境。

然不知不觉间，年华已向晚。在向晚的众多意象、意境中，我最爱“晚钟”。犹记得少时于劫难中抄写《约翰·克利斯朵夫》全书以安魂的情景，不时因读到那“钟声复起”而莫名地感动；也喜欢米勒的油画《晚钟》，喜欢耕耘之余伫立着晚祷的农夫内心的充实，仿佛与其共振着画外晚钟那不绝如缕的余响。

将论文集题作“晚钟”，即寓示着那么一种心向往之的凝重的格调，一种舒放的节律，一种深远的气韵，一种神性的境界，暗合着、激励着已近晚境的自身亦如是神清气足、从容不迫、绵远不息地思索、追寻。

晚钟悠扬。

2015年7月11日记